비밀의 화원

All Ages' Classics

올 에이지 클래식은 시대와 나이를 초월하여
10살부터 100살까지 늘 우리의 삶과 함께하는
소중한 친구 같은 책입니다.

비밀의 화원

펴낸날 초판 1쇄 2011년 11월 30일
지은이 프랜시스 호즈슨 버넷 | **옮긴이** 원지인
펴낸이 신형건 | **펴낸곳** (주)푸른책들 | **등록** 제321-2008-00155호
주소 서울특별시 서초구 양재천로7길 16 푸르니빌딩(양재동 115-6) (우-)137-891
전화 02-581-0334~5 | **팩스** 02-582-0648
이메일 prooni@prooni.com | **홈페이지** www.prooni.com

ISBN 978-89-6170-249-2 04840
* 잘못된 책은 구입한 곳에서 바꾸어 드립니다.

이 도서의 국립중앙도서관 출판시도서목록(CIP)은 e-CIP홈페이지(http://www.nl.go.kr/ecip)와
국가자료공동목록시스템(http://www.nl.go.kr/kolisnet)에서 이용하실 수 있습니다.
(CIP제어번호:CIP2011004368)

보물창고는 (주)푸른책들의 유아, 어린이, 청소년 도서 전문 임프린트입니다.

❦ *The Secret Garden* ❦

비밀의 화원

프랜시스 호즈슨 버넷 지음 | **원지인** 옮김

보물창고

차례

1. 아무도 남아 있지 않아

메리 레녹스가 고모부와 살기 위해 미셀스웨이트 장원에 왔을 때 다들 저렇게 붙임성 없어 보이는 아이는 처음이라고 입을 모았다. 사실이 그랬다. 얼굴은 야위고 몸은 비쩍 말라서 볼품이 없는데다 옅은 색의 머리칼은 숱이 적었고 얼굴 표정은 떨떠름했다. 인도에서 태어나기도 했고 항상 이런저런 병치레를 해서인지 머리도, 얼굴도 누르스름했다. 메리의 아빠는 영국 정부에서 높은 지위를 차지하고 있어서 늘 바빴거니와 건강도 썩 좋지 않았다. 대단한 미인이었던 메리의 엄마는 파티에 가서 사람들과 즐겁게 놀 생각뿐이었다. 메리의 엄마는 애초부터 딸아이를 원하지 않았고, 메리가 태어나자마자 아이를 아야(*유모나 보모를 일컫는 힌두 어. 이하 *표시-옮긴이 주) 손에 맡겨 버렸다. 아야는 멤사힙(*인도인 하인들이 영국인 안주인을 부르거나 칭할 때 쓰던 말.)을 기쁘게 하려면 아이가 되도록 멤사힙의 눈에 띄지 않도록 해야 한다는 것을 잘 알고 있었다. 그래서 메리가 병약하고 짜증 많고 못생긴 갓난아기였을 때도 한구석에서 눈에 띄지 않게 지냈고, 아장아장 걸어다니게 되었지만 여전히 병약하고 짜증 많은 아이일 때도 역시 구석에서 지냈다. 메리가 늘 익숙하게 보는 얼굴은 아야와 다른 원주민 하인들의 거무스름한 얼굴뿐이었다. 하인들은 메리가 울기라도 해서 심란해진 멤사힙이 화를 낼까 봐 항상 메리의 뜻에 무조건 따라 주고 뭐든 제멋대로 하게 해 주었다. 결국 여섯 살이 되었을 때 메리는 아주 이기적이고 포악한 꼬마 폭군이 되어 있었다. 메리에게 읽고 쓰는 법을 가르치려고 왔던 젊은 영국인 가정 교사도 메리에게 치를 떨며 석 달 만에 자리를 박차고 떠나 버렸다. 첫 가정 교사를 대신해 새로 온 다른 가정 교사들도 항상 그녀만큼도 버티지 못하고 떠나 버렸다. 그래서 메리 스스로 책 읽는 법을 배우겠다는 생각을 하지 않았다면 여태 까막눈 신세를 면하지 못했을 것이다.

메리가 아홉 살이 되었을 무렵이었다. 메리는 끔찍하게 더운 날 아침에 언짢은 기분으로 잠에서 깨어났다. 그리고 침대 옆에 서 있는 하녀가 제 아야가 아닌 걸 보고는 더욱 기분이 언짢아졌다. 메리가 낯선 하녀에게 말했다.

"왜 네가 온 거야? 여기서 나가. 너 말고 내 아야를 보내란 말이야."

하녀는 잔뜩 겁먹은 표정으로 더듬거리며 아야가 올 수 없다고만 했다. 메리가 벌컥 화를 내며 때리고 걷어차는데도 더욱 겁먹은 표정으로 아야가 미스 사힙(*인도인 하인이 안주인의 자녀를 이르는 말로 여기서는 메리를 가리킨다.)에게 올 수 없다는 말만 되풀이했다.

그날 아침에는 뭔가 분위기가 심상치 않았다. 모든 게 평소처럼 돌아가지 않았고 원주민 하인들 몇 명은 아예 사라진 것 같았다. 그나마 메리 눈에 띄는 하인들도 겁을 먹고 얼굴이 사색이 되어서는 슬금슬금 도망을 다니거나 허둥지둥 움직였다. 하지만 누구 하나 메리에게 무슨 일인지 말해 주는 사람이 없었고 아야도 오지 않았다. 메리는 그날 아침이 다 가도록 말 그대로 방치되어 있었고 결국 뜰로 나가 서성거리다가 베란다 옆 나무 아래서 혼자 놀기 시작했다. 메리는 꽃밭을 만들 양인 듯 커다란 진홍색 히비스커스 꽃을 조그만 흙더미 속에 찔러 넣었다. 하지만 시간이 지나면서 점점 더 화가 났고 사이디가 왔을 때 퍼부어 줄 말들과 욕설들을 혼자 종알거렸다.

"돼지! 돼지! 돼지 새끼!"

돼지라고 부르는 건 원주민에게는 가장 심한 욕이었던 것이다.

메리가 이를 뽀드득 갈며 이 말을 하고 또 하고 있을 때 엄마가 누군가와 함께 베란다로 나오는 소리가 들렸다. 엄마는 잘생긴 청년과 함께였고 두 사람은 베란다에 서서 평소와 다르게 낮은 목소리로 이야기를 나눴다. 메리는 이 소년 같은 모습의 미남 청년을 알고 있었다. 청년이 이제 막 영국에서 온 젊은 장교라는 얘기를 들었던 것이다. 메리는 청년에게도 눈길을 주었지만 대개는 엄마를 바라보고 있었다. 메리는 엄마를 볼 수 있는 기회가 생기면 놓치지 않았다. 메리는 엄마를 다른 호칭 대신 멤사힙이라고 부를 때가 가장 많았는데, 멤사힙은 키가 크고 날씬하고 아름다운 데다가 아주 멋진 옷을 입고 있었다. 곱슬곱슬한 머리는 비단결 같았고 깎아 놓은 듯한 작은 코는 세상 모든 게 하찮다는 듯 오만해 보였으며 커다란 두 눈에는 웃음기가 가득했다. 엄마의 옷은 전부 하늘하늘하고 구름 위를 떠다니는 듯했는데, 메리는 이 옷들을 '레이스투성이'라고 불렀다. 오늘 아침에 입은 옷은 그 어느 때보다 레이스가 많아 보였지만 엄마의 두 눈에는 웃음기가 싹 가시고 없었다. 엄마는 겁에 질린 커다란 눈으로 잘생긴 젊은 장교의 얼굴을 애원하듯 쳐다보았다. 엄마가 하는 말이 들렸다.

"상황이 그렇게 안 좋은 건가요? 그래요?"

청년이 떨리는 목소리로 대답했다.

"몹시요. 몹시 안 좋아요, 레녹스 부인. 벌써 두 주 전에 산으로 가셨어야 해요."

멤사힙은 두 손을 꽉 움켜잡았다.

"맞아요, 그래야 했어요! 고작 그 시시한 저녁 만찬에 참석하려고 남아 있었다니. 정말 어리석었어요!"

바로 그때 하인들의 거처에서 시끄럽게 울부짖는 소리가 터져 나왔고, 멤사힙은 청년 장교의 팔을 꽉 움켜잡았다. 메리는 온몸을 바들바들 떨며 그 자리에 서 있었다. 울부짖는 소리는 점점 더 거세졌다. 레녹스 부인이 가쁜 숨을 내쉬며 말했다.

"뭐예요? 무슨 일이죠?"

젊은 장교가 대답했다.

"누가 죽었군요. 댁 하인들 중에 발병한 사람이 있다는 말씀은 안 하셨잖습니까?"

"정말 몰랐어요. 함께 가 봐요! 어서요!"

멤사힙은 그렇게 외치고는 돌아서서 집 안으로 뛰어 들어갔다.

그 뒤로도 소름끼치는 일은 계속 벌어졌고, 메리는 심상치 않았던 아침의 분위기가 무엇 때문이었는지 알 수 있었다. 매우 치명적인 콜레라가 퍼졌고 사람들이 파리 목숨처럼 떼로 죽어 가고 있었다. 아야는 밤에 병에 걸려 앓아누웠고 아야가 숨을 거둔 순간 움막의 하인들이 울부짖었던 것이다. 그날 안으로 하인 세 명이 더 죽었고 다른 하인들도 공포에 질려서 달아나 버렸다. 어느 곳이고 공포에 휩싸이지 않은 곳이 없었고 방갈로마다 사람들이 죽어 가고 있었다.

이튿날 모두가 당황하고 혼란스러워하는 틈을 타 메리는 방에 몸을 숨겼고, 그대로 모두에게서 잊혀졌다. 누구 하나 메리를 떠올리지도 찾지도 않았다. 그리고 메리가 아무것도 모르고 있는 사이 이상한 일들이 일어났다. 메리는 오랜 시간 울다 잠들다 하는 일을 반복했다. 메리가 아는 것이라고는 사람들이 아프며 이상하고 소름끼치는 소리가 들린다는 것뿐이었다. 딱 한 번 식당에 살며시 숨어 들어갔을 때 그곳은 텅 비어 있었다. 먹다 만 음식은 식탁 위에 놓여 있었고 의자와 접시들은 식사하던 사람들이 무슨 이유에서인지 갑자기 허둥지둥 밀치고 일어난 것처럼 흩어져 있었다. 아이는 과일과 비스킷을 집어 먹고는 목이 타서 잔에 그득 담긴 포도주를 마셨다. 포도주는 달콤하기만 했고 메리는 그게 얼마나 독한지 알지 못했다. 곧 심하게 졸음이 밀려와서 메리는 방으로 돌아갔다. 움막에서 들려오는 울음소리와 어지럽게 오가는 발소리에 겁을 먹고는 다시 방에 그대로 틀어박혔다. 메리는 포도주 때문에 졸려서 눈을 뜨고 있기가 힘들었다. 결국 침대에 누워 아무것도 모른 채 오랫동안 잠을 잤다.

메리가 깊이 잠들어 있는 동안 많은 일들이 벌어졌다. 하지만 메리는 통곡 소리와 방갈로를 들락거리며 뭔가를 옮기는 소리에도 꼼짝 않고 잠만 잤다.

잠에서 깨어난 메리는 그대로 누워 벽을 응시했다. 집 안은 숨소리 하나 없이 고요했다. 집이 이렇게나 조용한 적은 한 번도 없었다. 사람들의 목소리도, 발소리도 들리지 않았다. 메리는 모두들 병이 나아서 이제는 문제가 다 사라진 게 아닐까 생각했다. 아야가 죽었으니 이제 누가 자신을 돌보게 될지도 궁금했다. 새로운 아야가 올 것이고 어쩌면 새 아야는 새로운 이야기들을 많이 알고 있을지도 몰랐다. 이제 죽은 아야가 들려주던 이야기에 좀 싫증이 나던 참이었다. 메리는 아야가 죽었다고 해서 울지는 않았다. 메리는 정이 많은 아이도 아니었거니와 누구를 크게 좋아해 본 적도 없었다. 콜레라 때문에 시끄러운 소리가 나고 어지럽게 오가는 발소리와 울부짖는 소리가 들릴 땐 좀 무서웠다. 그리고 아무도 자신이 살아 있는 것을 기억하지 못하는 것 같아 화도 났다. 모두가 극심한 공포에 짓눌려서 아무도 좋아하지 않는 여자 아이 따위는 기억조차 못했던 것이다. 사람들은 콜레라에 걸리면 오로지 자신만 생각하는 것 같았다. 하지만 모두 병이 나았다면 누군가 메리를 기억하고 찾으러 올 게 분명했다.

하지만 아무도 오지 않았다. 누워서 마냥 기다리는데 집은 점점 더 고요해지는 것 같았다. 매트 위에서 뭔가 바스락거리는 소리가 들려 아래를 내려다보니 작은 뱀 한 마리가 미끄러지듯 지나가며 보석처럼 반짝이는 눈으로 메리를 쳐다보고 있었다. 메리는 놀라지 않았다. 뱀은 메리를 해코지하지 못할 만큼 작은 녀석인 데다가 황급히 방에서 벗어나려는 듯 보였던 것이다. 메리가 지켜보는 사이 뱀은 문 밑으로 스르르 빠져나갔다.

"정말 이상하리만치 조용하잖아. 꼭 이 집에 나랑 뱀만 있는 것 같아."

1분이나 지났을까. 메리는 정원에서 나는 발소리를 들었고 그 소리는 베란다로 이어졌다. 남자들의 발소리였다. 남자들은 방갈로 안으로 들어와 낮은 목소리로 이야기를 나눴다. 아무도 그들을 맞이하거나 말을 걸지 않았고 그들은 일일이 문을 열고 방 안을 들여다보는 듯했다. 한 남자가 외치는 소리가 들렸다.

"정말 황량하군! 그 예쁜, 예쁜 부인이! 아이도 죽은 것 같아. 아이가 하나 있다고 들었거든. 아무도 본 사람은 없지만."

몇 분 후 남자들이 문을 열었을 때 메리는 방 한가운데에 서 있었다. 안 그래도 못생기고 심술궂어 보이는 아이가 슬슬 배도 고프고 무시당했다는 창피한 느낌마저 들어서 잔뜩 얼굴을 찡그리고 있었다. 가장 먼저 방 안으로 들어온 남자는 언젠가 아빠와 대화를 나누는 것을 본 적이 있는 덩치 큰 장교였다. 남자는 지치고 힘든 얼굴이었지만 메리를 본 순간 너무 놀라 펄쩍 뛰다시피 했다. 남자가 소리쳤다.

"버니! 여기 아이가 있어. 아이 혼자야. 세상에 이런 곳에! 아, 이런. 도대체 앤 누구지?"

"메리 레녹스예요."

메리는 꼿꼿이 서서 그렇게 말했다. 아빠의 방갈로를 '이런 곳' 이라고 부르는 남자가 매우 무례하게 생각되었다.

"모두 콜레라에 걸렸을 때 난 잠이 들었고 지금 막 깼어요. 왜 아무도 오지 않는 거죠?"

"아무도 본 사람이 없다던 그 아인가 봐. 아이가 있다는 걸 까맣게 잊은 거야."

남자가 동료들을 돌아보며 외쳤다.

"왜 나를 잊어요? 왜 아무도 오지 않는 거예요?"

메리가 발을 동동 구르며 물었다.

버니라는 이름을 가진 젊은 남자가 메리를 아주 슬픈 눈으로 바라보았다. 메리는 심지어 남자가 눈물을 감추려고 눈을 깜빡거리는 걸 본 것도 같았다. 버니가 말했다.

"가엾은 꼬마야. 올 사람이 아무도 없단다."

메리는 그렇게 이상하고 갑작스러운 방법으로 자신에게 더 이상 엄마 아빠가 없다는 사실을 알게 되었다. 둘 다 죽어서 밤중에 실려 나가고 목숨을 건진 몇 안 되는 원주민 하인들도 허둥지둥 집을 빠져나갔으며, 아무도 미스 사힙이 있다는 사실을 기억조차 못했다는 것을 알게 되었다. 그래서 집이 그렇게 조용했던 것이다. 집 안에는 정말로 메리와 바스락거리는 조그만 뱀 한 마리밖에 없었던 것이다.

2. 심술쟁이 메리 아가씨

메리는 멀찍이 떨어진 곳에서 엄마를 바라보는 게 좋았다. 엄마를 보며 그녀가 매우 예쁘다는 생각을 했다. 하지만 엄마에 대해 아는 게 없으니 엄마를 사랑한다거나 엄마가 세상을 떠났을 때 그리워하는 일 따위는 메리에게 기대할 수 없었다. 사실 전혀 그립지 않았다는 게 맞는 말이었다. 메리는 자기 생각밖에 할 줄 모르는 아이였으므로 늘 그래 왔던 것처럼 자기 생각에만 빠져 있었다. 메리의 나이가 좀 더 많았다면 세상에 홀로 남겨진 것이 불안했을 게 틀림없었다. 하지만 메리는 너무 어린 데다 늘 누군가가 자신을 돌봐줬던 것처럼 또 누군가가 그렇게 해 줄 거라고 여겼다. 메리는 그저 자신이 좋은 사람들 손에 맡겨질지 알고 싶은 생각뿐이었다. 아야와 다른 원주민 하인들이 그랬던 것처럼 메리에게 공손하고 메리가 제멋대로 굴게 내버려 두는 그런 사람들 말이다.

처음 사람들이 메리를 데려간 곳은 영국인 목사의 집이었다. 메리는 자신이 그곳에 오래 머물지 않을 거라는 사실을 알고 있었다. 메리도 그 집에 머물고 싶은 생각은 없었다. 영국인 목사는 가난했고 고만고만한 나이의 아이들이 다섯이나 있었다. 아이들 모두 누더기 같은 옷을 입고 있었고 언제나 인형을 낚아채며 싸움을 벌였다. 메리는 이 어수선한 방갈로가 마음에 들지 않았다. 메리가 하도 고약하게 군 탓에 첫째 날인가 둘째 날부터는 아무도 메리와 놀아 주지 않게 되었다. 이틀째 되는 날에는 메리에게 별명까지 지어 주며 메리를 펄펄 뛰게 만들었다.

그 별명을 처음 생각해 낸 것은 배질이었다. 배질은 건방져 보이는 파란 눈에 들창코를 가진 꼬마였고 메리는 그 애가 싫었다. 메리는 콜레라가 돌기 시작한 날에 그랬던 것처럼 나무 밑에서 혼자 놀고 있었다. 흙더미를 쌓고 길을 만들며 정원을 꾸미고 있었다. 그때 배질이 다가오더니 옆에 서서 메리를 바라보았다. 이내 관심을 보이는가 싶더니 불쑥 제안 하나를 했다.

"거기에 돌들을 쌓고 바위 정원이라고 하는 건 어때? 거기 한가운데 말이야."

배질이 메리 위로 몸을 기울이며 흙더미를 가리켰다.

메리가 소리를 빽 질렀다.

"저리 가! 난 남자 애들이 싫어. 저리 가!"

배질은 잠시 화난 표정을 짓더니 곧 메리를 놀리기 시작했다. 배질은 곧잘 여동생들을 놀려 대곤 했다. 메리 주위를 빙글빙글 돌며 얼굴을 찡그리고 노래를 부르다가 웃음을 터뜨렸다.

심술쟁이 메리 아가씨

정원은 어떻게 꾸미나요?
은종과 조가비와
금잔화가 한 줄로 피었대요.

배질은 다른 아이들이 듣고 웃음을 터뜨릴 때까지 노래를 계속 불렀다. 그리고 메리가 화를 내면 낼수록 멈추지 않고 '심술쟁이 메리 아가씨'를 불렀다. 메리가 그 집에 있는 시간이 길어지자 아이들은 자기들끼리 메리 이야기를 할 때 '심술쟁이 메리 아가씨'라고 불렀고 메리에게 말을 걸 때도 그렇게 불렀다.

"넌 너희 집으로 가게 될 거야. 이번 주말에. 그래서 우린 아주 기뻐. 기쁜 일이지."

배질이 메리에게 말했다.

"나도 아주 기뻐. 그런데 우리 집이 어디야?"

일곱 살 아이가 그렇듯 배질이 짓궂게 놀려 댔다.

"얘는 자기 집이 어딘지도 모른대! 당연히 영국이지. 우리 할머니도 영국에 살고 우리 마벨 누나도 작년에 할머니한테 갔어. 넌 할머니 집으로 가는 건 아니야. 넌 할머니가 없으니까. 넌 네 고모부네 집으로 갈 거야. 고모부 이름이 아치볼드 크레이븐이고."

"난 그 사람이 누군지 몰라."

메리가 쏘아붙였다.

"네가 모른다는 건 나도 알아. 넌 아는 게 하나도 없잖아. 계집애들이 그렇지 뭐. 엄마 아빠가 네 고모부 얘기를 하는 걸 내가 들었어. 엄청나게 크고 사람도 없는 오래된 시골집에서 사는데 아무도 네 고모부 가까이는 가지 않는대. 성질이 아주 괴팍해서 사람들이 가까이 못 오게 한다더라. 가까이 오라고 해도 아무도 가지 않을 거야. 곱사등에다 무시무시하게 생겼으니까."

"네 말은 안 믿어."

메리는 몸을 홱 돌리고는 더 이상 듣지 않으려고 손가락으로 귀를 틀어막았다.

하지만 메리는 배질의 이야기를 몇 번이고 곱씹었다. 그리고 그날 밤 크로포드 부인이 메리에게 며칠 뒤 영국으로 가는 배를 타고 고모부 댁으로 가게 될 거라고, 고모부인 아치볼드 크레이븐 씨는 미셀스웨이트 장원에 산다고 말해 주었다. 하지만 메리가 돌처럼 굳은 얼굴을 하고 전혀 관심이 없는 듯이 굴자 크로포드 부부는 아이의 행동을 어떻게 생각해야 할지 알 수가 없었다. 부부는 메리에게 다정하게 대하려고 애를 썼지만, 크로포드 부인이 키스를 하려고 하자 메리는 얼굴을 돌려 버렸다. 그리고 크로포드 씨가 어깨를 토닥이자 뻣뻣이 굳은 채로 꼼짝하지 않았다.

나중에 크로포드 부인이 동정 섞인 말투로 말했다.

"정말 예쁜 데라곤 없는 아이예요. 그 애 엄마는 그렇게 예뻤는데. 게다가 태도까지 아주 매력적이었는데. 메리처럼 호감 안 가는 애는 생전 처음이에요. 우리 아이들이 메리를 '심술쟁이 메리 아가씨'라고 부르는 게 못된 짓이기는 하지만 어쩔 수 없이 이해가 된다니까요."

"저 애 엄마가 아이 방에 좀 더 자주 들러서 그 아름다운 얼굴과 매력적인 태도를 보여 줬다면 아이도 매력 있게 행동하는 법을 조금이나마 배웠겠지. 그 불쌍한 부인이 죽었는데 사람들이 부인에게 아이가 있었다는 사실조차 몰랐다는 걸 생각하면 아주 슬픈 일이야."

크로포드 부인이 한숨 섞인 목소리로 말했다.

"그 부인은 아이를 쳐다보지도 않았을 거예요. 저 애 아야가 죽고 나자 아무도 저 어린것 생각은 하지 않았겠죠. 하인들이 모두 도망가고 그 텅 빈 집에 저 애 혼자 남아 있었을 걸 생각해 봐요. 맥그루 중령이 그러는데, 문을 열었을 때 방 한가운데에 아이 혼자 서 있는 것을 발견하고는 놀라서 까무러칠 뻔했대요."

메리는 어느 장교 부인의 손에 이끌려 영국까지 긴 항해를 했다. 부인은 자신의 아이들을 기숙 학교에 맡기려고 데려가는 중이었다. 부인은 자신의 아들딸에게 정신이 팔려 있었고, 런던에서 메리를 마중하려고 아치볼드 크레이븐 씨가 보낸 여자에게 아이를 넘기는 순간 무척이나 기뻐했다. 크레이븐 씨가 보낸 사람은 미셀스웨이트 장원에서 일하는 가정부로 메들록 부인이라고 했다. 부인은 뚱뚱했고 두 뺨이 매우 붉고 검은 눈동자에 눈매는 날카로웠다. 부인은 짙은 자주색 드레스를 입고 있었다. 거기에 술이 달린 검은색 비단 망토를 두르고 자줏빛 벨벳 꽃들이 달린 검은색 보닛(*여자나 어린아이들이 쓰는 모자로 턱 끝에서 끈을 맨다.) 모자를 쓰고 있었다. 부인이 머리를 움직일 때마다 벨벳 꽃들이 불쑥 튀어 오르며 흔들렸다. 메리는 메들록 부인이 맘에 들지 않았다. 하지만 메리가 사람들을 좋아하는 일이 거의 없다는 걸 생각하면 새삼스러울 것도 없었다. 게다가 메들록 부인도 메리를 못마땅하게 여기는 게 분명했다.

"세상에! 정말 못생긴 계집애로군요! 저 애 엄마는 굉장한 미인이라고 들었는데. 애가 그런 걸 별로 물려받지 않았나 봐요, 부인?"

장교 부인이 사람 좋은 얼굴로 말했다.

"나이가 들면서 차차 나아지겠죠. 혈색도 좋아지고 좀 더 기분 좋은 표정을 짓는다면 그런대로 빠지지 않는 얼굴이에요. 애들은 많이 변하잖아요."

메들록 부인이 대답했다.

"아주 많이 변해야겠네요. 그런데 미셀스웨이트 장원에 있다고 나아질 건 없을 거예요. 제 생각이 그렇다고요."

두 사람은 메리가 듣지 않는다고 생각했다. 메리가 조금 떨어져서 그들이 들어간 호텔 창가에 서 있었기 때문이었다. 메리는 눈으로는 지나가는 버스와 택시, 사람들을 바라보고 있었지만 두 사람의 이야기가 아주 잘 들렸고 고모부와 고모부가 사는 곳이 궁금해지고 있었다. 그곳은 어떤 곳일까? 그리고 고모부는 어떻게 생겼을까? 곱사등이는 무엇일까? 메리는 한 번도 곱사등이를 본 적이 없었다. 인도에는 곱사등이가 아예 없는지도 몰랐다.

메리는 아야도 없이 다른 사람의 집에 살면서 외로움을 느꼈을 뿐만 아니라 한 번도 해 본 적 없는 이상한 생각들을 하기 시작했다. 메리는 엄마 아빠가 살아 있을 때조차 왜 자신은 누군가의 자식이 아닌 것처럼 여겨졌는지 궁금했다. 다른 아이들은 자신들의 엄마 아빠의 자식처럼 보였다. 하지만 메리는 정말 누군가의 자식이었던 적이 없는 것 같았다. 메리에게는 하인들과 음식과 옷들이 있었지만 신경 써 주는 사람은 아무도 없었다. 메리는 자신이 붙임성 없는 아이라서 그렇다는 사실을 몰랐다. 메리는 자주 다른 사람들이 쌀쌀맞다고 생각하면서도 정작 자신이 그런 건 몰랐다.

메리는 평범하면서 혈색 좋은 얼굴을 하고 평범하면서도 꽤 괜찮은 모자를 쓴 메들록 부인이 자신이 만난 사람 가운데 가장 쌀쌀맞다고 생각했다. 다음날 두 사람이 요크셔를 향해 출발했을 때 메리는 고개를 치켜들고 가능한 한 부인과 거리를 유지하려고 애쓰면서 역사를 지나 객차로 걸어갔다. 메들록 부인의 딸처럼 보이는 게 싫었기 때문이었다. 사람들이 자신을 부인의 딸이라고 믿을 걸 생각하니 화가 치밀었다.

하지만 메들록 부인은 메리가 무슨 생각을 하는지 전혀 상관하지 않았다. 부인은 '어린것들의 허튼수작을 용납하지 않을' 사람 같았다. 적어도 그런 질문을 받았다면 부인은 그렇게 말했을 것이다. 메들록 부인은 언니 마리아의 딸이 결혼을 앞두고 있어서 런던에 오고 싶지가 않았다. 하지만 미셀스웨이트 장원에서 가정부로 일하는 것은 편하기도 했고 보수도 많았다. 그리고 그 자리를 지킬 수 있는 길은 아치볼드 크레이븐 씨가 뭘 하라고 지시하면 즉각 실행하는 것뿐이었다. 부인은 뭐 하나 제대로 묻지도 못했다. 크레이븐 씨가 여느 때처럼 무뚝뚝하고 차가운 말투로 말했다.

"레녹스 대령과 부인이 콜레라로 죽었다는군. 레녹스 대령은 내 아내의 동생이니 이제 내가 그 딸의 후견인이 되는 거지. 그 아이를 여기로 데려와야 해요. 부인이 런던에 가서 아이를 데려오도록 하세요."

그렇게 해서 메들록 부인은 작은 가방을 꾸려서 길을 떠났다.

객차 구석에 앉은 메리는 못생긴 데다 잔뜩 짜증 섞인 얼굴을 하고 있었다.

메리에게는 읽을 것도 볼 것도 없었으며 검은 장갑을 낀 작고

21

가는 두 손을 무릎 위에 포개 놓은 채 앉아 있었다. 입고 있는 검은 드레스 때문인지 얼굴이 평소보다 더 누르스름해 보였고 힘없이 축 늘어진 옅은 머리카락은 검은 크레이프 모자 아래로 제멋대로 뻗어 나와 있었다.

'살다 살다 저렇게 버릇없어 보이는 아이는 처음이군.'

메들록 부인은 생각했다. 아무것도 하지 않고 그렇게 가만히 앉아 있는 아이는 본 적이 없었다. 결국 아이를 바라보고 있기가 지겨워진 부인이 거칠고 쌀쌀맞은 목소리로 말을 걸기 시작했다.

"지금 아가씨가 가게 될 곳에 대해 조금이라도 말해 두는 게 좋을 것 같군요. 고모부님에 대해서 아는 게 있나요?"

"없어요."

"부모님이 고모부님에 대해 말씀하시는 걸 들어 본 적 없어요?"

"없어요."

메리는 얼굴을 찡그리며 대답했다. 엄마 아빠가 특별히 자신에게 뭔가 말해 준 적이 없다는 사실이 떠올라 얼굴을 찡그린 것이다. 분명 말해 준 게 아무것도 없었다.

"흠."

메들록 부인이 묵묵부답으로 알 수 없는 표정을 짓고 있는 작은 얼굴을 응시하며 작게 내뱉었다. 부인은 잠시 말을 멈췄다가 다시 이야기를 시작했다.

"그래도 몇 가지 말해 두는 게 좋을 것 같네요. 아가씨도 마음의 준비를 해야 하니까. 아가씨는 이상한 곳으로 가게 될 거예요."

메리는 아무런 대꾸가 없었다. 메들록 부인은 무관심해 보이는 메리에게 다소 당혹감을 느끼는 듯했지만 한 번 심호흡을 하더니 다시 말을 이어갔다.

"우울하긴 해도 넓고 커다란 곳이고 크레이븐 주인님은 나름대로 그곳을 자랑스럽게 여기세요. 그래도 정말 우울한 곳인 건 틀림이 없어요. 저택은 지은 지 600년이나 되었고 황무지 끝에 있어요. 저택에는 방이 거의 100개나 되지만 대부분 굳게 닫아 잠가 놓았어요. 오랜 세월 변함없이 그 자리에 놓여 있던 그림들과 멋진 고가구들 같은 것이 있지요. 저택 둘레에는 커다란 대정원이 있고 그 안에 크고 작은 정원들과 땅바닥까지 가지를 늘어뜨린 나무들이 있어요. 다 그런 건 아니고 몇 그루가 그렇다고요."

부인은 잠시 말을 멈추고 또다시 심호흡을 했다. 그러고는 갑작스럽게 말을 끝맺었다.

"하지만 그게 다예요."

메리는 자기도 모르게 부인의 말에 귀를 기울이고 있었다. 모든 게 인도와는 다른 것 같았고 새로운 것에 마음이 끌리는 것도 사실이었다. 하지만 메리는 자신이 흥미가 있는 것처럼 보일 생각은 없었다. 메리의 그런 태도 역시 사람들이 못마땅하게 여기고 싫어하는 것이었다. 메리는 가만히 앉아만 있었다. 메들록 부인이 물었다.

"그래, 아가씨 생각은 어때요?"

메리가 대답했다.

"아무 생각 없어요. 그런 곳에 대해서는 아는 게 없으니까요."

그 말을 들은 메들록 부인이 짧게 웃음소리를 냈다.

"애해, 꼭 노인네 같네요. 아가씨는 관심 없어요?"

"신경 안 써요. 내가 관심이 있든 없든 그건 중요하지 않잖아요."

"그건 아가씨 말이 맞네요. 중요하지 않죠. 무엇 때문에 아가씨를 미셀스웨이트 장원에 두려는 것인지는 모르겠어요. 그게 가장 쉬운 방법이라는 것 말고 다른 이유가 있다면 말이죠. 주인님이 아가씨를 신경 쓰는 일은 없을 거예요. 그건 확실해요. 주인님이 누굴 신경 쓰는 일 따위 없으니까요."

메들록 부인은 때마침 뭔가 기억난 듯 말을 멈췄다. 그리고 이내 다시 입을 열었다.

"주인님은 등이 굽었어요. 그게 그분을 이상하게 만들었지요. 주인님은 침울한 성격의 젊은이였고 결혼하기 전까지는 그 많은 돈과 큰 집이 있어도 별로 소용이 없었어요."

메리는 관심 있는 것처럼 보이는 게 싫었지만 자꾸 부인 쪽을 바라보게 되었다. 곱사등이가 결혼을 한다는 생각을 해 본 적이 없어서인지 조금 놀라웠다. 메들록 부인이 눈치를 챘고 워낙 수다스러운 여자이다 보니 더욱 신이 나서 떠들어 댔다. 어쨌든 이것도 시간을 보내는 한 가지 방법이니 말이다.

"마님은 상냥하고 아름다운 사람이었고 주인님은 마님이 원하는 것이라면 그게 풀 한 포기라 해도 세상 끝까지 구하러 갔을 거예요. 누구도 마님이 주인님과 결혼할 거라고 생각하지 않았지만 마님은 그렇게 했지요. 사람들은 마님이 돈 때문에 결혼한 것이라고들 했어요. 하지만 그렇지 않았어요. 결코 그렇지 않았어요. 마님이 돌아가셨을 때……."

메리는 저도 모르게 놀라서 몸을 꿈틀했다.

"아, 부인이 죽었다고요?"

메리는 본의 아니게 소리를 질렀다. 메리는 언젠가 읽었던 「도가머리 리케」(*17세기 프랑스 대표 동화 작가 샤를 페로의 동화 작품 가운데 하나.)라는 프랑스 동화가 떠올랐다. 불쌍한 곱사등이와 아름다운 공주에 관한 이야기였다. 메리는 갑자기 아치볼드 크레이븐 씨가 가여웠다.

"그래요, 돌아가셨어요. 주인님은 전보다 더 괴팍해지셨고요. 누구에게도 관심을 갖지 않으세요. 사람들을 만나려고도 하시질 않고요. 대개는 집을 떠나 있고 미셀스웨이트에 있을 땐 별채에 틀어박혀 계시죠. 그리고 피처 씨 외에는 아무도 만나지 않아요. 피처 씨는 나이가 많기는 하지만 주인님이 어렸을 때부터 시중을 들어서 주인님에 대해 잘 알죠."

책에 나올 법한 얘기였지만 메리를 즐겁게 해 줄 얘기는 아니었다. 대부분 문을 잠그고 꼭꼭 닫아 놓은 100개의 방이 있는 집, 그리고 황무지가 뭔지는 잘 몰라도 황무지 끝에 있다는 집은 왠지 쓸쓸한 느낌이었다. 꽁꽁 틀어박혀 있는 곱사등이 남자도 그랬다. 메리는 입을 꼭 다물고 차창 밖을 응시했다. 때마침 회색빛 빗줄기가 비스듬히 내리치며 유리창에 튀어 흘러내리는 게 너무나 자연스럽게 느껴졌다.

만약 아름다운 부인이 살아 있었다면 메리의 엄마처럼 바삐 들락날락하고 파티에 참석하며 모든 걸 생기 있게 만들었을 것이다. 메리 엄마가 '레이스투성이' 드레스를 입고 그랬던 것처럼 말이다. 하지만 부인은 더 이상 그곳에 없었다. 메들록 부인이 말했다.

"주인님을 만날 거라는 기대는 말아요. 십중팔구 그럴 수 없을 테니까요. 그리고 사람들이 아가씨에게 말을 걸어 줄 거라고 기대해서도 안 돼요. 아가씨는 혼자 놀면서 자기 일은 스스로 알아서 챙겨야 해요. 아가씨가 들어갈 수 있는 방과 가까이 가서는 안 되는 방을 알려 줄 거예요. 정원은 넘칠 만큼 많아요. 하지만 집 안에 있을 때는 여기저기 돌아다니면서 기웃거려서는 안 돼요. 주인님이 그런 건 용납하지 않으실 테니까요."

"기웃거리고 싶은 생각도 안 들 거예요."

뚱해진 메리가 대꾸했다. 메리는 갑자기 아치볼드 크레이븐 씨가 가여운 마음이 들었을 때처럼 금세 가여웠던 마음이 사라졌다. 그에게 일어난 모든 일들을 겪어도 쌀 만큼 불쾌한 사람이라는 생각이 들기 시작했다.

메리는 빗물이 흘러내리는 객차 유리창으로 고개를 돌리고는 잿빛으로 쏟아지는 폭우를 응시했다. 폭우는 영원히 계속될 것만 같았다. 메리는 오래도록 흔들림 없이 빗줄기를 바라보았다. 그러자 잿빛 빗줄기는 메리의 눈앞에서 점점 거세졌고, 메리는 잠이 들었다.

3. 황무지를 지나서

메리는 오랜 시간 동안 잠을 잤다. 메리가 잠에서 깨어나자 메들록 부인이 한 역에서 사 둔 점심 바구니를 꺼냈고, 둘은 닭고기와 차가운 소고기, 버터 바른 빵과 함께 따뜻한 차를 마셨다. 빗줄기는 더욱 세차게 흘러내리는 듯했고 역에 있는 사람들 모두가 비에 젖어 번쩍거리는 비옷을 입고 있었다. 차장이 객차 안 램프마다 불을 밝혔고 메들록 부인은 차를 마시고 닭고기와 소고기를 먹은 뒤 한껏 기분이 좋아져 있었다. 부인은 잔뜩 먹고 나서는 잠이 들었고 메리는 자리에 앉아 그 모습을 바라보았다. 부인의 멋진 보닛 모자가 한쪽으로 스르르 흘러내리는 것을 지켜보던 메리는 차창으로 떨어지는 빗소리를 들으며 객차 한구석에서 다시 잠이 들었다. 메리가 다시 잠에서 깨어났을 때 창밖은 꽤 어두워져 있었다. 기차는 어느 역에선가 멈춰 있었고 메들록 부인이 메리를 흔들어 깨우고 있었다.

"잘 만큼 잤어요! 이제 눈을 뜰 시간이에요. 스웨이트 역에 도착했어요. 앞으로 갈 길이 멀어요."

메리는 메들록 부인이 짐을 챙기는 동안에 자리에서 일어나 눈을 제대로 떠 보려고 애썼다. 어린 계집애는 부인을 도와주려고도 하지 않았다. 인도에서는 물건들을 들고 옮기는 것은 항상 원주민 하인들의 몫이었고 다른 사람들의 시중을 받는 것이 지극히 당연한 일처럼 여겨졌던 것이다.

조그만 역이었고 메리와 부인 말고는 기차에서 내리는 사람이 아무도 없는 듯했다. 역장이 거칠면서도 친절한 목소리로 메들록 부인에게 말을 걸었다. 이상하고 악센트가 강한 말투였는데 메리는 나중에서야 그게 요크셔 사투리라는 것을 알았다.

"돌아오셨네예. 그 꼬마 아가씨를 데려온 모양입니더."

"야, 이 아가씨라예."

메들록 부인 역시 요크셔 사투리가 섞인 말투로 대답하며 어깨 너머로 홱 고개를 돌려 메리를 가리켰다.

"그래, 댁의 아지메는 잘 계신겨?"

"뭐, 괜찮십니더. 밖에 마차가 기다리고 있으니까 얼른 가 보이소."

사륜마차 한 대가 바깥의 조그만 플랫폼 앞길에 서 있었다. 멋진 마차였고 메리가 마차에 오르는 걸 도와준 하인 역시 말쑥했다. 건장한 체격의 역장은 물론이고 다른 것도 다 그렇더니, 하인이 입고 있는 긴 비옷과 모자 위에 덮어쓴 방수 덮개도 비에 젖어 반짝였고 빗물이 뚝뚝 떨어졌다.

하인이 마차 문을 닫고 마부와 함께 마부석 위에 앉자 마차가 출발했다. 어린 메리는 쿠션을 덧댄 마차 한구석에 편안히 앉아 있었지만 다시 자고 싶지는 않았다. 메리는 메들록 부인이 말했던 그 이상한 곳으로 향하는 길에서 뭘 보게 될까 궁금해하며 창밖을 내다보았다. 메리는 절대 겁이 많은 아이가 아니었고 실제로 전혀 두렵지 않았다. 하지만 100개나 되는 방이 거의 모두 굳게 닫힌 집에서 무슨 일이 일어날 것인지는 도저히 알 수가 없었다. 황무지 끝에 서 있는 그 집에서 말이다.

"황무지가 뭐죠?"

메리가 갑자기 메들록 부인에게 물었다.

"10분쯤 있다가 창밖을 내다보면 알게 될 거예요. 장원에 도착하려면 미셀 황무지를 지나 8킬로미터를 달려야 해요. 어두운 밤이라 뭐가 많이 보이진 않을 테지만, 그래도 조금은 알아볼 거예요."

메리는 더 이상 묻지 않았다. 창문에서 눈을 떼지 않은 채 어두운 구석 자리에 앉아 조용히 기다렸다. 마차에 달린 램프가 마차 앞 가까운 곳까지 밝혀 주었고 메리는 마차가 지나가는 길에 있는 것들을 힐끗힐끗 보았다. 역을 출발한 마차는 작은 마을을 지났고 메리는 회반죽을 바른 시골집들과 선술집에서 새어 나오는 불빛들을 보았다. 그리고 메리가 탄 마차는 교회와 목사관을 지나고, 장난감과 과자와 그 외의 잡다한 것들을 팔려고 내놓은 조그만 진열창이 있는 집을 지나갔다. 마차는 어느새 큰길로 들어섰고 메리는 산울타리와 나무들을 볼 수 있었다. 그러고는 꽤 오랜 시간 동안 다른 것은 없는 듯했다. 적어도 메리에게는 오랜 시간처럼 느껴졌다.

마침내 오르막길을 오르는지 말들이 천천히 달리기 시작했고 이내 산울타리와 나무들은 보이지 않게 되었다. 사실 메리 눈에는 마차 양쪽으로 펼쳐진 짙은 어둠 말고는 아무것도 보이지 않았다. 메리가 앞으로 몸을 숙이고 창문에 얼굴을 바짝 갖다 댄 바로 그 순간 마차가 심하게 덜컹했다. 메들록 부인이 말했다.

"아하, 이제 확실히 황무지에 들어섰네요."

마차에 달린 램프들이 울퉁불퉁해 보이는 길 위로 노란빛을 뿌렸다. 길은 수풀과 키 작은 잡초들 사이를 지나, 마차 주변을 온통 뒤덮고 있는 듯한 광활한 어둠 속으로 끝없이 이어진 것 같았다. 바람이 일더니 기이하고 거칠고 낮게, 쌩 소리를 내며 지나갔다.

"바다, 바다는 아니죠?"

메리가 메들록 부인을 돌아보며 물었다.

"아니, 바다는 아니에요. 그렇다고 들판이나 산도 아니고요. 그저 히스 꽃과 가시금작화와 금작화 말고는 아무것도 자라지 않는 거친 땅이 끝없이 펼쳐져 있는 거예요. 야생 조랑말과 양들 말고는 아무것도 살지 않지요."

"바다일지도 모른다는 느낌이 들어요. 꼭 물이 차 있을 것만 같아요. 지금 건 꼭 바다에서 나는 소리 같잖아요."

"수풀 사이로 부는 바람 소리예요. 내가 보기에는 거칠고 황량한 곳이지만 황무지를 좋아하는 사람들도 많아요. 히스 꽃이 필 때 특히 좋아들 하지요."

마차는 어둠 속을 쉬지 않고 달렸다. 비는 그쳤지만 바람이 쌩하고 지나가며 이상한 소리를 냈다. 길은 오르락내리락했고 마차는 몇 번인가 조그만 다리를 건너기도 했다. 다리 아래로 물이 요란한 소리를 내며 빠르게 흘러갔다. 메리는 마차가 끝없이 달릴 것처럼 느껴졌고 넓고 황량한 황무지가 광활한 검은 바다이고 자신이 그 바다 위로 좁고 길게 나 있는 육지 위를 지나가고 있는 것 같았다. 메리는 혼잣말로 중얼거렸다.

"이곳이 맘에 안 들어. 이곳이 싫어."

그러고는 가는 입술을 더 꽉 앙다물었다.

말들이 비탈진 언덕길을 오르고 있을 때 메리는 처음으로 불빛을 보았다. 메들록 부인도 곧이어 불빛을 보고는 길게 안도의 한숨을 내쉬었다.

"아, 저 반짝이는 빛을 보니 기쁘네요. 문지기의 오두막 창문에서 나오는 불빛이에요. 어쨌든 조금 있으면 맛있는 차를 마실 수 있을 거예요."

부인이 말한 대로 '조금 있으면'이 맞았다. 마차가 대정원의 정문을 지나고서도 3킬로미터가 넘는 진입로를 달려야 했던 것이다. 머리 위 하늘에서 만날 듯한 진입로 양옆의 나무들 때문에 마치 길고 어두운 납골당 안으로 들어가는 듯했다.

마차는 진입로에서 탁 트인 곳으로 빠져나와 엄청나게 길면서도 나지막하게 지어진 저택 앞에 멈췄다. 돌이 깔린 안마당 둘레로 이리저리 뻗어 있는 듯 보이는 집이었다. 처음에 메리는 불빛이 보이는 창문이 하나도 없다고 생각했지만, 마차에서 내리자 위층 모퉁이 방 하나에서 희미한 빛이 새어 나오는 게 보였다.

거대한 현관문은 크고 기이하게 생긴 떡갈나무 판자들로 만든 것이었다. 그 판자 위로 큼지막한 쇠못들이 박혀 있고 거다린 쇠막

대기들로 빗장이 걸려 있었다. 문을 열고 들어가자 어마어마하게 큰 홀이 나왔다. 홀은 아주 어둑했고 메리는 그 속에서 벽에 걸린 초상화 속 얼굴들과 갑옷을 입은 형체들을 바라보고 싶지 않았다. 돌로 된 바닥에 서 있는 메리는 아주 작은, 작고 이질적인 검은 형체처럼 보였다. 그렇게 보이는 것만큼 메리 스스로도 자신이 하찮게 느껴졌다. 길을 잃고 버려진 느낌이었다.

말쑥한 차림의 호리호리한 노인이 메리 일행에게 문을 열어 주었던 하인 옆에 서 있었다. 노인이 쉰 목소리로 말했다.

"아가씨를 방에 데려가도록 해요. 주인님이 지금 만나고 싶으시지 않다니. 주인님은 내일 아침에 런던으로 가실 거요."

메들록 부인이 대답했다.

"잘 알겠어요, 피처 씨. 제 할 일이 뭔지 잘 알고 있으니 알아서 할 수 있어요."

피처 씨가 말했다.

"메들록 부인. 부인이 할 일은 주인님이 방해받길 원하시지 않는다는 것과 만나고 싶지 않은 사람은 만나시지 않는다는 걸 잊지 않는 거요."

그러고는 메리 레녹스는 널따란 층계를 올라 긴 복도로 안내되었다. 다시 몇 계단을 올라가서 또 다른 복도를 지나고 또 지났고 마침내 한쪽 벽에 문이 열려 있는 곳까지 갔다. 그리고 어느새 메리는 불이 지펴져 있고 탁자 위에 저녁이 준비된 방 안에 있었다. 메들록 부인이 퉁명스럽게 말했다.

"자, 다 왔어요! 이 방과 바로 옆방이 아가씨가 쓸 방이에요. 이 방을 떠나면 안 돼요. 잊지 마세요!"

메리 아가씨는 이렇게 해서 미셀스웨이트 장원에 오게 되었다.
그리고 메리는 평생 그렇게 비딱한 마음이 든 것은 처음이었다.

4. 마사

아침에 메리가 눈을 뜬 것은 불을 지피러 방에 들어온 젊은 하녀 때문이었다. 하녀는 벽난로 앞에 깔린 양탄자에 무릎을 꿇고 엎드려서 요란하게 재를 긁어내고 있었다. 메리는 그대로 누워서 잠시 하녀를 지켜보다가 방을 둘러보기 시작했다. 메리는 그런 방을 한 번도 본 적이 없었다. 어딘가 묘하고 음울해 보이는 방이었다. 숲 속 풍경이 수놓인 벽걸이 융단이 벽을 온통 뒤덮고 있었다. 풍경 속에는 멋지게 옷을 차려입은 사람들이 나무 아래 서 있고 멀리 성 꼭대기의 작은 탑들이 언뜻언뜻 보였다. 사냥꾼과 말, 개와 숙녀들도 보였다. 메리는 마치 그들과 함께 숲 속에 있는 느낌이었다. 안으로 깊숙이 들어온 창문 밖으로 위로 쭉 뻗어 있는 땅이 보였다. 나무는 하나도 없는 듯했고 끝없이 펼쳐진 흐릿한 자줏빛의 바다처럼 보였다.

"저건 뭐야?"

손가락으로 창밖을 가리키며 메리가 물었다.

막 자리에서 일어난 젊은 하녀 마사 역시 창밖을 바라보며 손가락으로 가리켰다.

"저기 저거예?"

"그래."

마사가 사람 좋아 보이는 웃음을 지으며 말했다.

"황무지라예. 맘에 듭니꺼?"

"아니, 싫어."

"아가씨가 황무지에 낯이 설어 그럴 깁니더. 지금 보면 황무지가 억수로 크고 텅 빈 것 같겠지예. 하지만 아가씨도 좋아하게 될 깁니더."

마사가 다시 벽난로 앞에 앉으며 말했다.

"넌 좋아?"

메리가 물었다. 마사가 벽난로 안의 쇠로 된 장작 받침을 신 나게 닦아내며 대답했다.

"야, 좋아하지예. 억수로 좋아하지예. 절대 텅 빈 게 아니라예. 냄시도 좋은 것들이 자라서 황무지를 뒤덮고 있다 아입니꺼. 봄여름에 가시금작화랑 금작화랑 히스 꽃이 피면 억수로 예쁘지예. 꿀냄시도 나고 공기도 상쾌하고. 하늘도 억수로 높은 데다 꿀벌이랑 종달새들이 윙윙거리고 지저귀는데, 소리가 멋지다 아입니꺼. 아! 지는 뭘 준대도 황무지는 절대로 안 떠날 깁니더."

메리는 심각하고 당황한 표정으로 마사의 말에 귀를 기울였다. 메리에게 익숙했던 인도의 원주민 하인들은 전혀 이렇지 않았다. 원주민 하인들은 고분고분하게 주인의 말에 순종했으며 주제넘게 자신들이 주인과 동등하기라도 한 것처럼 말을 거는 법도 없었다. 원주민 하인들은 '살람(*인도와 이슬람 국가들에서 이마에 오른손을 대고 허리를 굽혀 하는 인사.)'이라는 인사를 하며 경의를 표했고 주인을 '가난한 사람의 수호자' 같은 이름으로 불렀다. 인도의 하인들에게 뭘 하라고 명령을 했으면 했지, 부탁하는 일은 없었다. 하인들에게 "부탁해."라거나 "고마워."라고 말하는 것은 그곳의 관습이 아니었다. 메리는 화가 나면 늘 아야의 뺨을 때렸다. 메리는 이 젊은 하녀가 누군가에게 뺨을 맞기라도 하면 어떻게 할지 조금 궁금해졌다. 마사는 둥글고 발그레한 사람 좋은 얼굴을 하고 있었지만 어딘가 억세 보이는 데가 있었다. 메리 아가씨가 보기에 뺨을 맞으면 되받아치지나 않을까 하는 생각이 들 정도였다. 뺨을 때린 사람이 어린 여자 아이라도 말이다.

"넌 이상한 하녀야."

메리는 베개를 베고 누워 다소 오만한 목소리로 말했다.

마사는 난로에 검은 광을 내는 솔을 손에 든 채 몸을 일으켜 쪼그려 앉더니 웃음을 터뜨렸다. 화난 기색은 전혀 없어 보였다.

"야, 지도 알아예. 미셀스웨이트에 큰마님이 계셨으몬 하녀 밑의 하녀도 못 됐겠지예. 부엌데기는 됐어도 위층에는 올라올 수도 없었을 깁니더. 억수로 상스러운 데다가 요크서 사투리도 많이 쓰고예. 하지만 여긴 굉장히 으리으리하기는 해도 웃기는 집이라예. 피처 씨랑 메들록 부인 말고는 주인님도 주인마님도 없는 거 같다 아입니꺼. 크레이븐 주인님은 여 있어도 아무 상관도 안 하시고예. 거의 집에도 안 계신다 아입니꺼. 메들록 부인이 고맙고로 지한테 일자리를 줬지예. 부인이 그러는데 미셀스웨이트가 다른 커다란 저택 같았으몬 택도 없는 일이라 카대예."

메리가 인도에서 지냈을 때 가졌던 오만함이 아직 남아 있는 태도로 물었다.

"네가 내 하녀야?"

마사는 다시 엎드려서 쇠로 된 장작 받침을 닦기 시작했다. 그리고 단호한 어조로 말했다.

"메들록 부인의 하녀지요. 메들록 부인은 크레이븐 주인님의 하녀고. 하지만 여기 위층에서 하녀 일을 하니깐 아가씨 시중도 좀 들어야죠. 하지만 아가씬 별로 시중들 필요도 없겠네."

"누가 내 옷을 입혀 주는데?"

메리가 물었다.

마사는 다시 쪼그려 앉으며 메리를 뚫어져라 바라보았다. 그리고 놀란 나머지 강한 억양의 사투리로 말했다.

"뭐라꼬예, 것도 혼자 못한다꼬요?"

"무슨 소리야? 네 말을 하나도 못 알아듣겠어."

"맞다! 깜빡했네. 메들록 부인이 말할 때 조심하라 켔는데. 안 그라몬 아가씨가 지 말을 못 알아듣는다고요. 그니까 혼자 옷도 못 입느냐고요?"

메리가 성난 목소리로 대답했다.

"못 입어. 한 번도 입어 본 적 없어. 당연히 아야가 입혀 줬지."

마사는 자신이 무례하다는 것을 전혀 깨닫지 못하는 게 분명했다.

"그라모 이제 배워야겠네예. 다시 어려질 수도 없다 아입니껴. 스스로 해 보는 것도 아가씨한테 도움이 될 깁니더. 울 어매는 늘

부잣집 자식들이 왜 바보가 안 되는지 모르겠다 카대예. 유모가 씻겨 주고 옷도 입혀 주고 꼭 강아지맹키로 델꼬 나가서 산책도 시켜 주고 하니깐요."

"인도에서는 달라."

메리 아가씨가 무시하듯 내뱉었다. 메리는 이런 상황을 견딜 수가 없었다. 하지만 마사는 전혀 움츠러드는 기색이 없었다. 마사가 거의 동정하는 말투로 말했다.

"다르다는 건 알지예. 아마 지위 높으신 백인들보다 흑인들이 훨씬 많기 때문일 깁니더. 아가씨가 인도에서 온다는 말을 들었을 땐 지는 아가씨도 흑인일 거라고 생각했다 아입니꺼."

메리는 화가 나서 침대에서 벌떡 일어나 앉았다.

"뭐, 뭐야! 내가 원주민이라 생각했다고? 그럼 넌, 넌 돼지 새끼야!"

마사는 놀라 눈을 동그랗게 떴다. 몹시 화가 나 보였다.

"지금 누구한테 욕하는데요? 그렇게 썽낼 필요 없다 아입니꺼! 어린 아가씨는 그딴 식으로 말하지 않습니더. 지는 흑인한테 나쁜 감정 없어예. 교회서 주는 책을 읽어 보면 흑인들은 맨날 신앙심이 깊다고 나오대예. 우리와 친구라고 나와 있고요. 지는 흑인을 본 적도 없어서 가까이서 보게 된다 생각하니깐 억수로 좋대예. 오늘 아침 이 방에 불을 지피러 들어와서 살금살금 아가씨 침대로 다가 왔었지예. 그리고 아가씰 볼라꼬 조심조심 이불을 젖혔지예."

그리고 실망스럽다는 듯 덧붙였다.

"아가씨가 누워 있대예. 뭐, 지보다 검지도 않고. 억수로 노랗기는 하대예."

메리는 울컥하고 창피한 마음을 굳이 누르려고 하지 않았다.

"내가 원주민이라 생각했다고? 감히 어떻게! 원주민은 하나도 모르면서! 원주민들은 사람이 아니야. 주인에게 살람 인사를 해야 하는 하인이란 말이야. 인도는 하나도 모르면서. 아무것도 모르면서!"

메리는 몹시 화가 나면서도 그저 빤히 바라보기만 하는 마사 앞에서는 속수무책이었다. 그리고 왜 그런지 모르겠지만 갑자기 끔찍하게 외롭고 자신이 이해하고 자신을 이해해 주던 모든 것들로부터 멀어진 느낌이었다. 메리는 베개에 풀썩 얼굴을 묻고는 격렬하게 울음을 터뜨렸다. 메리가 심하게 목 놓아 울자 사람 좋은 요크셔 처녀 마사는 좀 겁이 나기도 하고 메리가 안쓰럽기도 했다. 마사는 침대로 다가가 메리에게 몸을 굽히고는 애원하듯 말했다.

"아이고! 거서 그렇게 울면 안 되는데. 진짜 안 됩니더. 아가씨가 그리 성을 낼지 몰랐네예. 아가씨가 말한 대로 지는 진짜 아는 게 없어예. 용서하이소, 아가씨. 그만 우이소."

마사의 괴상한 요크셔 말투와 억센 태도에는 뭔가 위로가 되는 친근한 구석이 있었고 메리에게도 효과가 있었다. 메리는 차츰 울음을 그치고 조용해졌다. 마사는 마음이 놓인 듯했다.

"이제 일어날 시간입니더. 메들록 부인이 지한테 이 옆방으로 아가씨 아침이랑 간식이랑 저녁을 가져다주라 켔습니더. 옆방을 아가씨 놀이 방으로 만들어 났지예. 아가씨가 침대에서 일어나모 옷 입는 걸 도와줄게예. 단추가 등에 있으모 아가씨 혼자 채울 수 없을 테니깐."

마침내 메리가 일어나려고 마음먹었을 때, 마사가 옷장에서 꺼내 온 옷들은 메리가 전날 밤 메들록 부인과 이곳에 도착할 때 입고 있던 것이 아니었다.

"그건 내 게 아닌데. 내 건 까만색이야."

메리는 두툼한 하얀색 울 코트와 드레스를 살펴보았다. 그러고는 심드렁하게 좋다는 뜻을 덧붙였다.

"내 것보다 좋네."

"아가씨 이걸 꼭 입어야 합니더. 주인님이 메들록 부인한테 시켜서 런던에서 사온 옷들이라예. 주인님이 그랬다 카대예. '검은 옷을 입은 아이가 길 잃은 영혼처럼 헤매고 다니는 꼴을 볼 수는 없어. 여길 지금보다 더 슬프게 만들 거야. 아이에게 밝은색 옷을 입히도록 해요.' 우리 어매도 주인님 말씀이 무신 뜻인지 알겠다 카대예. 어매는 늘 진짜 의미가 뭔지 잘 알지예. 어매도 검은색은 반대고요."

"나도 까만색이 싫어."

옷을 입는 과정에서 두 사람 모두 뭔가를 알게 되었다. 마사는 어린 동생들 옷의 단추를 채워 준 적은 있었지만 꼼짝 않고 서서 마치 손도 발도 없는 것처럼 다른 사람이 다 해 주기를 기다리는 아이는 본 적이 없었다.

"신발은 직접 신지 그랍니꺼?"

메리가 조용히 자기 발을 내밀자 마사가 말했다.

"내 아야는 해 줬어. 그게 관습이었어."

마사의 얼굴을 빤히 쳐다보며 메리가 말했다.

메리는 툭하면 이 말을 꺼냈다.

"그게 관습이었어."

원주민 하인들도 늘 그 말을 입에 달고 다녔다. 누군가 그들의 조상들이 천 년이 지나도록 하지 않던 일을 하라고 지시하면, 원주민들은 온순한 표정으로 그 사람을 바라보며 이렇게 말했다.

"그건 관습이 아니에요."

일을 시킨 사람도 원주민들이 그렇게 말하면 그걸로 끝이라는 걸 알고 있었다.

이제까지는 옷을 입혀 줄 때 인형처럼 꼼짝 않고 서 있는 것 말고 뭔가 하는 게 오히려 관습에 어긋나는 일이었다. 하지만 아침을 먹을 채비를 하기 전 메리는 의심이 들기 시작했다. 미셀스웨이트 장원에서의 삶이 결국 난생 처음 경험하는 여러 가지 것들, 예를 들어 혼자 신발이나 양말을 신고 자신이 떨어뜨린 것을 직접 줍고 하는 일들을 배우는 것으로 끝이 날지도 모른다고 말이다. 만약 마사가 젊은 귀부인 시중을 드는 잘 훈련된 뛰어난 하녀였다면 좀 더 고분고분하고 공손하게 행동했을 것이다. 그리고 머리를 빗기고 부츠를 신기고 떨어진 것을 주워서 치워 두는 게 자신의 일이라는 것을 알았을 것이다. 하지만 마사는 훈련 안 된 요크셔 시골 처녀일 뿐이었다. 마사는 벌 떼처럼 많은 어린 동생들과 함께 황무지에 있는 작은 집에서 자랐다. 마사의 동생들 역시 스스로 제 앞가림을 하고, 팔에 안긴 아기나 이제 막 아장아장 걷기 시작해서 이것저것 넘어뜨리고 다니는 동생들을 챙기느라 다른 일은 꿈꿔 본 적도 없는 아이들이었다.

만약 메리 레녹스가 쉽게 즐거워하는 아이였다면 이야기가 하고 싶어 안달인 마사의 모습에 웃음을 터뜨렸을지도 모른다. 하지만 메리는 그저 냉담하게 마사의 이야기를 들으며 마사의 거리낌 없는 태도가 놀라울 뿐이었다. 그러나 처음에는 전혀 흥미가 없던 메리도 마사가 싹싹하고 꾸밈없는 태도로 계속 떠들어 대자 그 말에 관심을 기울이기 시작했다.

"아이고! 아가씨가 그 애들을 봐야 하는 긴데. 전부 열두 명이나 되는데 아부지는 일주일에 계우 16실링을 버는 기라예. 우리 어매는 그 돈으로 동생들한테 죽을 해 먹이기도 벅찰걸요? 동생들은 황무지에서 하루 종일 이리저리 뒹굴면서 놀지예. 어매는 황무지 공기가 동생들을 살찌우는 거라대예. 갸들이 야생 조랑말맨키로 풀을 뜯어 먹는 게 확실하다꼬요. 지 동생 디콘은 열두 살인데, 지 거라고 부르는 어린 조랑말도 있다 아입니꺼."

"그 앤 조랑말이 어디서 났는데?"

메리가 물었다.

"그 말이 망아지였을 때 어미하고 황무지에 있는 것을 디콘이 발견했지예. 그라고 그때부터 그 말과 친해지면서 빵 조각을 주기도 하고 어린 풀을 뽑아다 주기도 했지예. 그러다가 그 말도 디콘을 좋아하게 돼서 디콘을 졸졸 따라다니고 등에 태워 주기도 한기고요. 디콘은 상냥한 녀석이라 동물들도 디콘을 좋아합니더."

메리는 한 번도 애완동물을 키워 본 적이 없었다. 그래도 항상 키우고 싶다는 생각은 했었다. 그래서인지 메리는 디콘에게 조금 흥미가 생기기 시작했다. 이제까지 메리가 자기 외에 다른 누구에게도 관심을 갖지 않은 것을 생각하면, 메리에게 건강한 감정이 생겨날 조짐이 보이는 것이었다. 자신을 위해 마련된 놀이 방으로 들어간 메리는 아침까지 잠을 잤던 방과 꽤 비슷하다는 것을 알게 되었다. 아이의 놀이 방이라기보다는 어른이 쓰는 방이었다. 벽에는 오래되고 우울한 그림들이 걸려 있었고 육중한 느낌의 낡은 떡 갈나무 의자들이 놓여 있었다.

방 한가운데에 있는 테이블 위에는 상당히 많은 양의 아침이 차려져 있었다. 하지만 메리는 늘 식욕이 별로 없었으므로, 마사가 자기 앞에 내놓은 첫 번째 그릇을 거의 무관심에 가까운 태도로 바라보기만 했다.

"먹기 싫어."

"죽이 먹기 싫다꼬요?"

마사는 믿을 수 없다는 듯이 소리를 질렀다.

"그래."

"얼마나 맛있는지 몰라 그러는 깁니더. 당밀이나 설탕을 좀 넣어 보이소."

"먹기 싫어."

메리가 다시 말했다.

"아이고! 맛있는 음식이 버려지는 꼴은 볼 수가 없는데. 동생들이 이 테이블에 앉아 있었으모 아마 5분 안에 그릇을 싹싹 비웠을 기라예."

메리가 쌀쌀맞게 물었다.

"왜?"

"왜냐꼬요! 지 동생들은 평생 배불리 먹은 적이 없다 아입니꺼. 그 애들은 매나 여우 새끼맨키로 배가 고프니까요."

"배고프면 어떤데?"

메리는 그딴 건 모른다는 듯 무심하게 대답했다.

마사는 노여워하는 표정이 되었다. 그리고 기리낌 없이 말했다.

"한번 먹어 보는 게 아가씨한테도 좋을 깁니더. 틀림없이 그럴 깁니더. 지는 앉아서 맛좋은 빵과 고기를 말똥말똥 쳐다만 보는 사람들을 참을 수가 없십니더. 아이고! 디콘이랑 필이랑 제인이랑 다른 애들이 여 있는 걸 지들 앞치마 속에 넣어 갈 수 있다면 좋겠고만."

그러자 메리가 제안했다.

"그럼 그 애들한테 이걸 가져다주면 되잖아?"

마사가 강경한 어조로 대답했다.

"이 음식들은 지 게 아닙니더. 그리고 오늘은 쉬는 날도 아니고요. 딴 사람들이랑 똑같이 한 달에 한 번 쉽니더. 쉬는 날 집에 가서 어매는 그날 하루 쉬게 하고 어매 대신에 지가 깨끗하게 청소를 하지예."

메리는 차를 몇 모금 마시고 토스트에 마멀레이드를 발라 조금 먹었다.

마사가 말했다.

"따뜻하게 챙겨 입고 밖에 나가 뛰어놀도록 하이소. 그라모 아가씨한테 도움도 되고 괴기도 묵고 싶을 깁니더."

메리는 창가로 다가갔다. 여기저기 정원이며 오솔길, 커다란 나무들이 보였지만 전부 우중충하고 쓸쓸해 보였다.

"나가라고? 왜 이런 날에 밖에 나가야 하는데?"

"밖에 나가지 않으모 계속 안에 있어야 할 긴데 안에서 뭘 할 긴대요?"

메리는 주변을 쓱 훑어보았다. 할 게 아무것도 없었다. 메들록 부인은 놀이 방을 마련할 때 놀 거리는 전혀 생각하지 않았던 것이다. 어쩌면 밖에 나가 정원이 어떻게 생겼나 보는 게 나을지도 몰랐다. 메리가 물었다.

"누구랑 같이 가는데?"

마사가 메리를 빤히 바라보았다.

"아가씨 혼자 가야지예. 아가씨도 다른 형제자매가 없는 아이들 맨키로 혼자 노는 법을 배워야 할 기라예. 우리 디콘은 혼자 황무지에 나가서 시간 가는 줄 모르고 논다 아입니꺼. 그케서 조랑말이랑 친구도 되었고요. 황무지에 사는 양들 중에는 디콘을 알아보는 놈도 있어예. 디콘에게 다가와서 손에 있는 걸 먹는 새들도 있고 말입니더. 먹을 게 아무리 적어도 디콘은 항시 지가 먹을 빵에서 동물들한테 줄 몫을 쪼매 떼어 놓지예."

메리가 나가기로 결심한 것은 전적으로 디콘에 관한 얘기 때문이었다. 비록 메리 자신은 그것을 깨닫지 못했지만 말이다. 밖에 나가면 조랑말이나 양은 아니더라도 새들은 있을 테니까. 인도에서 보았던 새들과는 다를 테니 이곳의 새들을 보는 것도 즐거울 것 같았다.

마사는 메리에게 코트와 모자, 조그맣고 튼튼한 장화 한 켤레를 챙겨 주고는 아래층으로 내려가는 길을 안내해 주었다. 마사가 벽처럼 늘어서 있는 관목들 사이로 난 문을 가리키며 말했다.

"저 길을 돌아가면 정원들이 나올 깁니더. 여름에는 꽃들이 잔뜩 피지만 지금은 암것도 피어 있지 않아예."

그리고 망설이는 듯 보이더니 이내 덧붙였다.

"정원 가운데 하나는 잠겨 있십니더. 10년 동안 거 들어간 사람은 아무도 없어예."

"왜?"

메리는 자신도 모르게 물었다.

이 이상한 집에 있는 100개의 방도 부족해 잠긴 문이 또 하나 있었던 것이다.

"마님이 갑자기 세상을 떠나니까 크레이븐 주인님이 그 정원을 잠가 뿟다 아입니꺼. 주인님은 누구도 그 안에 들어가는 걸 허락하지 않십니더. 마님의 정원이었으니까요. 주인님은 문을 잠그고 땅에 구멍을 파서 열쇠를 묻었지예. 메들록 부인이 종을 울리네예. 퍼뜩 가 봐야겠어예."

마사가 돌아간 뒤 메리는 산책로를 걸어 관목들 사이로 난 문으로 향했다. 10년 동안 아무도 들어가지 않았다는 정원 생각이 나는 건 어쩔 수가 없었다. 어떤 모습일지, 아직 살아 있는 꽃들이 있을지 궁금했다. 관목들 사이의 문을 지나자 메리의 눈앞에 널찍한 정원이 나타났다. 넓게 펼쳐진 잔디밭과 구불구불한 산책로가 있고 잔디밭 둘레는 잘 다듬어져 있었다. 나무와 꽃밭, 이상한 형태로 다듬어진 상록수들이 보였고 한가운데에는 낡은 회색빛 분수가 있는 커다란 연못도 있었다. 하지만 꽃밭은 벌거벗은 채 황량하기만 했고 분수는 물을 뿜지 않았다. 이곳은 잠겨 있는 정원이 아니었다. 어떻게 정원이 잠겨 있을 수 있단 말인가? 정원이란 게 언제나 사람들이 들어갈 수 있는 법인데 말이다.

이런 생각을 하고 있을 때였다. 메리가 걷고 있던 길 끝에 담쟁이덩굴로 덮인 긴 담벼락 같은 게 보였다. 아직 영국의 모든 게 낯선 메리로서는 자신이 채소와 과일을 키우는 텃밭에 온 것이란 사실을 알 수 없었다. 메리는 담으로 다가갔고 담쟁이덩굴 사이로 초록색 문이 있는 것을 발견했다. 문은 활짝 열려 있었다. 이 정원은 분명 잠겨 있지 않았고 메리는 그 안으로 들어갈 수 있었다.

문 안으로 들어간 메리는 그게 사방으로 담이 쳐진 정원이라는 걸 알게 되었다. 그렇게 담을 두른 정원이 몇 개 더 있고 정원에서 정원으로 통하는 문이 있는 듯했다. 메리의 눈에 또 다른 녹색 문이 열려 있는 게 보였다. 열린 문 틈새로 겨울 채소를 심어 놓은 밭들, 그 사이로 난 좁은 길과 관목들이 보였다. 과일나무들은 담에 딱 붙어서 손질되어 있었고 밭 위에 유리로 된 온상이 만들어진 곳도 있었다.

'정말 여긴 아무것도 없이 흉하기만 하네.'

메리는 멈춰 서서 사방을 두리번거리며 그렇게 생각했다. 여름이 되어 여기저기 초록빛으로 물들면 좀 괜찮을지 모르겠지만 당장은 예쁜 데가 하나도 없었다.

얼마 안 있어 어깨에 삽을 둘러멘 노인이 두 번째 정원과 연결된 문으로 걸어 나왔다. 노인은 메리를 보고 화들짝 놀란 눈치더니 모자에 가볍게 손을 대며 인사했다.

늙고 퉁명스러워 보이는 얼굴이었고 메리를 만난 게 전혀 반갑지 않은 눈치였다. 하지만 메리 역시 이 정원이 못마땅하던 참이었고 여느 때처럼 '심술쟁이' 같은 표정을 지었다. 분명 메리 역시 노인을 만난 게 전혀 반갑지 않은 얼굴이었다.

"여긴 뭐하는 곳이야?"

메리가 물었다.

"텃밭."

"저긴 뭔데?"

메리가 다른 초록색 문 안쪽을 가리키며 물었다. 노인이 무뚝뚝하게 대답했다.

"저도 텃밭. 담 너머로 또 밭이 있고 그 담 너머로는 과수원이 있고."

"들어가도 돼?"

메리가 물었다.

"맘대로 하소. 하지만 볼 기 암것도 없을 긴데."

메리는 대꾸하지 않았다. 그대로 길을 따라 내려가 두 번째 초록 문을 지났다. 그 정원에도 담벼락과 겨울 채소들과 유리 온상이 있었다. 두 번째로 들어간 정원 벽에도 초록 문이 있었지만 그 문은 열려 있지 않았다. 어쩌면 그 문 안에 10년 동안 아무도 본 적이 없다던 정원이 있는지도 몰랐다. 메리는 절대 겁 많은 아이가 아닐뿐더러 언제나 자기가 원하는 대로 했던 아이였으므로, 그 초록 문으로 다가가 손잡이를 돌렸다. 메리는 문이 열리지 않기를 바랐다. 그래서 그 비밀에 싸인 정원을 찾아냈다고 믿고 싶었다. 하지만 문은 너무나 쉽게 열렸고 메리가 그 문으로 걸어 들어가자 과수원이 나왔다. 그곳도 역시 담이 둘러쳐져 있었고 나무들이 그 담에 바짝 붙어서 손질되어 있었다. 겨울이라 거무스름해진 풀밭에서 벌거벗은 과일나무들이 자라고 있었다. 하지만 초록 문은 어디에서도 보이지 않았다. 메리는 문을 찾아 정원 안쪽 끝까지 들어갔고 그제야 담이 이쪽 과수원에서 끝나지 않고 과수원 너머까지 이어져 건너편에 있는 곳도 에워싸고 있음을 깨달았다. 담벼락 위로 여러 그루의 나무 꼭대기가 보였다. 그리고 가만히 서 있던 메리의 눈에, 가슴이 진홍색인 새 한 마리가 그중 가장 높은 나뭇가지에 앉아 있는 게 보였다. 그리고 별안간 그 새가 겨울 노래를 부르기 시작했다. 마치 메리를 발견하고는 소리 높여 부르고 있는 것 같았다.

메리는 잠시 멈춰서 그 노랫소리를 들었다. 웬지 명랑하고 정답게 지저귀는 작은 새소리가 메리의 마음을 기쁘게 했다. 붙임성 없는 어린 계집애라도 외로움을 느낄지 모른다. 꼭꼭 잠겨 있는 커다란 집과 황량한 황무지와 정원이 아이에게는, 마치 이 세상에 자기 말고는 아무도 없는 것 같은 느낌을 주었던 것이다. 만약 메리가 사랑받는 것에 익숙한 다정한 아이였다면 아마 큰 슬픔에 잠겼을 것이다. 하지만 '심술쟁이 메리 아가씨'이긴 해도 메리는 외로웠다. 가슴이 진홍색인 작은 새는 메리의 작고 침울한 얼굴에 미소 비슷한 표정이 번지게 만들었다. 메리는 새가 멀리 날아갈 때까지 새소리에 귀를 기울였다. 그 새는 인도에서 보던 새와는 달랐고 메리는 그 새가 마음에 들었다. 그리고 새를 다시 보게 될지 궁금했다. 어쩌면 그 새는 비밀에 싸인 정원에 살며 그 비밀을 모두 알고 있는지도 몰랐다.

어쩌면 메리가 사람이 들어가지 않는 정원 생각에 매달리는 건 달리 할 게 아무것도 없었기 때문인지도 몰랐다. 메리는 그 정원에 호기심이 생겼고 어떤 모습인지 보고 싶었다. 왜 아치볼드 크레이븐 고모부는 열쇠를 묻어 버린 걸까? 그렇게도 아내를 사랑했다면서 왜 아내의 정원은 싫은 걸까? 메리는 고모부를 보게 될지 어떨지 모르겠지만 보게 되더라도 고모부를 좋아하지 않으리라는 걸, 고모부 또한 자신을 좋아하지 않으리라는 걸 알고 있었다. 그리고 자신이 가만히 서서 고모부를 쳐다보기만 하고 아무 말도 못할 거라는 사실도 알고 있었다. 고모부에게 왜 그런 괴상한 짓을 했는지 묻고 싶은 마음이 굴뚝같겠지만 말이다.

메리는 생각했다.

'사람들은 나를 좋아하지 않고 나도 사람들이 싫어. 난 절대 크로포드네 애들처럼 떠들어 대지 못할 거야. 그 애들은 항상 얘길하고 웃고 시끄럽게 굴지.'

메리는 울새와 자신에게 노래를 불러 주는 것 같던 그 모습을 생각했다. 그리고 울새가 앉아 있던 나무 꼭대기가 떠오른 순간 메리는 길에 갑자기 멈춰 섰다.

"그 나무는 비밀스런 정원에 있는 게 분명해. 확실해. 그 주위로 담은 있는데 문이 없잖아."

메리가 처음 들어갔던 텃밭으로 돌아가 보니 노인이 땅을 일구고 있었다. 메리는 다가가 그 곁에 섰다. 그리고 무관심한 듯한 태도로 몇 분간 노인을 지켜보았다. 노인은 메리가 곁에 있는 걸 알아차리지 못했고 결국 메리가 노인에게 말을 건넸다.

"다른 정원에 들어갔었어."

"아가씨가 못 드갈 이유가 없제."

노인이 퉁명스럽게 대답했다.

"과수원에도 갔어."

"문 앞에 개가 있어서 아가씨를 물어뜯을 것도 아니니까."

"거기에는 다른 정원으로 들어가는 문이 없었어."

노인은 잠시 땅을 파던 손을 멈추고 거친 목소리로 물었다.

"무신 정원?"

메리 아가씨가 대답했다.

"담 너머에 있는 정원 말이야. 거기에 나무들도 있어. 나무 꼭대기를 내가 봤다니까. 붉은 가슴을 가진 새 한 마리가 나무 꼭대기에 앉아서 노래를 불렀어."

놀랍게도 늙고 햇볕에 거칠어진 얼굴에 있던 퉁명스러운 표정이 싹 바뀌었다. 그 얼굴에 천천히 미소가 번지자 늙은 정원사는 완전히 다른 사람 같았다. 메리는 미소를 지은 것뿐인데 어떻게 그렇게 멋진 사람으로 보일 수 있는지 신기하기만 했다. 그런 생각이 든 건 처음이었다.

노인이 과수원 방향으로 몸을 돌리더니 휘파람을 불기 시작했다. 낮게 깔리는 부드러운 소리였다. 퉁명스러운 노인이 어떻게 그렇게 달콤한 소리를 낼 수 있는지 이해할 수가 없었다.

바로 다음 순간 아주 멋진 일이 일어났다. 급하게 하늘을 가르며 날아오는 작고 부드러운 소리가 들렸다. 두 사람에게 붉은 가슴을 한 새가 날아오고 있었다. 그 새는 정원사의 발 바로 옆 커다란 흙덩이 위에 내려앉았다.

"왔나?"

노인은 흐뭇하게 웃더니 마치 아이에게 하듯 새에게 말을 걸었다.

"어델 갔던 기고, 이 뻔뻔한 놈아? 여태 안 보이더만. 이렇게 이른 시기에 짝짓기라도 시작한 기가? 너무 급한 거 아이가?"

새는 그 조그만 머리를 갸웃거리고 부드럽게 빛나는 까만 이슬방울 같은 눈으로 노인을 올려다보았다. 새는 노인과 잘 아는 사이라 노인이 전혀 두렵지 않은 듯했다. 주위를 폴짝폴짝 뛰어다니면서 씨와 벌레를 찾아 신 나게 땅을 쪼아댔다. 메리는 마음속으로 묘한 감정을 느꼈다. 그 새는 아주 예쁘고 명랑한 게 꼭 사람 같아 보였기 때문이었다. 몸은 조그맣고 포동포동했으며 부리는 섬세해 보였고 두 다리는 부러질 듯 가늘었다.

"할아버지가 부르면 항상 오는 거야?"

메리가 속삭임에 가까운 소리로 물었다.

"그럴 기구만. 녀석이 게우 날 수 있게 된 얼라 새일 때부터 알고 지냈다 아이가? 녀석은 딴 정원에 있던 둥지서 알을 깨고 나왔제. 처음 날아서 담을 넘어왔을 적에 너무 약해서 다시 날아서 넘어갈 수가 없었던 기지. 그 며칠 동안 우리는 친구가 된 기라. 녀석이 다시 벽을 넘어갔을 땐 함께 태어난 다른 새끼들은 모두 가 버리고 없었던 기야. 녀석이 외로븐 신세가 돼서 나한테 돌아온 기제."

메리가 물었다.

"저 새는 종류가 뭐야?"

"모른다꼬? 붉은가슴울새 아니오. 녀석들은 시상에서 가장 다정하고 호기심 많은 샌 기라. 개맨키로 사람이랑 잘 지내제. 물론 녀석들과 친해지는 법을 안다면 말이제. 저서 땅을 쪼면서 가끔 우리를 돌아보는 것 쫌 보소. 우리가 지 얘기를 하는 걸 아는 기지."

노인을 바라보는 일은 세상에서 가장 이상한 일이었다. 노인은 자랑스럽기도 하고 좋기도 한 것처럼 진홍색 조끼를 입은 작고 포동포동한 새를 바라보았다. 노인이 흐뭇하게 웃으며 말했다.

"억수로 교만한 녀석인 기라. 사람들이 지 얘기를 하는 기 들리마 좋아 죽지. 호기심도 많고. 시상에, 녀석맨키로 호기심 많고 간섭하기 좋아하는 새도 없을 기구만. 늘상 내가 뭘 심나 본다고 다가오는 기지. 크레이븐 주인님도 알려고 하지 않는 것을 녀석은 다 알고 있으니 녀석이 진짜 수석 정원사인 기라."

울새는 이리저리 바쁘게 뛰어다니며 땅을 쪼아대다가 가끔 멈춰 서서 두 사람을 잠깐씩 올려다보았다. 메리는 울새의 검은 이슬방울 같은 눈이 호기심에 가득 차서 자신을 바라보는 것 같았다. 마치 메리에 관해 모든 걸 알아내려는 듯 보였다. 메리 마음속의 이상한 감정도 커져 갔다. 메리가 물었다.

"나머지 새끼들은 어디로 날아간 거야?"

"모르지. 부모 울새들이 새끼들을 둥지에서 내쫓아 보내서 누가 보기도 전에 벌써 흩어져 뿐 기지. 이 녀석은 영리해서 지가 외로븐 신세가 된 걸 안 기야."

메리 아가씨는 울새에게 한 발짝 다가서서 새를 지그시 바라보았다.

"난 외로워."

예전의 메리는 자신이 뭔가 못마땅하고 짜증이 나는 이유 중 한 가지가 외로움이라는 사실을 몰랐다. 메리는 울새가 자신을 바라보고 자신이 울새를 바라보던 순간 그 사실을 깨닫게 된 것 같았다.

늙은 정원사는 대머리에 쓴 모자를 뒤로 젖히고 잠시 메리를 빤히 바라보았다.

"아가씨가 인도에서 왔다는 어린 처잔갑네?"

메리가 고개를 끄덕였다.

"그라모 아가씨가 외롭다는 기 하나도 이상할 기 없네. 아가씨는 전보다 더 외로워질 기구만."

노인은 정원의 검고 비옥한 흙 속에 삽을 깊숙이 찔러 넣으며 다시 땅을 일구기 시작했다. 그 사이 울새는 이리저리 뛰어다니며 바삐 시간을 보냈다. 메리가 물었다.

"할아버지는 이름이 뭐야?"

노인이 메리의 물음에 대답하려고 허리를 폈다.

"벤 웨더스태프."

노인이 대답했다. 그러더니 심술궂게 웃으며 덧붙였다.

"절마가 내 옆에 없시마 내사 마 외로븐 신센 기라."

노인은 갑자기 엄지손가락으로 울새를 가리켰다.

"절마가 내 유일한 친구지."

"난 친구가 하나도 없어. 한 번도 없었지. 내 아야는 날 싫어했고 난 누구랑 놀아 본 적도 없어."

요크서 사람들은 거침없이 솔직하게 자신의 생각을 말하는 기질이 있고, 벤 웨더스태프 노인은 바로 그 요크서 황무지 사람이었다.

"아가씨랑 내는 억수로 비슷하구만. 딱 빼다 박았다 아이가. 우리 둘 다 얼굴도 별로고 둘 다 얼굴맨키로 심술궂지. 둘 다 심보가 못된 기라. 우리 둘 다. 내 장담한데이."

아주 솔직한 말이었고 메리 레녹스는 평생 자신에 관한 솔직한 이야기를 들어 본 적이 없었다. 원주민 하인들은 항상 살람 인사를 하고 뭘 하든 복종했다. 메리는 자신의 외모에 관해 깊이 생각해 본 적이 없었다. 하지만 자신이 벤 웨더스태프 노인처럼 외모가 별로인지, 울새가 오기 전 노인의 얼굴처럼 못마땅한 얼굴인지 궁금했다. 자신의 심보가 고약한지도 정말로 궁금해지기 시작했다.

메리는 마음이 불편했다.

갑작스럽게 옆에서 작고 맑은 소리가 잔물결처럼 흘러나오자 메리는 몸을 돌렸다. 메리는 어린 사과나무에서 몇 걸음 떨어진 곳에서 있었는데 울새가 그 사과나무 가지 가운데 하나로 날아가 노래를 부르기 시작했던 것이다. 벤 웨더스태프 노인이 껄껄 웃음을 터뜨렸다. 메리가 물었다.

"저 새가 왜 저러는 건데?"

"아가씨하고 친구가 되기로 맘을 정했나 보구만. 녀석은 틀림없이 아가씨가 맘에 든 기다."

"내가?"

메리는 가만가만 작은 나무로 다가가 새를 올려다보았다.

"나랑 친구가 되어 줄래? 그럴래?"

메리는 마치 사람에게 하듯이 울새를 향해 말을 꺼냈다. 평소처럼 작고 딱딱한 목소리도, 그렇다고 인도에서처럼 거만한 목소리도 아니었다. 메리가 아주 부드럽고 간절하게 사근사근한 말투로 말해서 벤 웨더스태프 노인도 메리가 그의 휘파람 소리를 들었을 때 그랬던 것처럼 깜짝 놀랐다. 노인이 외쳤다.

"아이고, 다정하고 인정시럽게도 말하는구만. 그카니까 사나븐노파가 아니라 진짜 아 같네. 디콘이 황무지서 들짐승들한테 말을 걸 때하고 억수로 비슷하네."

"디콘을 알아?"

메리가 홱 몸을 돌리며 물었다.

"모르는 사람이 없지. 디콘은 안 싸다니는 데가 없으니까. 아마 블랙베리랑 히스 꽃도 디콘을 알 기구만. 분명히 여우도 글마한테는 지 새끼 있는 곳을 갈쳐 주고 종다리도 지 둥지 있는 데를 숨기지 않을 기야."

메리는 좀 더 묻고 싶었을 것이다. 메리는 사람의 발길이 끊긴 정원만큼이나 디콘이 궁금했다. 하지만 바로 그 순간, 노래를 끝낸 울새가 잠시 두 날개를 퍼덕이더니 활짝 펴고는 멀리 날아가 버렸다. 방문을 마친 울새에게는 다른 할 일들이 있었던 것이다.

울새를 바라보며 메리가 외쳤다.

"담벼락 너머로 날아갔어. 과수원 안으로 날아갔어…… 다시 담벼락을 넘어서…… 문이 없는 정원으로 들어간다!"

"녀석이 거 사니까. 그 정원에 낳아 놓은 알에서 나왔제. 녀석이 지 짝을 찾는 중이마 거기 오래된 장미나무에 사는 울새 아가씨한테 알랑거리고 있을 기다."

메리가 말했다.

"장미나무, 거기 장미나무가 있어?"

벤 웨더스태프 노인은 다시 삽을 집어 들고 땅을 일구기 시작했다. 그리고 중얼거리듯 말했다.

"10년 전에는 있었지."

"보고 싶어. 초록색 문은 어디에 있어? 어딘가 문이 분명 있을 텐데."

삽을 깊숙이 찔러 넣는 벤 노인은 메리가 처음 봤을 때처럼 쌀쌀맞아 보였다.

"10년 전에는 있었지만 지금은 없다."

"문이 없다니! 분명히 있어."

"아무도 못 찾는다 안 카나. 누가 상관할 일도 아닌 기라. 참견하기 좋아하는 가시내처럼 굴지 말고 씰데없이 기웃거리지도 말고. 자, 내는 다시 일해야 하니까 가서 놀그라. 내는 시간이 없다."

그러고는 삽질을 멈추고 삽을 어깨에 둘러메더니, 메리에게는 눈길 한 번 주지 않고 작별 인사도 하지 않고서 걸어가 버렸다.

5. 복도에서 들려오는 울음소리

　처음에는 메리 레녹스에게 하루하루가 매일 똑같이 지나갔다. 매일 아침 메리는 벽걸이 융단으로 장식된 자신의 방에서 깨어나 마사가 벽난로 앞에 무릎을 꿇고 앉아 불을 피우는 것을 보았다. 그리고 매일 아침 재미있는 게 아무것도 없는 놀이 방에서 아침을 먹었다. 아침을 먹고 난 다음에는 매번 창문 밖으로 멀리 넓디넓은 황무지를 응시했다. 황무지는 사방으로 펼쳐져 있고 하늘까지 닿아 있는 듯했다. 한동안 황무지를 바라보던 메리는 만약 밖에 나가지 않는다면 하루 종일 집 안에서 아무 할 일 없이 있어야 할 거라는 사실을 깨달았다. 그래서 메리는 밖으로 나가는 것이었다. 메리는 모르고 있었지만 그것만큼 잘한 일도 없었다. 그리고 메리는 또 모르고 있었지만, 오솔길과 가로수 길을 따라 빠르게 걷거나 심지어 달리기 시작했을 때 더디게 흐르던 피가 들끓고 황무지에서 거세게 불어오는 바람과 싸우느라 몸도 튼튼해지고 있었다. 메리는 단지 몸을 따뜻하게 하려고 달리는 것이었고, 마치 보이지 않는 거인처럼 자신의 얼굴을 향해 돌진해 오고 큰 소리로 울부짖고 앞을 가로막는 바람이 싫었다. 히스 꽃 위로 거칠게 불어오는 신선한 공기가 비쩍 마른 메리의 몸에 도움이 되는 뭔가를 폐 속에 가득 채워 넣었고 메리의 뺨을 때려서 붉은빛이 돌도록 만들었으며 흐릿한 눈을 반짝이게 했다. 메리는 그런 사실을 전혀 알지 못했다.

거의 온종일 밖에서 시간을 보낸 며칠 뒤, 아침에 잠에서 깬 메리는 배고픈 게 뭔지 알게 되었다. 그리고 아침 식탁 앞에 앉았을 때 경멸하듯 죽을 쓱 훑어보고 밀어 버리는 짓을 하지 않았다. 대신 숟가락을 들고 먹기 시작하더니 그릇을 싹 다 비웠다. 마사가 말했다.

"오늘 아침에는 죽을 디게 잘 먹는 거 같네예?"

메리 자신도 조금 놀라움을 느끼며 말했다.

"오늘은 맛이 좋네."

"식욕이 당기는 기 다 황무지 공기 덕이라예. 당기는 만큼 먹을 게 있다는 걸 행운으로 아소. 우리 오두막집에는 먹고 싶어도 뱃속을 채울 기 암것도 없는 아이들이 열두 명이나 있다 아입니꺼. 그렇게 맨날 밖에 나가 놀다 보믄 뼈에 살도 붙고 그래 누리끼리하게 보이지도 않을 깁니더."

"난 놀지 않아. 놀 게 아무것도 없는데."

마사가 소리쳤다.

"놀 게 없다꼬요! 우리 아아들은 막대기랑 돌만 갖고도 놀아예. 그냥 이리저리 뛰어다니고 소리치고 이것저것 보면서예."

메리는 소리치지는 않았지만 이것저것 보기는 했다. 달리 할 게 아무것도 없었던 것이다. 여기저기 정원들을 돌고 또 돌며 대정원에 있는 오솔길들을 헤매고 다녔다. 가끔 벤 웨더스태프 노인을 찾아다니기도 했는데, 몇 번 일하고 있는 노인을 발견했지만 노인은 너무 바빠서 메리를 쳐다보지도 않거나 너무 뚱한 얼굴을 하고 있었다. 한 번은 메리가 다가오는 것을 보고는 마치 일부러 그러는 양 삽을 들고 홱 돌아서 버렸다.

메리가 다른 곳보다 자주 가는 곳이 한 군데 있었다. 담으로 둘러싸인 정원 바깥으로 난 긴 산책로였다. 산책로 양옆으로 맨땅이 드러난 꽃밭이 있었고 담을 타고 담쟁이덩굴이 무성하게 자라고 있었다. 담 가운데 짙은 초록색 잎들이 다른 어느 곳보다 무성하게 뒤덮고 있는 곳이 있었다. 마치 오랫동안 돌보지 않고 방치된 것처럼 보였다. 그곳을 제외한 나머지는 다듬어서 깔끔하게 보였지만 산책로 아래쪽 끝 부분에 있는 이곳은 전혀 손질되지 않은 것 같았다.

벤 웨더스태프와 얘길 하고 나서 며칠이 지난 뒤, 메리는 이런 사실을 발견하고는 멈춰 섰고 왜 그런 것인지 궁금했다. 막 그 자리에 서서 바람에 흔들리는 긴 담쟁이덩굴 가지들을 올려다본 순간, 언뜻 진홍색의 무언가가 휙 지나가는 게 보였고 짹짹거리는 소리가 선명하게 들려왔다. 그리고 담 꼭대기에 벤 웨더스태프 노인의 붉은가슴울새가 앉아 있었다. 앞쪽으로 몸을 기울이고 조그만 머리를 옆으로 살짝 기울이고는 메리를 바라보았다. 메리가 큰 소리로 외쳤다.

"아, 너구나. 너니?"

메리는 울새에게 말을 거는 게 하나도 이상하지 않았다. 마치 울새가 듣고 이해해서 대답이라도 할 거라고 확신하는 듯했다.

울새가 대답했다. 지저귀고 짹짹거리고 담을 따라 폴짝폴짝 뛰는 게 마치 메리에게 온갖 이야기를 하고 있는 것 같았다. 메리 아가씨 역시 울새가 말로 하지는 않았지만 이해할 수 있을 것 같았다. 울새는 이렇게 말하는 듯했다.

"좋은 아침이야! 바람이 좋지? 햇볕이 좋지? 모든 게 좋지? 우리 함께 짹짹거리고 폴짝폴짝 뛰고 지저귀어 보자고. 어서! 어서!"

메리는 웃기 시작했고 울새가 폴짝폴짝 뛰며 담을 따라 조금씩 날자 그 뒤를 따라 달렸다. 불쌍하고 작고 삐쩍 마른, 누르스름하고 못생긴 메리가 그 순간만큼은 예쁘게까지 보였다. 산책로를 따라 후다닥 달려가며 메리가 소리쳤다.

"네가 좋아! 네가 좋아!"

메리는 짹짹거리고 지저귀어 보려고 했지만 방법을 전혀 몰랐다. 하지만 울새는 꽤 만족한 듯 메리를 향해 짹짹거리고 지저귀었다. 마침내 울새가 날개를 펼치고 나무 꼭대기로 쏜살같이 날아갔다. 꼭대기에 앉아 소리 높여 노래를 불렀다.

메리는 그 모습을 보자 울새를 처음 보았던 때가 떠올랐다. 울새는 그때 나무 꼭대기에 앉아 흔들거리고 있었고 메리는 과수원에 서 있었다. 이제 메리는 과수원 뒤편, 담 바깥에 있는 오솔길에 서 있었다. 훨씬 아래쪽이었다. 담 안에 그 나무가 있었다.

메리가 혼잣말로 중얼거렸다.

"저 나무는 아무도 들어갈 수 없다던 그 정원에 있는 거야. 문이 없는 정원 말이야. 울새는 거기서 살고 있고. 어떻게 생겼는지 볼 수 있으면 좋을 텐데."

메리는 산책로를 달려 올라가 첫날 아침에 들어갔던 초록색 문으로 향했다. 그러고는 오솔길을 달려 내려가 다른 문을 지나 과수원으로 들어갔다. 그리고 메리가 멈춰 서서 올려다보자 담 건너편에 나무가 있었고 울새가 막 노래를 마치고 부리로 깃털을 다듬기 시작했다. 메리가 말했다.

"그 정원이야. 확실해."

메리는 이리저리 걸어다니며 과수원 담 한쪽 면을 자세히 살펴보았지만 전과 다른 것은 찾을 수 없었다. 그 담에는 문이 없었다. 메리는 다시 텃밭을 달려서 기다란 담쟁이덩굴로 덮인 담 바깥의 산책로로 나갔다. 그리고 담 끝까지 걸으며 살펴보았다. 하지만 역시 문은 없었다. 다시 반대편 끝까지 걸으며 살폈지만 문은 없었다.

"정말 이상하네. 벤 웨더스태프 할아버지는 예전에도 문이 없었고 지금도 없다고 했지만, 분명 10년 전에는 있었을 게 틀림없는데. 고모부가 열쇠를 묻었다니까."

메리는 이 정원 때문에 생각할 게 많아지자 이것저것 흥미를 느끼기 시작했고 미셀스웨이트 장원에 온 게 더 이상 불만스럽지 않았다. 인도에서는 항상 덥고 너무 나른한 느낌이어서 뭔가에 신경을 쓰기가 어려웠다. 사실 황무지에서 불어오는 신선한 바람이 메리의 머릿속을 맑게 해 주기 시작하면서 메리도 조금씩 깨어나기 시작했다.

메리는 거의 온종일을 집 밖에서 보냈고 밤이 되어 저녁 식탁 앞에 앉았을 때는 배고프고 졸리고 편안했다. 마사가 계속해서 떠들어 대도 짜증이 나지 않았다. 오히려 마사의 이야기를 듣고 싶다는 느낌이었고 마침내 마사에게 하나 물어봐야겠다는 생각까지 하게 되었다. 메리는 저녁을 다 먹고 벽난로 앞에 놓인 양탄자에 앉은 다음 마사에게 물었다.

"고모부는 왜 그 정원을 싫어하는 거야?"

메리는 마사에게 함께 있자고 했고 마사도 싫다고 하지 않았다. 마사는 아주 젊었고 많은 동생들로 북적이는 오두막집에 익숙했다. 그리고 아래층에 있는 크기만 한 하인들 숙소에 있는 게 따분했다. 남자 하인들과 고참 하녀들이 마사의 요크셔 말투를 놀리며 하찮은 어린 것인 양 깔보고 자기들끼리 둘러앉아 속닥거리기만 했다. 마사는 이야기하는 게 좋았고, 인도에서 살았으며 '흑인들'에게 시중을 받았던 이 이상한 아이는 마사의 마음을 끄는 신기한데가 있었다.

마사는 앉으라고 하기도 전에 벌써 벽난로 앞에 자리를 잡고 앉았다.

"아직도 그 정원 생각을 하는 깁니꺼? 내 그럴 줄 알았어예. 내도 처음 그 얘길 들었을 때 고 모양이었으니까."

메리가 다시 물었다.

"고모부가 왜 싫어하는 건데?"

마사는 발을 엉덩이 밑으로 당기고 편안하게 앉았다.

"집 주위로 바람이 휘몰아치는 소리를 들어 보이소. 오늘밤 황무지에 나가 있었으믄 아가씨는 서 있지도 못했을 깁니더."

메리는 그 바람 소리를 듣기 전까지는 '바람이 휘몰아치는' 것의 의미를 알지 못했다. 하지만 듣고는 곧 이해했다. 그 말은 집 주위를 맹렬히 돌고 도는 공허하고 오싹한 외침을 의미하는 게 분명했다. 마치 아무도 볼 수 없는 거인이 집을 뒤흔들고 집 안으로 부수고 들어오려고 벽과 창문을 때리고 있는 듯했다. 하지만 그 거인이 들어올 수 없다는 건 다 아는 사실이었다. 그리고 어쨌든 그런 사실 때문에 시뻘겋게 석탄불이 타오르는 방 안에 있으면 아주 안전하고 포근하게 느껴졌다. 메리도 바람 소리에 귀를 기울인 뒤 다시 물었다.

"그런데 왜 고모부가 그렇게 그 정원을 싫어하는 건데?"

메리는 마사가 그 이유를 아는지 알아낼 작정이었다. 그러자 마사가 알고 있는 것을 털어놓았다.

"명심하이소. 메들록 부인은 이 얘길 하믄 안 된다고 했어예. 이 집에는 이야기해서는 안 되는 기 억수로 많십니더. 크레이븐 주인님이 그렇게 명령했다 아입니꺼. 주인님 문제는 하인들이 상관할 일이 아니라꼬요. 그 정원만 아니었으믄 주인님이 지금처럼 되지는 않았을 깁니더. 그 정원은 크레이븐 마님 것이었지예. 마님이 갓 결혼했을 때 만든 기지요. 마님은 그 정원을 진짜 좋아해서 두 분이 직접 꽃들을 돌보곤 했십니더. 그리고 정원사 누구도 안으로 들여보내지 않았어예. 주인님과 마님은 그 정원에 들어가 문을 잠가 뿌고는 몇 시간이고 거 머물면서 책을 읽고 이야기를 나누었지예. 마님은 좀 아 같은 구석이 있었던 기라예. 정원에는 가지 하나가 의자맨키로 구부러진 늙은 나무 한 그루가 있었는데, 마님은 그 위로 장미가 자라게 해서 그 자리에 앉아 있곤 했십니더. 근데 어느 날 마님이 그 자리에 앉아 있는데 가지가 똑 뿌러져 가 마님이 바닥에 떨어진 깁니더. 마님은 심하게 다쳐서 다음날 시상을 떠나고 말았지예. 의사들은 주인님도 정신이 나가서 죽을 기라고 생각했어예. 주인님이 거를 싫어하는 이유가 그 때문인 기라예. 그 뒤로 아무도 그 안에 들가 보지 못했고, 주인님은 아무도 그 얘기를 못하게 한다 아입니꺼."

메리는 더 이상 묻지 않았다. 붉게 타오르는 난롯불을 바라보며 바람이 '휘몰아치는' 것을 들었다. 바람이 그 어느 때보다 요란하게 '휘몰아치는' 듯했다.

그 순간에 메리에게는 아주 좋은 일이 일어나고 있었다. 사실 미셀스웨이트 장원에 온 뒤로 메리에게는 좋은 일이 네 가지나 일어났다. 메리는 울새를 이해한 듯한 느낌이 들었고 울새도 자신을 이해한 듯한 느낌이었다. 그리고 바람을 맞으며 달려서 피가 따뜻해졌다. 그리고 메리는 태어나 처음으로 건강한 아이처럼 허기를 느꼈다. 그리고 이제 누군가를 가엾게 여기는 것이 어떤 것인지 알게 된 것이다. 메리는 성장하고 있었다.

하지만 메리가 바람 소리를 듣고 있는데 다른 소리가 들려오기 시작했다. 메리는 그 소리가 무엇인지 몰랐다. 처음에는 바람 소리와 구별되지 않았던 것이다. 이상한 소리였다. 마치 어딘가에서 아이가 울고 있는 듯했다. 가끔 바람 소리가 아이 울음소리처럼 들리기도 했지만 메리 아가씨는 지금 들려오는 소리가 집 밖이 아니라 집 안에서 나는 소리라는 확신이 들었다. 멀리 떨어지긴 했어도 집 안이 맞았다. 메리는 고개를 돌려 마사를 보았다.

"누가 우는 소리 안 들려?"

마사는 갑자기 당황한 표정을 지었다.

"아니라예. 바람 소릴 깁니더. 가끔 바람 소리는 누가 황무지에서 길을 잃고 울부짖는 것처럼 들린다 아입니꺼. 별별 소리가 다

난다니까요."

"하지만 들어 봐. 집 안에서 나는 소리야. 아래층 긴 복도 어딘가에서 들려오는 소리라고."

바로 그 순간 아래층 어딘가에서 문이 열린 게 분명했다. 강한 돌풍이 복도로 불어오면서 두 사람이 앉아 있던 방의 문이 쾅 소리를 내며 열렸다. 둘은 벌떡 일어났고 그 순간 불이 꺼졌다. 우는 소리가 멀리 복도를 따라 밀려 들어와 이제는 그 소리를 더 분명하게 들을 수 있었다.

"그것 봐! 내가 말했잖아! 누가 울고 있는 거라고. 그리고 어른이 우는 게 아니야."

마사가 달려가 문을 닫고 열쇠를 돌려 잠갔다. 하지만 그러기 전에 둘 다 멀리 떨어진 복도 어딘가에서 문이 쾅 소리를 내며 닫히는 소리를 들었고, 잠시 후 모든 게 잠잠해졌다. 바람마저도 잠시 동안 '휘몰아치는' 걸 멈췄다.

마사가 고집스럽게 말했다.

"바람이었십니더. 바람이 아니었으믄 부엌일 하는 어린 베티 버터워스였을 기고요. 베티는 종일 이가 아팠거든요."

하지만 마사의 태도에는 어딘가 불안하고 어색한 데가 있어서 메리 아가씨는 마사를 뚫어져라 바라보았다. 메리는 마사가 진실을 말하고 있다고 생각하지 않았다.

6. "누군가 울고 있었어, 정말로!"

다음날도 비가 억수같이 쏟아졌고 메리가 창문 밖으로 내다보니 황무지는 회색 안개와 구름에 가려 거의 보이지 않았다. 오늘은 밖에 나가지 못할 수도 있었다. 메리가 마사에게 물었다.

"이렇게 비가 오는 날에 너희 오두막에서는 뭘 해?"

"서로 발에 밟히지 않을라꼬 애쓰는 게 다일 깁니더. 아이고! 그때만큼 우리 가족 숫자가 많게 느껴지는 적도 없을 기라예. 성격 좋은 어매도 억수로 성가셔 하시지예. 큰 아아들은 외양간에 가서 놀고, 디콘은 젖는 걸 신경 쓰지 않아서 햇볕 쨍쨍할 때맨키로 밖에 나가지예. 갸 말로는 비오는 날에는 맑은 날에 못 보는 것들을 볼 수 있다 카대예. 한 번은 여우 구덩이에서 물에 빠져 다 죽어 가는 여우 새끼를 찾아서는, 따뜻하게 한다고 지 셔츠 가슴팍에 넣은 다음 집으로 데려왔더라꼬요. 어미는 근처에 죽어 있었고 구덩이에서는 물이 넘쳐났고 나머지 새끼들도 죽어 있었다 카면서

67

요. 디콘은 지금도 그 여우를 집에 두고 있십니더. 또 한 번은 물에 빠져 다 죽게 된 어린 까마구를 발견하고 집으로 데려와서 길을 들였지예. 그 까마구는 하도 까매서 이름을 '검댕이'라고 지었십니더. 녀석은 폴짝폴짝 뛰고 날아다니믄서 디콘 가는 덴 다 따라댕깁니더."

메리는 어느덧 마사의 스스럼없는 이야기에 화를 내는 것도 잊게 되었다. 메리는 오히려 그 이야기가 흥미로워지기 시작했고 마사가 이야기를 멈추거나 다른 데로 가 버리면 서운하기까지 했다. 메리가 인도에 살 때 자신의 아야로부터 들었던 이야기들은 마사가 해 주는 것들과는 아주 달랐다. 조그만 방 네 개에 열네 명의 사람들이 살고 단 한 번도 먹을 게 풍족했던 적이 없다는 황무지 오두막집에 관한 이야기 말이다. 그 집 아이들은 한배에서 난 복슬복슬하고 온순한 콜리 새끼들처럼 이리저리 뒹굴며 즐겁게 지내는 것 같았다. 메리는 마사의 엄마와 디콘 이야기에 마음을 가장 많이 빼앗겼다. 마사가 자기 '엄마가 무슨 말을 했는지, 뭘 했는지 이야기를 들려주면 언제나 기분이 좋았다.

"나도 까마귀나 새끼 여우가 있으면 같이 놀 수 있을 텐데. 하지만 내겐 아무것도 없어."

마사는 당황한 표정이었다.

"뜨개질은 할 줄 압니꺼?"

"아니."

"바느질은요?"

"못해."

"읽을 줄은 압니꺼?"

"응."

"그라모 뭘 읽든가 철자 공부를 하면 되겠네예. 인자 한참 앉아서 책을 파고 있을 나이도 된 거 같은데."

"난 책이 없는걸. 내가 가진 책들은 모두 인도에 두고 왔어."

"그거 안됐네예. 메들록 부인이 도서관에 들가는 걸 허락만 하믄, 거 책들이 수천 권은 있는데 말입니더."

메리는 도서관이 어디 있는지 묻지 않았다. 갑자기 좋은 아이디어가 떠올랐기 때문이었다. 메리는 도서관을 직접 찾아보기로 마음먹었다. 메들록 부인은 신경 쓰지 않았다. 부인은 언제나 아래층에 있는 편안한 가정부용 거실에 있는 듯했다. 이 이상한 집에서는 좀처럼 사람을 만나기가 힘들었다. 사실 하인들 말고는 아무도 볼 수 없었는데, 하인들도 주인이 집을 떠나 있을 때면 아래층에서 자기들끼리 호사스럽게 지냈다. 아래층에는 반짝이는 놋그릇과 백랍 그릇들이 걸린 커다란 주방과 하인들이 쓰는 넓은 방이 있었다. 하인들은 매일 그 방에서 네다섯 끼를 배가 터지도록 먹었고 메들록 부인이 보이지 않으면 야단법석을 떨며 놀았다.

메리의 식사는 규칙적으로 차려졌고 마사가 메리의 시중을 들었다. 하지만 메리에게 신경 쓰는 사람은 아무도 없었다. 메들록 부인이 하루나 이틀에 한 번 메리를 보러 왔지만 아무도 메리에게 뭘 하는지 묻지도, 뭘 해야 한다고 이야기해 주지도 않았다. 메리는 아마도 그게 영국에서 아이들을 다루는 방식일 거라고 생각했다. 인도에서는 항상 아야가 메리 옆을 지키고 있었다. 아야는 메리 뒤를 졸졸 따라다니며 부지런히 시중을 들었다. 누가 옆에 있는 게 지겨운 적도 많았다. 지금은 아무도 메리를 따라다니지 않앉고 메리는 혼자 옷 입는 법도 배우는 중이었다. 메리가 뭔가 건네주기를 바라거나 옷을 입혀 주기를 바랄 때면 마사 표정이 메리를 한심하게 생각하는 것처럼 보였기 때문이었다.

언젠가 한 번은 메리가 장갑을 끼워 주기를 기다리며 서 있는데 마사가 말했다.

"아가씨 그래 생각이 없십니까? 우리 수잔 앤은 네 살밖에 안 됐는데도 아가씨보다 두 배는 영리합니다. 가끔 보마 아가씨는 머리가 어지간히 모자란 거 같십니더."

메리는 그 말을 듣고 한 시간 동안 못마땅해서 얼굴을 잔뜩 찌푸리고 있었지만 몇 가지 아주 새로운 것들을 생각하게 되었다.

메리는 오늘 아침 마사가 마지막으로 벽난로를 청소하고 아래층으로 내려간 뒤 약 10분 동안 창밖을 보며 서 있었다. 메리는 도서관 얘기를 들었을 때 떠올랐던 아이디어에 대해 곰곰이 생각하고 있었다. 메리는 사실 읽은 책이 거의 없었으므로 도서관에는 크게 관심이 없었다. 하지만 도서관 얘기를 듣는 순간 문이 닫힌 100개의 방이 떠올랐던 것이다. 메리는 정말 모든 방들이 잠겨 있는지, 만약 그 가운데 하나에라도 들어가게 된다면 뭘 보게 될지 궁금했다. 정말 방이 100개나 있을까? 가서 문이 몇 개인지 되는 데까지 세 보지 못할 이유도 없었다. 밖에 나갈 수 없는 이런 날 아침에 할 만한 일이었다. 메리는 뭘 하기 전에 허락을 받아야 한다고 배운 적이 없었고, 권위에 관한 한 아는 게 전혀 없었다. 그러니 설령 메들록 부인을 만났다 해도 집을 돌아다녀도 좋은지 부인에게 물어봐야 한다고는 생각하지 않았을 것이다.

메리는 방문을 열고 복도로 나갔다. 그리고 방랑을 시작했다.

긴 복도였고 다른 여러 복도들로 갈라져 있었다. 그리고 그 복도 끝에는 다시 다른 복도로 오르는 짧은 층계참이 있었다. 끝없이 문이 보였고 벽마다 그림들이 걸려 있었다. 가끔은 어둡고 기이한 풍경을 담은 그림들도 있었지만, 새틴과 벨벳으로 만든 괴상하고 화려한 의상을 입은 남녀의 초상화가 가장 많았다. 메리는 어느덧 벽이 온통 이런 초상화들로 뒤덮인 긴 회랑에 있었다. 메리는 어느 집이고 이렇게 많은 초상화들이 있을 수 있다는 생각은 해 본 적이 없었다. 메리는 천천히 걸어서 이곳을 지나며 자신을 응시하는 듯한 그림 속 얼굴들을 응시했다. 인도에서 온 계집애가 자신들의 집에서 뭘 하고 있는 건지 궁금해하는 것 같았다. 몇몇은 아이들의 초상화였다. 발끝에 닿을 정도로 길고 눈길을 사로잡을 정도로 멋진 두툼한 새틴 드레스를 입은 여자 아이들, 그리고 퍼프소매(*어깨 부분이나 소매의 끝에 주름을 넣어 부풀게 한 소매.)에 레이스 깃, 긴 머리를 늘어뜨리거나 목에 커다란 주름 깃을 두른 남자 아이들도 있었다. 메리는 매번 멈춰 서서 아이들을 바라보았다. 이름이 무엇인지, 어디로 가 버렸는지, 왜 그런 별난 옷을 입고 있는지 궁금했다. 메리와 상당히 닮은, 뻣뻣하고 별로 예쁘지 않은 여자 아이도 있었다. 수를 놓아 두툼하게 짠 초록색 비단 드레스를 입고 있었고 손가락에 초록색 앵무새를 올려놓고 있었다. 두 눈은 영리하고 호기심이 가득해 보였다. 메리가 소리 내어 말했다.

"넌 지금 어디에 사니? 네가 여기 있다면 좋을 텐데."

분명 어떤 아이도 이렇게 괴상한 아침을 보내진 않았으리라. 사방으로 뻗어 있는 이 거대한 집에 메리 말고는 아무도 없는 것 같았다. 좁고 너른 통로를 지나며 위아래 층을 헤매고 다니는데 자신 말고는 아무도 걸어다닌 적이 없는 것 같았다. 이렇게 많은 방들을 만든 걸 보면 그 안에 사람들이 살았을 게 분명했지만, 이제 전부 다 텅 비어 있는 듯 보여서 메리는 누가 살았었다는 사실을 도무지 믿을 수가 없었다.

메리는 3층에 올라가서야 문손잡이를 돌려 볼 생각을 했다. 메들록 부인이 말한 대로 모든 문이 닫혀 있었다. 그러나 드디어 메리가 문손잡이 하나에 손을 올려놓고 돌렸을 때였다. 메리는 손잡이가 수월하게 돌아가는 것을 느낀 순간 놀라 기절할 뻔했다. 메리가 문을 밀자 육중한 문이 느릿느릿 열렸다. 문이 열리자 커다란 침실이 나왔다. 벽에는 수를 놓은 벽걸이 천이 걸려 있었고, 메리가 인도에서 본 것처럼 무늬가 조각된 가구들이 방 안에 놓여 있었다. 틀이 납으로 된 넓은 유리창은 황무지를 향해 나 있었다. 그리고 벽난로 선반 위에는 뻣뻣하고 별로 예쁘지 않은 여자 아이 초상화가 또 걸려 있었다. 여자 아이는 전보다 더 호기심 어린 눈으로 메리를 응시하는 듯했다.

"아마 그 애가 여기서 잤었나 보군. 나를 빤히 응시하는 게 기분이 별로야."

메리는 그 뒤로도 문을 열고 또 열었다. 너무나 많은 방을 본 나머지 메리는 지쳐 갔고 굳이 다 세어 보지 않아도 100개의 방이 있는 게 분명하다는 생각이 들기 시작했다. 방마다 오래된 그림들이나 이상한 풍경을 수놓은 낡은 벽걸이 융단이 걸려 있었다. 그리고 거의 모든 방에 기이한 가구들과 기이한 장식품들이 있었다.

부인이 쓰는 거실처럼 보이는 어느 방에 들어갔을 때였다. 그 방에는 수를 놓은 벨벳 벽걸이들이 잔뜩 걸려 있었고 장식장 하나에는 상아로 만든 조그만 코끼리들이 100개쯤 들어 있었다. 모두 크기가 달랐고 몇 개는 코끼리 부리는 사람이 올라타 있거나 1인승 가마를 등에 지고 있었다. 어떤 건 다른 것들보다 훨씬 더 컸고 어떤 건 아주 작아서 아기 코끼리처럼 보였다. 메리는 인도에서도 상아 조각을 본 적이 있었고 코끼리에 관해서라면 모르는 게 없었다. 메리는 장식장의 문을 열고 스툴(*등받이와 팔걸이가 없는 의자.) 의자를 딛고 서서 오랫동안 이 코끼리들을 가지고 놀았다. 놀다가 싫증이 난 메리는 코끼리들을 제자리에 정돈해 놓고는 장식장 문을 닫았다.

긴 복도와 빈방들을 헤매고 다니는 동안 내내, 메리는 살아 있는 건 하나도 보지 못했다. 하지만 이 방에서는 뭔가가 보였다. 메리가 장식장 문을 막 닫고 난 직후 작게 바스락거리는 소리가 들려왔다. 메리는 깜짝 놀라서 난로 옆 소파를 둘러보았다. 소리가 그쪽에서 들려온 것 같았던 것이다. 소파 한구석에는 쿠션이 있었고 벨벳으로 된 쿠션 커버에는 구멍이 나 있었다. 구멍으로 겁에 질린 눈을 하고 밖을 엿보는 조그만 머리가 보였다.

메리는 뭔지 보려고 살금살금 방을 가로질렀다. 반짝이는 두 눈은 조그만 회색 생쥐의 것이었다. 생쥐는 쿠션을 갉아 구멍을 내고 거기에 안락한 보금자리를 만들어 놓고 있었다. 그 생쥐 옆에는 새끼 여섯 마리가 웅크린 채 잠들어 있었다. 100개의 방에 살아 있는 사람은 아무도 없을지 모르지만 전혀 외롭지 않아 보이는 일곱 마리 생쥐들이 있었던 것이다.

"녀석들이 많이 놀라지만 않았어도 내가 데려가는 건데."

메리는 하도 헤매고 다닌 탓에 너무 지쳐서 더 이상은 돌아다닐 수가 없었다. 메리는 결국 발길을 돌렸다. 메리는 두세 번 엉뚱한 복도로 잘못 내려가 길을 잃었고 옳은 길을 찾아 오르락내리락해야 했다. 하지만 마침내 다시 제 방이 있는 층에 도착하긴 했다. 그러나 자신의 방과 거리가 좀 있는 듯했고 정확히 어디에 있는지도 알 수가 없었다.

메리는 벽에 벽걸이 융단이 걸려 있는, 짧은 통로 끝처럼 보이는 곳에 꼼짝 않고 서서 말했다.

"아무래도 또 길을 잘못 든 것 같아. 어디로 가야 할지 모르겠어. 전부 왜 이렇게 조용한 건지."

가만히 서서 그런 말을 하고 있는데 조용함을 깨고 소리가 들려왔다. 또다시 울음소리가 들려왔지만 메리가 지난밤 들었던 것과는 사뭇 달랐다. 그 울음소리는 아주 짧게 지나갔고, 여러 벽을 통과하며 잔뜩 소리가 작아지긴 했지만 아이가 투정을 부리며 칭얼대는 소리라는 것을 알 수 있었다. 메리의 심장이 빠르게 뛰었다.

"이번에는 저번보다 더 가까워. 지금 울고 있어."

메리는 우연히 근처에 있던 벽걸이 융단에 손을 짚었고, 다음 순간 깜짝 놀라 뒤로 물러났다. 융단은 문 하나를 가리고 있었고, 문이 활짝 열리면서 문 너머로 또다시 복도가 이어진 게 보였다. 그리고 메들록 부인이 손에 열쇠 꾸러미를 들고 그 복도를 따라 걸어오고 있었다. 부인은 잔뜩 화가 난 표정이었다.

부인은 메리의 팔을 낚아채더니 문밖으로 끌어냈다.

"여기에서 뭐 하는 거예요? 내가 뭐라고 했죠?"

"모퉁이를 잘못 돌아서 그래요. 어디로 가야 할지 몰라서 서 있는데 누가 우는 소리가 들렸어요."

메리는 그 순간에도 메들록 부인이 아주 싫었지만 다음 순간에는 더 싫어하게 되었다. 그 가정부가 이렇게 말했던 것이다.

"아가씨 그런 소리를 듣지 않았어요. 아가씨 방으로 돌아가요. 안 그랬다간 뺨을 갈길 줄 알아요."

메들록 부인은 메리의 팔을 잡고 반쯤 밀고 반쯤 끌다시피 하며 통로 하나를 오르고 하나를 내려갔다. 그리고 마침내 메리의 방문 앞에 도착해서 메리를 안으로 밀어 넣었다.

"이제 아가씨 방에 얌전히 있어요. 안 그러면 갇히게 될 줄 알아요. 주인님이 아가씨한테 가정 교사를 붙여 주신다고 말씀하셨는데 그러는 편이 낫겠어요. 아가씨를 빈틈없이 감독할 사람이 필요하겠어요. 난 지금도 충분히 할 일이 많으니까."

메들록 부인은 방을 나가며 문을 쾅 닫았다. 메리는 분노로 얼굴이 창백해져서 벽난로 깔개에 가서 앉았다. 울지는 않았지만 이를 뽀드득 갈았다. 메리가 혼잣말로 중얼거렸다.

"누군가 울고 있었어. 정말, 정말로!"

메리는 벌써 두 번이나 그 소리를 들었고 언젠가는 알아낼 것이다. 메리는 오늘 아침 많은 것을 알아냈다. 마치 긴 여행을 한 것 같았다. 어쨌든 아침 내내 즐거운 시간을 갖게 해 준 게 있었다. 상아 코끼리를 가지고 놀았고 벨벳 쿠션 속에 보금자리를 틀고 있던 회색 생쥐와 새끼들도 보았다.

7. 정원의 열쇠

이런 일이 있고 이틀 뒤, 메리는 눈을 뜨자마자 침대에서 벌떡 일어나 앉아 마사에게 외쳤다.

"황무지 좀 봐! 황무지 좀 봐!"

폭풍우가 물러갔으며 잿빛 안개와 구름들도 어젯밤 바람이 모두 쓸어 가고 없었다. 바람은 이미 잦아들어 있었고 눈부시게 새파란 하늘이 황무지 위로 높이 아치 모양을 하고 있었다. 메리는 그렇게 파란 하늘이 있으리라고는 상상조차 해 본 적이 없었다. 인도의 하늘은 타는 듯이 뜨거웠다. 이 시원한 느낌의 새파란 하늘은 깊이를 알 수 없는 아름다운 호수의 물처럼 반짝거리는 듯했다. 그리고 그 아치 모양의 파란 하늘에 군데군데 새하얀 양털 모양의 조그만 구름들이 높이높이 떠다녔다. 끝없이 펼쳐진 황무지도 자줏빛이 도는 우울한 검은색이나 지독히 황량한 회색이 아니라 부드러운 파란색으로 보였다.

마사가 쾌활하게 웃으며 말했다.

"야, 폭풍우가 잠시 멈췄네예. 매년 이맘때는 늘 이렇지예. 언제 온 적이나 있었냐는 듯이 다시는 안 올 것맨키로 밤사이 사라져 뿐다 아입니껴. 봄이 오고 있어서 그런 기라예. 봄은 아직 멀리 있지만 어쨌든 오고 있는 기지요."

"난 영국은 항상 비가 오거나 어두컴컴한 곳이라고 생각했어."

마사가 아연(*금속으로 된 벽난로에 광택을 내는 데 사용한다.) 솔들이 널려 있는 곳에서 일어나 앉더니 말했다.

"야? 어데예! 무신 귀신 씻나락 까먹는 소립니껴?"

"그게 무슨 뜻이야?"

메리가 심각하게 물었다. 인도의 원주민들도, 자기들끼리도 알아듣는 사람이 몇 안 되는 각기 다른 사투리들로 이야기를 했기 때문에, 메리는 마사가 자신이 못 알아듣는 말을 해도 놀라지 않았다.

마사는 첫날 아침에 그랬던 것처럼 큰 소리로 웃었다.

"아이고, 메들록 부인이 그러지 말라 캤는데 또 아가씨가 못 알아듣게 얘기했네예. '귀신 씻나락 까먹는 소리'는요."

그러고는 차근차근 천천히 말했다.

"아가씨가 '억수로 말도 안 되는 씰데없는 소리를 하고 있다'는 뜻이라예. 그래 말할라믄 너무 오래 걸리잖습니껴? 햇볕이 내리쬘 적에는 요크셔가 시상에서 가장 볕이 잘 드는 곳일 깁니다. 내가 쫌만 있으마 아가씨가 황무지를 좋아할 기라고 했지예? 쪼매만 기다려 보이소. 황금빛 가시금작화랑 금작화랑 자줏빛의 종 모양을 한 히스 꽃이 피고, 나비 수백 마리가 훨훨 날아댕기고 꿀벌이 윙윙거리고 종달새가 높이 날아오르면서 지저귀는 것을 보게 될 깁니더. 아가씨는 디콘맨키로 해가 뜨자마자 황무지에 나가서 하루 종일 거서 살고 싶을 기라예."

메리가 창문으로 아득히 멀리 보이는 파란빛을 바라보며 아쉬운 듯이 물었다.

"내가 저기 갈 수 있을까?"

파란 빛깔의 황무지는 아주 새롭고 크고 멋졌고 말 그대로 천상의 색을 띄었다.

"모르지요. 아가씨는 태어나서 한 번도 다리를 써 본 적이 없을 낀데. 내 보기에는 그렇네예. 8킬로미터는 못 걷십니더. 우리 집까지가 8킬로미터라예."

"너네 오두막이 보고 싶어."

마사는 솔을 집어 들고 다시 난로 안 쇠로 된 장작 받침을 닦기 전 잠시 메리를 신기한 듯이 바라보았다. 마사는 조그맣고 별로 예쁘지 않은 메리의 얼굴이 이 순간에는 첫날 아침에 보았던 것만큼 뚱해 보이지 않는다는 생각을 했다. 어린 수잔 앤이 뭔가를 간절히 원할 때 짓는 표정과 조금 비슷한 듯도 했다.

"어매한테 한번 물어볼게요. 어매는 무슨 일이든 용케 방법을 찾아낸다 아입니꺼. 오늘이 휴가라 집에 갈 깁니더. 아! 억수로 좋네예. 메들록 부인이 어매를 좋아하니까, 어쩌면 어매가 말해 볼 수 있을 깁니더."

"너희 엄마가 좋아."

마사가 계속 광을 내며 맞장구쳤다.

"그럴 줄 알았십니더."

78

"난 너희 엄마를 본 적이 없는데."

"야, 없지예."

마사가 또다시 몸을 일으켜 쪼그려 앉더니 잠시 당황한 듯 손등으로 코끝을 닦았다. 하지만 단호하게 결론을 내렸다.

"어매는 사려 깊고 열심히 일하고 성격 좋고 깔끔한 사람이니까, 어매를 본 적이 있든 없든 간에 어매를 좋아할 수밖에 없을 깁니더. 휴가라 어매를 보러 집에 가는 날이믄 내사 마 황무지를 지날 때 기뻐서 펄쩍펄쩍 뛴다 아입니꺼."

"난 디콘도 좋아. 난 디콘도 본 적 없어."

마사가 단호한 어조로 말했다.

"내가 새들도 디콘을 좋아하고 토끼랑 산양이랑 조랑말에 여우들까지 디콘을 좋아한다 안 캤습니꺼? 궁금하네예."

그리고 생각에 잠겨서 메리를 뚫어지게 바라보았다.

"디콘이 아가씨를 우찌 생각할지."

"날 좋아하지 않을 거야. 아무도 날 좋아하지 않아."

메리는 여느 때처럼 조금 딱딱하고 쌀쌀맞게 말했다.

마사는 다시 생각에 잠기는 듯했다. 마사가 정말 궁금하다는 듯이 물었다.

"아가씬 아가씨를 우찌 생각하는데예?"

메리는 잠시 망설이다가 곰곰이 생각하더니 대답했다.

"좋아하지 않아. 정말로. 하지만 전에는 그런 생각을 해 본 적이 없어."

마사는 무슨 따뜻한 기억이라도 떠올랐는지 씩 웃음지었다.

"어매가 언젠가 내한테 해 준 얘기라예. 어매는 빨래를 하고 있었고 내는 기분이 나빠서 막 사람들 욕을 하고 있었지예. 그런데 어매가 돌아서더니 내한테 이래 말하는 깁니더. '이 여우 같은 가시내야. 거기 서서는 이 사람이 싫다 저 사람이 싫다 지껄이나? 그러는 니는 나를 우찌 생각하는데?' 그 말에 내는 웃음을 터뜨렸고 당장 제정신이 돌아왔지예."

마사는 메리에게 아침을 챙겨 주자마자 잔뜩 신이 나서 가 버렸다. 황무지를 8킬로미터나 걸어서 제 집에 가게 될 게다. 엄마를 도와 빨래를 하고 일주일 동안 먹을 빵을 굽고 마음껏 즐기게 될 게다.

메리는 마사가 이 집에 더 이상 없다는 생각을 하니 더욱더 외로웠다. 메리는 서둘러 정원으로 나갔다. 가장 먼저 한 일은 분수가 있는 화원을 열 바퀴 돌고 돈 것이었다. 메리는 신중하게 횟수를 세었고 다 끝내고 나자 기분이 한결 좋아졌다. 햇볕이 비추자 모든 곳이 달라 보였다. 높고 새파란 하늘은 황무지 위뿐 아니라 미셀스웨이트 장원 위에서도 아치 모양을 이루고 있었다. 메리는 얼굴을 든 채 하늘을 올려다보았다. 그리고 조그맣고 새하얀 구름 위에 누워서 떠다니는 기분이 어떨까 상상했다. 메리는 첫 번째 텃밭으로 들어갔고 거기서 다른 정원사 둘과 일하는 벤 웨더스태프 노인을 발견했다. 날씨의 변화는 노인에게도 도움이 된 듯 보였다. 노인이 먼저 메리에게 말을 걸었다.

"봄이 오는 가배. 아가씬 봄 냄새가 안 나나?"

메리는 코를 킁킁거렸고 정말로 냄새가 나는 것 같았다.

"뭔가 좋고 신선하고 축축한 냄새가 나."

벤 노인이 땅을 파며 대답했다.

"억수로 기름진 흙냄새지. 흙도 이것저것 키울 준비를 한다꼬 기분이 좋은 기지. 뭔가 심을 때가 오마 반가워 죽지. 암것도 할 기 없는 겨울에는 흙도 따분해하는 기라. 저쪽 화원에서도 깜깜한 땅속에서 뭣이 움직일 기다. 햇볕이 고것들을 따뜻하게 비출 기고. 인자 쪼끔만 있으마 까만 땅을 뚫고 초록 것들이 뾰족뾰족 올라오는 기 보이겠지."

"그게 뭐가 되는데?"

"크로커스, 아네모네, 수선화가 되는 기지. 아가씨는 한 번도 본 적 없나?"

"응. 인도에서는 비가 오고 나면 온통 뜨겁고 축축하고 초록빛이니까. 난 전부 하룻밤에 다 크는 줄 알았어."

"이것들은 하룻밤에 다 자라진 않는다. 좀 기다려야 하는 기지. 이쪽에서 쫌 더 높이 올라왔나 싶다가도 저쪽에서 쫌 더 쑥 밀고 올라오고. 하루는 잎 하나가 퍼졌다가 다른 날에는 다른 잎이 펴지고 그라는 기지. 한번 보소."

"그럴 거야."

이내 살랑살랑 움직이는 날갯짓 소리가 또다시 들려왔고 메리는 울새가 다시 왔다는 것을 단박에 알아차렸다. 울새는 매우 민첩하고 생기가 넘쳤으며 메리의 발 가까이에서 폴짝폴짝 뛰어다녔다. 울새가 고개를 갸웃하며 자신을 장난스럽게 쳐다보는 모습을 보고 메리가 벤 웨더스태프 노인에게 물었다.

"쟤가 날 기억하는 거 같아?"

웨더스태프 노인이 펄쩍 뛰며 대답했다.

"아가씨를 기억하냐꼬? 절마는 텃밭에 있는 양배추 밑동 하나

하나도 다 아는데 사람은 어떻겠노? 녀석이 여서 가시나를 본 건 처음 아이가. 아가씨에 관해서라모 뭐든 알아낼라꼬 혈안이 돼 있을 기다. 뭐가 됐든 녀석에게 숨긴다꼬 씰데없이 힘 빼지 마소."

메리가 물었다.

"녀석이 사는 저 정원에서도 깜깜한 땅속에서 뭔가 움직이고 있는 거야?"

웨더스태프 노인은 또다시 심술궂은 얼굴이 되어서 퉁명스럽게 말했다.

"무신 정원?"

"오래된 장미나무들이 있는 곳 말이야."

메리는 너무 알고 싶어서 묻지 않을 수 없었다.

"거기 꽃들이 전부 죽었을까? 여름이 되면 다시 피는 것도 있을까? 장미꽃이 핀 적이 있기는 있어?"

벤 웨더스태프 노인이 울새를 향해 어깨를 움츠리며 대답했다.

"녀석한테 물어보소. 유일하게 녀석만 알고 있으니까. 10년 동안 아무도 그 안에 들가 본 적이 없는 기라."

메리는 10년이 아주 긴 시간 같았다. 메리가 태어난 게 10년 전이었다.

메리는 생각에 잠겨서 천천히 걷기 시작했다. 메리는 울새와 디콘과 마사의 엄마가 좋아지기 시작한 것처럼 그 정원이 좋아지기 시작했다. 메리는 마사 또한 좋아지고 있었다. 좋아하는 사람이 제법 많다는 생각이 들었다. 특히나 자신은 좋아하는 일에 익숙하지 않은데 말이다. 메리는 울새도 자기가 좋아하는 사람들 속에 끼워 넣었다. 메리는 담쟁이덩굴이 덮인 긴 담 바깥으로 계속 걸어서 담장 너머 나무 꼭대기가 보이는 곳까지 갔다. 그리고 메리가 두 번째로 그 길을 왔다 갔다 할 때 세상에서 가장 흥미롭고 신 나는 일이 메리에게 일어났다. 전부 벤 웨더스태프 노인의 울새 덕분이었다.

메리가 짹짹 지저귀는 소리를 듣고 왼쪽에 있는 벌거벗은 화단을 바라보았을 때였다. 울새가 폴짝폴짝 뛰어다니며 땅에서 뭔가를 쪼아 먹는 시늉을 하는 게 보였다. 마치 메리에게 자기가 쫓아온 게 아니라는 걸 알아 달라는 듯했다. 하지만 메리는 울새가 자신을 쫓아왔다는 것을 알았고 놀라움과 함께 기쁨이 가득 차올라 몸이 조금 떨리기까지 했다.

"나를 정말 기억하는구나! 기억해! 네가 이 세상에서 가장 예뻐."

메리는 짹짹거리고 재잘거리며 다정하게 굴었고 울새는 폴짝폴짝 뛰고 꽁지를 까딱거리며 지저귀었다. 마치 메리에게 이야기를 하는 듯했다. 울새의 붉은 조끼는 새틴 같이 반짝였고 울새는 그 조그만 가슴을 잔뜩 부풀렸다. 어찌나 멋지고 당당하고 예쁜지, 마치 메리에게 울새 한 마리가 얼마나 중요할 수 있고 사람 같을 수 있는지 보여 주는 듯했다. 자신이 점점 더 가까이 다가가 몸을 굽혀 말을 걸고 울새처럼 소리를 내려는 것을 울새가 허락하는 순간, 메리 아가씨는 자신이 여태껏 심술쟁이로 살아왔다는 것도 잊었다.

아! 이렇게나 가까이 다가가게 해 주다니! 울새는 메리가 자기 쪽으로 손을 뻗거나 조금이라도 놀라게 하지 않으리란 걸 알고 있었다. 진짜 사람이었기 때문에 알고 있었던 것이다. 세상 그 어떤 사람보다 더 괜찮은 사람 말이다. 메리는 몹시 행복해서 숨조차 쉴 수가 없었다.

화단이 완전히 벌거벗은 것은 아니었다. 겨울 동안의 휴식을 위해 다년생 꽃들을 베어 내 텅 비어 있기는 했지만 화단 뒤편으로 크고 작은 관목들이 한데 섞여 자라고 있었다. 그리고 울새가 그 아래에서 폴짝폴짝 뛰고 있었다. 메리는 울새가 파헤친 지 얼마 되지 않는 조그만 흙더미 위에서 뛰고 있는 걸 보았다. 울새는 벌레를 찾으려고 그 위에 멈춰 섰다. 개 한 마리가 두더지를 잡으려다가 흙을 파헤친 것이었다. 개가 파헤친 구멍은 꽤 깊었다.

메리는 왜 거기 구멍이 있는지도 모른 채 그 구멍을 보았고 흙 속에 반쯤 파묻힌 뭔가가 메리의 눈에 띄었다. 녹슨 철이나 놋쇠 고리 같은 것이었다. 울새가 근처에 있는 나무 위로 날아가자 메리는 손을 내밀어 고리를 꺼내 들었다. 하지만 그건 그냥 고리가 아니었다. 아주 오래전에 파묻은 것처럼 보이는 낡은 열쇠였다.

메리 아가씨는 벌떡 일어나 자기 손가락에 대롱대롱 걸린 열쇠를 겁에 질린 표정으로 바라보았다. 메리가 속삭이듯 말했다.

"어쩌면 10년 동안 묻혀 있었는지도 몰라. 이게 정원으로 들어가는 열쇠일 거야!"

8. 길을 알려 준 울새

메리는 꽤 오랫동안 열쇠를 바라보았다. 열쇠를 이리저리 돌려 보며 생각에 잠겼다. 앞서 말한 것처럼, 메리는 무슨 일이고 어른에게 허락을 받거나 상의하도록 교육을 받은 아이가 아니었다. 메리는 만약 이 열쇠가 잠긴 정원의 열쇠가 맞다면 문이 어디 있는지 찾아낸 다음 열어 보고 담 안에 뭐가 있는지, 늙은 장미나무에 무슨 일이 일어났는지 볼 수 있겠다는 생각뿐이었다. 정원이 너무 오랫동안 닫혀 있었던 까닭에 메리는 직접 보고 싶었다. 그 정원은 분명 다른 곳들과 다를 것 같았고 10년 동안 그 정원에 뭔가 이상한 일이 일어났을 것 같았다. 게다가 그 정원이 맘에 들면 매일 그 안에 들어가 문을 닫고 자신만의 놀 거리를 만들어 혼자 놀 수도 있었다. 아무도 메리가 거기 있는지 모를 테고, 문은 여전히 굳게 잠겨 있고 열쇠는 땅속에 묻혀 있다고 생각할 테니 말이다. 메리는 그런 생각만으로도 매우 즐거웠다.

꼭꼭 닫힌 채 신비에 쌓인 방이 100개나 되는 집에 놀 거리 하나 없이 외톨이로 살다 보니 별로 할 일이 없던 메리의 뇌가 돌아가기 시작했고, 그렇게 메리의 상상력이 점차 깨어나고 있었다. 여기에 황무지에서 불어오는 신선하고 강하고 깨끗한 공기가 큰 기여를 했음은 말할 것도 없었다. 메리의 식욕을 돋운 것은 물론이고, 바람과 싸우다 보니 메리의 피가 들끓었고 메리의 정신까지도 들끓게 했다. 인도에서는 언제나 너무 덥고 나른하고 힘이 없어서 뭐든 크게 관심을 가질 수 없었다. 하지만 이곳에서 메리는 관심을 갖고 새로운 것들을 하고 싶은 마음이 생기기 시작했다. 메리는 그 이유를 몰랐지만 벌써 '심술쟁이' 같은 마음을 덜 느꼈다.

메리는 열쇠를 주머니에 넣고 산책로를 왔다 갔다 했다. 자신 외에는 아무도 올 사람이 없을 듯했고 메리는 천천히 걸으며 담을, 더 정확히는 담 위로 자라는 담쟁이덩굴을 자세히 살펴볼 수 있었다. 담쟁이덩굴은 메리를 당황하게 만들었다. 메리가 아무리 꼼꼼히 들여다봐도 무성하게 자라는, 짙은 녹색의 반짝이는 잎들 말고는 아무것도 볼 수가 없었다. 메리는 실망이 컸다. 산책로를 천천히 걸으며 담 너머에 있는 나무 꼭대기를 보았을 때는 메리의 고집스런 성격이 되살아나는 듯했다. 메리는 이렇게 가까이 있는데 안으로 들어갈 수 없다는 사실이 너무 어처구니가 없다며 혼잣말로 중얼거렸다. 메리는 열쇠를 주머니에 넣고 집으로 돌아가면서 밖에 나갈 때마다 열쇠를 항상 가지고 다녀야겠다고 마음먹었다. 혹시라도 숨겨진 문을 찾게 되면 바로 열 수 있게 말이다.

메들록 부인은 마사에게 집에서 하룻밤 푹 자고 와도 좋다고 허락했지만, 마사는 어느새 돌아와 아침 일찍부터 일을 하고 있었다. 그 어느 때보다 붉어진 뺨을 하고서는 기분이 한껏 들떠 보였다.

"새벽 네 시에 일어났다 아입니꺼. 아, 새들도 깨나고 토끼들도 뛰댕기고 태양도 떠오르니까 황무지가 그리 예쁠 수가 없대예. 돌아오는 동안 내내 걸어온 건 아니고요. 어떤 남자가 수레에 태워 줘서 정말 즐겁게 왔십니더."

마사에게는 하루 쉬면서 즐겁게 보낸 이야기들이 가득 준비되어 있었다. 마사의 엄마는 마사를 보고 반가워했고 두 사람은 그날 내내 빵을 굽고 빨래를 전부 해치웠다. 마사는 동생들에게 밀가루 반죽에 흑설탕을 조금 넣은 빵을 하나씩 만들어 주기까지 했다.

"아아들이 황무지에서 놀다가 막 들어왔을 때 재빨리 빵을 구웠다 아입니꺼. 오두막 안은 맛있고 아주 뜨끈뜨끈한 빵 냄새로 진동했고 불도 활활 타오르고 있었지예. 아아들은 기뻐서 소리를 질러 댔십니더. 디콘은 우리 집이 왕이 살아도 될 만큼 좋다 카대예."

저녁에는 가족 모두가 불 주위에 둘러앉았다. 마사와 엄마는 찢어진 옷에 헝겊을 대서 기우고 양말을 꿰맸다. 그리고 마사가 가족들에게 인도에서 온 여자 애 얘기를 해 주었다. 마사가 '흑인'이라고 부르는 사람들에게 여태껏 시중을 받아서 혼자서는 양말도 신을 줄 모르는 여자 애에 대한 것을 말이다.

"이야, 모두들 아가씨 얘기를 듣고 싶어 하대예. 모두들 '흑인들' 얘기랑 아가씨가 타고 온 배 얘기를 듣고 싶어 했십니더. 근데 내가 어디 제대로 말해 줄 수가 있어야지예."

메리는 잠시 생각에 잠겼다.

"다음 휴가 가기 전에 훨씬 더 많이 말해 줄게. 그럼 좀 더 얘기를 들려줄 수 있을 거야. 아마 다들 코끼리와 낙타를 탄 얘기랑 호랑이 사냥을 나가는 장교들 얘기도 듣고 싶어 할 거야."

마사가 좋아서 소리를 질렀다.

"시상에! 완전히 흥분해서 제정신이 아닐 깁니다. 진짜로 그래 줄 깁니까, 아가씨? 요크에서 맹수 쇼가 열린 적이 있다던데 그거랑 비슷하겠네예."

메리는 그 문제를 곰곰이 생각하며 천천히 입을 열었다.

"인도는 요크셔와는 아주 달라. 그런 생각은 해 본 적 없는데. 디콘이랑 너희 엄마가 내 얘기 듣는 걸 좋아했어?"

"하모요, 우리 디콘은 두 눈이 휘둥그레져서 거의 눈알이 튀어 나올 뻔했다 아입니꺼. 하지만 어매는 아가씨가 늘 혼자 있는 것 같다고 화를 냈십니더. 어매가 그러대예. '크레이븐 씨는 아가씨한테 가정 교사도 보모도 구해 주지 않은 기가?' 그래서 내가 말했지예. '응, 메들록 부인 말로는 주인님이 생각이 나면 그리 할 기라는데, 앞으로 이삼 년은 생각을 못할 기라고 하네.'라고요."

메리가 날카롭게 내뱉었다.

"난 가정 교사가 싫어."

"하지만 어매 말로는 지금쯤이면 아가씨도 책을 읽고 배워야 하고 아가씨를 돌봐 줄 여자도 있어야 한다 카대예. 그리고 어매가 그러대예. '마사, 그렇게 커다란 집에서 엄마도 없이 혼자 돌아댕긴다면 넌 우떨지 생각해 봐라. 아가씨가 힘을 내도록 최선을 다하도록 하그레이.' 그리고 내는 그럴 거라고 했지예."

메리는 마사에게 시선을 고정시킨 채 한참을 바라보다가 말했다.

"넌 지금도 내게 힘을 주고 있어. 난 네 얘기를 듣는 게 좋아."

마사는 곧 방에서 나가더니 뭔가를 쥔 두 손을 앞치마로 가리고 돌아왔다. 그리고 쾌활하게 웃으며 말했다.

"우찌 생각합니꺼? 내가 아가씨한테 선물을 가져왔는데."

메리 아가씨가 소리쳤다.

"선물?"

배를 곯는 식구가 열네 명이나 되는 오두막집에서 누군가에게 선물을 주다니!

마사가 설명했다.

"행상을 하는 남자 하나가 황무지를 지나고 있었십니더. 그 남자가 수레를 우리 집 문 앞에 세웠지예. 솥이랑 냄비랑 온갖 잡다한 물건들을 팔았는데, 어매는 뭐 하나 살 돈이 없었지예. 막 남자가 떠나려는데 내 동생 엘리자베스 엘렌이 소리쳤십니더. '어매, 저 사람이 손잡이가 빨갛고 파란 줄넘기 줄도 팝니데이.' 그니까 어매가 갑자기 외쳤지예. '저기요, 멈춰 보이소! 그 줄넘기는 얼만데예?' 그러자 그 남자가 2펜스라고 했지예. 어매는 주머니를 뒤지기 시작하더니 내한테 말하는 거였어예. '마사, 네가 착하게도 네 봉급을 가져다주었다 아이가. 내가 그 돈을 넷으로 나눠서 고스란히 넣어 두었는데, 거서 2펜스를 빼서 갸한테 줄넘기 줄을 사 줄 생각이다.' 그리고 이게 어매가 사 준 깁니더."

마사가 앞치마 속에서 줄넘기 줄을 꺼내더니 아주 자랑스럽게 보여 주었다. 양쪽 끝에 빨갛고 파란 줄무늬 손잡이가 있는 가늘면서도 튼튼한 줄이었다. 하지만 메리 레녹스는 줄넘기를 본 적이 한 번도 없었다. 메리는 얼떨떨한 표정으로 줄넘기를 응시했다. 메리가 신기한 듯이 물었다.

"그건 어디에 쓰는 거야?"

마사가 소리쳤다.

"어디에 쓰냐꼬요? 코끼리랑 호랑이랑 낙타도 있는 인도에 줄넘기가 없단 말입니꺼? 하기사 거 사람들은 다 흑인이니까. 이건 이렇게 쓰는 깁니다. 잘 보이소."

그러더니 방 한가운데로 달려가 양손에 손잡이를 잡고 폴짝 뛰어 줄을 넘고, 넘고, 또 넘었다. 메리는 의자에서 돌아 앉아 그런 마사를 바라보았다. 낡은 초상화 속의 기이한 얼굴들도 마사를 바라보는 듯했다. 도대체 오두막집에 사는 이 시골 처녀가 뻔뻔스럽게 자신들의 바로 코밑에서 무슨 짓을 하는지 의아해하는 듯했다. 하지만 마사는 그런 건 안중에도 없었다. 호기심과 흥미를 보이는 메리 아가씨의 얼굴에 기뻐하며 계속해서 줄넘기를 넘었다. 줄넘기를 넘으며 숫자를 셌고 결국 100개를 채웠다. 줄넘기를 멈춘 마사가 말했다.

"더 오래 줄넘기를 할 수도 있는데. 내가 열두 살 때는 500개도 넘었어예. 하지만 그땐 지금맨키로 뚱뚱하지도 않았지예. 연습도 했었고."

메리는 신이 나는지 의자에서 일어났다.

"좋아 보이는데. 네 엄마는 친절한 것 같아. 나도 그렇게 줄넘기를 할 수 있을까?"

마사가 메리에게 줄넘기 줄을 건네며 재촉했다.

"한번 해 보이소. 첨부터 100개를 하는 건 무리지만 연습만 하면 늘 깁니더. 어매도 그리 말했고요. 어매가 하는 말이, '그 아가씨한테 줄넘기보다 좋은 건 없을 기다. 아아들에게는 줄넘기만한 장난감이 없제. 밖에서 신선한 공기를 마시믄서 하게 하모 다리랑 팔이 쭉쭉 펴지는 건 물론이고 힘도 생길 기다.' 그러대예."

메리 아가씨가 처음 줄넘기를 넘을 때 팔과 다리에 충분한 힘이 없었으리라는 건 누구나 알 만한 사실이었다. 메리는 줄넘기에는 별로 재주가 없었지만 줄넘기가 아주 마음에 들어서 그만두고 싶지가 않았다. 마사가 말했다.

"뭐든 걸치고 밖에 나가서 줄넘기를 해 보이소. 어매가 내보고 그랬는데, 아가씨더러 가능한 한 오래 집 밖에서 시간을 보내라고 말하라 카대예. 따뜻하게 단디이 감싸고 비가 조금 오더라도 나가라꼬요."

메리는 코트를 걸치고 모자를 쓴 다음 줄넘기 줄을 팔에 걸쳤다. 문을 열고 밖으로 나가더니 갑자기 뭔가 생각난 듯 느릿느릿 돌아왔다.

"마사, 네가 일하고 받은 돈이었잖아. 그러니까 사실 2펜스는 네 것이지. 고마워."

메리는 무뚝뚝하게 그 말을 내뱉었다. 사람들이 자신을 위해 한 일에 감사하거나 뭐라고 아는 체하기가 몹시도 어색했던 것이다. 메리는 "고마워."라고 말하고는 손을 내밀었다. 달리 어떻게 해야 하는지 몰랐기 때문이었다.

마사 역시 이런 일에는 익숙하지 않은 듯 손을 잡고 어색하게 조금 흔들었다. 그러더니 갑자기 웃음을 터뜨렸다.

"하! 아가씬 벨나고 노파 같은 데가 있어예. 우리 엘리자베스 엘렌 같았으마 나한테 뽀뽀를 해 줬을 낀데."

메리는 얼굴이 더 딱딱하게 굳어서 물었다.

"내가 뽀뽀를 해 주길 바라는 거야?"

마사가 또다시 웃음을 터뜨렸다.

"어데예, 됐십니더. 아가씨가 딴 사람 같았으마 아가씨가 먼저 그러고 싶었겠지예. 하지만 아니다 아입니꺼. 어서 밖에 나가서 줄넘기하고 노이소."

메리 아가씨는 조금 멋쩍은 기분을 느끼며 방을 나왔다. 요크셔 사람들은 좀 이상해 보였고, 메리에게 마사는 언제나 수수께끼였다. 처음에는 마사가 아주 싫었지만 지금은 그렇지 않았다.

줄넘기는 아주 멋진 물건이었다. 메리는 개수를 세며 줄을 넘고, 줄을 넘으며 개수를 세었고 어느새 뺨은 빨갛게 달아올랐다. 태어나서 이렇게 재미있는 놀이는 처음이었다. 햇살이 빛나고 살랑살랑 바람이 불었다. 거친 바람이 아닌, 기분 좋게 살짝 불어오는 바람으로 새로 일군 신선한 흙냄새도 함께 싣고 왔다. 메리는 줄넘기를 하며 분수가 있는 정원을 돌았고 이쪽저쪽 산책로를 오르락내리락했다. 마지막으로 줄넘기를 하며 텃밭으로 들어갔다. 벤 웨더스태프 노인이 밭을 일구며, 폴짝폴짝 뛰며 주변을 어슬렁거리는 울새에게 말을 걸고 있었다. 메리는 산책로를 따라 줄넘기를 하며 노인에게 다가갔고 노인은 고개를 들고 호기심 어린 표정으로 메리를 바라보았다. 메리는 노인이 알은체를 해 줄지 궁금했다. 메리는 노인이 자신이 줄넘기하는 모습을 봐 줬으면 하고 바랐다.

"음, 확실히 아가씨도 어린 애였구만. 아가씨 핏줄에서도 시큼

한 버터밀크가 아니고 얼라 피가 흘렀던 기다. 두 뺨이 벌겋게 된 걸 보니 줄넘기를 한 게 틀림없나 보구만. 아가씨가 줄넘기를 할 수 있을 기라고는 생각도 못했소."

"줄넘기는 처음 해 보는 거야. 이제 막 시작했는걸 뭐. 아직 스무 개까지밖에 못해."

"계속 해 보소. 이교도들과 산 얼라치고는 제법 잘하게 될 테니까. 절마가 아가씨를 바라보는 것 좀 보소."

노인이 울새를 향해 머리를 홱 돌리며 말했다.

"녀석이 어제부터 아가씨 뒤를 따라다니드만. 아마 오늘도 그럴 기구만. 줄넘기가 뭔지 알아내야 할 기니까. 녀석은 줄넘기를 본 적이 없거든."

노인이 새를 향해 고개를 저었다.

"조심하지 않았다간 니는 고 호기심 때문에 언젠가 죽고 말 기다."

메리는 몇 분마다 쉬면서 줄넘기를 하며 여기저기 정원과 과수원을 돌았다. 그리고 마침내 자신만의 특별한 산책로를 찾아갔고 그 산책로 끝까지 줄넘기를 하며 갈 수 있는지 해 보기로 마음먹었다. 메리가 줄넘기를 넘으며 가기에는 아주 먼 거리였지만 천천히 줄넘기를 시작했다. 하지만 메리는 길을 절반도 내려가기 전에 너무 덥고 숨이 차서 멈출 수밖에 없었다.

메리는 크게 신경 쓰지 않았다. 이미 30개까지 줄넘기를 했기 때문이다. 메리는 즐거운 듯 작게 한 번 웃었고, 세상에 바로 거기, 기다란 담쟁이덩굴 가지 위에서 울새가 흔들거리고 있는 게 아닌가. 메리를 쫓아온 것이었다. 울새가 짹짹거리며 메리에게 인사를 했다. 울새를 향해 줄넘기를 하며 다가가는데, 뛸 때마다 메리의 주머니 속에서 뭔가 묵직한 것이 몸에 부딪치는 게 느껴졌다. 메리는 울새를 바라보며 다시 웃음을 터뜨렸다.

"네가 어제 열쇠가 어디 있는지 알려줬잖아. 오늘은 문이 있는 곳을 내게 알려 줘야겠어. 하지만 네가 알고 있을 것 같진 않구나."

울새는 흔들거리는 덩굴 가지에서 담 꼭대기로 날아가 부리를 벌리고는 그저 으스댈 생각으로 큰 소리로 아름답게 지저귀었다. 이 세상에서 으스대는 울새처럼 홀딱 반할 만큼 사랑스러운 것도 없었다. 그리고 울새들은 거의 언제나 그런 모습을 보이곤 했다.

메리 레녹스는 마법에 관한 것이라면 아야의 이야기 속에서 실컷 들었다. 그리고 메리는 언제나 그 순간에 일어난 일이 마법이었다고 말하곤 했다.

또다시 약한 바람이 산책로로 기분 좋게 휙 불어왔다. 이번에는 다른 때보다 조금 강했다. 나뭇가지를 흔들 만큼 강했고, 손질하지 않아 담 위로 길게 늘어진 담쟁이덩굴 가지를 나부끼게 하고도 남았다. 메리는 울새에게 가까이 다가갔고, 그 순간 뜬금없이 바람이 휙 불면서 길게 늘어진 담쟁이덩굴을 옆으로 흩날리게 만들었다. 그리고 그보다 더 뜬금없이 메리가 달려들어 그 담쟁이덩굴을 손으로 잡아챘다. 메리가 그렇게 한 이유는 덩굴 아래에서 뭔가가 보였기 때문이었다. 그 위로 늘어진 잎들에 가려져 있던 둥근 손잡이, 그것은 문의 손잡이였다.

메리는 잎들 속에 두 손을 집어넣고는 잡아당겨도 보고 옆으로 밀어내 보기도 했다. 담쟁이덩굴이 빽빽하게 자라서 몇몇 덩굴이 나무와 철을 타고 뻗어 있기는 했지만 거의가 느슨하게 흔들리는 커튼 같았다. 메리는 기쁘고 흥분된 마음에 심장이 쿵쾅거리고 손도 조금 떨렸다. 울새는 메리만큼 흥분한 것처럼 계속 지저귀고 짹짹거리며 고개를 갸웃했다. 메리의 두 손에 닿은, 철로 만든 네모난 것은 뭐란 말인가? 메리의 손가락이 구멍도 하나 찾아낸 이것은 도대체 무엇일까?

그것은 10년 전에 잠가 버린 문의 자물쇠였다. 메리는 주머니에 손을 넣어 열쇠를 꺼냈고 열쇠가 구멍에 딱 맞는 것을 확인했다. 메리는 열쇠를 끼워 넣고 돌렸다. 두 손이 모두 필요하긴 했지만 어쨌든 열쇠는 돌아갔다.

그런 다음 메리는 길게 숨을 내쉬고 뒤를 돌아보며 긴 산책로로 누가 오지는 않는지 확인했다. 아무도 보이지 않았다. 이쪽 길로는 아무도 다니지 않는 듯했다. 메리는 저도 모르게 다시 긴 한숨을 내쉬고는 흔들리는 담쟁이덩굴 커튼을 걷어 내고 문을 밀었다. 문이 천천히, 천천히 열렸다.

메리는 그 안으로 미끄러지듯 들어간 다음 등 뒤로 문을 닫았다. 문에 등을 대고 서서 흥분되고 놀랍고 기쁜 마음에 가쁜 숨을 내쉬며 주변을 둘러보았다.

메리는 비밀스런 정원 안에 서 있었다.

9. 세상에서 가장 이상한 집

　　그곳은 누군가 상상할 수 있는 곳 가운데 가장 매혹적이고 신비롭게 보이는 곳이었다. 정원을 에워싼 높은 담들은 잎이 떨어진 덩굴장미 줄기들로 뒤덮여 있었다. 빽빽이 자란 줄기들이 서로 얽혀 있었다. 메리는 인도에 있을 때 수많은 장미들을 보아 왔기 때문에 그것이 장미라는 사실을 알았다. 갈색으로 변한 겨울 풀들이 온 땅을 덮고 있었고 풀들 위로, 만약 살아 있었다면 장미 덤불이 분명한 덤불들이 여기저기 무리지어 자라 있었다. 많은 가지를 뻗어서 조그만 나무처럼 보이는 스탠다드 장미(*특수 대목을 원하는 높이까지 외줄기로 키운 다음 장미를 접목시켜 일반 나무처럼 키우는 정원수 장미.)들도 상당수 있었다. 정원에는 다른 나무들도 많았다. 그래도 그곳을 가장 이상하고 아름답도록 보이게 하는 것은 덩굴장미들이었다. 나무들 전체에 퍼져서 가볍게 너울거리는 커튼처럼 긴 덩굴 손을 늘어뜨리고 있었다. 여기저기 그 덩굴들이 서로 엉켜 있거나 멀리 떨어진 가지들과 연결되고 이 나무에서 저 나무로 타고 올라서 사랑스러운 다리들을 만들고 있었다. 이제는 잎도 장미도 달려 있지 않아서 메리는 그 덩굴들이 살아 있는지 죽었는지도 알 수 없었다. 하지만 회색이나 갈색이 도는 가는 덩굴 가지들은 흐릿한 막처럼 모든 걸 덮고 있었다. 사방의 담과 나무를 덮은 건 물론이고 땅으로 느슨하게 풀려 나와 갈색 풀 위로도 지나고 있었다. 나무와 나무 사이에 이렇게 흐릿한 장막처럼 얽혀 있는 덩굴들이 이곳을 그토록 신비롭게 보이도록 하는 것이었다. 메리는 이전에도, 이 정원이 그토록 오랫동안 방치되어 있었으니 다른 정원들과는 분명히 다를 것이라는 생각을 했었다. 정원은 실제로 메리가 이제껏 보았던 그 어떤 곳과도 달랐다. 메리가 속삭였다.

"어쩜 이렇게 조용하지. 정말 조용해."

메리는 잠시 기다리며 그 고요함에 귀를 기울였다. 자신의 나무 꼭대기로 날아들었던 울새도 다른 모든 것들과 마찬가지로 조용했다. 울새는 날개조차 퍼덕이지 않았고 꼼짝 않고 앉아서 메리를 지켜보았다. 메리가 다시 속삭이듯 말했다.

"당연히 조용하겠지. 내가 여기서 10년 만에 처음 이야기를 하는 사람일 테니까."

메리는 누군가를 깨울까 봐 두려운 듯이 사뿐사뿐 걸으며 문에서 천천히 움직였다. 발밑에 풀이 깔려 있어서 발소리가 나지 않는 것이 기뻤다. 메리는 동화 속 장면처럼 나무와 나무 사이에 만들어진 회색 아치 아래를 걸으며 그 아치를 이루고 있는 잔가지들과 덩굴손들을 올려다보았다.

"모두 다 죽은 건 아닌지 모르겠네. 완전히 죽은 정원인가? 아니었으면 좋겠는데."

벤 웨더스태프 노인 같았으면 딱 보기만 해도 나무가 살았는지 죽었는지 알 수 있었겠지만, 메리가 알 수 있는 건 어딜 봐도 회색이나 갈색 가지들만 남았다는 사실이었고 아주 조그만 잎눈조차 나올 조짐이 보이지 않는다는 정도였다.

하지만 메리는 멋진 정원 안에 있었고 언제든 담쟁이덩굴 아래에 있는 문으로 들어올 수 있었다. 메리는 오로지 자신만의 세상을 찾은 느낌이었다.

사방이 담으로 둘러싸인 정원 안에도 햇살이 비추고 있었고 미셀스웨이트 장원 안, 이 특별한 곳 위로 높이 아치 모양을 이룬 푸른 하늘은 황무지 위로 떠 있던 것보다 훨씬 더 빛나고 부드럽게 보였다. 울새는 나무 꼭대기에서 내려와 폴짝폴짝 뛰거나 날아서 이쪽저쪽 수풀로 메리를 쫓아다녔다. 마치 여기저기로 메리를 안내하는 것처럼 연신 짹짹거리며 촐랑거렸다. 모든 게 낯설고 조용했고 혼자 수백 마일쯤 떨어져 있는 것 같았지만 웬일인지 전혀 외롭지 않았다. 메리를 성가시게 따라다닌 생각은 장미들이 전부 죽었는지, 혹시라도 그들 중 살아 있는 게 있어서 날씨가 따뜻해지면 잎이 나고 봉오리를 맺을지 알고 싶다는 것뿐이었다. 메리는 이 정원이 완전히 죽은 게 아니기를 바랐다. 완전히 살아 숨쉬는 정원이라면 얼마나 멋지겠는가! 사방에 수천 송이의 장미꽃들이 피어 있겠지!

메리는 정원 안에 들어올 때 줄넘기를 팔에 걸치고 있었다. 한동안 정원을 산책한 뒤 메리는 줄넘기를 하며 정원을 한 바퀴 돌아볼 생각을 했다. 보고 싶은 게 생길 때마다 멈추면서 말이다. 여기저기 잔디 깔린 길이 있었던 것처럼 보였고 한두 군데 구석진 곳에는 상록수 그늘에 돌로 된 의자와 이끼로 덮인 커다란 꽃 항아리가 놓여 있었다.

메리는 두 번째 나무 그늘 가까이 왔을 때 줄넘기를 멈췄다. 예전에는 그 안에 꽃밭이 있었던 것 같았다. 메리는 검은 흙 밖으로 삐죽 올라온 뭔가를 본 듯했다. 연녹색으로 작게 뾰족 올라온 것들이었다. 메리는 벤 웨더스태프 노인이 했던 말을 떠올리며 무릎을 꿇고 앉아 그것들을 들여다보았다. 메리가 속삭였다.

"그래, 아주 조그맣게 자라는 것들이야. 어쩌면 크로커스나 아네모네, 아니면 수선화일지도 몰라."

메리는 좀 더 가까이 몸을 숙이고는 킁킁거리며 축축한 땅에서 나는 향기를 맡았다. 메리는 그 냄새가 아주 좋았다.

"어쩌면 다른 곳에서도 이런 게 올라오고 있는지도 몰라. 정원을 다 돌면서 봐야겠어."

메리는 줄넘기를 하지 않고 그냥 걸었다. 땅에 시선을 고정시킨 채 천천히 걸었다.

메리는 가장자리에 있는 오래된 꽃밭과 풀밭 사이사이를 살폈다. 하나라도 놓치지 않으려고 애쓰면서 정원을 다 둘러본 메리는 뾰족하게 올라온 연녹색 싹들을 훨씬 더 많이 찾아냈다. 메리는 다시 한 번 흥분했고 조그만 목소리로 외쳤다.

"완전히 죽은 정원은 아니야. 장미는 다 죽었지만 살아 있는 것들도 있어."

메리는 정원을 가꾸는 일에 대해 아는 게 하나도 없었다. 하지만 메리가 보기에 초록 새싹들이 뚫고 올라오는 몇몇 곳에서는 풀들이 너무 무성하게 자라서 싹들이 비집고 나올 틈이 충분치 않아 보였다. 메리는 주변을 둘러보며 뾰족한 나무 막대기를 찾아냈다. 그러고는 꿇어앉아서 땅을 파고 싹들 주변이 조금 정리되고 깨끗해질 수 있도록 잡초를 비롯한 풀들을 뽑아냈다. 메리가 한곳에서 잡초 뽑는 일을 끝낸 뒤 말했다.

"이제 좀 숨을 쉴 수 있을 것처럼 보이네. 할 일이 아주 많겠어. 보이는 대로 다 뽑아낼 거야. 오늘 시간이 안 되면 내일 와서 해도 되고."

메리는 이곳저곳으로 돌아다니면서 땅을 파고 잡초를 뽑았다. 그리고 몹시 즐거워서 화단에서 화단으로, 나무 밑에 자란 풀들을 살피러 옮겨 다녔다. 그렇게 일을 하느라 몸이 따뜻해진 메리는 먼저 외투를, 다음으로 모자를 벗어 던졌다. 그리고 저도 모르게 일을 하는 동안 내내 풀들과 연녹색 싹들을 내려다보며 미소짓고 있었다.

울새도 굉장히 바빴다. 자신이 사는 정원이 손질되기 시작하는 것을 보고 매우 기뻤다. 울새는 자주 벤 웨더스태프 노인에게 감탄하곤 했다. 손질을 끝낸 정원에서는 마음에 드는 온갖 종류의 먹을 것들이 흙과 함께 나오는 것이었다. 이제 자신의 정원에 새로운 생명체가 나타났는데, 몸집은 벤 노인의 반도 안 되지만 정원에 들어와 곧바로 손질을 시작할 만큼 제대로 머리가 돌아가는 존재였다.

메리 아가씨는 점심을 먹으러 갈 시간까지 정원에서 일했다. 사실 점심 먹을 시간이라는 것도 뒤늦게 기억해 내고는 외투를 걸치고 모자를 쓰고 줄넘기를 집어 들었다. 메리는 자신이 두세 시간을 쭉 일했다는 사실이 믿기지가 않았다. 그래도 메리는 일하는 동안 내내 행복했다. 말끔해진 땅에서 수십 개의 조그만 연녹색 싹들이 보였고, 전에 풀과 잡초가 잔뜩 덮고 있던 때보다 두 배는 생기 있어 보였다.

메리는 자신의 새로운 왕국을 쭉 돌아보며 마치 자기 얘기를 듣기라도 하는 것처럼 나무와 장미 덤불을 향해 말을 걸었다.

"오늘 오후에 다시 올게."

그러고는 가벼운 발걸음으로 풀밭 위를 달려서 천천히 낡은 문을 밀고는 담쟁이덩굴 아래로 빠져나왔다. 메리의 두 뺨은 발그레했고 두 눈은 반짝거렸으며 점심을 잔뜩 먹어서 마사를 기쁘게 했다.

"고기 두 덩이에 쌀 푸딩 두 그릇까지! 세상에! 줄넘기 덕에 아가씨한테 일어난 일을 말하면 엄마가 기뻐할 거예요."

메리 아가씨는 끝이 뾰족한 나뭇가지로 땅을 파던 중에 양파처럼 생긴 하얀 뿌리 같은 것도 함께 파냈다. 메리는 그 뿌리를 원래 자리에 다시 넣고는 그 위로 조심스럽게 흙을 덮고 다져 놓았다. 그 순간 마사라면 그게 뭔지 얘기해 줄 수 있을지도 모른다는 생각이 들었다.

"마사, 양파처럼 생긴 하얀 뿌린 같은 게 뭐야?"

마사가 대답했다.

"알뿌리라예. 많은 봄꽃들이 그 알뿌리에서 나오는 기라예. 아주 쪼매난 건 아네모네랑 크로커스고 큰 건 수선화랑 노란 수선화랑 나팔수선화입니더. 가장 큰 건 백합이랑 보랏빛 붓꽃이고요. 아! 다 정말 멋진데. 디콘이 쪼매난 우리 집 정원에 전부 다 심어 놓았다 아입니꺼."

메리가 새로운 생각에 사로잡혀서 물었다.

"디콘은 그런 걸 다 알아?"

"우리 디콘은 벽돌 길에서도 꽃이 자라게 할 수 있는 앱니더. 우리 어매 말로는 디콘이 속삭이기만 해도 그런 것들이 땅을 뚫고 나온다 카대예."

메리가 걱정스럽게 물었다.

"그 알뿌리란 게 오래 사나? 돌봐 주는 사람이 없어도 몇 년이고 살 수 있어?"

"그것들은 지들이 다 알아서 합니더. 그래서 가난한 사람들도 키울 수 있는 기라예. 괴롭히지만 않으마, 대부분 평생 동안 땅속에서 부지런히 자라서 멀리 퍼져 나가고 또 어린 알뿌리를 만들지예. 여기 대정원에 있는 숲에도 아네모네 수천 송이가 온통 뒤덮고 있는 곳이 있십니더. 봄이 오마 요크셔에서 그거만큼 예쁜 게 없지예. 은제 첨 그 꽃들을 심었는지 아무도 몰라예."

"봄이 빨리 왔으면 좋겠어. 영국에서 자라는 건 전부 보고 싶어."

메리는 점심을 다 먹은 다음 자신이 가장 좋아하는 자리인 벽난로 앞 깔개에 가 앉았다.

"난, 난 조그만 삽이 하나 있었으면 좋겠어."

마사가 웃으며 물었다.

"삽은 뭐에다 쓸라꼬예? 어디 땅이라도 팔 깁니꺼? 우리 어매한테 그것도 말해야겠네예."

메리는 난롯불을 바라보며 잠시 생각에 잠겼다. 자신의 비밀 왕국을 지킬 생각이라면 조심해야 했다. 메리가 정원에 해가 될 일을 하는 건 아니지만, 고모부가 문이 열린 사실을 알았다간 불같이 화를 내며 새로 열쇠를 구해서 영원히 잠가 버릴 것이다. 그건 정말 참을 수 없었다. 메리는 마음속으로 그 문제를 곰곰이 생각하고 있는 듯 천천히 입을 열었다.

"여긴 정말 덩그러니 크기만 커. 이 집은 정말 쓸쓸해. 대정원도, 정원들도 다 쓸쓸해. 어딜 가나 다 잠겨 있는 것 같고. 인도에서도 많은 걸 하지는 않았지만 구경할 사람들은 훨씬 더 많았어. 원주민들도 있고 군인들도 행진하며 지나가고. 그리고 가끔은 악단이 연주를 하기도 하고, 아야가 이야기를 해 주기도 했어. 여기선 너랑 벤 웨더스태프 할아버지 말고는 이야기를 나눌 사람도 없어. 넌 네 일을 해야 하고 벤 할아버지는 내게 자주 말을 걸지도 않아. 나한테 조그만 삽이 하나 있으면 벤 할아버지처럼 어딘가에서 땅을 파고, 할아버지가 씨를 좀 준다면 작은 정원을 만들 수 있겠다 생각했어."

마사의 얼굴이 환해졌다.

"그만 됐십니더! 어매가 말한 기랑 억수로 똑같네예. 어매가 그러대예. '그 큰 집에는 빈 곳도 많은데 왜 아가씨한테 쪼매 떼어 주지 않는 기고? 아가씨가 파슬리랑 무 말고는 심는 게 없다 캐도 줘야제. 땅을 파고 갈퀴질을 하다 보마 아주 행복해할 낀데.' 어매가 진짜 그렇게 말했다 아입니꺼."

"그랬어? 네 엄마는 정말 모르는 게 없나 봐?"

"하모요! 어매는 이런 식으로 말합니더. '아를 열둘이나 낳은 여자는 기본적인 것 말고도 배우는 기 있다. 아아들이 여러 가지를 풀게 하는 계산법이나 마찬가진 기다.'라꼬요."

메리가 물었다.

"삽이 하나에 얼마나 해, 작은 걸로?"

마사는 곰곰이 생각해서 대답했다.

"그러니까 스웨이트 마을에 가마 가게가 한 군데 있는데 삽이랑 갈퀴랑 쇠스랑이 한데 묶인 쪼매난 원예 도구 세트를 2실링에 파는 걸 봤십니더. 튼튼해서 쓰는 데는 벨 문제없을 깁니더."

"내 지갑에 그거보다 많이 들어 있어. 모리슨 부인이 5실링을 줬고 메들록 부인도 고모부한테 받아서 돈을 주니까."

마사가 소리쳤다.

"주인님이 그 정도로 아가씨를 생각하고 있었던 기라예?"

"메들록 부인 말로는 내가 일주일 동안 쓸 돈으로 1실링을 받게 될 거랬어. 매주 토요일에 1실링을 주는데 그 돈을 어디에 써야 할지 모르겠더라고."

"시상에! 억수로 많은 돈이네예. 이 시상에서 아가씨가 원하는 건 다 살 수 있겠십니더. 우리 집 집세가 게우 1실링 3펜스인데 그 돈을 구할라모 무슨 짓이든 해야 한다 아입니꺼. 방금 좋은 생각이 떠올랐어예."

그러더니 두 손을 허리에 짚었다.

메리가 잔뜩 기대하며 물었다.

"뭔데?"

"스웨이트에 있는 가게에서 꽃씨를 한 봉지에 1페니씩 받고 팔지예. 우리 디콘은 어떤 기 가장 예쁜지, 어떻게 기르는지 잘 알고 있고요. 디콘은 하루에도 몇 번씩 재미 삼아 스웨이트까지 걸어가

곤 하지예."

그러고는 갑작스럽게 물었다.

"인쇄체 글씨는 쓸 줄 압니꺼?"

메리가 대답했다.

"쓰는 법은 알아."

마사가 고개를 끄덕였다.

"우리 디콘은 또박또박 인쇄체로 쓴 글씨만 읽을 줄 알거든예. 아가씨가 쓸 줄 알모 디콘한테 편지를 써 갖고 가서 원예 도구랑 씨랑 둘 다 사 달라고 부탁하모 되겠네예."

메리가 소리를 질렀다.

"넌 정말 좋은 사람이야! 정말로! 네가 그렇게 좋은 사람인 줄 몰랐어. 노력해 보면 인쇄체로 편지를 쓸 수 있을 거야. 메들록 부인한테 펜이랑 잉크랑 종이를 달라고 하자."

"내한테도 있십니더. 일요일에 어매한테 편지를 쓸라고 사 뒀어예. 가서 가져올게요."

마사는 방에서 달려 나갔고 메리는 난롯불 옆에 서서 아주 기쁜 마음으로 작고 여윈 두 손을 쥐어짰다. 메리가 속삭이듯 말했다.

"삽이 하나 있으면 흙을 좀 더 부드럽게 만들 수 있고 잡초를 파낼 수 있을 거야. 꽃씨가 있어서 꽃을 키울 수만 있으면 정원도 더 이상 죽은 게 아니겠지. 다시 살아나게 될 거야."

메리는 그날 오후에 다시 나가지 않았다. 마사가 펜과 잉크와 종이를 가지고 돌아왔을 땐 이내 탁자를 치우고 그릇과 접시들을 아래층으로 가지고 가야 했고 주방으로 들어갔을 땐 거기 있던 메들록 부인이 다른 일을 시켰기 때문이었다. 그래서 메리는 마사가 돌아올 때까지 기다려야 했고, 메리에게는 그 시간이 아주 길게 느껴졌다. 그러고 나서 디콘에게 편지 쓰는 것도 만만찮은 일이었다. 가정 교사들이 하나같이 메리를 너무 싫어한 나머지 곁에 붙어 있지를 않아서 메리는 배운 게 거의 없었던 것이다. 특별히 철자에 맞게 잘 쓰지는 못했지만 겨우겨우 글자를 쓸 수는 있었다. 이게 마사가 메리에게 받아쓰게 한 편지였다.

사랑하는 디콘에게,

지금 내가 그런 것처럼 너도 잘 지내기를 바라며 이 편지를 보낸다. 메리 아가씨에게는 돈이 많이 있다는데, 네가 스웨이트에 가서 메리 아가씨가 꽃밭을 만들 수 있도록 꽃씨와 원예 도구 세트를 사다 줄 수 있겠니? 가장 예쁘고 기르기 쉬운 걸로 골라 줘. 메리 아가씨는 한 번도 꽃을 키운 적이 없고 여기와는 다른 인도에서 살았으니까. 엄마와 동생들 모두에게 안부 전해 주렴. 메리 아가씨가 내게 더 많은 얘기를 해 줄 거니까 다음번 휴가 때는 코끼리와 낙타, 사자와 호랑이를 사냥하러 가는 신사들 얘기도 듣게 될 거야.

사랑하는 누나,
마사 피비 소어비가.

마사가 말했다.

"봉투 속에 돈을 넣으마 내가 푸줏간 아한테 수레에 싣고 가져가라고 할게예. 갸가 디콘과 억수로 친한 사이 아입니꺼."

"디콘이 그것들을 사면 나는 어떻게 받는데?"

"디콘이 직접 아가씨한테 가져다줄 깁니다. 여까지 걸어오는 것도 좋아할 기라예."

"와! 그럼 디콘을 만나겠구나. 내가 디콘을 보게 될 거라고는 생각도 안 했는데."

마사가 불쑥 물었다. 마사는 아주 기쁜 표정이었다.

"디콘이 보고 싶은가 배?"

"응, 보고 싶어. 난 여우랑 까마귀가 사랑하는 아이는 본 적이 없거든. 디콘이 정말 보고 싶어."

마사가 문득 뭔가가 기억난 듯이 흠칫 놀라 말했다.

"인제 생각해 보니까 새까맣게 잊고 있었네예. 오늘 아침에 맨먼저 말할라꼬 했는데. 어매한테 물어봤십니더. 어매가 직접 메들록 부인한테 부탁해 보겠다 카대예."

"그러니까 네 말은……."

"내가 화요일에 말했던 거요. 언젠가 아가씨가 마차를 타고 우리 오두막에 와서 엄마가 만든 뜨끈뜨끈한 귀리 빵에 버터, 우유를 먹고 마실 수 있을지 엄마한테 물어본다고 했던 거요."

마치 즐거운 일이 하루에 다 일어나는 것 같았다. 하늘이 파란 한낮에 황무지를 지나게 되다니. 아이들이 열두 명이나 되는 오두막에 가게 되다니.

메리가 조바심을 내며 물었다.

"메들록 부인이 내가 가는 걸 허락할 것 같대?"

"야, 어매는 그럴 것 같다 카대예. 부인도 어매가 얼마나 깔끔한지, 오두막을 얼마나 깨끗하게 하는지 안다 아입니꺼."

메리가 말했다. 생각하면 할수록 기분이 좋은 것 같았다.

"가게 되면 디콘뿐만 아니라 네 엄마도 보게 되겠네. 네 엄마는 인도에 있는 엄마들과는 다른 것 같아."

정원에서의 일과 오후에는 잔뜩 흥분한 탓에 메리는 결국 차분해지고 생각에 잠기는 듯했다. 마사가 티타임이 될 때까지 메리 곁에 있긴 했지만 둘은 거의 말을 하지 않고 편안하고 조용하게 앉아만 있었다. 하지만 마사가 차 쟁반을 가지러 아래층으로 내려가기 직전 메리가 물었다.

"마사, 부엌일 하는 하녀가 오늘도 이가 아팠던 거야?"

마사는 흠칫 놀라는 듯했다.

"뭣 때문에 그런 걸 묻는데요?"

"한참 동안 네가 돌아오기를 기다리고 있을 때 네가 오나 보려고 문을 열고 나가서 복도를 걸었거든. 그때 또다시 요전 밤 들었던 울음소리가 멀리서 들려왔어. 오늘은 바람도 불지 않았으니 바람이 아니란 건 너도 알 거 아니야."

마사가 안절부절못하며 말했다.

"이런! 그렇게 복도를 기웃거리면서 엿듣고 댕기면 안 됩니더. 주인님이 화가 나마 어떻게 하실지 알 수가 없어예."

"난 엿듣고 다니지 않았어. 그냥 널 기다리고 있었는데…… 듣게 된 거야. 벌써 세 번째야."

"시상에! 메들록 부인이 종을 치네예."

마사는 그렇게 말하고는 거의 도망치다시피 방을 나갔다.

메리는 가까이에 있는 팔걸이의자의 푹신한 부분에 머리를 대고는 졸린 목소리로 말했다.

"살다 살다 이렇게 이상한 집은 처음이야."

신선한 공기를 마시고 땅을 파고 줄넘기를 한 덕분에 아주 편안한 피로감이 밀려왔고 메리는 금세 잠이 들었다.

10. 디콘

거의 일주일 내내 비밀의 화원에 햇볕이 내리쬐었다. 메리는 그 곳이 생각날 때마다 비밀의 화원이라고 불렀다. 메리는 그 이름이 좋았고, 아름답고 오래된 벽들이 둘러싸고 있어서 자신이 어디 있 는지 아무도 찾지 못한다는 느낌은 훨씬 더 좋았다. 마치 세상에 서 떨어져 나와 동화 같은 곳에 있는 것 같았다. 메리가 읽고 좋아 했던 몇 안 되는 책들은 대부분 동화책이었고, 그 가운데서 비밀 의 화원에 대한 내용을 읽은 적이 있었다. 가끔 사람들이 그 안에 서 100년 동안 잠이 들기도 했는데 메리는 아주 멍청한 사람들이 라는 생각을 했다. 메리는 전혀 잠들 생각이 없었고 사실 미셀스 웨이트에서 하루하루 지날 때마다 점점 더 정신이 말똥말똥해지고 있었다. 메리는 이제 밖에 있는 게 좋았다. 메리는 더 이상 바람이 싫지 않았고 오히려 바람을 즐겼다. 메리는 더 빨리, 더 오래 달릴 수 있었고 줄넘기도 100개까지 할 수 있었다. 비밀의 화원에 있던 알뿌리들도 분명 많이 놀랐을 것이다. 자신들 주위가 그렇게 말끔히 정리되어서 원하는 만큼 숨 쉴 수 있는 공간이 생겼으니까. 그리고 메리 아가씨가 알았는지 모르겠지만, 알뿌리들은 힘을 내서 어두운 땅속에서 열심히 움직이고 있었다. 이제 햇볕이 닿아서 따뜻하게 해 줄 수 있었고 빗물이 곧바로 스며들게 되니 알뿌리들은 생생하게 살아 숨쉬는 느낌이 들기 시작했다.

메리는 좀 특이하고 단호한 데가 있는 아이였다. 이제 해 보기로 단단히 결심한 재미난 일이 생기자, 메리는 정말로 그 일에 푹 빠져 버렸다. 메리는 끊임없이 일하고 땅을 파고 잡초를 뽑아내면서도 지치기는커녕 일을 하는 매시간이 점점 더 즐거웠다. 메리에게는 대단히 흥미로운 놀이 같았다. 메리는 애초에 찾으리라 기대했던 것보다 돋아나는 연녹색 새싹들을 훨씬 더 많이 찾아냈다. 어딜 가나 새싹들이 올라오는 것 같았고 메리는 매일 새로 돋아난 조그만 싹들을 찾으리라 확신했다. 어떤 건 너무 작아서 땅 위로 비집고 나오기도 힘들었지만 말이다. 하도 많아서 마사가 했던 '수천 송이 피어 있는 아네모네' 얘기, 널리 퍼져 나가서 새로운 알뿌리를 만든다는 얘기가 떠오를 정도였다. 이 싹들도 10년 동안 그대로 방치되면서 수천 송이로 피어난 아네모네처럼 스스로 퍼져 나간 것인지도 몰랐다. 메리는 이 싹들이 얼마나 지나야 자신들이 꽃이라는 사실을 보여 줄지 궁금했다. 메리는 땅을 파다가도 가끔씩 화원을 둘러보며 수천 송이 아름다운 꽃들로 뒤덮인 모습이 어떨지 상상해 보려고 했다.

햇볕이 내리쬔 그 일주일 동안 메리는 벤 웨더스태프 노인과 더욱 친해졌다. 메리는 몇 번인가 땅에서 튀어나온 것인 양 옆에 불쑥 나타나서 노인을 놀라게 했다. 사실은 이랬다. 메리는 자신이 오는 것을 보면 노인이 연장을 집어 들고 가 버릴까 봐 두려워서 항상 가능한 한 소리를 내지 않고 노인 곁으로 다가갔던 것이다. 하지만 노인은 처음만큼 메리를 강하게 거부하지는 않았다. 어쩌면 노인도 자신을 나이 많은 친구로 삼고 싶어 하는 메리의 마음이 뻔히 보여서 내심 기분 좋았는지도 모른다. 그리고 메리가 전보다 훨씬 공손해진 것도 사실이었다. 메리는 노인을 처음 보았을 때 원주민에게 하던 태도 그대로 말을 걸었는데 노인은 그 사실을 알지 못했다. 메리 역시 무뚝뚝하고 억센 요크셔 노인이 주인에게 공손히 인사할 줄 모르고 그저 주인에게 지시받은 일을 할 뿐이라는 사실을 몰랐다.

어느 날 아침, 노인이 고개를 들어 옆에 서 있는 메리를 보고는 말했다.

"아가씨는 울새 같은 데가 있구만. 은제 보게 될지, 어느 쪽에서 올지 통 알 길이 없으니 말이다."

"이제 새하고 난 친구예요."

벤 노인이 메리의 말을 낚아챘다.

"고 녀석이 그렇제. 아주 허영심에 경거망동하면서 여자들한테 알랑거리고 댕기지. 으스대믄서 꽁지를 흔들어 댈 수만 있으마 녀석은 뭐든 할 기다. 속이 꽉 찬 알맹키로 자만심이 그득하다니까."

노인은 좀처럼 많이 말하는 법이 없었고 가끔 툴툴거리는 것 빼고는 메리가 묻는 말에 대답조차 하지 않았다. 하지만 그날 아침에는 평소보다 말이 많았다. 노인은 똑바로 서서 징 박은 부츠를 신은 발 하나를 삽 위에 올려놓은 채 메리를 바라보았다. 노인이 불쑥 물었다.

"여 온 지 얼마나 됐소?"

"한 달쯤 된 거 같은데요."

"아가씨가 미셀스웨이트의 체면을 지대로 세워 주고 있구만. 예전보다 살도 좀 쪘고 그래 누리끼리하지도 않네. 아가씨가 첨 이 정원에 들어왔을 땐 깃털 빠진 어린 까마구처럼 보였던 기라. 그렇게 못생기고 뚱한 얼굴을 한 얼라는 첨 본다 아이가."

메리는 허영심이 많지도 않았고 자기 외모를 대단하게 생각하지도 않았기 때문에 노인의 말에 그렇게 속이 상하지는 않았다.

"뚱뚱해진 건 나도 알아요. 양말이 점점 더 꽉 끼더라고요. 전에는 커서 주름이 잡히곤 했는데. 울새예요, 벤 할아버지."

정말 울새가 와 있었고 메리는 울새가 그 어느 때보다 멋져 보인다고 생각했다. 붉은 조끼는 새틴처럼 반질반질했다. 울새는 아주 생기 있고 우아하게 양 날개와 꽁지를 펄럭거리고 고개를 갸웃하며 폴짝폴짝 뛰어다녔다. 울새는 벤 노인이 자신을 감탄하며 바라보게 만들 심산인 듯했다. 하지만 벤 노인은 빈정대기만 했다.

"그래, 왔나? 가끔 내보다 더 나은 사람이 없을 땐 잠시 아쉬운 대로 내만 갖고도 괜찮다는 기지? 지난 2주 동안 아주 조끼도 더 붉게 만들고 깃털도 반짝반짝 윤을 냈구만. 미셀 황무지에서 젤로 멋진 수컷 울새라는 둥 다른 놈들을 모두 물리칠 준비가 돼 있다는 둥 거짓말을 해 싸믄서, 어서 되바라진 가시내라도 꼬이고 있는 기겠지."

메리가 외쳤다.

"와! 얘 좀 봐요."

울새는 황홀하고 대담한 기분에 빠져 있는 게 분명했다. 폴짝 폴짝 뛰며 점점 더 가까이 다가오더니 점점 더 애교 섞인 눈빛으로 벤 웨더스태프 노인을 올려다보았다. 가장 가까이에 있는 까치밥나무 위로 날아오르더니 고개를 갸웃거리며 벤 노인을 향해 귀여운 노래를 불러 주었다.

벤 노인이 잔뜩 얼굴을 찡그렸는데, 메리가 보기에는 애써 기쁜 표정을 짓지 않으려고 그러는 게 분명했다.

"니가 그카면 내가 넘어갈 기라고 생각하나 부지. 아무도 니를 상대로 끝까지 버틸 수 없을 기라고 말이다. 니놈 생각이 그렇다 아이가."

울새가 날개를 펼쳤다. 메리는 자신의 눈을 믿을 수가 없었다. 울새는 벤 웨더스태프 노인의 삽자루 위로 곧장 날아오더니 그 위에 내려앉았다. 그러자 노인의 얼굴에 천천히 주름이 잡히는가 싶더니 전혀 다른 표정이 나타났다. 노인은 숨 쉬기조차 두렵다는 듯이 꼼짝 않고 서 있었다. 울새가 날아갈까 봐 두려워 절대 움직이지 않으려는 듯 보였다. 노인이 작게 속삭이는 목소리로 말했다.

"이런, 젠장!"

노인이 너무나 부드럽게 말해서 마치 전혀 다른 이야기를 하는 것처럼 들렸다.

"넘의 맘을 기막히게 잘 알아내는 기다. 진짜 그렇지. 아주 섬뜩할 정돈기라. 억수로 영악하제."

노인은 말을 하면서도 꼼짝 않고 서 있었다. 거의 숨조차 쉬지 않았다. 결국 울새가 또 한 번 날개를 퍼덕이더니 멀리 날아갔다. 그러자 노인은 거기에 마법을 걸어 놓았을지도 모른다는 듯 삽자

루를 바라보며 서 있다가 다시 땅을 일구기 시작했다. 노인은 몇 분 동안 한 마디도 하지 않았다.

하지만 가끔씩 노인의 얼굴에 천천히 웃음이 번지는 것을 보고, 메리는 노인에게 서슴없이 말을 걸었다.

"할아버지도 정원을 가지고 있어요?"

"아니. 내는 결혼도 안 하고 문지기 마틴네 집에 산다 아이가?"

"만약에 정원이 있다면 거기에 뭘 심을 거예요?"

"양배추랑 감자랑 양파."

"하지만 꽃이 피는 정원을 만들고 싶으면요. 뭘 심을 건데요?"

메리가 고집스럽게 캐물었다.

"알뿌리 식물이랑 향긋한 냄새가 나는 것들. 하지만 장미가 가장 많을 기다."

메리의 얼굴이 밝아졌다.

"장미를 좋아해요?"

벤 노인은 잡초를 뽑아내 옆으로 던져 버리고 나서 대답했다.

"뭐, 그렇지. 내가 정원사로 일한 댁의 젊은 부인한테서 배운 기다. 부인은 자기가 좋아하는 곳에 장미를 잔뜩 심어 놓고 장미들이 얼라, 아니 울새라도 되는 것맨키로 애지중지했다. 부인이 허리를 굽히고 장미꽃에 입을 맞추는 것을 본 적도 있다."

노인은 또 다시 잡초를 뽑아내더니 그것을 노려보았다.

"벌써 10년 전 일이구만."

메리가 크게 관심을 보이며 물었다.

"그 부인은 지금 어디 있는데요?"

노인은 삽을 땅속 깊이 찔러 넣으며 대답했다.

"하늘나라. 목사들은 그래 말하지."

메리가 더욱 관심을 가지며 다시 물었다.

"장미들은 어떻게 됐어요?"

"저거들끼리 남겨졌다 아이가."

메리는 이제 잔뜩 흥분해서 용기를 내어 물었다.

"다 죽은 거예요? 장미들은 그냥 내버려 두면 완전히 죽는 건가요?"

노인이 마지못해 입을 열었다.

"뭐, 내도 장미를 좋아하게 됐었제. 부인도 좋아했고. 부인이 장미들을 좋아했으니까. 일 년에 한두 번 내가 가서 쪼금 손질을 해주기는 했제. 가지를 치고 뿌리 주변을 파 주고 말이다. 마구잡이로 자라기는 했어도 워낙 기름진 땅에서 자라다 보니 그래도 몇은 살았다."

메리가 물었다.

"잎이 하나도 없고 회색에 갈색빛을 띠고 빠짝 말라 있는데, 죽었는지 살았는지 어떻게 알아요?"

"봄이 와 봐야 알기다. 비가 내린 데 햇빛이 비추고 햇빛이 비춘 데 비가 내릴 때까지 기다리마 알게 될 기다."

메리가 조심해야 한다는 것도 잊고 소리쳤다.

"어떻게, 어떻게요?"

"크고 작은 가지들을 쭉 보다가 여개저개 갈색 덩어리 같은 기 올라오는 기 보이마, 따뜻한 비가 오고 나서 그 덩어리들이 우찌 되는지 한번 살펴보소."

노인이 갑자기 말을 멈추고 진지한 얼굴의 메리를 의심스러운 눈초리로 바라보았다.

"갑자기 장미에는 왜 그리 관심이 많아졌노?"

메리 아가씨는 얼굴이 붉게 달아오르는 것을 느꼈다. 겁이 나서 대답하기도 힘들었다. 메리가 더듬더듬 대답했다.

"난, 난 내 정원이 있는 척해 보고 싶어서요. 난, 난 할 일이 없잖아요. 아무것도, 아무도 없어요."

벤 웨더스태프 노인이 메리를 바라보며 천천히 말했다.

"그래, 그 말이 맞다. 없긴 하지."

그 말을 하는 벤 노인의 말투가 하도 이상해서 메리는 노인이 정말로 자신을 안됐다고 생각하는 것인지 궁금했다. 메리는 한 번도 제가 안됐다고 느낀 적이 없었다. 단지 사람들이고 뭐고 싫은 게 너무 많아서 지치고 짜증이 났을 뿐이었다. 하지만 이제 세상이 점점 기분 좋게 변하는 것 같았다. 아무도 비밀의 화원을 눈치 채지 못한다면 메리는 언제든 마음 내키는 대로 즐길 수 있었다.

메리는 10분인가 15분인가를 더 노인 곁에 있으면서 한껏 용기를 내어 많은 질문을 했다. 노인은 그 툴툴거리는 듯한 괴상한 말투로 모든 질문에 일일이 답해 주었다. 정말로 화가 난 것 같지도 않았으며 메리만 놔둔 채 삽을 들고 가 버리지도 않았다. 메리가 가려고 하는 순간 노인이 뭔가 장미에 관한 얘기를 했고 얘기를 들은 메리는 노인이 좋아했던 장미들이 떠올랐다.

"지금도 그 장미들을 보러 가나요?"

"올해는 안 가 봤다. 류머티즘 때문에 뼈마디가 하도 결려 갖고 갈 수가 없는 기라."

노인은 투덜거리는 목소리로 말하더니 갑자기 메리에게 화가 난 것처럼 날카롭게 쏘아붙였다. 메리는 노인이 왜 그런지 알 길이 없었다.

"이것 보소! 질문 좀 작작하라 안 하나. 그래 꼬치꼬치 캐묻다니 아가씨처럼 못된 처자는 첨이다. 가서 아가씨 혼자 놀아라. 오늘은 얘기할 만큼 했다 아이가."

노인이 심하게 짜증을 내며 말해서 메리는 더 이상 있어 봤자아무 소용이 없다는 사실을 알았다. 메리는 천천히 줄넘기를 하며 바깥 산책로로 나갔다. 곰곰이 노인에 대해 생각하면서 그렇게 성을 잘 내는데도 노인 역시 이상하게 자기 마음에 든다며 혼잣말을 했다. 메리는 벤 웨더스태프 노인이 좋았다. 정말 그랬다. 벤 노인이 늘 자신에게 말을 걸었으면 하고 바랐다. 메리는 또한 노인이 꽃에 대해서라면 이 세상에 모르는 게 없다고 믿게 되었다.

월계수로 울타리를 두른 산책로가 비밀의 화원을 돌아 대정원의 숲으로 들어가는 입구에서 끝났다. 메리는 이 산책로를 따라 줄넘기를 하며 내려가 숲 속을 들여다보며, 이리저리 뛰어다니는 토끼들은 없는지 볼 생각이었다. 메리는 매우 즐겁게 줄넘기를 했고 조그만 입구에 도착하자 문을 열고 안으로 들어갔다. 낮게 깔리는 이상한 휘파람 소리 같은 게 들렸고 메리는 그게 무슨 소리인지 알아내고 싶었던 것이다.

정말 이상한 일이었다. 메리는 뭔가 보려고 멈춰 선 자리에서 숨을 죽였다. 소년 하나가 나무에 등을 기대고 앉아 대충 깎아 만든 나무 피리를 불고 있었다. 열두 살쯤 되어 보이는 특이하게 생긴 아이였다. 소년은 아주 깔끔해 보였고 코는 들창코에 두 뺨은 양귀비꽃처럼 붉었다. 그리고 메리 아가씨는 남자 아이 얼굴에서 그렇게 둥글고 새파란 눈을 보기는 처음이었다. 소년이 등을 기댄 나무 몸통에는 갈색 다람쥐가 매달려 소년을 바라보고 있었다. 수풀 뒤에서는 수꿩이 우아하게 목을 빼고는 이쪽을 엿보고 있었고 바로 옆에서는 토끼 두 마리가 앉아 코를 움찔거리며 냄새를 맡았다. 그 동물들 모두가 소년을 보고 소년의 피리에서 작고 나지막하게 흘러나오는 이상한 소리를 듣기 위해 가까이 다가오는 것처럼 보였다.

메리를 본 소년이 손을 들어 올리더니 자신의 피리 소리와 비슷한 나지막한 목소리로 말했다.

"움직이지 말아요. 그러면 다 도망가 버릴 테니까."

메리는 그 자리에 꼼짝 않고 서 있었다. 소년은 피리 불던 것을 멈추고 천천히 바닥에서 일어났다. 하도 느릿느릿 움직여서 전혀 움직이지 않는 것처럼 보였다. 하지만 마침내 소년은 똑바로 일어났고, 그러자 다람쥐는 제가 있던 나뭇가지 속으로 급히 사라졌고 수꿩은 다시 머리를 집어넣었고 토끼들은 네 발을 딛고 서서 펄쩍펄쩍 뛰어서 달아나기 시작했다. 그러나 모두 겁을 먹은 것처럼 보이지는 않았다.

"내는 디콘입니더. 메리 아가씨지요?"

메리는 어찌된 영문인지 처음 보는 순간 그 소년이 디콘이라는 것을 알아챘다. 인도에서 원주민들이 뱀의 마음을 사로잡는 것처럼 토끼와 수꿩의 마음을 사로잡을 수 있는 사람이 또 누가 있겠는가? 디콘은 크고 붉으며 양 끝이 올라간 입을 가지고 있었다. 디콘의 얼굴 가득 미소가 번졌다.

"급하게 움직이모 동물들이 놀랄까 봐 천천히 일어난 깁니더.

들짐승들이 주위에 있을 때는 살째기 움직이고 쪼그맣게 말해야 하는 법이지예."

디콘은 메리에게 한 번도 만난 적 없는 사람이 아니라 잘 아는 사람인 것처럼 말을 걸었다. 메리는 남자 아이에 대해 아는 게 없었고 조금 부끄러웠던 탓에 조금은 딱딱하게 말을 했다.

"마사가 보낸 편지는 받았어?"

디콘은 곱슬곱슬한 녹이 슨 것 같은 붉은빛의 머리를 끄덕였다.

"그래서 이렇게 왔다 아입니꺼."

디콘은 피리를 불 때 옆에 놓아두었던 뭔가를 집으려고 몸을 숙였다.

"원예 도구들을 가져왔십니다. 쪼매난 삽이랑 갈고리, 쇠스랑, 괭이도 있어예. 모두 좋은 것들입니더. 모종삽도 있네예. 내가 씨를 사니까 가게 주인아주메가 하얀 양귀비랑 파란 참제비고깔도 한 봉지씩 덤으로 넣어 줬십니더."

"그 씨들 좀 보여 줄래?"

메리는 디콘처럼 말하고 싶었다. 소년의 말투는 아주 빠르고 쉽게 들렸다. 마치 자신은 메리가 마음에 들고, 메리가 자신을 좋아하지 않을 거란 걱정도 전혀 없다는 듯한 그런 말투였다. 비록 기운 옷을 입고 괴상한 얼굴에 붉은 녹빛의 헝클어진 머리를 가진 비천한 황무지 소년이라 해도 말이다. 디콘에게 가까이 다가간 메리는 디콘에게서 히스 꽃과 풀과 나뭇잎의 깨끗하고 상쾌한 향기를 맡을 수 있었다. 마치 온몸이 그것들로 만들어진 것 같았다. 메리는 그 향기가 아주 좋았고 붉은 뺨과 둥글고 파란 눈을 가진 괴상한 얼굴을 들여다보는 순간 자신이 부끄러움을 느꼈던 것도 잊어버렸다.

"이 통나무에 앉아서 가져온 것들을 보자."

둘은 자리에 앉았고 디콘이 외투 주머니에서 갈색 종이로 대충 싼 조그만 꾸러미를 꺼냈다. 디콘이 묶인 끈을 풀자 안에서 하나하나 꽃 그림이 그려진, 훨씬 작고 깔끔한 봉지가 여러 개 나왔다.

"목서초랑 양귀비가 많아예. 목서초는 자라믄서 억수로 달콤한 향기가 나고 어데 씨를 뿌려도 잘 자랍니더. 양귀비도 마찬가지고요. 휘파람만 불어 줘도 싹이 트고 꽃을 피운다 아입니꺼, 꽃 중에서는 최곤 기라예."

디콘이 말을 멈추고 재빨리 고개를 돌렸다. 양귀비꽃처럼 붉은 뺨을 가진 디콘의 얼굴이 환해졌다.

"우리를 부르는 저 울새가 어디 있는 겁니꺼?"

반짝이는 진홍색 열매들이 달린 무성한 호랑가시나무 덤불에서 짹짹거리는 새소리가 들려왔다. 메리는 누가 내는 소리인지 알 것 같았다.

"정말 우리를 부르고 있는 거야?"

디콘이 세상에 그것만큼 당연한 일도 없다는 듯이 대답했다.

"그래요. 녀석이 지 친구인 사람을 부르고 있십니더. 이렇게 말하는 기라예. '내 여 있십니더. 날 보소. 쪼매 이야기를 하고 싶네예.'라꼬요. 저기 덤불 속에 있어예. 누구 샙니꺼?"

메리가 대답했다.

"벤 할아버지의 울새야. 하지만 나하고도 조금 알아."

"야, 아가씨도 아네예. 아가씨를 좋아하기도 하고요. 녀석이 아가씨를 친구로 받아들였십니더. 조금만 있어 보이소. 녀석이 내게 아가씨 얘기를 다 털어놓을 깁니더."

디콘은 메리가 조금 전에 보았던 것처럼 아주 천천히 움직이며 덤불 가까이 다가갔다. 그러고는 울새가 지저귀는 소리와 거의 똑같은 소리를 냈다. 울새는 몇 초간 그 소리에 열심히 귀를 기울이더니 마치 질문에 대답이라도 하는 것처럼 지저귀었다. 디콘이 싱글거리며 말했다.

"아가씨 친구가 맞네예."

메리가 간절한 목소리로 외쳤다. 정말로 알고 싶었다.

"그렇게 생각해? 울새가 정말 나를 좋아하는 것 같아?"

"좋아하지 않으마 아가씨한테 다가가지도 않을 깁니더. 새들은 좀체 누구를 사귀지 않고 특히 울새는 사람보다 더 사람을 무시합니더. 보이소. 녀석이 지금 아가씨한테 애교를 떨잖십니꺼. '넌 친구가 안 보이는 기가?'라고 하네예."

그리고 정말 그게 사실인 것처럼 보였다. 울새는 덤불 위에 올라가 슬금슬금 움직이고 지저귀고 고개를 갸웃했다. 메리가 물었다.

"넌 새들이 하는 말을 전부 다 알아듣는 거야?"

디콘의 얼굴에 활짝 미소가 번지더니 크고 붉고 입꼬리가 올라간 입 말고는 보이지 않는 듯했다. 디콘이 헝클어진 머리를 문질렀다.

"그런 것 같십니더. 새들도 그렇게 생각하는 것 같고요. 내는 오랫동안 새들이랑 황무지서 살았다 아입니꺼. 새들이 알을 깨고 나와서 깃털이 나고 하늘을 나는 법을 배우고 노래를 시작하는 걸

쭉 봐 왔지예. 내도 녀석들맨키로 새라는 생각이 들 만큼 말입니더. 가끔 내가 새일지도 모른다고, 아니마 여우나 토끼, 다람쥐나 딱정벌레일지도 모른다고 생각한다 아입니꺼. 내도 왜 그런지 몰라예."

디콘은 웃음을 터뜨리더니 통나무가 있는 곳으로 돌아와 다시 꽃씨 얘기를 시작했다. 메리에게 씨앗이 자라 꽃이 피면 어떤 모습일지 말해 주었다. 꽃씨들을 심는 방법, 지켜보면서 거름을 주고 물을 주는 법을 알려 주었다.

디콘이 갑자기 고개를 돌려 메리를 바라보며 말했다.

"저기요. 내가 아가씨 대신에 직접 꽃씨를 심어 줄게예. 아가씨 정원은 어딥니꺼?"

메리는 무릎에 올려놓은 여윈 두 손을 꼭 움켜잡았다. 메리는 무슨 말을 해야 할지 몰라 한동안 아무 말도 하지 않았다. 이런 일은 생각지도 못했던 것이다. 메리는 비참한 기분이었다. 자신의 얼굴이 붉어지고 급기야 창백해지는 게 느껴졌다. 디콘이 말했다.

"쪼매난 기라도 아가씨 정원이 있을 기 아닙니꺼?"

메리의 얼굴이 붉어지고 급기야 창백해진 것은 사실이었다. 디콘은 메리가 그렇게 변하는 모습을 지켜본 데다 여전히 아무 말도 없자 당황하기 시작했다.

"아가씨한테 쪼매라도 주지 않던가요? 아직 아가씨 정원이 없는 깁니꺼?"

메리는 두 손을 더욱 꽉 움켜쥐고 눈을 돌려 디콘을 보았다. 그리고 천천히 입을 열었다.

"내가 남자 아이들에 대해 아는 게 하나도 없어서 그러는데, 내가 비밀을 하나 얘기해 주면 비밀을 지켜 줄래? 아주 큰 비밀이야.
만약 누가 알아내기라도 하면 어떻게 해야 할지 모르겠어. 난 분명
죽을 거야!"

메리는 마지막 말을 아주 사납게 내뱉었다.

디콘은 훨씬 더 당황한 듯 보였고 손으로 또다시 헝클어진 머리
를 문질렀다. 그러나 아주 싹싹하게 대답했다.

"내는 항시 비밀을 지킵니더. 내가 여우 새끼, 새 둥지, 들짐승
의 구덩이가 어디 있는지 넘들한테 비밀로 하지 않으마 황무지는
절대 안전하지 않을 깁니다. 하모요, 비밀을 지킬 수 있고말고요."

메리는 그럴 생각이 없었는데 저도 모르게 손을 내밀어 디콘의
옷소매를 움켜잡았다. 메리가 단숨에 내뱉었다.

"난 정원 하나를 훔쳤어. 내 정원이 아니야. 누구의 정원도 아
니지. 아무도 그 정원을 원하지 않고 돌봐 주지도 않아. 들어가는
사람도 없어. 그 안에 있는 것들 전부 이미 죽었는지도 몰라. 나도
잘 모르겠어."

메리는 점점 몸이 달아오르는 것 같았고 언제나 그랬던 것처럼
심통이 나기 시작했다.

"상관없어, 상관없다고! 다른 사람들은 신경도 안 쓰는 정원을
내가 돌보는데, 아무도 내게서 그 정원을 빼앗아 갈 권리는 없어.
다른 사람들은 정원 문을 꼭꼭 닫아 두고 그냥 죽게 내버려 두고
있잖아."

메리는 격렬하게 말을 내뱉고는 두 손으로 얼굴을 감싸고 울음
을 터뜨렸다. 불쌍한 꼬마 아가씨 메리.

호기심이 가득 담긴 디콘의 파란 눈이 점점 더 휘둥그레졌다.

디콘은 놀랍기도 하고 메리가 불쌍하기도 하다는 듯 천천히 탄성을 질렀다.

"아아아!"

"난 할 일이 아무것도 없어. 내 건 아무것도 없어. 내 힘으로 그 정원을 찾아내서 내 힘으로 그 안에 들어간 거야. 나는 그냥 울새 같았던 거야. 그리고 사람들이 울새한테서 정원을 빼앗지는 않을 거 아냐."

디콘이 낮은 목소리로 물었다.

"정원은 어디 있십니꺼?"

메리 아가씨는 통나무에서 곧바로 몸을 일으켰다. 자신이 다시 심통 많고 고집 센 아이가 되는 게 느껴졌지만 신경 쓰지 않았다. 메리는 인도에서처럼 거만하게 굴면서도 화도 나고 슬프기도 했다.

"날 따라오면 보여 줄게."

메리는 디콘을 데리고 월계수 울타리가 쳐진 길을 돌아 담쟁이 덩굴이 무성하게 자라는 산책로로 향했다. 디콘은 메리를 불쌍하게 여기는 것 같은 묘한 표정을 지으며 메리를 따라갔다. 디콘은 마치 어느 낯선 새의 둥지를 보기 위해 이끌려 가는 느낌이었고 아주 조심조심 움직여야 할 것 같았다. 메리가 담으로 다가가 늘어진 담쟁이덩굴을 들어올리는 순간 디콘은 깜짝 놀랐다. 문이 있었고 메리가 그 문을 천천히 밀었다. 둘은 함께 열린 문으로 들어갔고, 그 순간 메리가 제자리에 서서 거만한 태도로 주위를 향해 손을 내저었다.

"여기야. 비밀의 화원이지. 그리고 이 정원이 살아나길 바라는 건 이 세상에 나 혼자뿐이야."

디콘은 주위를 둘러보고 또 둘러보았다. 그리고 속삭임에 가까운 목소리로 말했다.

"아! 아주 괴상하고 아름다운 곳이네예! 마치 꿈속에 있는 것 같십니더."

11. 개똥지빠귀의 둥지

디콘은 이삼 분간 그 자리에 서서 주위를 둘러보았고, 메리는 그런 디콘을 바라보았다. 그리고 잠시 뒤 디콘은 조심조심 걸어다니기 시작했다. 메리가 처음 담으로 둘러싸인 이곳에 들어와 걸었을 때보다 훨씬 더 가벼운 걸음걸이였다. 디콘은 두 눈에 모든 걸 담을 기세였다. 회색빛 나무들과 그 위를 타고 오르고 가지에도 축축 매달려 있는 덩굴식물들, 담이며 풀밭 위로 얽혀 있는 식물들, 상록수 그늘과 그 안에 놓인 돌의자와 커다란 꽃 항아리까지 말이다.

"여를 보게 될 줄은 몰랐어예."

디콘이 마침내 입을 열고 나지막하게 말했다.

"이곳에 대해 알고 있었어?"

메리가 큰 소리로 말하자 디콘이 신호를 보냈다.

"작게 말해야 한다 아입니꺼. 안 그라모 누가 우리 소리를 듣고 여서 무신 일이 벌어지고 있다고 의심할 깁니다."

메리는 겁을 먹고 재빨리 손으로 입을 막았다.

"아, 깜빡했어."

메리가 마음을 가다듬고 다시 물었다.

"넌 정원에 대해서 알고 있었어?"

디콘이 고개를 끄덕였다.

"마사 누나가 아무도 들어간 적 없는 정원이 있다고 말해 줬십니더. 우린 그기 어떤 모습일지 항시 궁금했었지예."

디콘이 걸음을 멈추고 주위에 이리저리 얽혀 있는 아름다운 회색빛의 덩굴들을 둘러보았다. 디콘의 동그란 두 눈이 이상하게도 행복해 보였다.

"아! 봄이 오면 여기에 둥지들이 생길 깁니더. 둥지를 짓기에는 여가 영국에서 가장 안전할 기라예. 아무도 가까이 오지 않을 기고 나무며 장미덩굴들이 서로 얽혀서 안에 둥지를 틀기에도 좋을 기고요. 황무지에 사는 새들이 전부 여기에 둥지를 트는 기 아닌가 모르겠네예."

메리 아가씨는 또 저도 모르게 디콘의 팔에 손을 올려놓았다. 메리가 속삭이는 목소리로 물었다.

"장미꽃들이 필까? 가르쳐 줄 수 있어? 내 생각엔 모두 죽은 것 같거든."

"아, 어데예! 죽지 않았십니더. 다 죽은 건 아니라예. 여를 보이소."

디콘이 가장 가까이에 있는 나무로 다가갔다. 회색빛 이끼가 껍질을 온통 뒤덮고 있는 늙은 나무였지만, 복잡하게 얽혀서 장막을 만든 잔가지와 굵은 가지들을 단단히 지탱하고 있었다. 디콘은 주머니에서 굵은 칼을 꺼내 칼날 가운데에서 하나를 꺼냈다.

"잘라 내야 하는 죽은 나무들도 많습니더. 늙은 나무들이 많긴 하지만 작년에 새로 가지들을 낸 것들도 있네예. 여기 새로 나온 게 보이지예."

그러고는 마르고 짙은 회색빛 대신 갈색빛이 도는 녹색의 가지를 만졌다.

메리도 간절하고 경건한 태도로 가지를 건드렸다.

"저거? 저건 진짜 살아 있는 거지? 진짜로?"

디콘은 커다랗고 입꼬리가 올라간 입으로 미소를 지었다.

"나나 아가씨맨키로 펄펄합니더."

메리는 마사가 '펄펄하다'는 게 '살아 있다'나 '활발하다'라는 의미라고 말해 준 걸 떠올렸다. 메리가 잔뜩 소리를 죽이고 외쳤다.

"펄펄하다니 정말 기뻐! 전부 펄펄했으면 좋겠어. 정원을 한 바퀴 돌면서 펄펄한 게 얼마나 되는지 보자."

메리는 숨을 헐떡이며 열심히 뛰어다녔고 디콘도 메리만큼이나 열심이었다. 둘은 이 나무 저 나무, 이 덤불 저 덤불로 옮겨 다녔다. 디콘은 손에 칼을 들고 다니며 메리에게 이것저것 보여 주었고 메리는 그것들이 정말 멋지다고 생각했다.

"다들 제멋대로 자라기는 했어도 젤로 튼튼한 것들은 확실히 무성하게 잘 자랐어예. 연약한 것들은 다 죽었지만 딴 것들은 자라고 또 자라고, 퍼지고 또 퍼졌네예. 아주 놀라울 만큼. 여기 보이소."

그러고는 굵고 바짝 말라 보이는 회색 가지를 잡아당겼다.

"누구든 이게 죽은 나무라고 생각할 깁니더. 하지만 내는 그렇게 생각하지 않십니더. 아래 뿌리까지는 말이지예. 내가 아래쪽을 잘라서 볼게예."

디콘은 무릎을 꿇고 앉아 칼로 생명이 없는 듯 보이는 가지를, 땅과 그리 멀지 않은 부분에서 잘라 냈다. 그러고는 의기양양하게 말했다.

"보이소. 내가 그렇다고 했지예. 아직 이 나무에는 녹색 부분이 남았네예. 이걸 보이소."

디콘이 말하기도 전에 벌써 메리는 무릎을 꿇고 앉아 열심히 뚫어져라 나무를 응시했다. 디콘이 설명했다.

"저것처럼 약간이라도 녹색 빛이 돌고 물기가 배어 있으마 펄펄한 깁니더. 내가 잘라 낸 여기 이것처럼 속이 말라서 쉽게 부서지면 그건 다 된 기고요. 여기 커다란 뿌리가 하나 있는데 여기 이렇게 살아 있는 나무들이 전부 그 뿌리에서 나온 거지예. 늙은 것들은 잘라 주고 뿌리 주변을 파 주고 잘 돌봐 주면 아마……."

디콘은 말을 멈추고 고개를 들어 뻗어 올라가거나 늘어져 있는 잔가지들을 올려다보았다.

"아마 올여름에는 여서 분수처럼 솟아 나오는 장미들을 볼 수 있을 깁니더."

둘은 수풀에서 수풀로, 나무에서 나무로 옮겨 다녔다. 디콘은 매우 힘이 셌고 칼을 능숙하게 사용했으며 말라 죽은 나무를 쳐내는 방법도 알고 있었다. 그리고 가망 없어 보이는 크고 작은 가지가 아직 초록 생명을 품고 있는지도 구별해 냈다. 그렇게 30분이 흐르자 메리는 자신도 구별할 수 있을 것 같았다. 그리고 디콘이 죽은 듯한 가지들을 쳐낼 때 그 안에서 촉촉한 녹색 빛을 조금이라도 찾아내면 숨죽여 기쁨의 탄성을 질렀다. 삽, 괭이, 쇠스랑은 아주 쓸모가 있었다. 디콘은 삽으로 뿌리 주변을 파내고 흙을 휘저어서 공기가 들어갈 수 있게 만들면서 메리에게는 쇠스랑을 어떻게 사용하는지 가르쳐 주었다.

둘이 가장 큰 스탠다드 장미 한 그루 곁에서 부지런히 일하고 있을 때 디콘이 뭔가를 발견하고는 놀라서 감탄사를 내뱉었다.

"와!"

디콘이 몇 미터 떨어진 곳에 있는 풀밭을 가리켰다.

"누가 저렇게 만든 깁니꺼?"

메리가 연녹색 싹들 주위를 말끔히 정리한 곳들 가운데 하나였다.

"내가 했어."

디콘이 외쳤다.

"와, 내는 아가씨가 정원 가꾸는 일은 하나도 모르는 줄 알았는데예."

"몰라. 하지만 싹들은 아주 작은데 풀들은 너무 무성하고 억세서 싹들이 숨 쉴 틈도 없는 것 같았어. 그래서 싹들을 위해 자리를 만들어 줬어. 난 그 싹들이 뭔지도 몰라."

디콘이 그 곁으로 다가가 무릎을 꿇고는 활짝 웃었다.

"아가씨 말이 맞십니더. 정원사도 이보다 더 잘 알려 주진 못했겠네예. 이제 잭의 콩 나무맨키로 쑥쑥 자랄 깁니더. 저것들은 크로커스랑 아네모네가 되겠고 여기 이것들은 수선화고요."

다른 쪽의 땅을 보며 말했다.

"여기 이것들은 나팔수선화네예. 아, 볼 만하겠는데예."

디콘은 여기저기 메리가 정리해 놓은 곳들을 둘러보았다. 그리고 메리를 바라보며 말했다.

"쪼그만 아가씨가 일을 억수로 많이 했네예."

"점점 살도 찌고 있고 힘도 세지고 있어. 항상 피곤했었는데 말이야. 이제는 땅을 팔 때 하나도 피곤하지가 않아. 아래에 있던 흙이 올라올 때 그 냄새를 맡는 게 좋아."

디콘이 현명한 얼굴로 고개를 끄덕였다.

"아가씨한테 아주 좋을 깁니더. 아주 깨끗한 흙냄새만큼 좋은 건 없지예. 물론 비가 쏟아질 때 쑥쑥 자라는 싱싱한 것들의 냄새 다음으로 말입니더. 내는 비가 내리마 며칠이고 황무지에 나갑니더. 수풀 밑에 누버서 히스 꽃 위로 부드럽게 빗방울이 튀기는 소리를 듣고 킁킁거리믄서 냄새를 맡지예. 어매는 내가 토끼맨키로 코끝을 바르르 떤다 카대예."

메리는 경탄하는 눈빛으로 디콘을 바라보며 물었다.

"감기에 걸리진 않아?"

메리는 그렇게 이상한 아이도, 그렇게 좋은 아이도 본 적이 없었다.

디콘이 씩 웃으며 대답했다.

"내는 안 걸립니더. 태어나서 지금꺼정 한 번도 감기에 걸린 적이 없어예. 추위를 탈 만큼 약하게 크지 않았지예. 토끼가 그러는 것맨키 날씨에 상관없이 황무지를 뛰어댕겼다 아입니꺼. 어매는 내가 12년 동안 신선한 공기를 억수로 들이마시느라 감기로 코를 훌쩍일 짬도 없었던 거라대예. 내는 산사나무 막대기맨키로 단단합니더."

디콘은 말하는 내내 일을 했고 메리는 디콘을 따라다니며 쇠스랑이나 모종삽으로 일을 도왔다.

디콘이 신바람이 나서 주위를 둘러보며 말했다.

"여는 할 일이 억수로 많네예."

메리가 애원하듯 말했다.

"다시 와서 날 도와줄래? 나도 도움이 될 거야. 땅을 팔 수도 있고 잡초를 뽑을 수도 있고. 네가 시키는 건 뭐든지 다 할게. 아, 디콘, 꼭 와라."

디콘이 단호한 어조로 말했다

"아가씨가 필요하다모 비가 오든 햇빛이 비추든 매일 올 깁니더. 이 안에 틀어박혀서 정원을 다시 살아나게 하는 건 내 평생에 가장 재미난 일이니까요."

"네가 다시 오겠다면, 날 도와서 정원이 다시 살아나게 해 준다면 난…… 내가 뭘 해 줄 수 있을지 모르겠어."

메리가 힘없이 말을 끝맺었다. 이런 소년에게 뭘 해 줄 수 있겠는가?

디콘이 행복한 미소를 지으며 말했다.

"아가씨가 뭘 할지 내가 말해 줄기요. 아가씨는 살을 찌우고 여우 새끼맨키로 배가 고파지고 내한테 울새와 대화하는 법을 배우는 깁니더. 아! 그럼 정말 재미있을 거라예."

디콘은 생각에 잠긴 표정으로 나무를 올려다보고 담과 수풀을 바라보기도 하면서 정원을 걸어다니기 시작했다.

"내 같으면 여를 정원사의 정원처럼 전부 말끔하게 손질된 것처

133

럼 맹그는 건 싫을 것 같은데, 아가씨 어떻십니까? 이렇게 제멋대로 나 있고 이리저리 흔들거리고 한데 얽혀 있는 지금 모습이 더 안 좋십니꺼?"

메리가 걱정스럽게 말했다.

"그래, 말끔히 다듬지는 말자. 너무 말끔하면 비밀의 화원처럼 보이지 않을 거야."

디콘은 조금 당황한 표정으로 붉은 녹빛의 머리를 문지르며 서 있었다.

"분명 비밀의 화원이 맞긴 맞지만, 10년 전에 문이 잠긴 후로도 울새 말고 누가 이 안에 들어온 기 틀림없는데 말이지예."

"하지만 문은 잠겨 있었고 열쇠는 땅속에 묻혀 있었는걸. 아무도 들어올 수 없어."

"그 말이 맞십니더. 참 묘한 곳이네예. 내 눈엔 10년 전뿐만 아니라 그 후로도 여개저개 쪼매씩 가지를 친 것처럼 보이니 말입니더."

"하지만 어떻게 그럴 수 있어?"

디콘은 스탠다드 장미의 가지 하나를 살펴보더니 고개를 저었다. 그러고는 중얼거렸다.

"기래! 말도 안 된다! 문은 잠겨 있고 열쇠는 묻혀 있었다 아이가."

메리 아가씨는 자신이 아무리 오랜 세월을 산다 해도 정원이 다시 살아나기 시작한 그 첫날 아침을 결코 잊을 수 없을 것 같았다. 물론 그날 아침 정원은 메리를 위해 다시 살아나기 시작한 것처럼 보였다. 디콘이 씨를 심을 곳을 말끔히 치우기 시작하자 메리는 배질이 자신을 놀릴 때마다 부르던 노래가 떠올랐다. 메리가 물었다.

"종처럼 생긴 꽃도 있어?"

디콘이 모종삽으로 땅을 파내며 대답했다.

"은방울꽃이 그렇지예. 종꽃이랑 초롱꽃이 그렇고요."

"우리 그것들도 심자."

"은방울꽃은 이미 여 있십니더. 내가 봤어예. 은방울꽃들이 억수로 촘촘히 자라서 좀 뽑아 줘야 하지만 아무튼 많긴 많십니더. 종꽃이랑 초롱꽃은 씨를 뿌리고 꽃이 피려면 2년은 걸립니더. 하지만 우리 집 뜰에서 몇 포기 가져올 수 있어예. 그기 왜 심고 싶은데예?"

메리는 인도에 사는 배질과 그 남매들의 얘기, 그 애들이 정말 싫었고 그 애들은 자신을 '심술쟁이 메리 아가씨'라고 부르며 놀렸다는 얘기를 해 주었다.

"걔들은 내 주위를 돌며 춤을 추고 노래를 불러 댔어. 이렇게 말이야."

심술쟁이 메리 아가씨
정원은 어떻게 꾸미나요?
은종과 조가비와
금잔화가 한 줄로 피었대요.

"방금 이 노래가 생각났는데 진짜 은종처럼 생긴 꽃이 있는지 궁금하더라고."

메리는 얼굴을 조금 찡그리더니 앙갚음이라도 하는 것처럼 모종삽으로 땅을 찍었다.

"난 걔들만큼 심술궂지는 않아."

하지만 디콘은 웃음을 터뜨렸다. 메리의 눈에 디콘이 기름진 검은 흙을 바스러뜨리며 그 향기를 맡는 게 보였다. 디콘이 말했다.

"아! 이래 꽃들이 있고, 지 집을 맹글며 이리저리 뛰어댕기기도 하고 둥지를 짓고 노래하고 지저귀기도 하는 다정한 들짐승들이 많이 있으마 누구든 심술쟁이가 될 필요가 없을 깁니다."

씨를 들고 디콘 옆에 앉아 있던 메리는 디콘을 바라보며 이내 찡그린 얼굴을 폈다.

"디콘, 넌 마사가 말한 것처럼 아주 착하구나. 난 네가 좋아. 네가 다섯 번째야. 내가 다섯 사람이나 좋아하게 될 줄은 몰랐어."

디콘은 마사가 쇠로 된 장작 받침을 닦을 때 그러는 것처럼 뒤꿈치를 붙이고 쪼그려 앉았다.

메리에게는 둥글고 파란 눈에 붉은 뺨을 하고 숭굴숭굴한 들창코를 한 디콘이 이상하게도, 멋지게도 보였다.

"좋아하는 사람이 다섯밖에 안 된다꼬요? 나머지 넷은 누군데예?"

메리가 한 사람 한 사람 손가락을 꼽으며 대답했다.

"네 엄마랑 마사. 그리고 울새랑 벤 웨더스태프 할아버지."

디콘은 팔로 입을 눌러 웃음이 나오는 것을 억지로 막았다.

"아가씨가 내를 괴짜라고 생각하는 건 알지만, 아가씨는 내가 만나 본 아가씨들 중에 최고로 괴짜네예."

그러자 메리는 이상한 짓을 했다. 앞으로 몸을 숙이고는 예전이라면 누구에게든 물어볼 엄두도 내지 않았을 질문을 디콘에게 한 것이다. 그것도 디콘이 쓰는 말이라는 이유로 요크셔 사투리로 말이다. 인도의 원주민들은 누가 자기들 말을 알고 있으면 언제나 기뻐했던 것이다.

"니도 내가 좋나?"

디콘이 진심 어린 말투로 대답했다.

"하모요, 좋아하지예. 아가씨를 억수로 좋아합니더. 울새도 그런 기 분명하다 아입니꺼!"

"그럼 둘이네. 나를 좋아하는 건 둘이야."

그리고 둘은 전보다 더 열심히, 더 즐겁게 일하기 시작했다. 메리는 안쪽 정원에 있는 커다란 시계가 자신의 점심시간을 알리며 울리자 깜짝 놀라기도 했고 아쉽기도 했다.

"난 이제 가 봐야 해. 너도 가야 하는 거지?"

디콘이 씩 웃었다.

"내 점심은 갖고 다니기가 편합니더. 어매가 항시 내 주머니에 뭣을 넣어 주거든예."

디콘은 풀밭에 놔둔 외투를 집어 들고는 주머니에서 거친 천이지만 깨끗해 보이는, 파랗고 하얀 손수건으로 싸맨 조그만 꾸러미를 꺼냈다. 그 속에는 사이에 뭔가를 잘라 넣은 두툼한 빵 두 덩이가 들어 있었다.

"빵밖에 없을 때가 많은데 오늘은 맛난 베이컨 조각도 큼직하게 들었네예."

메리에게는 이상해 보이는 점심이었지만 디콘은 맛있게 먹을 준비가 된 듯했다.

"퍼뜩 가서 아가씨 먹을 기나 먹으소. 내가 머이 다 먹은 담에,

집에 가기 전에 쫌 더 일을 해 둘 기니까."

디콘은 나무에 등을 기대고 앉았다.

"내는 울새를 부를 깁니더. 쪼아 먹으라고 베이컨 껍질을 줄 기라예. 울새들도 기름진 것을 억수로 좋아한다 아입니꺼."

메리는 디콘을 두고 간다는 게 견딜 수 없이 힘들었다. 문득 디콘이 나무 요정이라서 메리가 다시 정원으로 돌아왔을 때는 사라지고 없을 것처럼 느껴졌다. 디콘은 진짜라기에는 너무나 좋은 사람이었다. 메리는 느릿느릿 담에 난 문으로 가다 말고 멈춰 서서 뒤를 돌아보았다.

"무슨 일이 있어도 넌, 넌 말하지 않겠지?"

디콘은 빵과 베이컨을 한 입 베어 물어서 양귀비꽃처럼 붉은 두 뺨이 터질 듯했지만, 메리를 격려하듯 애써 미소지었다.

"아가씨가 개똥지빠귀고 내한테 둥지가 어디 있는지 보여 줬다믄 내가 그걸 누구한테 알려 줄 것 같습니꺼? 내는 안 기래예. 아가씨도 그 개똥지빠귀만큼 안전할 깁니더."

메리 또한 그렇다는 확신이 들었다.

12. "땅을 조금 가질 수 있을까요?"

메리는 너무 빨리 달려서 자신의 방에 도착했을 때는 숨이 턱에 닿아 있었다. 머리칼은 이마 위에서 헝클어져 있었고 두 뺨은 발그레했다. 점심은 탁자 위에 준비되어 있었고 마사가 그 옆에서 기다리고 있었다. 마사가 말했다.

"쫌 늦었네예. 어데 있었습니꺼?"

"디콘을 만났어. 디콘을 봤다니까!"

마사가 의기양양하게 말했다.

"디콘이 온 건 내도 알아예. 디콘이 어떻십니꺼?"

메리가 단호한 목소리로 말했다.

"내 생각에는…… 디콘은 멋진 것 같아."

마사는 깜짝 놀란 것처럼 보였지만 기쁘기도 한 것 같았다.

"뭐, 디콘은 시상에서 최고로 좋은 머시마기는 하지만 우린 녀석이 잘생겼다고 생각한 적은 없는데예. 코가 너무 들창코다 아입니꺼."

"들창코인 게 맘에 들어."

"눈은 너무 똥그랗고."

마사는 약간 확신이 없는 듯 덧붙였다.

"색깔이 멋지기는 하지만."

"둥근 것도 맘에 들어. 눈동자가 꼭 황무지 위의 하늘 색깔 같아."

마사가 만족해서 활짝 웃었다.

"어매는 디콘이 언제나 하늘을 올려다보믄서 새랑 구름을 봐서 그런 색깔이 된 거라데예. 하지만 그래도 디콘은 입이 너무 크잖아예?"

메리가 고집스럽게 말했다.

"큰 입도 좋아. 내 입도 딱 그랬으면 좋겠어."

마사가 재미있다는 듯 낄낄대며 웃었다.

"그 쪼매난 얼굴에 기런 큰 입이 있으마 억수로 희한하고 웃길 깁니더. 하지만 아가씨가 디콘을 만나믄 그렇게 생각하게 될 줄 알았어예. 씨랑 원예 도구들은 맘에 들어예?"

"디콘이 그것들을 가져온 건 어떻게 알았어?"

"디콘이 가져오지 않을 기라고는 생각해 본 적도 없십니더. 갸는 요크셔에 있기만 하모 분명히 가져올 기니까요. 디콘은 그렇게 믿음직한 아인 기라예."

메리는 마사가 곤란한 질문들을 하게 될까 봐 불안했지만 마사는 그러지 않았다. 마사는 씨와 원예 도구에만 큰 관심을 보였다. 메리가 깜짝 놀란 순간이 딱 한 번 있긴 했다. 바로 마사가 꽃을 어디에 심을 건지 물었을 때였다. 마사가 물었다.

"그건 누구한테 물어봤십니꺼?"

메리가 망설이며 대답했다.

"아직 아무한테도 물어보지 않았어."

"내라면 수석 정원사한테는 물어보지 않을 깁니더. 그 사람, 그니까 로치 씨는 억수로 거만하다 아입니꺼."

"난 본 적도 없는걸. 그 밑에 있는 정원사들이랑 벤 웨더스태프 할아버지밖에 못 봤어."

마사가 조언했다.

"내가 아가씨라믄 벤 웨더스태프 할배한테 물어볼 깁니더. 디게 괴팍한 데가 있긴 해도 생긴 것맨키로 그래 못된 사람은 아니라예. 크레이븐 주인님은 할배가 마음대로 하게 놔둔다 아입니꺼. 크레이븐 마님이 살아 계셨을 적에 여 살면서 마님을 웃기곤 했으니까예. 마님도 할배를 좋아했어예. 어쩌면 할배가 아가씨한테 어데 구석진 자리를 찾아 줄지도 모릅니더."

메리가 걱정스럽게 말했다.

"구석진 데 있고 아무도 원하지 않는 곳이면, 내가 그걸 갖는데도 아무도 상관하지 않겠지?"

마사가 대답했다.

"그럴 이유가 없지요. 아가씨가 해가 될 짓을 하는 것도 아닌데예."

메리는 최대한 빠른 속도로 점심을 해치운 다음 곧바로 탁자에서 일어나 모자를 쓰러 제 방으로 달려가려고 했다. 그런 메리를 마사가 막았다.

"아가씨한테 해 줄 말이 있십니더. 먼저 점심부터 다 먹도록 하는 기 좋을 것 같아서 기다린 기라예. 크레이븐 주인님이 오늘 아침에 돌아오셨심더. 아가씨를 보고 싶으신가 봅니더."

메리의 얼굴이 하얗게 질렸다.

"아, 왜! 왜! 내가 처음 왔을 때도 날 만나고 싶지 않다고 했는데. 피처 씨가 그렇게 말하는 거 다 들었어."

마사가 설명했다.

"음, 메들록 부인이 그라는데 어매 때문이라대예. 어매가 스웨이트 마을까정 걸어갔다가 주인님을 만났다 카대예. 어매는 주인님하고는 한 번도 이야기를 나눈 적이 없었지만, 마님은 두 번인가 세 번 우리 오두막에 오셨지예. 주인님은 잊으셨겠지만 어매는 잊지 않고 있었지예. 그리고 용기를 내서 주인님을 멈춰 세운 깁니더. 어매가 아가씨 얘기를 뭐라 캤는지 모르겠지만, 어매가 한 얘기 때문에 주인님이 내일 다시 떠나기 전에 아가씨와 만날 생각을 하신 깁니더."

메리가 외쳤다.

"아, 고모부가 내일 떠나? 정말 다행이다!"

"오랫동안 집을 비우실 깁니더. 아마 가을이나 겨울까정 돌아오지 않으실 거라예. 외국으로 여행을 하신다나 봅니더. 늘상 그래 하시지만."

"아, 정말 다행이야. 정말로!"

만약 고모부가 겨울까지, 아니면 가을까지라도 돌아오지 않는다면 비밀의 화원이 다시 살아나는 모습을 지켜볼 시간이 생기는 것이었다. 그때 가서 고모부가 사실을 알고 메리에게서 비밀의 화원을 빼앗아 간대도, 적어도 그때까지는 시간이 있었다.

"고모부가 언제 나를 보고 싶어……."

메리는 말을 마저 끝내지 못했다. 그 순간 문이 열렸고 메들록 부인이 들어왔기 때문이었다. 부인은 자신이 가진 가장 좋은 검은 드레스를 입고 모자를 쓰고 있었다. 그리고 남자 얼굴이 들어 있는 커다란 브로치로 드레스 깃을 여미고 있었다. 남자 얼굴은 몇 년 전에 죽은 메들록 씨의 착색 사진으로, 부인은 옷을 차려 입어야 할 때면 항상 그 브로치를 달았다. 부인은 불안하고 초조해 보였다. 메들록 부인이 재빨리 말했다.

"머리가 엉망이군요. 가서 머리를 빗어요. 마사, 아가씨에게 가장 좋은 옷을 입혀 드려라. 주인님이 아가씨를 서재로 데려오라고 하셨어."

메리의 뺨을 물들였던 붉은빛이 싹 사라졌다. 메리는 심장이 쿵쾅거리기 시작했고, 다시 뻣뻣하고 못생기고 말 없는 아이로 돌아가는 기분이었다. 메리는 메들록 부인의 말에는 대꾸도 하지 않은 채 돌아서서 자신의 방으로 갔고 그 뒤를 마사가 따랐다. 메리는 옷을 갈아입고 머리를 빗는 동안에도 한 마디 하지 않았고 말끔해진 모습으로 메들록 부인을 따라 복도를 걸을 때도 말이 없었다. 메리가 무슨 할 말이 있었겠는가? 가서 고모부를 만나기는 해야 했고, 고모부가 자신을 좋아하지 않을 것은 불을 보듯 뻔했다. 메리 또한 고모부가 마음에 들지 않을 터였다. 메리는 고모부가 자신을 어떻게 생각할지 알고 있었다.

메리는 그 집에서 한 번도 가 본 적 없는 곳으로 안내되었다. 마침내 메들록 부인이 어느 방 앞에서 문을 두드렸다. 누군가가 "들어와요."라고 말하자 두 사람은 함께 방 안으로 들어갔다. 한 남자가 난로 앞에 놓인 안락의자에 앉아 있었고 메들록 부인이 그에게 말했다.

"메리 아가씨입니다, 주인님."

크레이븐 씨가 말했다.

"아이는 여기 두고 부인은 가도 좋아요. 아이를 데려갈 때가 되면 종을 울려 부를 테니까."

부인이 방을 나가며 문을 닫자 메리는 그냥 서서 기다릴 수밖에 없었다. 못생긴 꼬마는 자신의 여윈 두 손을 비틀며 서 있었다. 메리는 의자에 앉은 남자가 곱사등이라기보다는 어깨가 솟고 약간 구부정한 사람이라는 것을 알 수 있었다. 검은 머리에 희끗희끗 흰머리가 섞여 있었다. 남자는 솟은 어깨 너머로 고개를 돌려 메리에게 말했다.

"이리 오렴!"

메리가 그에게 다가갔다.

그는 못생긴 사람이 아니었다. 그렇게 죽을상을 하고 있지 않았다면 오히려 잘생긴 얼굴이었을 것이다. 크레이븐 씨는 메리를 보며 당황하고 안절부절못하는 듯했고, 도대체 메리를 어떻게 대해야 할지 모르는 것 같았다.

"괜찮니?"

"네."

"사람들이 잘 돌봐 주니?"

"네."

크레이븐 씨는 메리를 살펴보며 초조한 듯 이마를 문질렀다.

"넌 너무 말랐구나."

메리는 자신이 아는 가장 딱딱한 말투로 대답했다.

"점점 살이 찌고 있어요."

얼마나 불행한 얼굴을 하고 있는지! 크레이븐 씨의 검은 눈은 거의 메리를 보지 않고 뭔가 다른 것을 보고 있는 듯했고 메리에게 생각을 집중할 수 없는 듯 보였다.

"널 잊고 있었구나. 어떻게 널 기억할 수 있었겠니? 네게 가정 교사나 보모, 아니면 그 비슷한 사람을 보내 줄 생각이었는데 잊고 말았어."

메리가 입을 열었다.

"제발, 제발……."

그러나 뭔가 걸린 것처럼 목이 메었다.

"무슨 말을 하고 싶은 거니?"

"전, 전 보모를 두기에는 너무 많은 나이에요. 그리고 제발, 제발 아직은 가정 교사를 두지 말아 주세요."

크레이븐 씨는 또다시 이마를 문지르며 메리를 응시했다. 그러고는 무심코 중얼거렸다.

"소어비 부인과 똑같은 말을 하는군."

그 순간 메리가 남아 있는 용기를 끌어모아 더듬더듬 말했다.

"그 부인이…… 그 부인이 마사의 엄만가요?"

"그래, 그럴 거다."

"마사 엄마는 아이들을 잘 알아요. 아이가 열둘이나 있으니 잘 알죠."

크레이븐 씨는 이제 정신을 차린 듯했다.

"넌 뭘 하고 싶니?"

메리는 떨리는 목소리가 나오지 않기를 바라며 대답했다.

"전 밖에서 놀고 싶어요. 인도에서는 집 밖에서 노는 게 싫었어요. 여기선 밖에서 놀면 배도 고프고 점점 살도 쪄요."

크레이븐 씨가 메리를 가만히 바라보았다.

"소어비 부인도 그게 너한테 도움이 될 거라고 하더구나. 아마 그렇겠지. 그 부인 생각도 가정 교사를 두기 전에 네가 좀 더 튼튼해져야 한다는 것이었지."

메리가 고집스럽게 말했다.

"놀고 있을 때 황무지에서 바람이 불어오면 튼튼해지는 느낌이 들어요."

크레이븐 씨가 다시 물었다.

"어디에서 노니?"

메리가 간신히 대답했다.

"어디서든 놀아요. 마사 엄마가 줄넘기를 보내 줬어요. 줄넘기를 넘고 달리고…… 그리고 주위를 둘러보며 땅 위로 솟아 올라오기 시작하는 게 있는지 봐요. 해가 될 짓은 하지 않아요."

크레이븐 씨가 걱정스러운 목소리로 말했다.

"그렇게 겁먹을 것 없어. 너 같은 어린애가 무슨 해가 될 짓을 한다고! 너 하고 싶은 대로 해도 좋아."

메리는 목에 손을 갖다 댔다. 흥분해서 목으로 뭔가가 울컥 치미는 게 느껴졌고, 그걸 고모부가 보게 될까 봐 걱정이 되었던 것이다.

메리가 떨리는 목소리로 물었다.

"그래도 돼요?"

크레이븐 씨는 불안해하는 조그만 얼굴을 보며 더욱더 걱정이 되는 듯했다. 크레이븐 씨가 외쳤다.

"그렇게 겁먹을 것 없다니까. 당연히 되고말고. 내가 아이들에게는 형편없는 사람이긴 하지만 난 네 후견인이야. 네게 시간을 내거나 관심을 가질 수는 없어. 난 몸도 안 좋고 기분도 엉망이고 마음도 어지러우니까. 하지만 네가 행복하고 편안했으면 좋겠구나. 난 아이들에 관한 건 잘 몰라. 하지만 메들록 부인이 네가 필요한 걸 모두 준비해 줄 거야. 오늘 내가 널 부른 건 소어비 부인이 꼭 널 만나 보라고 했기 때문이야. 부인의 딸이 네 얘기를 했다더구나. 너한테는 신선한 공기와 자유, 그리고 마음껏 뛰어다니는 게 필요하다고 생각하더군."

메리는 저도 모르게 또다시 입을 열었다.

"그 분은 아이들에 대해 모르는 게 없어요."

"그렇겠지. 황무지에서 나를 멈춰 세워서 좀 무례한 사람이라고 생각했지만…… 크레이븐 부인이 자신에게 친절했었다고 하더군."

크레이븐 씨는 죽은 아내를 입에 올리는 게 힘든 것 같았다.

"소어비 부인은 존경할 만한 사람이야. 이렇게 널 보고 나니 부인이 현명한 이야기를 한 것 같구나. 집 밖에서 마음껏 놀도록 해라. 여긴 아주 큰 곳이니 가고 싶은 데로 가서 너 하고 싶은 대로 놀아라. 또 바라는 건 없니?"

그러고는 갑자기 뭔가 떠올랐는지 다시 물었다.

"장난감, 책, 인형이 갖고 싶니?"

메리가 떨리는 목소리로 물었다.

"제가, 제가 땅을 조금 가질 수 있을까요?"

메리는 땅을 갖고 싶은 나머지 그 말이 얼마나 이상하게 들릴지 미처 깨닫지 못했다. 게다가 애초에 메리가 하려던 말도 아니었다. 크레이븐 씨는 꽤 놀란 듯했다.

"땅이라! 그게 무슨 말이지?"

메리가 더듬더듬 말했다.

"꽃씨를 심어서…… 무럭무럭 키우고…… 살아나는 걸 보려고요."

크레이븐 씨는 잠시 메리를 뚫어져라 바라보다가 재빨리 두 눈을 비볐다. 그러고는 느릿느릿 말했다.

"너는…… 정원에 관심이 아주 많은가 보구나."

메리가 말했다.

"인도에 있을 땐 정원 같은 건 몰랐어요. 늘 아프고 지쳐 있는데다 너무 더웠으니까요. 가끔 모래에 조그만 꽃밭을 만들어서 거기다 꽃을 꽂기도 했지만요. 하지만 여긴 달라요."

크레이븐 씨는 의자에서 일어나 천천히 방 안을 서성거리기 시작했다. 그러고는 혼잣말로 중얼거렸다.

"땅이라."

메리는 아무래도 고모부가 자신 때문에 뭔가가 떠오른 게 틀림없다는 생각이 들었다. 크레이븐 씨가 멈춰 서서 메리에게 말을 건네는데 그 검은 눈이 부드럽고 상냥하게까지 보였다.

"땅은 네가 원하는 만큼 가지렴. 널 보니 땅과 그 땅에서 자라는 것들을 사랑한 누군가가 생각나는구나. 네가 원하는 땅이 보이거든……."

크레이븐 씨가 미소에 가까운 표정을 지어 보이며 말을 이었다.

"애야, 가지렴. 그리고 그 땅을 살아나게 해 봐."

"어디에 있든 가져도 돼요? 버려진 땅이면요?"

"어디든. 자! 이제 가 보는 게 좋겠다. 내가 피곤하구나."

크레이븐 씨는 종을 울려 메들록 부인을 불렀다.

"잘 가렴. 난 여름 내내 떠나 있을 거다."

메들록 부인이 금방 들어온 것을 보고, 메리는 부인이 복도에서 기다리고 있었던 거라고 확신했다.

크레이븐 씨가 부인에게 말했다.

"메들록 부인, 내가 직접 아이를 만나 보니 소어비 부인의 말이 무슨 뜻인지 알겠군. 아이가 교육을 시작하기 전에 좀 튼튼해질 필요가 있겠어. 이 아이에게 담백하고 몸에 좋은 음식을 주도록 해요. 정원에서 마음껏 뛰놀게 하고 지나치게 감독하지 마시오. 자유와 신선한 공기와 마음껏 뛰노는 게 필요한 아이니까. 소어비 부인이 가끔 아이를 보러 올 것이고 아이도 가끔 오두막집에 보내도록 해요."

메들록 부인은 기뻐 보였다. 부인은 메리를 지나치게 '감독할' 필요가 없다는 말에 안도했다. 부인은 메리가 성가셨고 실제로 될 대로 되라는 심정으로 좀처럼 찾지 않았던 것이다. 그와 더불어 부인은 마사의 엄마를 좋아했다.

"감사합니다, 주인님. 수잔 소어비와 전 함께 학교를 다녔는데 주인님이 하루 온종일 걸으셔도 그만큼 현명하고 마음씨 좋은 사람을 찾지 못할 겁니다. 전 아이가 없었지만 수잔은 아이가 열둘이나 되는 데다 그렇게 건강하고 좋은 아이들도 없지요. 메리 아가씨에게 해를 끼칠 아이들이 아니에요. 저도 아이에 관한 일이라면 수잔 소어비에게 조언을 듣습니다. 수잔이야말로 건강한 정신을 가졌다고 할 만한 사람이죠…… 제 말뜻을 이해하신다면 말이지요."

크레이븐 씨가 대답했다.

"무슨 뜻인지 이해했어요. 이제 메리를 데려가고 피처를 보내도록 해요."

메들록 부인이 메리의 방이 있는 복도 끝에 메리를 남겨 두고 떠나는 순간, 메리는 황급히 자기 방으로 뛰어들어갔다. 방에는 마사가 기다리고 있었다. 사실 마사는 점심 그릇을 치우고는 서둘러 돌아와 있었던 것이다.

메리가 외쳤다.

"내 정원을 가져도 좋대. 어디든 내가 좋은 곳으로 하래. 가정교사는 한참 동안 두지 않을 거야. 너희 엄마가 나를 보러 올 거고 나도 너희 오두막에 갈 수 있대. 고모부는 나 같은 어린애는 해를 끼칠 일도 없다면서 하고 싶은 대로 해도 좋다고 했어. 어디서든 말이야."

마사가 기쁜 목소리로 말했다.

"와, 주인님은 진짜 친절하시네예."

메리가 진지한 목소리로 말했다.

"마사, 고모부는 정말 좋은 사람이야. 너무 불행한 얼굴을 하고 있고 이마를 잔뜩 찡그리고 있긴 하지만."

메리는 서둘러 정원으로 달려갔다. 처음 생각했던 것보다 훨씬 오랫동안 자리를 비웠고 디콘이 집까지 8킬로미터를 걸어가려면 일찍감치 출발해야 한다는 것도 알고 있었다. 메리는 담쟁이덩굴 아래에 있는 문을 지나 안으로 들어갔고 디콘은 더 이상, 아까 나올 때 보았던 자리에서 일하고 있지 않았다. 원예 도구들은 나무 아래에 가지런히 놓여 있었다. 메리는 그곳으로 달려가 주변을 둘러보았지만 디콘은 어디에도 보이지 않았다. 디콘이 이미 가 버렸고 비밀의 화원은 비어 있었다. 담을 넘어 막 날아온 울새만 스탠다드 장미 덤불 위에 앉아 메리를 지켜보고 있었다. 메리가 슬픔에 가득 차서 외쳤다.

"디콘은 갔어. 아! 디콘은, 디콘은 정말 나무 요정이었던 거야?"

그때 스탠다드 장미 덤불에 하얀 무언가가 붙은 게 눈에 띄었다. 종이였다. 바로 자신이 마사를 대신해 써서 디콘에게 보냈던 편지였다. 편지는 기다란 가시로 덤불에 고정되어 있었고, 메리는 디콘이 남겨 놓았다는 사실을 금세 알아차렸다. 종이 위에는 휘갈겨 쓴 듯한 글자들과 함께 그림 같은 것도 있었다. 메리는 처음에는 무슨 그림인지 알 수 없었다. 그러나 이내 새 한 마리가 앉아 있는 둥지 그림이 눈에 들어왔다. 그 밑에는 몇 글자가 적혀 있었다.

다시 올게요.

13. "난 콜린이야."

메리는 저녁을 먹으러 집으로 돌아갈 때 그림을 가져가 마사에게 보여 주었다. 마사가 굉장히 자랑스러워하며 말했다.

"아! 우리 디콘이 그렇게 재주가 많은지 몰랐네예. 딱 봐도 둥지에 앉아 있는 개똥지빠귀 아입니꺼. 똑같네!"

그 순간 메리는 디콘이 그림으로 자신에게 메시지를 보낸 것임을 알았다. 자신이 비밀을 지킬 거라고 확신해도 좋다는 의미였다. 정원이 메리의 둥지였고 메리 자신은 개똥지빠귀였던 것이다. 아, 메리는 그 별나고 보잘 것 없는 집의 아이가 얼마나 좋은지 몰랐다!

메리는 디콘이 다음날에도 왔으면 했다. 그래서 빨리 아침이 되기를 기다리며 잠이 들었다.

하지만 요크셔의 날씨가, 특히 봄철에 어떨지는 누구도 예측할 수 없다. 메리는 굵은 빗방울이 창문을 때리는 소리를 듣고 한밤중에 잠에서 깼다. 비는 억수같이 쏟아졌고 바람은 커다란 저택의 모퉁이마다, 또 굴뚝 안으로 '휘몰아치고' 있었다. 메리는 침대에서 일어나 앉았고 우울하고 화가 났다.

"저 비도 옛날의 나처럼 심술궂네. 내가 안 내렸으면 하는 걸 알고는 저렇게 내리는 거야."

메리는 다시 베개 위로 쓰러져 얼굴을 묻었다. 메리는 울지 않았다. 하지만 침대에 누워 억수 같이 쏟아지는 빗소리를 증오했다. 바람과 그 '휘몰아치는' 소리가 미웠다. 메리는 다시 잠들 수가 없었다. 그 서글픈 소리를 듣고 있자니 잠이 오지 않았다. 메리 자신도 서글픔을 느꼈으니까. 만약 메리가 행복한 기분이었다면 그 소리를 자장가 삼아 잠이 들었을 것이다. 하지만 바람은 '휘몰아치고' 굵은 빗줄기가 쏟아지며 창유리를 때렸다.

"바람 소리가 마치 누군가가 황무지에서 길을 잃고 헤매며 울부짖는 것처럼 들려."

메리는 그렇게 한 시간 정도를 엎치락뒤치락하며 누워 있었다. 그때 갑자기 잠자리에서 일어나 앉더니 문 쪽으로 고개를 돌리고 귀를 기울였다. 계속 온 신경을 집중해 소리를 들었다. 그리고 큰 소리로 혼잣말을 했다.

"지금은 바람 소리가 아니야. 저건 바람 소리가 아니라고. 바람이랑은 달라. 전에 들었던 그 울음소리야."

방문이 조금 열리고 복도에서 소리가 들려왔다. 칭얼대는 울음 소리가 멀리서 희미하게 들려왔다. 메리는 잠시 귀를 기울이는 동안 점점 더 그렇다는 확신이 들었다. 무슨 소린지 반드시 알아내야 할 것 같았다. 비밀의 화원보다, 땅속에 묻혀 있던 열쇠보다 더 이상하게 느껴졌다. 어쩌면 반항적인 마음에 그렇게 대담해졌는지도 몰랐다. 메리는 침대에서 내려섰다.

"뭔지 알아낼 거야. 모두 침대에 있을 테고 메들록 부인은 신경 안 써. 난 상관 안 해."

침대 곁에 촛불이 있었다. 메리는 그 촛불을 들고 살금살금 방을 나섰다. 복도는 아주 길고 깜깜했지만 흥분한 메리는 그런 것 따위에는 신경 쓰지 않았다. 메리는 자신이 돌아야 하는 모퉁이들을 모두 기억해 내서 벽걸이 융단으로 문을 가린 짧은 통로까지 갈 수 있을 것 같았다. 메리가 길을 잃은 날 메들록 부인이 걸어 나왔던 그 문 말이다. 울음소리는 그 통로에서 들려온 것이었다. 메리는 희미한 불빛에 의지해 손으로 더듬다시피 하며 계속 걸어갔다. 심장이 하도 요란하게 뛰어서 그 소리가 들릴 것만 같았다. 울음소리는 멀리서 희미하게 계속 들려왔고 메리는 그 소리를 따라 앞으로 나아갔다. 가끔 울음소리가 멈춘 것 같다가도 이내 다시 시작되었다. 여기서 도는 게 맞았나? 메리는 멈춰 서서 생각했다. 맞아. 이 복도를 지난 다음 왼쪽으로 돌고 넓은 계단을 두 개 오른 다음 다시 오른쪽으로 돌았어. 그리고 거기에 융단이 걸린 문이 있었다.

메리는 매우 조심스럽게 문을 밀고 들어간 다음 문을 닫았다. 메리는 이제 복도에 서 있었고 울음소리도 그렇게 크지는 않았지만 아주 또렷하게 들렸다. 소리는 메리의 왼쪽 벽 너머에서 나는 것이었고 몇 미터 떨어진 곳에는 문이 하나 있었다. 아래 문틈으로 희미한 빛이 새어 나오는 게 보였다. 그 방에서 누군가 울고 있었고 그 누군가는 굉장히 어렸다.

문까지 걸어간 메리가 문을 밀고 안으로 들어갔다. 이제 메리는 방 안에 서 있었다.

멋진 고가구들이 들어찬 널찍한 방이었다. 벽난로에서는 난롯불이 꺼질 듯 희미하게 빛을 내고 있었고, 네 기둥을 깎아 만들고 비단이 드리워진 침대 옆에는 등불이 타고 있었다. 그리고 침대에는 소년 하나가 누워서 칭얼대고 있었다.

메리는 자신이 현실 공간에 있는 것인지 아니면 자신도 모르게 다시 잠이 들어서 꿈을 꾸고 있는 것인지 알 수가 없었다.

소년은 상앗빛의 갸름하고 섬세한 얼굴을 하고 있었고 두 눈은 얼굴에 비해 너무 큰 듯했다. 머리숱이 많아서 이마 위로 무겁게 흘러내려와 있었고 그 때문에 여윈 얼굴이 더 작아 보였다. 소년은 오랫동안 아팠던 사람처럼 보였지만, 지금은 아파서라기보다는 오히려 지치고 화가 나서 우는 것 같았다.

메리는 손에 촛불을 들고 문 옆에 서서 숨을 가다듬었다. 그러고는 살금살금 방을 가로질렀고, 메리가 점점 가까이 다가가자 불빛이 소년의 시선을 끌었다. 소년은 베개에 묻고 있던 고개를 돌려 메리를 바라보았다. 소년이 회색 눈을 휘둥그렇게 뜨자 눈이 굉장히 크게 보였다.

소년이 마침내 반쯤 겁먹은 듯한 목소리로 속삭였다.

"넌 누구야? 유령이야?"

메리가 대답했다. 속삭이는 메리의 목소리도 반쯤 겁먹은 목소리였다.

"아니야. 넌 유령이니?"

소년은 메리 쪽을 뚫어져라 쳐다보았다. 그 바람에 메리는 소년의 눈이 얼마나 이상한지 알아차렸다. 두 눈은 마노(*보석의 한 종류로 주로 회백색을 띠고 있다.) 빛 회색이었고 얼굴에 비해 너무 커 보였다. 눈 주위로 시커먼 속눈썹이 빽빽이 나서 그렇게 보였던 것이다.

소년도 잠시 뜸을 들인 뒤에 대답했다.

"아니야. 난 콜린이야."

메리가 머뭇거리며 물었다.

"콜린이 누군데?"

"콜린 크레이븐이라고. 넌 누구야?"

"난 메리 레녹스야. 크레이븐 씨가 우리 고모부고."

"그 분이 우리 아빠야."

메리가 놀라서 외쳤다.

"아빠라고! 고모부한테 아이가 있다는 말은 아무도 해 준 적 없는데. 왜 말 안 한 거야?"

"이리 와 봐."

콜린은 불안한 표정으로 메리에게서 그 이상한 두 눈을 떼지 않은 채 말했다.

메리는 침대 가까이 다가갔고 콜린이 손을 내밀어 메리를 만졌다.

"넌 진짜 거지? 난 자주 진짜 같은 꿈을 꾸거든. 너도 그 꿈들 중 하나일지도 모르잖아."

메리는 방을 나올 때 모직 가운을 걸쳤었고 그 가운 자락을 소년의 손가락 사이에 쥐어 주었다.

"그걸 문질러 보고 얼마나 두껍고 따뜻한지 봐. 원한다면 내가 진짜란 걸 알 수 있도록 살짝 꼬집어 줄 수도 있어. 나도 잠시 네가 꿈일지도 모른다고 생각했어."

콜린이 물었다.

"넌 어디서 온 거야?"

"내 방에서 왔지. 바람이 하도 휘몰아쳐서 잠을 잘 수가 없었어. 그리고 울음소리를 듣고 누가 우는 건지 알아내고 싶었지. 뭣 때문에 운 거니?"

"나도 잠을 잘 수가 없었고 머리도 아팠으니까. 네 이름을 다시 말해 줘."

"메리 레녹스. 내가 여기 와서 살게 된 걸 아무도 말해 주지 않았어?"

소년은 여전히 손가락으로 가운 자락을 만지고 있었지만 조금 전보다는 메리의 존재를 더 믿는 듯했다.

"응, 말하지 못했겠지."

"왜?"

"난 네가 나를 쳐다보는 걸 싫어했을 테니까. 난 사람들이 나를 보고 나서 내 얘기를 하게 놔두지 않거든."

메리가 다시 물었다. 시간이 지날수록 점점 더 알 수 없는 느낌이었다.

"왜?"

"난 늘 이 모양이니까. 아프고 누워 있어야 하고. 아빠도 사람들이 내 이야기를 못하게 하시지. 하인들도 내 얘기를 못하도록 되어 있어. 만약 내가 살아남는다면 곱사등이가 될 테지만, 살지도 못할 거야. 아빠는 내가 아빠처럼 될지도 모른다는 생각조차 하기 싫어해."

메리가 말했다.

"아, 이 집은 정말 이상한 집이야! 정말 이상해! 비밀 아닌 게 없어. 방도 잠겨 있고 정원도 잠겨 있고 그리고 너까지! 여기 갇혀 있었던 거야?"

"아니, 방 밖으로 나가는 게 싫어서 방에만 있는 거야. 나가면 너무 지치니까."

메리가 조심스럽게 물었다.

"아빠가 널 만나러 오시니?"

"가끔. 대개는 내가 잘 때 오시지. 아빠는 날 보고 싶어 하지 않아."

메리가 참지 못하고 또다시 물었다.

"왜?"

소년의 얼굴 위로 성난 그림자 같은 게 지나갔다.

"엄마는 내가 태어날 때 돌아가셨고 그래서 아빠는 나를 보면 우울해지는 거야. 아빠는 내가 모를 거라고 생각하지만 사람들이 말하는 걸 들었어. 아빤 나를 싫어하는 거야."

메리는 혼잣말을 하듯 중얼거렸다.

"고모부는 정원을 싫어해. 고모가 죽었기 때문에."

소년이 물었다.

"무슨 정원?"

메리가 더듬거리며 말했다.

"아! 그냥…… 그냥 고모가 좋아했던 정원. 넌 늘 여기 있었던 거야?"

"거의 그래. 가끔 하인들이 해변으로 데려다 주기도 했지만 사람들이 나를 쳐다봐서 오래 있지는 않아. 등을 곧게 펴려고 철로 된 도구 같은 걸 차고 있었던 적도 있어. 하지만 나를 진찰하려고 런던에서 온 유명한 의사가 그건 바보 같은 짓이라고 했어. 의사 선생님은 사람들한테 내게서 그걸 벗기라고 하고 신선한 공기를 마시며 집 밖에서 활동하라고 했어. 난 신선한 공기도 싫고 나가고 싶지도 않아."

"나도 여기 처음 왔을 땐 그랬어. 그런데 왜 그렇게 나를 계속 빤히 보고 있는 거야?"

소년이 짜증 섞인 목소리로 대답했다.

"진짜 같은 꿈 때문이지. 가끔 눈을 떴는데도 내가 깨어 있다는 게 믿기지가 않을 때가 있어."

"우리 둘 다 깨어 있어."

메리는 방을 쭉 훑어보며 높은 천장과 어두컴컴한 구석과 희미한 난롯불을 보았다.

"정말 꿈처럼 보이기는 한다. 한밤중이기도 하고 집에 있는 사람들 전부 잠들어 있고 말이야. 우리만 빼고 전부 다. 우린 말똥말똥하게 깨어 있는데."

소년이 안절부절못하며 말했다.

"꿈이 아니었으면 좋겠어."

메리가 갑자기 뭔가를 떠올렸다.

"사람들이 널 보는 게 싫다고 했잖아. 내가 갔으면 좋겠니?"

소년은 여전히 메리의 가운 자락을 붙잡고 있었고 살짝 잡아당기기까지 했다.

"아니. 만약 네가 돌아간다면 확실히 네가 꿈이었다고 생각하겠지. 만약 네가 진짜라면 저기 커다란 스툴에 앉아서 얘길 해 봐. 네 얘기가 듣고 싶어."

메리는 들고 있던 촛불을 침대 옆에 있는 탁자에 내려놓고 쿠션을 덧댄 스툴에 앉았다. 메리도 전혀 갈 마음이 없었다. 비밀에 쌓인 채 감춰져 있던 방에 머물며 비밀에 쌓인 소년과 이야기를 나누고 싶었다.

"무슨 얘기를 해 줄까?"

소년은 메리가 미셀스웨이트 장원에 얼마나 있었는지 알고 싶어 했다. 메리의 방이 어느 복도에 있는지 알고 싶어 했고 메리가 지금까지 뭘 했는지도 알고 싶어 했다. 메리가 자신처럼 황무지를 싫어하는지, 그리고 요크셔에 오기 전에 메리가 어디에 살았는지 알고 싶어 했다. 메리는 이 모든 질문들을 포함한 많은 질문들에 일일이 답해 주었고 소년은 베개에 등을 기대고 귀를 기울였다. 소년은 메리에게 인도와 바다를 건넌 항해에 관해서 많은 얘기를 해 달라고 했다. 메리는 소년이 허약한 아이여서 다른 아이들만큼 많은 것을 배우지 못했다는 사실을 알게 되었다. 소년의 간호사 가운데 하나가 소년이 아주 어릴 때 읽는 법을 가르쳐 주었고, 그 뒤로 소년은 늘 책을 읽거나 근사한 책들 속 그림들을 보며 지냈다.

비록 콜린의 아빠는 깨어 있는 콜린을 만나는 일이 드물었지만, 콜린이 가지고 놀 만한 온갖 종류의 멋진 물건들을 보내 주었다. 그러나 소년은 즐거웠던 적이 없는 듯했다. 소년은 원하는 것은 뭐든 가질 수 있었고 하고 싶지 않은 일을 강요받은 적도 없었다. 소년이 무심하게 말했다.

"모두가 내 기분을 맞춰야 해. 난 화를 내면 아프니까. 다들 내가 어른이 될 때까지 못 살 거라고 믿지."

콜린은 마치 사람들의 그런 생각에 익숙해질 대로 익숙해져서 이제 더는 신경 쓰이지 않는다는 말투였다. 콜린은 메리의 목소리가 좋은 듯했다. 메리는 계속해서 이야기를 했고 콜린은 졸리면서도 흥미로운 듯 귀를 기울였다. 콜린은 이제 잠에 빠져드는 것 같다는 생각이 한두 번 들었지만, 그때마다 새로운 주제로 질문을 시작했다. 콜린이 물었다.

"넌 몇 살이야?

메리가 잠시 넋을 잃고 대답했다.

"난 열 살이야. 너도 열 살이고."

콜린이 놀란 목소리로 물었다.

"그걸 어떻게 알았어?"

"네가 태어났을 때 정원 문이 잠기고 열쇠가 묻혔으니까. 그렇게 잠긴 채로 10년이 흘렀고."

메리 쪽으로 몸을 돌린 콜린이 팔꿈치로 몸을 지탱한 채 반쯤 일어나 앉았다. 콜린은 갑자기 큰 흥미가 생긴 듯 외쳐 댔다.

"어떤 정원 문이 잠겼는데? 누가 그런 거야? 열쇠는 어디에 묻혔어?"

메리가 안절부절못하며 말했다.

"그, 그건 고모부가 싫어하는 정원이었어. 고모부가 문을 잠갔어. 열쇠를 어디에 묻었는지는 아무도, 아무도 몰라."

콜린이 집요하게 캐물었다.

"무슨 정원이야?"

메리가 조심스럽게 대답했다.

"10년 동안 아무도 그 안에 들어갈 수 없었다니까."

하지만 이제 와 조심해도 소용이 없었다. 콜린은 메리와 아주 많이 비슷했다. 콜린도 생각할 게 아무것도 없었고, 메리가 그랬던 것처럼 숨겨진 정원이 있다는 생각에 마음을 빼앗겼던 것이다. 콜린은 쉬지 않고 질문을 해 댔다. 어디에 있느냐, 그 문을 찾아본 적은 없느냐, 정원사들에게 물어본 적 없느냐는 질문을 말이다.

"정원사들은 말해 주지 않을 거야. 그 사람들은 누가 물어도 대답하지 말라는 지시를 받은 것 같아."

"내가 대답하게 만들 거야."

겁이 덜컥 난 메리가 더듬거리며 물었다.

"할 수 있어?"

사람들이 대답하게 만들 수 있는 힘이 콜린에게 있다면 어떤 상황이 벌어질지는 아무도 모를 일이었다.

"모두들 내 기분을 맞춰 줄 의무가 있다니까. 내가 말했잖아. 만약 내가 살게 된다면 언젠가 이곳은 내 것이 될 테니까. 모두 다 그걸 알아. 내가 대답하게 만들겠어."

메리는 자신이 버릇없는 아이였을 때는 그 사실을 몰랐겠지만, 이제는 이 비밀에 싸인 소년이 버릇이 없다는 것을 분명히 알 수 있었다. 콜린은 온 세상이 자기 것인 양 생각했다. 별나기도 별났거니와 살지 못할 것이라는 얘기를 얼마나 태연하게 하는지 몰랐다.

메리는 반은 호기심으로, 반은 콜린이 머릿속에서 정원을 지웠으면 하는 바람으로 물었다.

"넌 네가 살지 못할 것 같니?"

콜린은 지금까지처럼 무덤덤한 태도로 대답했다.

"살 것 같지가 않아. 내가 뭔가 기억하게 된 이후로 죽 사람들이 못 살 거라고 하는 얘기를 들었으니까. 처음에는 내가 너무 어려서 자기들 얘기를 이해하지 못할 거라고 생각하더니 지금은 내가 들으려 하지 않는다고 생각하지. 하지만 난 다 들어. 내 담당 의사는 아빠의 사촌이야. 아주 가난한 사람이지. 내가 죽는다면 아빠가 죽고 난 뒤 미셀스웨이트가 몽땅 그 사람 게 될 거야. 그 사람은 내가 사는 걸 바라지 않는 게 확실해."

메리가 물었다.

"넌 살고 싶은 거야?"

콜린은 지쳤는지 짜증 섞인 말투로 대답했다.

"아니. 하지만 죽고 싶지도 않아. 아플 때면 나는 여기 누워서 그런 생각을 하다가 결국 울고 또 울지."

"난 네가 우는 소리를 세 번이나 들었어. 하지만 누가 우는지는 몰랐지. 그래서 울었던 거야?"

메리는 콜린이 정원에 대해 잊어 주기를 몹시 바랐다. 콜린이 대답했다.

"아마도. 우리 다른 얘기하자. 정원 얘기를 해 봐. 넌 그 정원이 보고 싶지 않니?"

메리가 나지막한 목소리로 대답했다.

"보고 싶어."

콜린은 고집스럽게 이야기를 계속해 나갔다.

"나도 보고 싶어. 전에는 진심으로 뭔가 보고 싶다는 생각을 한 적이 없는 것 같아. 하지만 그 정원은 보고 싶어. 열쇠를 파내고 싶고 잠긴 문을 열고 싶어. 휠체어에 앉혀서 그리로 데려다 달라고 할 거야. 신선한 공기를 마시게 되겠지. 사람들한테 문을 열라고 할 거야."

콜린은 잔뜩 흥분해서 그 이상한 눈이 별처럼 빛나기 시작했고 전보다도 더 크게 보였다.

"다들 내 기분을 맞춰야 한다니까. 날 거기로 데려가라고 해야지. 너도 가게 해 줄게."

메리는 두 손을 꼭 움켜쥐었다. 모든 걸 망치게 될 것이다. 모든 걸! 디콘도 다시는 오지 않을 것이다. 메리도 더 이상 안전한 곳에 둥지가 있는 개똥지빠귀와 같은 느낌을 가질 수 없을 것이다. 메리가 외쳤다.

"아, 제발, 제발, 제발, 제발 그러지 마."

콜린은 꼭 메리가 미치기라도 한 것처럼 메리를 응시했다. 콜린이 소리를 질렀다.

"왜? 너도 보고 싶다고 했잖아."

메리가 울먹거리는 목소리로 대답했다.

"보고 싶어. 하지만 그렇게 하인들에게 문을 열고 널 그 안으로 데려가게 한다면 그곳은 더 이상 비밀이 아니겠지."

콜린이 몸을 앞으로 더 쑥 기울였다.

"비밀이라. 무슨 뜻이야? 말해 봐."

메리의 입에서 두서없는 말들이 쏟아져 나왔다. 메리는 목까지 숨이 차서 말했다.

"있잖아…… 있잖아. 만약 우리 말고는 아무도 모른다면, 만약 문이 있고 담쟁이덩굴 아래 어딘가에 숨겨져 있다면, 만약 그래서 우리가 찾을 수 있다면, 그리고 만약 우리 둘이 그 문을 지나 안으로 들어가서 문을 닫는다면, 그리고 안에 누가 있다는 것을 아무도 모르면 우리는 그 정원을 우리만의 정원이라고 부르고 마치…… 마치 우리가 개똥지빠귀이고 그 정원이 우리의 둥지인 양 행동한다면, 그리고 만약 우리가 거의 매일 그 정원에서 놀며 땅을 일구고 씨를 심고 거기 있는 것들을 모두 살아나게 한다면……."

디콘이 메리의 이야기 도중에 끼어들었다.

"그 정원이 죽었어?"

"아무도 돌보지 않는다면 곧 그렇게 되겠지. 알뿌리는 살겠지만 장미들은……."

콜린은 메리가 그랬던 것처럼 잔뜩 흥분해서 다시 메리의 말을 막았다. 콜린이 재빨리 물었다.

"알뿌리가 뭐야?"

"수선화랑 백합이랑 아네모네지. 지금 땅속에서 부지런히 움직이면서…… 곧 봄이 오기 때문에 연녹색 싹들을 밀어내고 있어."

"봄이 와? 봄은 어때? 아파서 방에만 있으면 봄이 왔는지도 몰라."

"비가 내린 데 햇빛이 비추고 햇빛이 비춘 데 비가 내리지. 여러 가지 것들이 땅속에서 부지런히 움직이며 위로 밀고 올라와. 만약 정원을 비밀로 한다면 우린 그 안으로 들어가서 매일 여러 가지 것들이 조금씩 크는 걸 볼 수 있어. 장미꽃이 얼마나 살았는지 볼 수 있고. 모르겠어? 정원을 비밀로 한다면 얼마나 더 멋질지 모르겠어?"

콜린은 다시 베개에 몸을 기대고 이상한 표정을 짓고 누워 있었다.

"난 비밀을 가져 본 적이 없어. 살아서 어른이 될 수 없을 것 같다는 그 얘기 빼고는 말이야. 사람들은 내가 그 사실을 아는 줄 모르니 그것도 비밀은 비밀이지. 하지만 이번 게 더 맘에 들어."

메리가 애원하듯 말했다.

"하인들을 시켜서 널 정원으로 데려가라고 하지 않는다면, 어쩌면…… 내가 언젠가 그 안에 들어갈 방법을 찾아낼 수 있을 거야. 그러곤…… 의사가 네가 휠체어를 타고 밖에 나가도 좋다고 한다면, 네가 항상 하고 싶은 건 뭐든 할 수 있다면 어쩌면…… 어쩌면 네 휠체어를 밀어 줄 소년을 찾을 수 있을지도 몰라. 그럼 우리끼리 나갈 수 있고 그 정원은 계속 비밀로 남게 되겠지."

"그거…… 괜찮은 거 같아."

콜린은 매우 느릿느릿 말했고 두 눈은 꿈을 꾸는 듯했다.

"그거 괜찮은 거 같아. 비밀의 정원에서 신선한 공기를 쐬는 것도 나쁘지 않을 거야."

메리는 비밀을 갖는다는 생각이 콜린을 기쁘게 만든 것 같아 이제 조금 한숨을 돌리고 마음을 놓았다. 메리는 자신이 본 것을 계속 얘기해 주기로 했다. 그래서 마음속으로 정원을 그려 볼 수 있게 만든다면 콜린이 그 정원을 무척 좋아하게 되고 사람들이 아무 때고 들어와 저벅저벅 걸어다니는 것을 생각조차 하기 싫어할 거라는 확신이 들었다.

"우리가 만약 정원에 들어가게 된다면 그곳이 어떨지 내가 상상하는 모습을 말해 줄게. 아주 오랫동안 닫혀 있었으니 거기 있는 것들은 아마 서로 얽혀서 자랐을 거야."

서로를 타고 오르고 축축 늘어져 있을지도 모르는 장미 얘기, 정원이 매우 안전하다 보니 그곳에 둥지를 틀었을지 모를 많은 새 얘기를 하는 동안 콜린은 가만히 누워서 귀를 기울였다. 메리는 울새와 벤 웨더스태프 노인의 얘기도 했다. 울새에 관해서는 할 얘기가 많았을 뿐만 아니라 얘기하기도 쉽고 안심도 되어서 더 이상 두려운 마음도 없었다. 울새 이야기를 듣고 무척 즐거워진 콜린은 미소까지 지었는데 그 얼굴은 아름답게까지 보였다. 처음에 메리는 콜린이 눈은 땡그랗고 머리채는 무겁게 내려오는 게 자신보다 더 못생겼다고 생각했던 것이다.

"새들이 그렇다는 건 처음 알았어. 하지만 방 안에 있다 보면 볼 수 있는 게 없으니까. 넌 참 많이도 알고 있구나. 꼭 그 정원 안에 들어갔다 온 것 같아."

메리는 무슨 말을 해야 할지 몰라서 가만히 있었다. 콜린도 굳이 대답을 기대한 것은 아닌 듯했고 다음 순간 메리를 놀라게 했다.

"너한테 보여 줄 게 있어. 저기 벽난로 선반 위에 걸린 장미색 실크 커튼이 보이니?"

메리는 콜린이 말하기 전에는 있는지도 몰랐다가 고개를 들어 커튼을 보았다. 뭔가 그림처럼 보이는 것 위에 쳐진 부드러운 실크 커튼이었다.

"그래."

콜린이 말했다.

"거기 줄이 달려 있을 거야. 가서 그 줄을 잡아당겨."

자리에서 일어난 메리는 몹시 어리둥절하며 줄을 찾았다. 메리가 줄을 당기자 커튼 고리에 연결된 실크 커튼이 홱 젖혀졌고, 커튼이 젖혀지는 순간 그림 하나가 드러났다. 웃고 있는 여자의 그림이었다. 밝은 빛깔의 머리를 파란 리본으로 묶고 있었고 명랑하고 사랑스러운 두 눈은 콜린의 불행해 보이는 눈과 꼭 닮아 있었다. 그 눈 역시 마노 빛 회색이었고 눈 주위로 빽빽이 난 시커먼 속눈썹 때문에 실제보다 두 배는 커 보였다.

콜린이 투덜거리며 말했다.

"우리 엄마야. 난 엄마가 왜 죽었는지 몰라. 가끔 그렇게 죽은 엄마가 미워 죽겠어."

"정말 별나다."

콜린이 툴툴거렸다.

"엄마가 살아 있었더라면 늘 이렇게 아프지는 않았을 거야. 아마 앞으로도 계속 살 수 있겠지. 아빠가 나를 만나는 걸 그렇게 싫어하지도 않았을 거고. 아마 등도 튼튼했을 거야. 커튼을 다시 쳐."

메리는 콜린이 시키는 대로 하고는 자신이 앉았던 스툴로 돌아왔다.

"너희 엄마는 너보다 훨씬 예쁘구나. 하지만 두 눈은 너랑 꼭 닮았어. 적어도 모양이랑 색깔은 같아. 커튼은 왜 쳐 놓은 거야?"

콜린이 불편한 듯 몸을 꼼지락거렸다.

"내가 그렇게 하라고 했어. 가끔 엄마가 나를 바라보는 게 싫어. 내가 아프고 비참할 때도 너무 활짝 웃고 있으니까. 그리고 엄마는 나만의 엄마니까 사람들이 다 엄마를 보는 건 싫어."

잠시 침묵이 흐르고 메리가 입을 열었다.

"내가 여기 있었던 걸 알면 메들록 부인이 어떻게 할까?"

"내가 하라는 대로 하겠지. 그리고 난 부인한테 네가 매일 여기 와서 나와 얘길 하게 해 달라고 말할 거야. 난 네가 와서 기뻐."

"나도 그래. 가능한 한 자주 올게. 하지만……."

메리가 머뭇거렸다.

"난 매일 정원 문을 찾아다녀야 할 거야."

"응, 그래야지. 그런 뒤에 나한테 그 얘길 해 줄 수 있을 거야."

콜린은 전처럼 잠시 누워 생각하는가 싶더니 다시 이야기를 시작했다.

"너도 비밀로 해 두는 게 좋겠어. 하인들이 알게 될 때까지 말하지 않을래. 언제든 간호사를 방에서 내보내면서 혼자 있고 싶다고 말할 수 있거든. 마사를 아니?"

"응, 아주 잘 알아. 마사가 내 시중을 드니까."

콜린이 바깥 복도를 향해 고개를 끄덕였다.

"마사는 저쪽 방에서 잠을 자. 간호사가 어제도 자기 여동생이랑 밤새 있으려고 나갔는데, 집 밖에 나가고 싶을 때면 항상 마사한테 내 시중을 들게 하지. 마사가 언제 이리로 오면 되는지 말해 줄 거야."

메리는 그제야 울음소리에 대해 물었을 때 마사가 곤란한 표정을 지었던 것을 이해할 수 있었다. 메리가 물었다.

"마사는 너에 관해 알고 있었던 거야?"

"응. 자주 내 시중을 드니까. 간호사는 내게서 벗어나고 싶어 하고 그럴 때면 마사가 오지."

"여기 너무 오래 있었어. 이제 가도 될까? 네 눈에도 잠이 가득해."

콜린이 수줍게 말을 꺼냈다.

"네가 떠나기 전에 잠이 들고 싶은데."

메리가 스툴을 바짝 끌어당기며 말했다.

"눈을 감아. 그럼 인도에서 내 아야가 내게 해 주던 걸 네게도 해 줄게. 네 손을 토닥이고 쓰다듬으면서 낮은 목소리로 노래를 불러 줄게."

콜린이 졸린 목소리로 말했다.

"그것도 괜찮을 거 같다."

메리는 왠지 콜린이 안쓰러웠고 잠을 못 이루고 누워 있는 걸 바라지 않았다. 그래서 침대에 기대어 콜린의 손을 토닥이고 쓰다듬으며 힌두스탄 말(*북부 인도에서 사용하는 언어.)로 된 노래를 조용조용 읊조렸다.

"좋다."

콜린은 더욱 졸린 목소리로 말했고 메리는 계속 노래를 부르며 손을 쓰다듬었다. 하지만 메리가 다시 콜린을 보았을 땐 눈이 감기고 깊이 잠이 들었고 새까만 속눈썹이 뺨 쪽으로 내려와 있었다. 메리는 조심스럽게 자리에서 일어난 다음 촛불을 챙겨 들고 소리를 내지 않으며 살금살금 걸어 나왔다.

14. 어린 라자

아침이 밝았을 때 황무지는 안개에 묻혀 보이지 않았고 비도 멈추지 않고 쏟아졌다. 그런 상황에서 밖에 나갈 수는 없었다. 마사는 너무 바빠서 메리가 말을 걸 틈도 없었다. 하지만 오후가 되어서 마사에게 놀이 방에 와서 함께 있자고 했다. 마사는 달리 할 일이 없을 때마다 뜨는 양말을 가져왔다.

둘이 자리에 앉는 순간 마사가 물었다.

"무신 일입니꺼? 표정을 보니 뭔 할 말이 있는 거 같은데."

"있어. 울음소리가 뭔지 알아냈어."

마사는 뜨던 양말을 무릎에 떨어뜨리고 놀란 눈으로 메리를 응시했다. 마사가 소리쳤다.

"그럴 리가요! 택도 없십니더."

"어젯밤에 그 소리를 들었어. 소리를 듣고 자리에서 일어나 소리가 어디서 나는지 알아보러 갔지. 콜린이었어. 내가 콜린을 찾아냈어."

마사의 얼굴이 겁에 질려서 붉어졌다. 마사가 반쯤 울먹이며 말했다.

"아이고! 메리 아가씨! 그라모 안 되는 긴데…… 그라모 안 되는데. 내가 곤란해질 긴데. 내는 아가씨한테 콜린 도련님 얘기는 한마디도 안 했다 아입니꺼. 근데 아가씨 땜에 내가 곤란해지겠습니더. 내는 일자리를 잃을 긴데 우리 어매는 우찌 합니꺼?"

"넌 일자리를 잃지 않을 거야. 콜린은 내가 온 걸 좋아했어. 우린 얘기를 하고 또 했고 콜린은 내가 와서 기쁘다고 했어."

"그래예? 확실합니꺼? 뭔 성가신 일이 생깄다 카믄 도련님이 어떤지 아가씨는 모립니더. 다 큰 아가 꼭 얼라처럼 운다 아입니꺼. 그라다 한번 화가 났다 카믄 하도 악을 써서 섬뜩할 정도라니까예. 도련님은 우리를 지 맘대로 할 수 있다 카는 것을 알지예."

"콜린은 하나도 성가셔하지 않았어. 내가 그냥 나갈까 하고 물었더니 그대로 있으라고 했어. 나한테 이것저것 묻기에 커다란 스툴에 앉아서 인도랑 울새랑 정원 얘기를 해 줬지. 콜린은 날 못 가게 했어. 자기 엄마 그림도 보여 줬어. 방에서 나오기 전에 내가 자라고 노래도 불러 줬고."

마사는 놀라서 숨도 제대로 못 쉬었다.

"아가씨 말은 못 믿겠어예. 꼭 아가씨가 곧장 사자 우리로 걸어들갔다는 소리 같은 기라예. 평소 때 같았으마 잔뜩 성깔을 부리서 온 집안을 들었다 놨을 긴데. 낯선 사람이 지를 쳐다보도 못하게 한다 아입니꺼."

"내가 봐도 아무 말 안 했어. 나도 내내 콜린을 봤고 콜린도 내

172

내 나를 봤는걸. 우리 둘 다 빤히 보고 있었다니까!"

흥분한 마사가 소리쳤다.

"우찌 해야 할지 모르겠네예. 메들록 부인이 알믄 내가 지시를 어기고 아가씨한테 말했다고 생각할 깁니더. 나는 쫓기나서 어매한테 돌아가게 될 기고요."

메리가 단호하게 말했다.

"아직은 콜린이 메들록 부인에게 아무 말 하지 않을 거야. 처음에는 비밀에 부칠 거래. 그리고 콜린이 그러는데 모두들 걔 기분을 맞춰야 한다고 하던걸."

마사가 앞치마로 이마를 훔치며 한숨 섞인 목소리로 말했다.

"야, 건 맞는 말입니더. 억수로 못됐다 아입니꺼."

"콜린 말로는 메들록 부인도 그래야 한다고 했어. 콜린은 내가 매일 와서 얘길 해 주길 바라. 그리고 콜린이 원할 때 네가 나한테 와서 알려 줘야 해."

"내 말이지요! 나는 분명히 일자리를 잃을 깁니다."

"콜린이 시키는 일을 하는 거라면 그럴 리 없어. 모두가 그 애 뜻에 따라야 하잖아."

마사가 눈이 휘둥그레져서 소리쳤다.

"아가씨 말은 도련님이 아가씨한테 친절했다는 소리네예!"

메리가 대답했다.

"콜린은 날 좋아하는 거 같았어."

마사가 길게 한숨을 내쉬며 결론지었다.

"그라모 아가씨가 도련님한테 마법을 건 깁니다!"

"마법이라고? 인도에서 마법 얘기를 많이 듣긴 했지만 내가 할 줄은 몰라. 난 그냥 그 방에 들어갔고 그 애를 보고 깜짝 놀라서 우두커니 서서 바라보기만 했어. 그런데 그 애가 몸을 돌려 나를 보았고, 콜린은 내가 유령이나 꿈이라고 생각했고 나도 그 애가 그런 걸지도 모른다고 생각했어. 한밤중에 둘만 그렇게 있으면서 서로를 모른다는 게 참 이상했어. 그리고 우리는 서로에게 질문을 하기 시작했지. 내가 방에서 나가야 하는지 물으니까 콜린이 그럴 필요 없다고 했어."

마사가 헉 숨을 내쉬며 말했다.

"시상이 끝나려나 봅니더!"

"콜린한테 무슨 문제가 있는데?"

"아무도 확실히는 모르지예. 주인님은 도련님이 태어났을 적에 거의 미치다시피 했다 아입니꺼. 의사들꺼정 주인님을 정신 병원에 넣어야 한다고 생각했으니까요. 전에도 말한 것처럼 크레이븐 마님이 돌아가셔서 그런 깁니더. 주인님은 태어난 얼라한테 눈길도 안 줬지예. 그저 미친 사람맨키로 고함치면서 지처럼 곱사딩이가 될 테니 죽는 기 낫다고 했지예."

"콜린이 곱사등이야? 그렇게 보이지는 않던데."

"아직은 아니라예. 하지만 모든 기 잘못되고 있다 아입니꺼. 어매는 이 집처럼 탈도 많고 근심도 많은 집에선 어떤 아라도 잘못될 기라고 카데예. 다들 도련님 등이 약하다고 걱정하믄서 항상 거에 신경을 썼지예. 도련님을 항상 누워 있게 하고 걷지도 못하게 하고요. 한 번은 도련님한테 보호대를 차게 했는데 도리어 도련님 건강이 나빠져서 심하게 앓아누웠지예. 그런 뒤에 유명한 의사가 도련님을 진찰하러 와서는 그 보호대를 벗기라 캤지예. 그 의사는 딴 의사한테 좀 험하게 말했십니더. 억수로 정중한 말투였지만 말입니더. 도련님한테 약을 너무 많이 쓰고 도련님을 너무 제멋대로 굴게 내버려 둔다 캤십니더."

메리가 말했다.

"콜린은 너무 버릇없는 아이 같아."

"그래 최악인 아도 없을 깁니더! 도련님이 억수로 아프지 않았다고는 말 못하지예. 기침을 하고 감기에 걸려서 거의 죽을 뻔한 적도 두세 번 있다 아입니꺼. 한 번은 류마티스성 열병에, 한 번은 장티푸스에 걸렸지예. 아! 그때쯤 메들록 부인이 깜짝 놀란 일도 있었지예. 도련님은 아파서 제정신이 아니었고 부인은 도련님이 암것도 모를 기라고 생각하고 간호사한테 얘기를 한 기라예. 부인은 이렇게 말했지예. '확실히 이번에는 죽을 거야. 아이에게도 모두에게도 그게 최선이지.' 그러고 도련님을 보았는데 도련님이 그 큰 눈을 똥그랗게 뜨고 부인맨키로 말짱해 보이는 얼굴로 보고 있었다 카대예. 부인이 무신 일이 벌어질지 몰라 당황하고 있는데 도련님이 부인을 빤히 쳐다보며 말하더랍니더. '물이나 좀 주고 그만 떠들어.'라꼬요."

메리가 물었다.

"콜린이 죽을 거라고 생각해?"

"어매는 신선한 공기도 마시지 않고 등을 대고 누워서 그림책이나 보고 약이나 먹으믄서 암것도 안 하는데 우째 살 수 있겠냐고 하대예. 도련님은 몸도 약하고 문밖으로 실려 나간다고 애를 먹는 것도 싫어합니더. 감기에 하도 잘 걸리니까 나가믄 아프다고 그러는 기라예."

메리는 가만히 앉아 난롯불을 바라보았다. 그리고 천천히 입을 열었다.

"정원에 나가서 식물들이 자라는 모습을 보는 게 콜린에게는 도움이 안 되려나? 나한텐 정말 도움이 되었는데."

"도련님이 가장 심하게 발작을 일으켰을 때가 분수 옆 장미들이 핀 곳으로 도련님을 데불고 나갔을 땝니더. 도련님은 신문에서 '장미열'인지 뭔지에 걸린 사람들 얘기를 읽으믄서 재채기를 하기 시작하더니 지도 그 병에 걸렸다 카는 깁니더. 그리고 그때 새로 와서 규칙을 모리던 정원사가 지나가면서 호기심 어린 눈으로 도련님을 본 깁니더. 도련님은 불같이 화를 내믄서 그 정원사가 지가 곱사딩이가 될 기라서 본 기라고 했지예. 도련님은 억수로 울어서 열이 펄펄 났고 밤새 앓았지예."

메리가 말했다.

"만약 그 애가 나한테 화를 내기라도 하면 다시는 만나러 가지 않을 거야."

"도련님은 지가 원하면 아가씨를 만나고 말 깁니더. 아가씨도 첨부터 그리 알아 두는 기 좋을 기라예."

얼마 지나지 않아 종이 울렸고 마사는 뜨개질감을 말아 올렸다.

"아마 간호사가 도련님 옆에 좀 있어 달라고 내를 찾는 걸 깁니더. 도련님 기분이 괜찮았으믄 좋겠는데."

마사는 방에서 나가고 10분쯤 지난 뒤에 혼란스러운 표정으로 돌아왔다.

"아가씨가 도련님한테 마법을 건 기 분명해예. 도련님은 그림책을 들고 소파에 앉아 있십니더. 간호사더러 여섯 시까지 나가 있으라 카고 내는 옆방에서 기다리라 카대예. 간호사가 나가자마자 도련님이 내를 불러서 말하는 깁니더. '메리 레녹스가 와서 나와 이야기를 해 줬으면 좋겠어. 아무한테도 얘기하지 말아야 한다는 거 잊지 말고.'라꼬요. 퍼뜩 가 보소."

메리도 기꺼이 빨리 가 볼 생각이었다. 디콘을 보고 싶은 만큼은 아니었지만, 어쨌든 메리는 콜린이 많이 보고 싶었다.

메리가 콜린의 방에 들어갔을 때 벽난로에서는 환하게 불꽃이 타오르고 있었다. 한낮에 보니 정말 아름다운 방이었다. 깔개며 벽걸이며 그림이며 벽을 채운 책들이며 모두 형형색색이어서, 잿빛 하늘에 비까지 내리고 있었지만 방은 밝게 빛나고 편안해 보였다. 콜린 자신도 한 폭의 그림처럼 보였다. 콜린은 벨벳으로 된 실내복으로 몸을 감싼 채 수가 놓인 커다란 쿠션에 몸을 기대앉아 있었다. 콜린의 두 뺨이 빨갛게 빛났다.

콜린이 말했다.

"어서 들어와. 아침 내내 네 생각을 했어."

메리가 대답했다.

"나도 네 생각을 했어. 마사가 얼마나 겁을 먹었는지 모를 거야. 자기가 나한테 네 얘길 했다고 메들록 부인이 오해하면 어쩌나 하고. 그럼 쫓겨날 거라고."

콜린이 얼굴을 찡그렸다.

"가서 마사한테 이리 좀 오라고 해. 마사는 옆방에 있어."

메리가 가서 마사를 데려왔다. 불쌍한 마사는 부들부들 떨고 있었다. 콜린은 여전히 얼굴을 찡그리고 있었다. 콜린이 물었다.

"넌 내가 기뻐할 일을 해야 해, 하지 말아야 해?"

마사가 얼굴이 벌겋게 돼서 더듬거렸다.

"기쁘게 할 일을 해야지예, 도련님."

"메들록 부인은 어떻지?"

"누구든 그래야 합니더, 도련님."

"그럼 내가 너한테 메리 아가씨를 데려오라고 했는데, 메들록 부인이 그 사실을 알았다고 해서 어떻게 널 쫓아낼 수 있지?"

마사가 애원했다.

"지발 그렇게 못하게 해 주세예, 도련님."

크레이븐 도련님이 거만하게 말했다.

"만약 메들록 부인이 그런 일로 무슨 말이라도 하면 부인을 쫓아낼 거야. 장담하는데 부인도 그런 건 싫을 거야."

마사가 무릎을 굽히며 인사했다.

"감사합니더, 도련님. 지는 지 의무를 다하고 싶습니더."

콜린이 더욱 거만하게 말했다.

"내가 원하는 것도 네가 의무를 다하는 거야. 내가 네 뒤를 봐 줄게. 이제 가 보도록 해."

마사가 나가고 문이 닫히자 콜린은 메리 아가씨가 자신을 빤히 바라보고 있다는 것을 알았다. 메리는 콜린 때문에 많이 놀란 표정이었다.

콜린이 물었다.

"왜 그렇게 나를 보는 거야? 무슨 생각을 하는 거야?"

"두 가지 생각을 하고 있어."

"그게 뭔데? 앉아서 말해 봐."

메리는 커다란 스툴에 앉아 말했다.

"첫 번째는 이거야. 언젠가 인도에서 라자(*인도의 국왕, 왕자를 일 컫는 말.)라는 소년을 봤어. 소년은 온몸에 루비랑 에메랄드랑 다이 아몬드를 휘감고 있었어. 자기 사람들한테 말하는 태도가 꼭 네가 마사한테 말하는 거랑 똑같았어. 모두 소년이 시키는 것이라면 뭐 든 해야 했지. 그것도 당장. 안 했다간 죽임을 당했을 거야."

"라자 얘기는 좀 있다가 다시 듣기로 하고 두 번째가 뭔지 말해 봐."

"난 네가 디콘과 얼마나 다른지 생각했어."

"디콘이 누구야? 뭐 그런 이상한 이름이 다 있어!"

메리는 콜린에게 이야기를 해도 괜찮을 것 같았다. 비밀의 화원 얘기를 꺼내지 않고도 디콘에 관해 말할 수 있었다. 메리도 마사로 부터 듣는 디콘 얘기를 좋아했다. 그리고 메리는 디콘에 대한 얘 기가 몹시 하고 싶기도 했다. 디콘이 더 가까이 있는 기분이 들 것 같았다.

"디콘은 마사의 남동생이야. 열두 살이고. 디콘은 이 세상의 어 떤 사람과도 달라. 디콘은 인도에서 원주민들이 뱀을 부리듯 여우 랑 다람쥐랑 새를 부릴 줄 알아. 디콘이 피리로 아주 잔잔한 음악 을 연주하면 동물들이 다가와서 들어."

콜린 옆 탁자 위에는 커다란 책 몇 권이 놓여 있었는데 갑자기 한 권을 자신 쪽으로 끌어당겼다. 콜린이 소리쳤다.

"여기에 뱀을 부리는 사람 그림이 있어. 이리 와서 봐."

근사한 컬러 삽화가 들어간 아름다운 책이었다. 콜린이 그 중 한 면을 펼쳐 보였다.

콜린이 열을 올리며 물었다.

"그 애도 할 수 있어?"

"디콘이 피리를 불었고 동물들이 귀를 기울였어. 하지만 디콘은 그걸 마법이라고 하지 않아. 황무지에서 하도 오래 살아서 동물들을 잘 알기 때문이래. 디콘은 가끔 자기가 새나 토끼가 된 것 같은 기분이 든대. 그만큼 동물들을 좋아하는 거지. 난 디콘이 울새에게도 뭘 물어봤다고 생각해. 둘이 서로 조그맣게 짹짹거리며 이야기를 하는 것 같았다니까."

콜린은 쿠션에 몸을 기댔고 두 눈은 점점 더 커졌다. 두 뺨은 더 빨갛게 달아올랐다.

"그 애 얘기를 좀 더 해 봐."

"디콘은 알이랑 둥지에 관한 건 모르는 게 없어. 그리고 여우랑 오소리랑 수달이 어디서 사는지도 알아. 디콘은 그런 걸 비밀로 하지. 다른 남자 아이들이 동물들이 사는 구덩이를 찾아내서 놀라게 만들까 봐. 그 애는 황무지에서 자라거나 사는 것이라면 뭐든 알아."

"그 애는 황무지를 좋아하니? 커다랗기만 하고 그렇게 텅 비어서 황량한데 어떻게 좋아할 수 있어?"

메리가 반대하고 나섰다.

"거긴 세상에서 가장 아름다운 곳이야. 황무지에서는 사랑스러운 수천 가지 것들이 자라나고 수천 가지 작은 생명들이 둥지를 짓고 구덩이며 굴을 파고 서로를 향해 짹짹거리고 노래하고 찍찍거리느라 바쁘게 보내지. 다들 땅속이나 나무, 히스 덤불 속에서 아주 바쁘고 즐겁게 시간을 보내. 황무지는 그들 세상이니까."

콜린은 팔꿈치를 대고 몸을 돌려 메리를 보았다.

"그런 걸 다 어떻게 알아?"

메리가 불쑥 생각이 나서 말했다.

"사실 한 번도 황무지에 가 보지 않았어. 깜깜한 밤에 마차를 타고 지나간 게 전부야. 그땐 황무지가 무시무시하다고 생각했어. 마사가 가장 먼저 황무지 얘길 해 줬고 그 다음에 디콘이 해 줬어. 디콘이 황무지 얘기를 할 때는 꼭 눈앞에 보이는 것 같고 들리는 것 같아. 꼭 햇빛이 반짝이고 가시금작화가 꿀 냄새를 낼 때 히스 들판에 서 있는 것 같아. 꿀벌이랑 나비들이 가득 날아다니고 말이야."

"아프면 아무것도 볼 수 없어."

콜린이 안절부절못하며 말했다. 콜린은 마치 멀리서 들려오는 낯선 소리에 귀를 기울이며 그게 뭔지 궁금해하는 사람처럼 보였다.

메리가 말했다.

"방 안에만 있으면 당연히 볼 수 없지."

콜린이 분하다는 듯 말했다.

"난 황무지에 갈 수 없어."

메리는 잠시 아무 말이 없다가 대담하게 한 마디 했다.

"언젠가는…… 갈 수 있을 거야."

콜린이 놀란 듯 몸을 움찔했다.

"황무지에 간다니! 내가 어떻게? 난 죽을 거라고."

메리가 매몰차게 말했다.

"네가 어떻게 알아?"

메리는 죽음에 대한 얘기를 하는 콜린의 말투가 마음에 들지 않았다. 별로 동정심을 느끼지도 못했다. 오히려 콜린이 그걸 자랑처럼 말한다는 느낌이 들었다.

콜린이 뿌루퉁하게 대답했다.

"아, 뭔가 기억하고부터 계속 그 얘기를 들었어. 다들 언제나 그런 얘기를 속닥거리면서 내가 모를 거라고 생각하지. 내가 죽기를 바라기도 하고."

메리 아가씨는 심술궂은 마음이 살아나는 것 같았다. 메리는 입술을 앙다물었다.

"만약 사람들이 내가 죽기를 바란다면 나는 죽지 않을 거야. 누가 네가 죽기를 바란다는 거야?"

"하인들…… 크레이븐 박사도 당연히 그렇고. 미셀스웨이트 장원을 물려받고 가난뱅이 대신 부자가 될 테니까. 대놓고 그렇게 말하지는 못하지만 내 건강이 나빠지면 늘 생기가 넘쳐 보이거든. 언젠가 내가 장티푸스에 걸렸을 때도 얼굴이 아주 좋더라고. 우리 아빠도 내가 죽길 바랄 거야."

메리가 고집스럽게 말했다.

"고모부가 그럴 리 없어."

그 소리를 들은 콜린이 다시 고개를 돌려 메리를 바라보았다.

"그럴까?"

그러고는 쿠션에 몸을 기대고 뭔가 생각하는 듯 가만히 있었다. 그리고 꽤 오래 침묵이 흘렀다. 둘 다 보통의 아이들이라면 좀처럼 떠오르지 않는 이상한 것들을 생각하고 있었는지도 모른다. 마침내 메리가 입을 열었다.

"난 런던에서 왔다던 그 유명한 의사가 맘에 들어. 그 사람이 철로 된 보호대를 떼어 내게 했잖아. 그 의사도 네가 죽을 거라고 했어?"

"아니."

"그럼 뭐라고 했는데?"

"그 의사는 속닥거리지 않았어. 내가 속닥거리는 걸 싫어한다는 사실을 알았나 봐. 그 의사가 큰 목소리로 한 가지 말하는 걸 들었어. 의사가 그러더라. '이 아인 살겠다고 마음만 먹으면 살 수 있을 거요. 아이가 그런 마음을 갖게 해 줘요.'라고. 그 이야기를 하는데 화가 난 목소리였어."

"네가 그런 마음을 갖게 해 줄 사람을 알 것도 같아."

메리가 곰곰이 생각에 잠겨서 말했다. 메리는 이 문제를 어느 쪽으로든 해결하고 싶은 마음이었다.

"디콘이라면 그럴 수 있을 거야. 그 애는 언제나 살아 있는 것들을 얘기하거든. 죽은 것들이나 아픈 것들 얘기는 절대 하지 않아. 늘 하늘을 올려다보며 새가 나는 걸 바라보지. 아니면 땅을 내려다보며 뭔가 자라나는 것을 보기도 하고. 그 애 눈은 정말 둥글고 파란데 여기저기 돌아보느라 동그랗게 뜨고 다니지. 그리고 커다란 입을 활짝 벌리고 웃어. 그리고 두 뺨은 아주 빨간, 빨간 체리 같아."

메리는 스툴을 소파 쪽으로 바짝 끌어당겼다. 입가가 올라간 커다란 입과 동그랗게 뜬 눈을 생각하자 메리의 표정이 싹 바뀌었다.

"있지, 우리 죽는 얘기는 하지 말자. 난 그런 얘긴 싫어. 살아 있는 것들 얘기를 하자. 디콘 얘기를 계속해 보는 거야. 그런 다음 네 그림책을 보는 거야."

그게 메리가 할 수 있는 최선의 말이었다. 디콘 얘기를 하는 것은 황무지와 오두막집, 그리고 그 오두막집에서 일주일에 16실링으로 살아가는 열네 명의 이야기를 하는 것이었다. 그리고 야생 조랑말처럼 황무지의 풀로 배를 채우는 아이들 이야기였다. 그리고 디콘 엄마의 얘기이기도 했다. 줄넘기와 햇볕이 내리쬐는 황무지 이야기였고, 검은 땅을 뚫고 올라오는 연둣빛의 새싹들 이야기였다. 그리고 그 모든 게 살아 있는 얘기들이어서 메리는 그 어느 때보다 많은 이야기를 했다. 콜린 역시 그 어느 때보다 많이 말하고 들었다. 그리고 둘은 아이들이 저희들끼리 기분이 좋을 때면 그러듯이 아무것도 아닌 일에도 웃기 시작했다. 둘은 하도 웃어서 어느 순간, 평범하고 건강한 열 살의 보통 아이들인 것처럼 요란하게 떠들어 대고 있었다. 더 이상 뻣뻣하고 조그맣고 상냥하지도 않은 여자 애와 자신이 죽을 거라고 믿는 병약한 남자 애가 아닌 것처럼 말이다.

둘은 너무 즐겁게 노느라 그림책을 보는 것도, 시간이 얼마나 지났는지도 잊어버렸다. 둘은 벤 웨더스태프 노인과 울새 얘기를 하며 큰 소리로 웃어 댔고, 콜린은 불현듯 뭔가가 생각났는지 자신의 등이 약하다는 것도 잊고 일어나 앉기까지 했다.

"우리가 지금까지 한 번도 생각하지 못한 게 하나 있는데 뭔지 알아? 우린 사촌지간이야."

그렇게나 많은 이야기를 했는데도 이 단순한 사실을 생각하지 못했다는 게 어찌나 이상하던지 둘은 더 크게 웃음을 터뜨렸다. 둘은 무슨 일에도 웃을 기분이었던 것이다. 그렇게 한참 즐거운 때에 문이 열렸고 크레이븐 박사와 메들록 부인이 들어왔다.

몹시 깜짝 놀란 크레이븐 박사가 갑자기 메들록 부인과 쾅 부딪치는 바람에 부인은 뒤로 넘어질 뻔했다.

불쌍한 메들록 부인이 소리를 질렀다. 두 눈이 놀라서 튀어나올 것 같았다.

"이런! 세상에!"

가까이 다가온 크레이븐 박사가 물었다.

"이게 뭐지? 이게 무슨 일이야?"

그 순간 메리는 소년 라자가 또다시 떠올랐다. 콜린은 박사가 놀란 것도 메들록 부인이 겁을 먹은 것도 전혀 중요치 않다는 듯이 대답했다. 나이 많은 고양이와 개가 방에 들어온 것인 양 크게 동요하지도 두려워하지도 않았다.

"여기는 내 사촌, 메리 레녹스예요. 나와 얘길 하자고 불렀어요. 난 메리가 좋아요. 내가 사람을 보내서 부를 때마다 찾아와 나와 얘길 나누게 될 거예요."

크레이븐 박사가 비난하는 눈초리로 메들록 부인을 돌아보았다. 메들록 부인이 숨을 헐떡이며 말했다.

"아, 박사님. 어떻게 이런 일이 생긴 건지 모르겠어요. 이곳에는 감히 얘기할 만한 하인이 한 명도 없는데. 모두들 지시를 받았는데."

콜린이 말했다.

"아무도 메리에게 말하지 않았어. 내 울음소리를 듣고 메리가 직접 찾아낸 거야. 난 메리가 와서 기뻐. 엉뚱한 소리 말아요, 메들록 부인."

메리는 크레이븐 박사가 기분 좋은 얼굴이 아니라는 것을 알아챘지만, 박사가 감히 자신의 환자에게 맞서지 못할 거라는 사실을 알 수 있었다. 박사는 콜린 옆에 앉더니 맥을 짚었다.

"너무 흥분한 게 아닌지 걱정스럽구나. 애야, 흥분하는 건 너한테 좋지 않아."

"메리를 보냈다간 정말로 흥분하게 될 거예요."

대답하는 콜린의 두 눈이 위태롭게 반짝거리기 시작했다.

"난 훨씬 좋아요. 메리 덕분에 좋아졌어요. 간호사더러 나와 메리를 위해 차를 내오라고 하세요. 우린 함께 차를 마실 거예요."

메들록 부인과 크레이븐 박사가 난처한 표정으로 서로를 바라보았지만 달리 할 수 있는 게 아무것도 없음은 분명했다. 메들록 부인이 조심스럽게 말했다.

"더 좋아 보이는 건 사실이에요, 박사님. 하지만……."

곰곰이 생각하더니 다시 말을 이었다.

"오늘 아침 아가씨가 들어오기 전에는 훨씬 더 좋아 보였던 것 같네요."

"메리는 어젯밤에 이 방에 왔었어. 나와 한참 동안 같이 있었어. 나한테 힌두스탄 말로 된 노래를 불러 줘서 잠이 들 수 있었어. 아침에 깨어나 보니 난 훨씬 좋아져 있었어. 아침도 먹고 싶었고. 지금은 차를 마시고 싶어. 간호사한테 말해 줘, 메들록 부인."

크레이븐 박사는 그리 오래 머물지 않았다. 간호사가 방에 들어왔을 때 잠시 이야기를 나눈 뒤 콜린에게 몇 가지 주의를 주었다. 너무 말을 많이 해서도 안 되고 아프다는 사실을 잊어서도 안 되고 쉽게 피로해진다는 사실을 잊어서도 안 된다는 것이었다. 메리는 콜린이 잊어서는 안 되는 불편한 사실들이 너무 많은 것 같다고 생각했다.

콜린은 화가 나 보였고 검은 속눈썹이 난 그 이상한 두 눈으로 못 박힌 듯 크레이븐 박사의 얼굴을 바라보았다. 콜린이 마침내 입을 열었다.

"난 잊고 싶어요. 메리는 내가 그걸 잊게 해 줘요. 내가 메리랑 있고 싶은 이유가 그 때문이에요."

방을 나가는 크레이븐 박사는 표정이 밝아 보이지 않았다. 혼란스러운 표정으로 커다란 스툴에 앉은 여자 아이를 흘깃 보았다. 메리는 박사가 방에 들어오는 순간, 다시 뻣뻣하고 말없는 아이가 되어 있었고 박사는 그 아이가 가진 매력이 뭔지 알 수 없었다. 어쨌든 실제로 콜린은 훨씬 더 밝아 보였고 박사는 복도를 걸어가며 무겁게 한숨을 내쉬었다.

간호사가 차를 가져와 소파 옆 탁자에 놓자 콜린이 말했다.

"사람들은 항상 내가 먹기 싫은데도 뭘 먹이려고 해. 지금은 네가 먹으면 나도 먹을 거야. 머핀이 아주 맛있고 따끈따끈해 보인다. 이제 라자 얘기를 해 봐."

15. 둥지 짓기

또다시 일주일 동안 비가 쏟아진 뒤에 높이 아치 모양을 한 새 파란 하늘이 다시 나타났고 내리쬐는 햇볕도 상당히 뜨거웠다. 비밀의 화원도, 디콘도 볼 기회가 없었지만 메리 아가씨는 충분히 즐겁게 시간을 보냈다. 한 주가 그리 길게 느껴지지 않았다. 메리는 매일 몇 시간씩 콜린의 방에서 콜린과 함께 보내며 라자나 정원, 디콘과 황무지에 있는 오두막집에 관한 이야기를 나눴다. 둘은 멋진 책들과 그림들을 보았고 가끔 메리가 콜린에게 책을 읽어 주기도 하고, 또 가끔은 콜린이 메리에게 읽어 주기도 했다. 콜린이 즐겁고 신이 났을 땐 메리의 눈에도 전혀 환자처럼 보이지 않았다. 얼굴에 핏기가 없고 언제나 소파에 앉아 있는 것만 빼면 말이다.

어느 날인가 메들록 부인이 말했다.

"그날 밤처럼 가만히 듣고 있다가 침대에서 빠져나와서 울음소리를 따라가다니, 음흉한 아가씨로군요. 하지만 우리들 중 많은 사람들에게는 다행스러운 일인지도 모르죠. 도련님이 아가씨와 친구가 된 뒤로는 성질을 부리거나 미친 듯이 울어 대지는 않았으니까. 간호사도 도련님한테 아주 질려서 일을 그만두려던 참이었는데, 이제 아가씨가 자신과 번갈아 일을 해 주니 계속 있어도 괜찮겠다고 하더군요."

부인은 그렇게 말하며 짧게 웃었다.

메리는 콜린과 이야기를 나누면서 비밀의 화원 얘기가 나오지 않게 조심했다. 메리가 콜린에게서 알아내고 싶은 게 몇 가지 있었지만, 콜린에게 직접 묻지 않고 알아내야 할 것만 같았다. 첫째로 콜린과 있는 게 좋아지기 시작하자 메리는 콜린이 비밀을 털어놓아도 되는 아이인지 알고 싶었다. 콜린은 디콘과는 비슷한 데가 전혀 없었다. 하지만 분명 아무도 모르는 정원이라는 것에 크게 반가움을 표시했으므로 콜린을 신뢰할 수도 있을 것 같았다. 하지만 메리는 확신을 가질 만큼 오랜 시간 콜린을 알았던 건 아니었다. 둘째로 메리가 알아내고 싶은 것은 이것이었다. 만약 콜린을 신뢰할 수 있다면, 정말 그렇다고 한다면 아무도 모르게 콜린을 비밀의 화원으로 데려가는 게 가능하지 않을까? 그 유명한 의사는 콜린이 신선한 공기를 마셔야 한다고 했고 콜린도 비밀의 화원에서라면 신선한 공기를 마시는 것도 괜찮을 것 같다고 했다. 어쩌면 콜린이 신선한 공기를 많이 마시고 디콘과 울새를 알게 되고 식물들이 자라는 모습을 보게 되면, 그렇게까지 죽는다는 생각을 하지 않을지도 몰랐다. 요즘 메리는 가끔씩 거울을 들여다보았고 그때마다 자신이 인도에서 막 도착했을 때와는 전혀 다른 아이로 보인다는 것을 깨닫곤 했다. 이 아이가 훨씬 더 나아 보였다. 마사에게도 메리에게 생긴 변화가 보였다.

"황무지에서 불어오는 공기가 벌써 아가씨한테 도움이 되었네예. 아가씨는 인자 그렇게 누리끼리하지도 않고 그렇게 빼짝 마르지도 않았십니더. 머리칼도 축 쳐져서 머리에 착 달라붙어 있지도 않고요. 머리칼에 생기가 생겨서 쪼끔 부풀어 오른 깁니더."

메리가 말했다.

"꼭 나 같네. 점점 튼튼해지고 통통해지고 있잖아. 확실히 숱도 더 많아졌어."

마사가 메리의 얼굴 주위로 흘러내린 머리칼을 살짝 헝클어뜨리며 말했다.

"진짜 그런 것 같네예. 얼굴도 예전만큼 못나지도 않고 뺨도 쪼끔 빨개진 거 같고."

정원과 신선한 공기가 메리에게 도움이 되었다면 콜린에게도 도움이 될지 몰랐다. 하지만 콜린이 자신을 쳐다보는 사람들이 싫다면 디콘을 만나고 싶어 하지 않을 수도 있었다.

어느 날 메리가 물었다.

"사람들이 널 보면 왜 그렇게 화가 나는 건데?"

"그건 언제나 싫었어. 내가 아주 어렸을 때도 말이야. 사람들이 날 바닷가로 데려갔을 때 나는 거의 유모차에 누워만 있었고 모두들 날 쳐다보곤 했어. 부인들은 멈춰 서서 내 간호사에게 말을 걸곤 했고 그러고는 속삭이기 시작하는 거야. 그 순간 난 그 사람들이 내가 어른이 될 때까지 살 수 없을 거라는 이야기를 나눈다는 사실을 알았지. 그러고는 가끔씩 부인들은 내 뺨을 토닥이며 말하는 거야. '불쌍한 것!'이라고. 한 번은 어떤 부인이 그러기에 나는 큰 소리로 고함을 지르면서 부인의 손을 물어 버렸어. 그 부인은 너무 놀라서 도망가 버렸지."

메리는 전혀 감탄하는 기색 없이 말했다.

"네가 단단히 미쳤다고 생각했을 거야."

콜린이 얼굴을 찡그리며 말했다.

"그 부인이 어떻게 생각했든 상관없어."

"내가 처음 네 방에 들어왔을 때는 왜 고함을 지르거나 물어뜯지 않았는지 몰라?"

메리는 그렇게 말하고는 천천히 얼굴에 미소를 짓기 시작했다.

콜린이 말했다.

"네가 유령이거나 꿈이라고 생각했으니까. 유령이나 꿈을 물어뜯을 수는 없잖아. 그리고 유령이나 꿈은 고함을 질러도 신경 쓰지 않을걸."

메리가 자신 없이 물었다.

"만약에, 만약에 말이야. 어떤 남자 애가 널 바라본다면 싫을 것 같니?"

콜린은 쿠션에 몸을 기대고는 잠시 꼼짝 않고 생각에 잠겼다. 그러고는 한 마디 한 마디를 곱씹는 것처럼 아주 천천히 말했다.

"한 아이가 있어. 내가 싫어하지 않으리라 믿는 애가. 여우들이 어디 사는지 안다는 애. 디콘 말이야."

"넌 분명 디콘을 싫어하지 않을 거야."

콜린은 여전히 생각에 잠긴 목소리로 말했다.

"새들도 그렇고 다른 동물들도 그 앨 좋아하지. 그래서 나도 그래야 할 것 같아. 말하자면 그 애는 동물을 부리는 사람인 거고 나는 남자 아이 동물인 거지."

그러고는 콜린은 웃음을 터뜨렸고 메리도 웃음을 터뜨렸다. 메리의 걱정과는 달리 둘은 실컷 웃어 댔고, 구멍 속에 숨은 남자 아이 동물이 생각만 해도 웃기다고 느낀 게 다였다.

비로소 메리는 디콘에 관해서는 걱정할 필요가 없다는 것을 알게 되었다.

하늘이 다시 새파래진 첫날 아침, 메리는 매우 이른 시간에 잠에서 깼다. 블라인드 사이로 햇빛이 비스듬히 쏟아져 들어왔고, 그 모습에 왠지 기분이 좋아진 메리는 침대에서 뛰어내려와 창문으로 달려갔다. 블라인드를 걷고 창문을 열자 신선하고 향기로운 한 줄기 바람이 메리에게 혹 하고 불어왔다. 황무지는 새파랬고 온 세상에 뭔가 마법 같은 일이 벌어진 것 같았다. 여기저기 가릴 것 없이 작고 부드러운 피리 소리 같은 게 들려오는 건, 마치 많은 새들이 연주회에 앞서 음을 맞추기 시작한 것 같았다. 메리는 창밖으로 손을 내밀어 쏟아지는 햇빛을 느꼈다.

"따뜻해, 따뜻해! 초록 새싹들이 위로, 위로 밀고 올라올 거고 알뿌리며 다른 뿌리들도 땅속에서 온 힘을 다해서 애쓰겠지."

메리는 무릎을 꿇고 앉아 창문 밖으로 몸을 쭉 뺐다. 크게 숨을 들이마시고 킁킁거리며 공기 냄새를 맡다가 웃음을 터뜨렸다. 디콘 엄마가 디콘이 토끼처럼 코끝을 바르르 떤다고 했다는 얘기가 떠올랐던 것이다.

"분명 아주 이른 시간일 거야. 조그만 구름들이 온통 분홍빛이고 하늘이 이런 건 본 적이 없어. 아무도 일어나지 않았어. 마구간 아이 소리도 들리지 않잖아."

갑자기 뭔가 생각난 메리가 자리에서 벌떡 일어났다.

"못 기다리겠어! 정원에 가 봐야겠어!"

이제 메리는 혼자서 옷 입는 법을 배워서 알고 있었고 5분 만에 옷을 다 챙겨 입었다. 메리는 자신이 혼자 열고 나갈 수 있는 조그만 옆문도 알고 있었다. 메리는 양말만 신은 채 아래층으로 나는 듯 내려가 현관에서 신발을 신었다. 메리는 사슬을 풀고 빗장을 열고 문을 열었다. 그리고 문이 열리는 순간 계단을 단번에 뛰어넘어 풀밭 위에 섰다. 풀밭은 어느새 벌써 초록빛으로 물들어 있었다. 머리 위로 햇볕이 내리쬐었고 따뜻하고 향기로운 바람이 불어왔으며 수풀이며 나무들로부터 피리 연주 같은 소리, 짹짹거리고 지저귀는 소리가 들려왔다. 메리는 더없이 즐거운 마음으로 양손을 마주 잡고는 하늘을 올려다보았다. 하늘은 푸른색에 분홍색, 진주색과 하얀색으로 물들어 있었고 봄빛이 가득해서 메리는 자신도 피리 같은 소리를 내고 목청껏 노래를 불러야 할 것만 같았다. 개똥지빠귀며 울새며 종달새도 노래를 부르지 않고는 못 배기리라는 것을 알았다. 메리는 숲을 돌고 오솔길을 달려 비밀의 화원으로 향했다.

"벌써 모든 게 달라졌어. 풀은 더 푸르고 여기저기서 솟아 올라온 것들이 잎을 펼치고 있고 초록빛 새싹들도 보여. 오늘 오후에는 꼭 디콘이 올 거야."

오래도록 내린 따뜻한 비가 나지막한 담을 따라 나 있는 산책로 가장자리 풀밭에 희한한 일을 해 놓았다. 한 무더기의 풀뿌리로부터 싹들이 올라와 있었고 크로커스 줄기 여기저기서 보랏빛과 노란빛으로 꽃잎을 펼치는 게 언뜻언뜻 보였다. 6개월 전이었다면 메리 아가씨는 세상이 어떻게 깨어나는지 보지 못했을 테지만 지금은 하나도 놓치지 않았다.

메리가 담쟁이덩굴 아래 숨은 문에 도착한 순간 크고 괴상한 소리에 깜짝 놀랐다. 까마귀가 까악까악 우는 소리였고 그 소리는 담벼락 위에서 들려온 것이었다. 그리고 메리가 올려다보니 검푸른 색의 반짝이는 깃털을 가진 새가 똑똑해 보이는 눈빛으로 메리를 내려다보며 앉아 있었다. 메리는 그렇게 가까이에서 까마귀를 본 적이 없어서 조금 겁이 났다. 다음 순간 까마귀가 날개를 펼치고 정원으로 퍼덕퍼덕 날아갔다. 메리는 까마귀가 정원 안에 그대로 머물지 않기를 바라면서, 혹시 있지 않을까 염려하며 문을 밀고 들어갔다. 정원 안으로 쑥 들어간 메리는 어쩌면 까마귀가 계속 머물지도 모른다는 사실을 알게 되었다. 까마귀가 키 작은 사과나무 위에 내려앉아 있었던 것이다. 그리고 그 사과나무 아래에는 꼬리털이 텁수룩하고 붉은빛이 도는 조그만 동물이 누워 있었다. 두 동물은 몸을 구부린 붉은 녹빛 머리의 아이를 바라보고 있었다. 풀밭에 무릎을 꿇은 채 열심히 일하고 있는 디콘이었다.

메리는 나는 듯이 풀밭을 달려 디콘이 있는 곳으로 갔다.

"아, 디콘, 디콘! 어떻게 이렇게 일찍 여길 온 거야? 어떻게! 이제 막 해가 떴는데!"

헝클어진 모습으로 일어난 디콘이 환한 표정으로 웃어 보였다. 디콘의 눈은 한 조각의 하늘처럼 보였다.

"아! 해가 뜨기 훨씬 전에 일어났십니더. 침대에 가만히 누워 있을 수 있어야지예. 오늘 아침 온 시상이 새롭게 다시 시작됐는데 말입니더. 시상이 깨나서 콧노래를 부르고 긁는 소리를 내고 소리 높여 지저귀고 둥지를 짓고 온갖 냄새를 내뿜고 있으니 등을 대고 누워 있을 기 아이고 퍼뜩 일어나 밖으로 나와야지예. 해가 떠오르니까 황무지가 기뻐서 날뛰대예. 내는 히스 들판 한가운데 서 있었는데 내도 미친 것맨키로 소리 지르고 노래 부르면서 뛰어댕깄다 아입니꺼. 그리고 곧장 여로 왔십니더. 멀찍이 떨어져 있을 수 없잖십니꺼? 정원이 여서 이래 기다리고 있는데!"

메리는 마치 자신이 뛰어오기라도 한 것처럼 헐떡이며 가슴에 손을 얹었다.

"아, 디콘! 디콘! 너무 행복해서 숨을 쉴 수가 없어."

디콘이 낯선 사람과 이야기하는 것을 보고, 꼬리가 텁수룩한 조그만 동물이 나무 아래 제가 앉아 있던 자리에서 일어나 다가왔다. 까마귀도 한 번 까악 소리를 내고는 가지에서 내려와 디콘의 어깨에 얌전히 내려앉았다.

디콘은 붉은빛이 도는 조그만 동물의 머리를 쓰다듬으며 말했다.

"여는 새끼 여웁니더. 이름은 캡틴이고요. 그리고 여는 검댕이. 검댕이는 내를 따라 황무지를 날아왔고 캡틴은 사냥개가 쫓아오는 것맨키로 달렸지예. 둘 다 내랑 똑같은 마음이었던 깁니더."

여우도 까마귀도 메리를 조금도 무서워하지 않는 것 같았다. 디콘이 천천히 걷기 시작하자 검댕이는 디콘의 어깨에 그대로 앉아 있었고 캡틴은 디콘 옆에 붙어서 조용히 종종걸음을 쳤다.

디콘이 말했다.

"여를 보이소. 여기 솟아 올라온 것들을 보소. 그리고 여도, 여도요! 그리고 아, 여기 이것들도 쫌 보이소!"

디콘이 무릎을 꿇고 앉았고 메리도 디콘 옆에 주저앉았다. 두 사람은 보랏빛과 주홍빛, 금빛으로 피어난 한 무리의 크로커스를 발견했다. 메리는 고개를 숙이고 꽃잎에 뽀뽀를 하고 또 했다.

메리가 고개를 들고는 말했다.

"사람한테는 이렇게 입을 맞추지 못할 거야. 하지만 꽃들은 달라."

디콘은 당황한 듯 보였지만 미소를 지어 보였다.

"어! 내가 하루 종일 황무지를 헤매고 다닌 뒤에 돌아오마 어매가 햇볕을 받으며 억수로 기쁘고 넉넉한 표정으로 문 앞에 서 있는대예. 그라모 내가 어매한테 그렇게 입을 맞춘 적이 몇 번 있다 아입니꺼."

둘은 정원 이곳저곳으로 달리며 탄성을 자아내게 만드는 많은 것들을 찾아냈고, 그 바람에 두 사람은 속삭이거나 작게 말해야 한다는 사실을 몇 번이고 상기해야 했다. 디콘은 메리에게 죽은 듯 보였던 장미 가지에 불룩하게 올라온 잎눈을 보여 주었고 흙을 뚫고 올라온 수만 개의 새싹들을 보여 주었다. 둘은 땅에 닿을 듯 코를 박고는 열심히 킁킁거리며 따뜻한 봄 냄새를 맡았다. 둘은 파고 잡아당기며 기쁨에 차서 낮게 웃음을 터뜨렸다. 어느새 메리 아가씨의 머리는 디콘만큼이나 헝클어져 있었고 두 뺨 역시 디콘처럼 붉게 변해 있었다.

그날 아침 비밀의 화원 땅에는 온갖 기쁨이 가득했다. 그리고 온갖 기쁨 가운데 그 무엇보다 기쁜 일이 찾아왔다. 훨씬 더 멋진 일이었던 것이다. 뭔가가 재빨리 담 위로 날아오더니 나무들 사이

를 쏜살같이 지나서 잎이 무성하게 자란 모퉁이로 향했다. 부리에
뭔가를 물고 있었고 조그만 불꽃처럼 붉은 가슴을 가진 새였다.
디콘은 꼼짝 않고 서서 마치 자신들이 교회에서 웃고 있다는 사실
을 갑자기 깨달은 것처럼 손으로 메리를 붙잡았다.

디콘이 심한 요크셔 사투리로 속삭였다.

"꿈쩍하지 마이소. 숨소리도 내지 말고요. 접때 봤을 때 짝을
찾는 줄은 알았는데. 벤 할배의 울샙니다. 지금 지 둥지를 짓고 있
는 기라예. 우리가 날려 보내지만 않으마 여서 지낼 깁니더."

둘은 살며시 풀밭에 자리를 잡고 앉아서 움직이지 않았다.

디콘이 말했다.

"우리가 너무 가까이서 지켜보고 있다는 느낌을 줘서는 안 됩니
더. 녀석이 지금 우리가 지를 방해한다고 생각하게 되믄 녀석과 우
리 사이는 영영 틀어지는 깁니더. 녀석은 저 일이 다 끝날 때꺼정
평소와는 많이 다를 깁니더. 지금 살림을 준비하고 있는 기니까.
녀석은 무신 일에든 여사로 겁을 먹고 화를 낼 깁니더. 녀석한테는
여개저개 기웃거리믄서 참견할 시간도 없어예. 우린 잠시 잠자코
있으믄서 우리가 풀이나 나무나 덤불처럼 보이도록 노력해야 하는
깁니더. 그런 다음 녀석이 우리를 보는 데 익숙해지마 내가 짹짹거
리면서 녀석한테 말을 걸 기고 녀석도 우리가 방해할 생각이 없다
는 걸 알게 되겠지예."

디콘은 잘 아는 것처럼 보였지만, 메리 아가씨는 도무지 풀이나
나무, 덤불처럼 보이도록 하는 게 뭔지 모를 것 같았다. 하지만 디
콘은 그 이상한 일이 마치 세상에서 가장 간단하고 자연스러운 일
인 양 말했고, 메리는 그게 디콘에게는 아주 쉬운 일일 거라는 생

각이 들었다. 그리고 정말로 몇 분 동안 디콘이 슬그머니 초록색으로 변하고 몸에서 가지와 잎이 나오는 게 가능할지도 모른다고 생각하며 가만히 지켜보았다. 하지만 디콘은 정말 꼼짝하지 않고 앉아만 있었고, 디콘이 입을 열었을 땐 어찌나 목소리를 낮춰서 속삭이는지 그 소리가 들린다는 게 이상할 정도였다. 하지만 어쨌든 들리긴 했다.

"이것도 봄의 일부라예. 둥지를 짓는 것 말입니다. 분명 시상이 시작된 뒤로 매년 똑같은 일이 반복됐을 깁니더. 새들도 갸들 나름대로 생각하고 행동하는 방식이 있으니까 누구든 껴들지 않는 기 좋지요. 너무 호기심을 가졌다가는 봄에는 다른 어떤 계절보다 친구를 잃기 쉬워예."

메리가 가능한 한 나지막하게 말했다.

"저 새 얘기를 하니까 자꾸 쳐다보게 되잖아. 다른 얘기를 해야겠어. 너한테 말하고 싶은 게 있어."

"울새도 우리가 딴 이야기를 하모 더 좋아할 깁니더. 내한테 말할 기 뭡니꺼?"

메리가 속삭이듯 물었다.

"음, 너 콜린에 대해서 아니?"

디콘이 고개를 돌려 메리를 보았다.

"아가씨는 뭘 알고 있는데예?"

"콜린을 봤어. 이번 주에는 매일 콜린과 얘기를 했어. 콜린은 내가 와 주길 바라. 내가 있으면 자신이 아프고 죽어 가는 걸 잊게 된대."

디콘의 둥근 얼굴에서 놀란 표정이 사라지는 순간 한결 편안한 얼굴이 되었다. 디콘이 외쳤다.

"반가운 소리네예. 진짜 기쁩니더. 한결 맴이 편하네예. 콜린 도련님 얘기는 한 마디도 하지 말아야 한다는 거는 알았지만 내는 뭘 숨기는 기 싫습니더."

"정원을 비밀로 하는 것도 싫어?"

"그 얘기는 진짜로 안 할 깁니더. 하지만 어매한테는 '어매, 말하모 안 되는 비밀이 있는데 나쁜 기 아니란 거는 어매도 알 깁니더. 새 둥지가 어디 있는지 숨기는 것만큼도 나쁘지 않아예. 어매는 상관없지예, 그렇지예?'라고 했십니더."

메리는 언제나 디콘 엄마의 얘기가 듣고 싶었다. 어떤 대답을 듣게 될지도 모르면서 메리가 대뜸 물었다.

"너희 엄마가 뭐라고 했어?"

디콘이 상냥한 표정으로 씩 웃었다.

"딱 어매다운 얘기를 했다 아입니꺼. 내 머리를 쓰다듬꼬 웃으면서 말했지예. '아, 얘야. 니가 원하는 만큼 얼매든지 비밀을 가져도 좋다. 니를 12년 동안이나 알아 왔다 아이가.'라꼬요."

메리가 물었다.

"넌 콜린을 어떻게 알아?"

"크레이븐 나리를 아는 사람이라모 누구나 불구가 될 것 같은 어린 아들이 있는 걸 알지예. 그리고 그 아들 얘기가 다른 사람 입에 오르내리는 걸 크레이븐 나리가 싫어한다는 것도요. 사람들은 크레이븐 나리를 안쓰럽게 생각합니더. 크레이븐 마님은 억수로 아름다운 분이었고 두 분이 서로 많이 좋아했으니까요. 메들록 부인은 스웨이트에 갈 때마다 우리 오두막집에 들러서 우리들이 있는데도 상관하지 않고 어매와 얘기를 나누지예. 우리가 믿을 만하게 컸다는 걸 아니까요. 아가씨는 콜린 도련님에 대해 우째 알았십니꺼? 지난번 마사 누나가 집에 왔을 때 꽤 곤란해 하던데. 누나 말로는 도련님이 칭얼대는 소리를 아가씨가 듣고 자꾸 물어봐 싸서 우찌 말할지 모르겠다 카더만."

메리는 디콘에게 한밤중에 바람이 휘몰아치던 날 이야기를 들려주었다. 바람 소리에 잠에서 깨어났고 멀리서 희미하게 들려오는 울음소리를 따라 촛불 하나만 들고 어두운 복도를 걸어갔다는 것, 그리고 결국 희미하게 빛을 밝힌 방의 문을 열었고 방 한구석에 네 기둥을 깎아 만든 침대가 있었다는 것을 얘기했다. 메리가 조그만 상아색 얼굴과 테두리처럼 까만 속눈썹이 난 이상한 눈을 설명하자 디콘이 고개를 저었다.

"도련님 어머니 눈이랑 똑같네예. 하지만 마님 눈은 언제나 웃고 있었다 카던데. 사람들 말로는 크레이븐 나리가 도련님이 깨어 있을 적에는 차마 도련님 얼굴을 보지 못한다 카대예. 그 이유가 도련님 눈이 마님 눈이랑 똑같은데 그 쪼막만하고 비참한 얼굴에서는 너무 다르게 보이기 때문이라꼬요."

메리가 속삭였다.

"너도 고모부가 콜린이 죽기를 바란다고 생각하니?"

"어데예. 하지만 도련님이 아예 태어나지 않았으면 좋았을 기라고 생각하시겠지예. 어매는 이 시상에서 그런 생각만큼 아이한테 나쁜 기 없답니다. 시상에서 필요로 하지 않으마 뭐든 좀처럼 잘 자랄 수 없다꼬요. 크레이븐 나리는 그 불쌍한 아한테 돈으로 살 수 있는 건 뭐든 사 줄 수 있지만, 이 시상에 그 아가 있다는 건 잊고 싶은 깁니더. 우선 뭣보다 후에 도련님을 봤을 때 곱사딩이가 되어 있을까 봐 두려운 기라예."

"콜린도 자기가 똑바로 앉지 못할까 봐 몹시 두려워해. 콜린은 항상 혹 같은 게 나오는 것처럼 느껴지면 미쳐서 비명을 지르다 죽어 버릴 거라는 생각을 한대."

"아! 누워서 그런 생각만 하고 있으모 안 되는 긴데. 그런 생각을 하는데 좋아질 아가 누가 있겠십니꺼?"

디콘 옆 풀밭에 누워 있던 여우가 가끔 쓰다듬어 달라는 듯 디콘을 올려다보았다. 디콘은 고개를 숙이고 여우의 목을 부드럽게 쓰다듬으며 잠시 아무 말 없이 생각에 잠겼다. 이내 고개를 들더니 정원을 둘러보았다.

"우리가 첨 여 들어왔을 땐 모든 기 회색으로 보였는데. 인자 주위를 둘러보고 뭐 달라진 기 없는지 말해 보이소."

메리가 주위를 둘러보다가 잠시 숨을 죽였다.

"와! 회색 담이 바뀐 거 봐. 꼭 초록 안개가 위에 쫙 퍼진 거 같잖아. 초록색 천을 씌워 놓은 것 같아."

디콘이 말했다.

"그러게 말입니더. 점점 더 파래져서 회색은 싹 사라지 뿌릴 기라예. 혹시 내가 무신 생각을 했는지 압니꺼?"

메리가 진지한 얼굴로 말했다.

"멋진 생각이란 건 알겠어. 콜린에 관한 생각일 것 같은데."

"도련님이 여 나오면 등에서 혹이 언제 나올까 기다리고 있지는 않을 기라는 생각을 했십니더. 장미 덤불에서 꽃봉오리가 터지는 걸 보마 더 건강해질 기라고요. 우리가 도련님을 휠체어에 태워 갖고 여기 나무 아래로 데리고 나올 방법이 없을까 모르겠네예."

"나도 그게 궁금하더라고. 콜린과 얘기할 때마다 그 생각을 했어. 콜린이 비밀을 지킬 수 있을지, 우리가 아무도 못 보게 콜린을 여기 데려올 수 있을지 모르겠더라고. 난 네가 휠체어를 밀 수도 있겠다고 생각했어. 의사도 콜린이 신선한 공기를 마셔야 한다고 했고 우리가 데리고 나오는 걸 콜린이 원한다면 누구도 거역할 수 없을 거야. 어차피 다른 사람들 때문에 밖에 나가지 않을 텐데 콜린이 우리랑 나간다고 하면 좋아할지도 몰라. 콜린이 정원사들한 테 멀리 떨어져 있으라고 하면 되니까 아무도 우리 비밀을 모를 거야."

디콘은 캡틴의 등을 긁으며 곰곰이 생각했다.

"도련님한테도 좋을 깁니더. 확실해예. 우리는 도련님이 태어나지 않는 기 좋을 뻔했다고 생각하지 말아예. 우린 정원이 자라는 것을 지켜보는 두 아일 뿐이고 도련님도 마찬가지인 깁니더. 두 머시마랑 가시나 하나가 그냥 봄을 구경하러 나온 기라예. 장담하는데 그러기만 해도 의사한테 무신 치료를 받는 것보다 더 나을 깁니더."

"콜린은 자기 방에 하도 오래 누워 있었고 항상 자기 등을 걱정하다 보니 좀 이상해진 것 같아. 책에 나온 건 많이 아는데 다른건 하나도 몰라. 콜린 말로는 너무 아파서 이것저것 관심을 갖지 못했대. 그리고 문밖으로 나오는 것도, 정원이랑 정원사도 싫대. 하지만 비밀이라고 하니까 이 정원 얘기는 좋아했어. 많은 얘기를 해 줄 수 없었는데도 여기가 보고 싶다고 하더라고."

"언젠가는 꼭 도련님을 여로 데리고 나올 수 있을 깁니더. 내가

202

휠체어를 잘 밀 수 있어예. 우리가 여 앉아 있는 동안 울새랑 그 짝이 무신 일을 했는지 봤십니까? 저 가지에 앉아 있는 녀석을 보이소. 부리에 물고 있는 잔가지를 어디에 놓으믄 가장 좋을지 생각하고 있다 아입니꺼."

디콘은 낮은 휘파람으로 울새를 불렀고 울새는 여전히 잔가지를 문 채로 고개를 돌려 뭔가 묻는 듯 디콘을 보았다. 디콘은 벤 웨더스태프 노인이 하듯 울새에게 말을 건넸다. 하지만 디콘은 상냥하게 조언하는 말투였다.

"그걸 어디에 놓더라도 괜찮을 기다. 니는 알에서 나오기 전부터 둥지 짓는 법을 알고 있었다 아이가. 녀석아, 퍼뜩 서둘러라. 니한텐 꾸물거릴 시간이 없다."

메리가 기쁘게 웃으며 말했다.

"아, 네가 울새한테 건네는 이야기를 듣는 게 좋아. 벤 웨더스태프 할아버지가 꾸짖고 놀리고 하는데도 저 울새는 폴짝폴짝 뛰어다니는 게 그 말을 다 이해하는 것 같더라. 녀석이 그런 걸 좋아한다는 걸 알겠어. 벤 할아버지 말로는 녀석이 하도 우쭐대기 좋아해서 남들이 자기를 쳐다보지 않는 것보다는 차라리 돌이라도 던지는 편을 더 좋아할 거래."

디콘도 웃으며 울새에게 계속 이야기했다.

"니는 우리가 니를 귀찮게 안 할 거를 알고 있다 아이가. 우리도 들짐승이나 다름없다. 우리도 둥지를 짓고 있는 기다. 몸조심하그레이. 어디 가서 우리 얘기를 하지 않게 조심하고."

비록 울새가 부리에 잔가지를 물고 있어서 대답하지는 못했지만, 잔가지를 문 채 제가 사는 정원 귀퉁이로 날아갈 때 이슬처럼

반짝이는 까만 눈동자가 무슨 일이 있어도 두 아이의 비밀을 말하
지 않겠다고 얘기하는 것 같았다.

16. "다시는 안 올 거야!"

둘은 그날 아침에 할 일을 엄청나게 많이 찾아냈고, 메리는 늦게야 저택으로 돌아올 수 있었다. 그리고 다시 서둘러 정원으로 일하러 갈 생각에 콜린을 까맣게 잊고 있다가 마지막 순간에 겨우 떠올리고는 마사에게 말했다.

"콜린한테 아직 보러 갈 수가 없다고 말해 줘. 정원 일이 무척 바쁘거든."

마사가 약간 겁먹은 표정으로 말했다.

"아, 메리 아가씨. 도련님한테 그 말을 했다가는 불같이 화를 낼 겁니더."

하지만 메리는 다른 사람들처럼 콜린이 두렵지 않았고 자신을 희생하는 사람도 아니었다.

"집에 있을 수가 없어. 디콘이 기다리고 있단 말이야."

그러고는 달려가 버렸다.

오후는 아침보다 훨씬 아름다웠으며 바쁘기도 했다. 벌써 잡초 대부분이 정원에서 뽑혀 나갔고 장미를 비롯한 나무들 대부분을 가지치기하거나 주변의 땅을 파 두었다. 디콘은 자기 삽을 가져왔고 메리에게 도구 사용법도 가르쳐 주었다. 그래서 이때쯤 되자 이 거칠고 사랑스러운 곳이 '정원사의 정원'처럼은 되지 않더라도 봄이 다 가기 전 온갖 것들이 자라는 황무지 정도는 될 거라는 게 확실해졌다.

열심히 일을 계속하던 디콘이 말했다.

"머리 위로는 사과 꽃이랑 체리 꽃이 피겠네예. 담뼈락을 따라서 있는 복숭아나무랑 자두나무에서도 꽃이 피겠고요. 그리고 풀밭이 꽃으로 뒤덮이겠는데예."

새끼 여우와 까마귀도 두 사람만큼이나 행복하고 바빠 보였다. 울새와 녀석의 짝도 조그만 번갯불처럼 앞뒤로 날아다녔다. 이따금씩 까마귀가 까만 날개를 퍼덕이며 멀리 대정원의 나무 꼭대기로 날아올랐다. 그리고 매번 돌아와 디콘 근처에 내려앉아서는 마치 자신의 모험담을 들려주는 것처럼 몇 번 깍깍 소리를 냈다. 그러면 디콘이 울새에게 했던 것처럼 까마귀에게 말을 걸어 주었다. 한 번은 디콘이 너무 바빠서 바로 대답하지 않자 검댕이가 디콘의 어깨로 날아와 커다란 부리로 디콘의 귀를 살짝 잡아당기기도 했다. 메리가 조금 쉬고 싶어 하자 디콘이 메리와 함께 나무 밑에 앉았다. 그리고 디콘이 주머니에서 피리를 꺼내 부드러우면서도 묘한 음을 연주하자 다람쥐 두 마리가 담 위에 나타나 이쪽을 바라보며 귀를 기울였다.

땅을 파고 있는 메리를 보며 디콘이 말했다.

"아가씨는 예전보다 훨씬 튼튼해졌십니더. 확실히 달라 보이기 시작했고요."

메리는 일도 하고 있었고 기분도 좋아서 얼굴이 빨갛게 달아올랐다.

메리가 아주 의기양양하게 말했다.

"난 매일 조금씩 살이 찌고 있어. 아마 메들록 부인이 조만간 내게 더 큰 옷을 사 줘야 할 거야. 마사가 그러는데 내 머리도 숱이 많아지고 있대. 힘없이 축 늘어져 보이지 않는다고 그러더라고."

두 사람이 헤어질 때쯤에는 해가 뉘엿뉘엿 넘어가면서 나무 아래로 비스듬히 짙은 황금색의 빛을 보냈다. 디콘이 말했다.

"내일도 맑을 깁니더. 나는 해가 뜨자마자 일하러 올 기라예."

"나도."

메리는 가능한 빨리 발을 놀려 집으로 달려갔다. 메리는 콜린에게 디콘의 새끼 여우와 까마귀에 대해, 봄이 해 놓은 것들에 대해 말해 주고 싶었다. 메리는 콜린도 듣고 싶어 할 것이라고 확신했다. 그래서 방문을 열었을 때 수심이 가득한 얼굴로 자신을 기다리고 선 마사를 보자 기분이 별로 좋지 않았다.

"무슨 일이야? 내가 못 갈 거라고 얘기하니까 콜린이 뭐라고 했는데?"

"아, 아가씨가 갈 걸 그랬어예. 도련님이 또 성질을 부릴라꼬 해서 오후 내내 도련님을 진정시키느라 억수로 할 일이 많았다 아입니꺼. 도련님은 내내 시계만 쳐다보더라꼬요."

메리는 입술을 꼭 다물었다. 메리는 콜린만큼이나 남을 배려하는 데 서툰 아이였다. 그런데 심술궂은 남자 애 하나가 자신이 가장 좋아하는 일을 방해하고 있었고 그 이유를 도대체 알 수가 없었다. 메리는 아파서 신경이 날카로워진 사람들, 그래서 화를 내며 굳이 다른 사람들까지 아프고 짜증나게 만드는 사람들을 가엾게 여길 줄 몰랐다. 메리도 인도에 있을 때는 자신이 머리가 아프면 다른 사람들 또한 머리가 아프거나 그만큼 나쁜 일을 겪는 걸 보겠다고 기를 썼던 것이다. 그러면서도 자신이 옳다고 여겼다. 그런데 지금은 콜린이 확실히 틀렸다고 느끼고 있었다.

콜린은 메리가 방에 들어갔을 때 소파에 앉아 있지 않았다. 침대에 등을 대고 똑바로 누워서 메리가 들어오는데 고개도 돌리지 않았다. 그렇게 시작이 좋지 않았고 메리는 예전의 딱딱한 태도로 콜린에게 성큼성큼 다가갔다.

"왜 일어나지 않은 거야?"

콜린이 메리는 쳐다보지도 않고 대답했다.

"오늘 아침 네가 올 거라고 생각했을 땐 일어나 있었어. 오후에 하인들더러 다시 침대에 눕혀 달라고 했지. 등도 아프고 머리도 아프고 지쳤으니까. 넌 왜 오지 않은 거야?"

"디콘이랑 정원에서 일하고 있었어."

콜린은 얼굴을 찡그리더니 결국 고개를 돌려 메리를 보았다.

"네가 여기 와서 나와 얘기하는 대신 가서 그 녀석이랑 지낸다면 그 녀석이 여기 못 오게 할 거야."

메리는 울컥 부아가 치밀었다. 메리는 전혀 소란을 떨지 않고도 화를 낼 수 있었다. 그저 뚱한 태도로 고집을 부리며 무슨 일이 일어나든 상관하지 않는 것이었다.

메리가 쏘아붙였다.

"네가 디콘을 쫓아 보낸다면 다시는 이 방에 오지 않을 거야."

"내가 원하면 넌 와야 해."

"안 올 거야!"

"내가 오게 만들 거야. 하인들이 널 끌고 올 거야."

메리가 날카롭게 대꾸했다.

"그렇게 하라고 하세요, 라자 폐하! 날 끌고 들어올 수 있을지는 모르지만, 날 여기 데려다 놔도 내가 입을 열게 하지는 못할걸. 난 앉아서 이를 악물고 너한테 한 마디도 안 할 거야. 널 쳐다보지도 않을 거야. 바닥만 볼 거라고!"

두 아이가 서로를 노려보는데 딱 어울리는 한 쌍이었다. 둘 다 거리에서 지내는 아이들이었다면 서로에게 달려들어서 치고받고 싸웠을 것이다. 실제로 치고받지 않았다 뿐이지 그에 버금가게 싸웠다.

콜린이 외쳤다.

"넌 이기적이야!"

"넌 어떤데? 이기적인 사람들이 항상 그렇게 말하더라. 자기들이 원하는 걸 하지 않으면 누구든 다 이기적이래. 넌 나보다 더 이기적이야. 너처럼 이기적인 애는 처음 봤어."

콜린이 냅다 소리쳤다.

"아니야! 네 잘난 디콘만큼은 이기적이지 않아. 내가 혼자 있는 걸 알면서도 널 계속 흙 밭에서 놀게 했잖아. 원한다면 말해 줄게. 녀석은 이기적이야!"

메리의 눈에서 불꽃이 일었다.

"이 세상에 디콘만큼 착한 애는 없어. 그 애는, 그 애는 천사 같아!"

그런 말을 한다는 게 좀 유치한 것 같았지만 메리는 상관하지 않았다.

콜린이 사나운 어조로 비꼬았다.

"착한 천사라고! 황무지 너머 오두막집에 사는 천한 아이일 뿐이야!"

메리도 맞받아서 쏘아붙였다.

"천한 라자보다 나아! 그 애가 천 배는 나아!"

두 사람 가운데 더 강한 쪽인 메리가 콜린을 압도하기 시작했다. 사실 콜린은 태어나서 단 한 번도 자신과 비슷한 성격의 사람과 싸워 본 적이 없었다. 그리고 콜린이나 메리 모두 전혀 모르고 있었지만, 그런 상황은 여러모로 보아 콜린에게 도움이 되는 것이었다. 콜린은 베개에 머리를 묻고는 눈을 감았다. 그리고 커다란 눈물 한 방울을 짜냈고 눈물방울은 뺨을 타고 흘러내렸다. 콜린은 스스로를 애처롭고 안쓰럽게 여기기 시작했다. 그 누구도 아닌 자기 자신을 말이다.

"난 너처럼 이기적이지는 않아. 난 늘 아프니까. 그리고 분명 내 등에서 혹이 나오고 있으니까. 게다가 죽게 될 거고."

메리가 매정한 목소리로 쏘아붙였다.

"넌 안 죽어!"

콜린이 분한 마음에 두 눈을 커다랗게 떴다. 그런 말은 한 번도 들어 본 적이 없었다. 콜린은 화가 나면서도 동시에 살짝 기쁘기도 했다. 한 사람이 동시에 두 가지를 느낄 수 있다면 말이다. 콜린이 외쳤다.

"내가 안 죽는다고? 난 죽어! 그건 너도 알잖아. 모두가 그렇게 말한다고."

메리가 퉁명스럽게 말했다.

"난 안 믿어! 넌 사람들이 안쓰러운 마음을 갖길 바라고 그런 말을 하는 것뿐이야. 넌 그걸 자랑으로 여기는 게 분명해. 난 정말 안 믿어! 네가 착한 아이라면 그게 사실일지도 모르지. 하지만 넌 아주 못됐어."

콜린은 잔뜩 화가 나서 등이 약하면서도 침대에서 벌떡 일어나 앉았다.

"내 방에서 나가!"

콜린은 고함을 지르고는 베개를 집어 메리에게 던졌다. 하지만 멀리 던질 만큼 힘이 세지는 않아서 베개는 고작 메리의 발 앞에 가서 떨어졌다. 하지만 메리의 얼굴은 잔뜩 일그러졌다.

"갈 거야. 그리고 다시는 오지 않을 거야!"

메리는 문까지 걸어가서 문 앞에 도착한 순간 돌아서서 입을 열었다.

"난 너한테 온갖 멋진 것들을 말해 줄 생각이었어. 디콘이 제 여우랑 까마귀를 데려와서 너한테 그 얘기를 해 주려고 했는데. 이제 너한테는 한 가지도 말해 주지 않을 거야!"

메리는 씩씩하게 걸어 나가서 등 뒤로 문을 닫았다. 그리고 그 자리에 간호사가 서 있는 것을 발견하고는 화들짝 놀랐다. 간호사는 문밖에서 계속 듣고 있었던 것 같았고 더욱 놀랍게도 그녀는 웃고 있었다. 그 간호사는 키가 크고 멋진 외모를 가진 젊은 여자로 간호사가 되어서는 안 될 자질을 지닌 사람이었다. 병약자를 감당해 내지 못했을 뿐만 아니라 핑곗거리를 만들어 마사나 자신의 일을 대신 해 줄 사람에게 콜린을 떠넘길 생각뿐이었다. 평소에 그 간호사가 마음에 들지 않았던 메리는 그 자리에 선 채로 간호사가 손수건으로 입을 가리고 킬킬거리는 모습을 뚫어져라 쳐다보았다.

메리가 물었다.

"뭣 때문에 웃는 거야?"

"두 꼬마들 때문에 웃는 거죠. 자신만큼 버릇없는 사람이 대드니 병약한 응석받이에게는 그보다 더 좋은 일이 어디 있어요?"

그러고는 다시 손수건으로 입을 가리고 웃음을 터뜨렸다.

"도련님한테 싸움을 걸 만한 성깔 사나운 동생이 있었다면 훨씬 도움이 됐을 텐데 말이죠."

"콜린이 죽게 돼?"

"몰라요. 관심도 없고. 도련님이 아픈 이유 중에 절반은 그 히스테리랑 성질머리 때문이죠."

"히스테리가 뭔데?"

"아가씨가 다음에 또 도련님을 짜증나게 만들면 알게 될 거예요. 하지만 어쨌든 아가씨가 도련님에게 히스테리를 부릴 만한 구실을 준 게 나는 반갑네요."

메리가 자기 방으로 돌아갔을 때에는 정원에서 돌아왔을 때 느꼈던 감정이 하나도 남아 있지 않았다. 메리는 화도 나고 실망도 했지만 콜린이 안쓰러운 마음은 전혀 없었다. 콜린에게 아주 많은 얘기를 해 주려고 잔뜩 기대하고 있었고, 큰 비밀을 두고 콜린을 믿어도 괜찮을지 마음을 정하려고 했었다. 메리는 믿어도 괜찮을 거라는 생각이 들던 참이었지만 이제 마음이 싹 바뀌었다. 메리는 콜린에게 절대 말하지 않기로 했다. 콜린은 계속 방에 처박혀서 신선한 공기는 마셔 보지도 못할 것이다. 원한다면 그렇게 죽게 될 것이고! 콜린은 그래도 쌌다. 메리는 잔뜩 못마땅하고 좀처럼 분이 풀리지 않아서 잠깐 동안 디콘이며 온 세상을 뒤덮은 초록색 천, 황무지에서 불어오는 부드러운 바람은 거의 잊고 있었다.

마사가 메리를 기다리고 있었고 수심에 찬 표정이던 얼굴에는 호기심과 궁금증이 대신 자리하고 있었다. 탁자 위에 나무 상자 하나가 놓여 있었고 뚜껑이 열린 상자 속에는 깔끔하게 포장된 꾸러미들이 가득 들어 있었다.

마사가 말했다.

"크레이븐 주인님이 이걸 아가씨한테 보내셨습니다. 안에 그림책이 들어 있는 것 같던데."

메리는 고모부 방에 갔던 날 고모부가 자신에게 묻던 것이 떠올랐다.

"뭐 바라는 건 없니? 인형, 장난감, 책?"

메리는 고모부가 정말 인형을 보냈는지, 보냈다면 인형으로 뭘해야 하는지 생각하며 꾸러미를 풀었다. 하지만 고모부는 인형을 하나도 보내지 않았다. 콜린이 가진 것과 비슷한 아름다운 책이 몇 권 들어 있었고 그 가운데 두 권은 정원에 관한 것으로 그림이 가득했다. 두세 가지 게임도 있었고 금박으로 모노그램(*두 개 이상의 글자를 합쳐 한 글자의 모양처럼 보이게 만든 것으로 서명 대신에 쓰기도 한다.)이 새겨진 작고 예쁜 필통에 금촉 펜과 잉크스탠드도 있었다.

전부 근사한 것들이어서 기쁨이 마음속에 있던 화를 밀어내고 그 자리를 채우기 시작했다. 메리는 고모부가 자신을 기억할 거라고 기대하지 않았기에 작고 딱딱한 가슴이 차츰 따뜻해졌다.

"난 인쇄체로 쓰는 게 아니면 더 잘 쓸 수 있어. 이 펜으로 가장 먼저 고모부한테 정말 감사하다는 편지를 써야겠어."

메리가 콜린과 여전히 친구였다면 선물을 보여 주려고 곧장 콜린에게 달려갔을 것이다. 둘은 함께 그림을 보고 원예 책을 읽었을 것이며 게임을 했을지도 모른다. 콜린은 아주 재미있게 노느라 단 한 번도 자신이 죽을 거라는 생각을 하거나 혹이 나오는지 보려고 등뼈를 만져 보거나 하지 않을 것이다. 콜린의 행동에는 메리를 참을 수 없게 만드는 게 있었다. 콜린이 늘 겁에 질린 듯 보였기 때문에 메리도 불편하고 두려운 느낌이 들었던 것이다. 콜린은 언젠가 등에서 아주 작은 혹이라도 만져지면 곱사병이 시작되는 것이라고 말했다. 콜린은 메들록 부인이 간호사에게 속삭이는 것을 듣고는 그런 생각을 하게 된 것이고 남몰래 오랫동안 곱새기다 보니 결국 그 생각이 마음속에 단단히 자리 잡게 된 것이었다. 메들록 부인은 콜린 아버지의 등도 어렸을 때 그런 식으로 구부러지기 시작했다고 말했다. 콜린은 사람들이 말하는 자신의 '성깔' 대부분이 자신의 마음속에 숨어 있는 발작적인 두려움에서 나오는 것이라고 메리에게만 이야기해 주었다. 메리는 그 얘기를 들었을 때만 해도 콜린이 안쓰러웠다.

메리가 혼잣말을 했다.

"콜린은 짜증이 나거나 몸이 지치면 그런 좋지 않은 생각들을 하는데. 그리고 오늘 계속 짜증이 나 있었고. 어쩌면, 어쩌면 오후 내내 좋지 않은 생각에 사로잡혀 있었는지도 몰라."

메리는 꼼짝 않고 서서 카펫을 내려다보며 생각했다.

"다시는 가지 않겠다고 했는데……."

메리는 이맛살을 찌푸리며 망설였다.

"하지만 그냥, 그냥 보러 가도 될 거야. 콜린이 원하면…… 아침에. 또다시 나한테 베개를 던지려고 할지도 모르지만, 그래도…… 가 봐야 할 것 같아."

17. 성깔 부리기

메리는 이른 아침에 일어난 데다 정원에서 열심히 일하느라 피곤하고 졸렸다. 그래서 마사가 가져온 저녁을 다 먹자마자 기꺼이 잠자리에 들었다. 베개에 머리를 누이며 혼잣말로 중얼거렸다.

"아침 먹기 전에 나가서 디콘이랑 일하고 그런 다음에는…… 콜린을 만나러 가야겠어."

아마 한밤중이었을 것이다. 메리는 끔찍한 소리를 듣고 잠에서 깼고 곧장 침대에서 뛰쳐나왔다. 뭐지, 뭐였어? 다음 순간 메리는 그게 무슨 소린지 알 것 같았다. 문을 여닫는 소리며 복도를 허둥지둥 오가는 발소리가 들렸다. 그리고 누군가 울며 비명을 질렀다. 끔찍한 소리로 비명을 지르고 울고 있었다.

"콜린이야. 간호사가 히스테리라고 했던 성깔을 부리고 있는 거야. 소리가 정말 끔찍하다."

울먹이는 소리로 지르는 비명을 듣고 있자니, 잔뜩 겁을 먹은 사람들이 그 소리를 듣는 대신 차라리 콜린이 제 마음대로 하게 내버려 두는 이유를 알 것 같았다. 메리는 손으로 귀를 틀어막았고 메스껍고 몸이 떨리는 것을 느꼈다.

메리가 계속 되뇌었다.

"어떻게 해야 할지 모르겠어. 뭘 해야 할지 모르겠다고. 참을 수가 없어."

메리는 자신이 용기를 내어 콜린을 찾아간다면 콜린이 그 소리를 멈출지도 모른다고 생각했다. 그러나 곧 콜린이 자신을 방에서 내쫓았다는 사실을 떠올리며, 어쩌면 콜린이 자신을 봤다간 상황이 더 나빠질 수도 있다는 생각이 들었다. 손으로 귀를 더 단단히 틀어막는데도 그 끔찍한 소리가 들리는 걸 막을 수 없었다. 메리는 그 소리가 너무 싫었고 그 소리에 너무 놀라서 갑자기 화가 치밀기 시작했다. 자신도 성질을 부리고 싶은, 자신을 놀라게 한 것만큼 콜린을 놀라게 만들고 싶은 심정이었다. 메리는 자신 외에 다른 사람이 성질을 부리는 것에 익숙하지 않았다. 메리는 귀에서 손을 떼고는 벌떡 일어나 쿵쿵 발을 굴렀다. 메리가 외쳤다.

"그만 멈추게 해야 해. 누가 멈추게 해야 해! 누가 때리기라도 해야 한다고!"

바로 그때 복도를 달려오는 듯한 발소리가 들리더니 방문이 열리고 간호사가 들어왔다. 간호사는 이제 전혀 웃고 있지 않았다. 오히려 창백해 보이기까지 했다.

간호사가 다급한 목소리로 말했다.

"도련님이 히스테리를 부리고 있어요. 저러다 몸이 상할지도 몰라요. 아무도 어떻게 할 수가 없어요. 아가씨가 착한 아이가 돼서 가서 한번 해 봐요. 도련님은 아가씨를 좋아하니까."

메리가 흥분해서 발을 동동 구르며 말했다.

"오늘 아침에 나를 방에서 내쫓았잖아."

간호사는 메리가 발을 구르는 모습이 오히려 반가웠다. 사실 메리가 울면서 이불 속에 머리를 묻고 있을까 봐 걱정했던 것이다.

"맞아요. 그런 마음이면 됐어요. 가서 도련님을 혼내 줘요. 도련님한테 뭔가 새로 생각할 거리를 줘요. 어서 가요, 최대한 빨리."

메리는 나중이 되어서야 그 일이 끔찍했을 뿐만 아니라 우습기도 했다는 것을 깨달았다. 어른들이 전부 겁에 질려서, 메리가 콜린만큼이나 못된 아이 같다는 추측만으로 어린 여자 애에게 달려와 도움을 청했으니 우습기도 했다.

메리는 나는 듯 복도를 달렸고 비명에 더 가까워질수록 점점더 화가 치밀었다. 문 앞에 도착했을 쯤에는 악의에 가득 차 있었다. 메리는 손으로 쾅 소리를 내며 문을 열고는 방을 가로질러 기둥 네 개가 있는 침대로 달려갔다. 메리는 고함에 가까운 소리로 말했다.

"그만 멈춰! 멈추라고! 난 네가 싫어! 모두 널 싫어해! 모두 집 밖으로 도망가고 너 혼자 죽을 때까지 비명을 지르게 내버려 뒀으면 좋겠어! 얼마 안 가서 비명을 지르다 죽고 말 거야. 네가 그랬으면 좋겠어!"

착하고 인정 많은 아이였다면 그런 걸 생각하지도 말하지도 않았을 것이다. 그러나 그 누구도 감히 제지하거나 반박하지 못했던 히스테리 상태의 아이에게는 그런 충격적인 말을 듣는 게 최선이었다.

침대에 엎드린 채 두 손으로 베개를 때리고 있던 콜린은 홱 돌아눕는가 싶더니 작고 성난 목소리가 들리는 쪽을 향해 재빨리 고개를 돌렸다. 콜린의 얼굴은 하얗고 빨갛고 퉁퉁 부어오른 게 끔찍했다. 콜린은 헐떡이며 숨도 제대로 쉬지 못했지만 잔인한 꼬마 메리는 티끌만큼도 신경 쓰지 않았다.

"다시 한 번 소리를 질렀다간 나도 지를 줄 알아. 난 너보다 훨씬 크게 지를 수 있고 그러면 너도 겁 좀 날 거야. 겁 좀 날 거라고!"

메리 때문에 너무 놀란 콜린은 정말로 소리 지르는 것을 멈춘 상태였다. 계속 소리를 질러 댄 탓에 숨을 쉬기조차 힘들었다. 콜린의 얼굴 위로 눈물이 줄줄 흘러내렸고 콜린은 온몸을 떨었다.

콜린이 숨을 헐떡이며 울먹이는 소리로 말했다.

"멈출 수가 없어! 못해, 못하겠다고!"

"할 수 있어! 너를 괴롭히는 것 중에 반은 그 성깔이랑 히스테리란 말이야. 그냥 히스테리, 히스테리, 히스테리!"

메리는 그 말을 할 때마다 발을 굴렀다.

콜린이 간신히 말했다.

"혹이 만져져. 만져진다고. 그럴 줄 알았어. 내 등에 혹이 날 거고, 그리고 죽게 될 거야."

그러고는 다시 몸부림치며 고개를 돌리고 흐느껴 울었지만 소리를 지르지는 않았다.

메리가 날카로운 목소리로 받아쳤다.

"혹이 만져지지도 않으면서! 설사 만져진대도 그건 히스테리 때문에 생긴 것뿐이라고! 히스테리가 혹을 만든 거야. 네 지긋지긋한 등에는 아무 문제도 없어. 히스테리 말고는 아무것도 없단 말이야. 내가 볼 수 있게 엎드려 봐!"

메리는 '히스테리'란 단어가 마음에 들었고 콜린에게 효과가 있는 것도 같았다. 콜린은 메리와 비슷할 테니 그 말을 들어 본 적이 없을 터였다.

메리가 명령했다.

"간호사, 이리 와서 당장 애 등을 보여 줘!"

간호사, 메들록 부인, 마사는 서로 꼭 붙은 채 문 옆에 서 있었다. 입을 반쯤 벌린 채로 메리를 바라보고 있었다. 세 사람 모두 겁이 나서 몇 번이나 숨이 턱 막혔다. 간호사가 두려움이 가시지 않은 모습으로 다가왔다. 콜린은 금방이라도 숨이 막힐 듯이 힘겹게 흐느꼈다.

간호사가 작은 목소리로 머뭇거리며 말했다.

"아마 도련님이…… 못하게 하실 텐데."

하지만 콜린이 그 말을 듣고는 흐느끼는 사이사이 헐떡거리는 목소리로 말했다.

"보, 보여 줘! 그럼 메, 메리가 볼 수 있을 거야!"

밖으로 드러난 등은 보기에도 민망할 정도로 야위고 볼품없는 것이었다. 메리가 직접 세지는 않았지만 갈비뼈는 물론이고 척추 관절 하나하나까지 셀 수 있을 정도였다. 메리는 허리를 굽힌 채 무자비하고 근엄해 보이는 조그만 얼굴로 콜린의 등을 자세히 들여다보았다. 그 모습이 하도 심술궂고 노인네 같아 보여서 간호사는 입이 씰룩거리는 것을 숨기려고 고개를 옆으로 돌렸다. 잠시 침묵이 흘렀고 콜린조차 메리가 자신의 척추를 위아래로, 다시 아래

위로 살피는 동안 숨을 죽였다. 살피는 폼이 마치 런던에서 온 대단한 의사라도 되는 것 같았다. 메리가 마침내 입을 열었다.

"여긴 혹이라곤 눈 씻고 찾아봐도 없어! 핀만 한 혹도 없어. 등뼈가 튀어나온 것 말고는. 그리고 그건 네가 너무 말라서 그런 거야. 나도 튀어나온 등뼈가 있었고 너만큼 툭 튀어나와 있었어. 내가 점점 살이 찌기 전에는 말이야. 사실 아직까지는 등뼈가 완전히 보이지 않을 만큼 살이 찐 건 아니야. 핀만 한 혹도 없어! 또다시 혹이 있다고 말하면 큰 소리로 비웃어 줄 거야."

그렇게 사납고 유치한 말이 콜린에게 어떤 영향을 끼쳤는지 콜린 자신만 빼고는 아무도 몰랐다. 만약 콜린이 자신의 비밀스런 두려움에 대해 말할 상대가 있었다면, 콜린이 용감하게 물어볼 수만 있었다면…… 만약 콜린에게 또래 친구가 있었다면, 그래서 콜린에 대해 아는 건 없으면서 지겨워만 하는 사람들의 불안한 마음이 가득한 공기를 마시며 꼭꼭 닫힌 커다란 집에서 누워만 있지 않았다면…… 그랬다면 콜린은 자신이 가진 공포와 병이 대부분 스스로 만들어 낸 것임을 알았을 것이다. 하지만 콜린은 누운 채로 오로지 자기 자신, 자신이 아프고 병약한 것만 생각하며 몇 시간, 몇 날, 몇 달, 몇 년을 보냈다. 그런데 지금 화가 잔뜩 나고 동정심이라고는 없는 여자 애가 콜린 스스로가 생각했던 것만큼 아프지 않다고 고집스럽게 주장하는 모습을 보니, 콜린은 그 애가 말하는 게 진실일지도 모른다는 생각이 들었다.

간호사가 용기를 내어 말했다.

"도련님이 척추에 혹이 있다고 생각하는 줄은 몰랐어요. 도련님의 등은 앉으려고 하질 않아서 약한 거예요. 혹 같은 건 없다고 말해 드릴 수 있었는데."

콜린이 침을 꿀꺽 삼키고는 약간 고개를 돌려 간호사를 바라보았다. 그리고 애처로운 목소리로 말했다.

"저, 정말?"

"그럼요."

"그것 봐!"

메리는 그렇게 말하고는 역시 침을 꿀꺽 삼켰다.

콜린이 다시 얼굴을 묻었다. 그리고 한바탕 흐느끼던 것을 진정시키느라 긴 숨을 불규칙하게 내쉬기만 하고 잠시 가만히 누워 있었다. 하지만 커다란 눈물방울들이 얼굴을 타고 흘러내려 베개를 적셨다. 사실 그 눈물은 희한하게도 무척 안심이 된다는 의미였다. 콜린은 이내 돌아누워서 다시 간호사를 바라보았다. 콜린이 간호사에게 말을 거는데 이상하게도 라자 같은 모습은 보이지 않았다.

"네 생각에는 내가, 내가 어른이 되어서까지 살 수 있을 것 같아?"

간호사는 총명하지도, 그렇다고 마음이 약하지도 않았지만 런던에서 온 의사가 했던 말 중 일부를 반복할 수는 있었다.

"도련님이 제 지시를 잘 따르고 짜증도 내지 않고 오랫동안 집 밖에서 시간을 보내며 신선한 공기를 마시면 아마 그럴 거예요."

한바탕 성깔을 부리고 난 콜린은 우느라 지치고 힘이 없었다. 그래서 그런지 온순한 마음이 드는 듯했다. 콜린은 메리를 향해 손을 조금 내밀었고, 정말 다행스럽게도 메리 또한 한바탕 성깔을 부리고 난 뒤라 마음이 누그러져 있었다. 그래서 메리도 손을 내밀어 콜린의 손을 잡았고 그렇게 화해가 이루어졌다.

"너랑, 너랑 나갈 거야, 메리. 난 신선한 공기가 싫지 않을 것 같아. 만약 우리가 그······."

콜린은 "만약 우리가 그 비밀의 화원을 찾게 되면."이라고 말하려던 것을 제때 멈추고는 마저 말했다.

"만약 디콘이 와서 내 휠체어를 밀어 준다면 너랑 같이 밖에 나가고 싶어. 정말 디콘이랑 여우랑 까마귀가 보고 싶어."

간호사는 어수선한 침대를 다시 정돈하고 베개를 털고 반듯하게 했다. 그런 다음 콜린에게 쇠고기 스프를 만들어 주고 메리에게도 주었다. 잔뜩 흥분한 뒤여서 스프가 무척 반가웠다. 메들록 부인과 마사는 기쁜 표정으로 슬그머니 자리를 떴고, 모든 게 정리되고 잠잠해진 뒤 자연스럽게 간호사 역시 기꺼이 자리를 뜨고 싶은 눈치였다. 간호사는 잠을 빼앗기는 게 싫은, 젊고 건강한 여자였기 때문이다. 커다란 스툴을 침대 가까이 끌어 와 콜린의 손을 잡은 메리를 보며 거리낌 없이 하품을 해 댔다.

"아가씨도 돌아가서 마저 자야 해요. 도련님도 조금 있으면 잠이 들 거예요. 흥분만 하지 않으면요. 그럼 나도 옆방에 가서 누울 거예요."

메리가 콜린에게 속삭였다.

"내가 아야한테 배웠다는 노래를 불러 줄까?"

콜린이 메리의 손을 살며시 잡아당기며 지친 두 눈으로 애원하듯 메리를 바라보았다.

"아, 그래! 아주 부드러운 노래였어. 곧바로 잠이 들 수 있을 거야."

메리가 하품을 해 대는 간호사에게 말했다.

"내가 콜린을 재울게. 원한다면 가도 좋아."

간호사가 마지못해 그러는 것처럼 말했다.

"그럼, 도련님이 30분 안에 잠들지 않으면 나를 부르도록 해요."

메리가 대답했다.

"알았어."

간호사는 곧바로 방에서 나갔고, 간호사가 나가자마자 콜린이 다시 메리의 손을 잡아당겼다.

"하마터면 말할 뻔했어. 하지만 제때 입을 다물었어. 난 말하지 않고 잠을 잘 거야. 근데 아까 나한테 말해 줄 멋진 일들이 아주 많다고 했잖아. 그럼…… 비밀의 화원으로 들어가는 길에 대해 뭔가 알아낸 것 같아?"

메리는 작고 가련한, 지쳐 보이는 얼굴과 퉁퉁 부은 눈을 바라보며 마음이 누그러졌다.

"그, 그래. 찾은 것 같아. 잠을 잘 거면 내가 내일 와서 말해 줄게."

콜린이 손을 떨며 말했다.

"아, 메리! 그곳에 들어갈 수만 있다면 난 어른이 돼서도 살 수 있을 것 같아! 아야한테 배운 노래를 불러 주는 대신…… 처음 여기 왔던 날 들려준 것처럼 그 안이 어떤 모습일지 네가 상상한 모습을 조용조용 말해 줄 수 있을까? 그 얘기를 들으면 잠들 수 있을 거야."

"알았어. 눈을 감아."

콜린이 눈을 감고 가만히 누워 있었고, 메리가 콜린의 손을 잡고는 조용조용 나지막한 목소리로 이야기를 시작했다.

"그 정원은 아주 오랫동안 버려져 있어서…… 온갖 것들이 자라서 아름답게 얽혀 있을 거야. 장미가 뻗어 올라가고 또 올라가고 올라가서 가지랑 벽 위로 늘어져 있고 땅 위로도 퍼져 있을 거야. 희한한 회색 안개처럼 말이지. 장미들 중에는 죽은 것도 있겠지만 많은 수가 살아서 여름이 되면 장미 커튼이랑 장미 분수가 될 거야. 땅에는 어둠을 뚫고 올라오는 수선화랑 아네모네랑 백합이랑 아이리스로 가득하겠지. 이제 봄이 시작되었으니까 어쩌면…… 어쩌면…….”

낮게 깔리는 메리의 목소리에 콜린은 차츰 잠잠해졌다. 메리는 그 모습을 보며 계속 말을 이어갔다.

"어쩌면 벌써 풀밭 사이로 올라오고 있는지도 몰라. 지금도 보랏빛, 그리고 황금빛 크로커스가 무리지어 피어 있을지도 모르지. 어쩌면 꽃잎이 터지고 활짝 펴지기 시작했는지도 모르고. 그리고 어쩌면…… 회색이 사라지면서 초록색 천이 점점 퍼져 나가서 모든 걸 덮을지도 몰라. 그리고 새들도 그 광경을 보러 올 거야. 왜냐하면 그곳은…… 아주 안전하고 조용하니까. 그리고 어쩌면…… 어쩌면…… 어쩌면…….”

그리고 정말 부드럽고 천천히 말했다.

"울새가 제 짝을 찾았을지도 모르지. 그리고 둥지를 짓고 있겠지."

콜린은 어느새 잠이 들어 있었다.

18. "우물쭈물하고 있을 때가 아닙니더."

물론 메리는 다음날 일찍 일어나지 못했다. 피곤했던 메리는 늦잠을 잤다. 그리고 마사가 아침을 가져와서는 콜린이 아주 얌전하기는 하지만, 한바탕 울며 발작을 일으키느라 지쳐 버린 뒤에는 늘 그러듯 아프고 열이 난다고 말해 주었다. 메리는 그 얘기를 들으며 천천히 아침을 먹었다.

"도련님이 아가씨가 어서 퍼뜩 자기를 보러 와 줬으면 좋겠다고 했십니더. 도련님이 아가씨를 좋아하는 걸 보믄 진짜 희한하다 아입니꺼. 어젯밤에도 아가씨가 그래 호되게 야단을 쳤잖십니꺼, 안 그래예? 다른 사람 같았으마 엄두도 못 냈을 깁니더. 아! 불쌍하기도 하지. 더 이상 손쓸 수도 없을 만큼 버릇없는 아아였지예. 어매가 그러는데 아한테 일어날 수 있는 젤로 나쁜 일 두 가지가 있는데예. 하나는 암것도 지 맘대로 할 수 없게 하는 기고, 또 하나는 항상 제멋대로 하게 내삐리 두는 거라대예. 어매도 어느 쪽이 더

226

나쁜지는 모르겠다 캅니더. 아가씨도 성질이 대단했십니더. 그런데
도 내가 도련님 방에 들어가니까 도련님이 '부탁인데 메리 아가씨
에게 이쪽으로 와서 나랑 대화해 줄 수 있는지 물어봐 줄래?' 그
라는 겁니더. 도련님이 '부탁'한다는 말을 하다니. 아가씨, 갈 겁니
꺼?"

"먼저 디콘부터 가서 만날 거야. 아니야, 콜린부터 만나러 가야
겠어. 무슨 말을 해야 할지 아니까."

메리가 갑자기 신통한 생각이라도 떠올랐는지 그렇게 말했다.

콜린의 방에 나타난 메리는 모자를 쓰고 있었고 콜린은 잠시
실망한 눈치였다. 콜린은 침대에 누워 있었다. 얼굴은 애처로울 만
큼 하얗고 눈 주위는 거무스름했다.

"와 줘서 기뻐. 너무 피곤해서 머리도 아프고 온몸이 다 아파.
넌 어디 가려고?"

메리가 다가가 침대에 기대어 섰다.

"오래 걸리진 않을 거야. 디콘한테 가려고. 하지만 돌아올게. 콜
린, 이건…… 비밀의 화원에 관한 일이야."

콜린은 얼굴 전체가 환해지면서 조금 혈색까지 돌았다.

"아, 그래? 밤새 그 꿈을 꿨는데. 회색빛이 초록빛으로 바뀌고
있다는 네 얘기를 듣고 나서 말이야. 꿈속에서 내가 간들거리는 조
그만 초록 잎들이 가득한 곳에 서 있는 거야. 여기저기 새들이 둥
지를 틀고 앉아 있는데 모두 상냥하고 평온해 보였어. 난 네가 돌
아올 때까지 누워서 그 생각을 하고 있을게."

메리는 5분 후에 디콘과 함께 비밀의 화원에 서 있었다. 여우와
까마귀가 또 디콘과 함께 왔고, 이번에는 디콘이 길들인 다람쥐

두 마리도 데려왔다.

"오늘 아침에 조랑말을 타고 여기 왔십니더. 아! '점프' 고놈, 진짜 좋은 녀석이라예. 그리고 이 두 녀석을 주머니에 넣어 왔십니더. 여기 이놈은 이름이 '열매'고 여기 이놈은 이름이 '껍질'이라예."

콜린이 '열매'라고 말하는 순간 다람쥐 한 마리가 콜린의 오른쪽 어깨 위로 뛰어 올라갔고, '껍질'이라고 말하는 순간 다른 한 마리가 왼쪽 어깨로 뛰어 올라갔다.

두 사람은 풀밭 위에 앉았고 캡틴이 두 사람의 발치에 웅크리고 앉았다. 검댕이는 나무 위에서 진지하게 두 사람 얘기에 귀를 기울였고 열매와 껍질은 두 사람 근처에서 냄새를 맡으며 돌아다녔다. 메리는 그런 즐거움을 두고 떠난다는 게 견딜 수 없이 힘들 것 같았다. 하지만 이야기를 시작한 메리는 디콘의 괴상한 얼굴에 나타난 표정을 보고 점차 마음이 바뀌기 시작했다. 메리는 디콘이 자신보다 더 콜린을 안쓰러워한다는 것을 알 수 있었다. 디콘은 하늘을 올려다보고 다시 주변을 둘러보았다.

"저 새들이 지저귀고 떠들어 대는 소리를 들어 보이소. 온 시상이 저 새들로 가득한 것 같지요. 저 새들이 이리저리 쏘다니는 걸 보고 서로 불러 대는 소리를 들어 보이소. 봄이 오믄 시상 모든 기 부르는 것 같지예. 똥그랗게 말린 잎사귀가 펴지는 것도 볼 수 있고…… 그리고 와, 좋은 냄새가 사방에 가득하네예."

디콘이 행복해 보이는 들창코로 킁킁 냄새를 맡았다.

"그런데 그 불쌍한 아는 닫힌 방에 누버서 보는 기 암것도 없으니 모든 기 소리칠 일처럼 생각되기 시작한 깁니다. 아! 시상에! 도련님을 여기로 데려와야 합니더. 도련님이 보고 듣고 공기 냄새도 맑게 해야 합니더. 햇볕도 듬뿍 받게 하고요. 우물쭈물하고 있을 때가 아닙니더."

평소에 디콘은 메리가 이해하기 쉽게 사투리를 적게 쓰려고 노력했지만, 뭔가에 깊이 관심을 갖게 되면 요크셔 사투리가 심하게 나오는 일이 잦았다. 하지만 메리는 디콘의 요크셔 사투리가 좋았고 사실 메리 자신도 배우려고 애쓰는 참이었다. 그래서 이제 조금은 사투리로 말할 줄 알았다. 메리가 말했다.

"기래, 맞다. 우리가 먼저 무신 일을 할지 내가 말해 주꾸마."

메리가 말하는 모습을 보며 디콘이 싱긋이 웃었다. 조그만 여자 아이가 혀를 꼬며 사투리를 쓰는 모습이 아주 재미있었던 것이다.

"콜린은 니를 억수로 맘에 들어 한다. 니도 만나고 싶어 하고 검댕이랑 캡틴도 만나고 싶어 하제. 내가 집에 돌아가서 말했는데 콜린이 내일 아침 니를 오라고 하지 않으마 내 가만 안 있을 기다. 짐승들도 함께 말이다. 그리고 쪼끔 있다가 잎이 더 많이 나오고 꽃봉오리가 한두 개라도 보이마 콜린을 밖으로 나오게 하고 니가 콜린이 탄 휠체어를 미는 기다. 콜린을 여로 데려와서 모든 걸 보여 주는 기지."

말을 마친 메리는 스스로가 몹시 자랑스러웠다. 요크셔 사투리로 그렇게 길게 얘기한 것은 처음이었는데 사투리를 꽤 잘 기억하고 있었던 것이다.

디콘이 킬킬 웃으며 말했다.

"아가씨는 콜린 도련님한테도 그렇게 요크셔 사투리를 섞어서 말해야겠십니더. 그라모 도련님도 웃을 테고 아픈 사람한테는 웃는 것맨키로 좋은 기 없으니까요. 어매는 매일 아침마다 30분씩만 실컷 웃으마 금방 발진티푸스에 걸릴 사람도 나을 거라대예."

메리도 킬킬 웃으며 대답했다.

"그럼 오늘부터 콜린한테 요크셔 사투리로 말할 거야."

시간이 흘러 이제 비밀의 화원은, 매일 밤낮으로 마법사들이 지나가면서 지팡이를 휘둘러 땅이며 가지에서 아름다움을 끌어내는 것 같은 모습이었다. 메리는 그 모든 걸 남겨 두고 가기가 힘들었다. 특히나 열매가 자신의 옷으로 슬며시 올라와 있었고 껍질은 두 사람이 기대 앉아 있는 사과나무 줄기에서 기어 내려와 호기심 가득한 눈으로 메리를 바라보고 있었으니 말이다. 하지만 메리는 집으로 돌아갔다. 메리가 콜린의 침대 옆에 앉는 순간, 콜린은 그다지 많이 해 본 것처럼 보이진 않았지만 디콘처럼 코를 킁킁거리며 냄새를 맡기 시작했다.

콜린이 아주 좋아하며 외쳤다.

"너한테서 꽃 냄새랑…… 뭔가 상쾌한 냄새가 나. 너한테서 나는 냄새가 뭐야? 상쾌하기도 하고 따뜻하기도 하고 달콤하기도 한 냄샌데."

"황무지에서 불어오는 바람 냄시다. 디콘이랑 캡틴이랑 검댕이랑 열매랑 껍질이랑 나무 아래 풀밭에 앉아 있으니까 바람이 불어오는 기라. 이제 봄이다. 밖에 나가모 냄새만큼이나 햇살도 좋다."

메리는 할 수 있는 만큼 심한 사투리를 써 가며 말했다. 누군가 실제로 말하는 걸 들어보기 전에는 심한 요크셔 사투리가 어떤지 짐작도 못 할 것이다. 콜린이 소리 내어 웃기 시작했다.

"지금 뭘 하는 거야? 네가 그렇게 말하는 건 처음 들어 봐. 정말 재미있어."

메리가 의기양양하게 대답했다.

"니한테 요크셔 사투리를 좀 써 본 기다. 디콘이랑 마사처럼은 잘하지 못하지만은 내가 쫌 비슷하게 흉내는 내제? 니는 듣고도 요크셔 사투리인 줄 모르는 기가? 니는 요크셔에서 나서 자란 요크셔 아 아이가? 얼굴 들기가 안 부끄러븐가 배."

그 말을 하고 나서 메리도 웃기 시작했고 두 아이 모두 웃어 댔다. 도저히 웃음이 멈춰지지가 않았고 방 안 가득 웃음소리가 울려 퍼졌다. 방으로 들어오려고 문을 열던 메들록 부인이 깜짝 놀라서 복도로 물러선 채 귀를 기울였다.

아무도 듣는 사람이 없었거니와 크게 놀라서 메들록 부인은 자신도 모르게 심한 요크셔 사투리로 말했다.

"아, 시상에! 누가 저렇게 웃는 거를 들어 봤겠노! 누가 저럴 기라고 생각이나 했겠노!"

할 이야기가 아주 많았다. 콜린은 디콘이랑 캡틴이랑 검댕이, 열매와 껍질, 점프라는 조랑말 얘기를 듣고 또 들어도 모자란 것 같았다. 메리는 점프를 보려고 디콘과 함께 숲에도 뛰어갔었다. 점프는 작고 털이 복슬복슬한 황무지 조랑말로 두꺼운 머리털이 눈 위로 흘러내렸고 예쁘장한 얼굴을 하고 있었다. 그리고 벨벳처럼 부드러운 코로 비벼 대기를 좋아했다. 황무지 풀만 먹고 살아서 좀 마르기는 했지만 그 조그만 다리에 붙은 근육이 강철 스프링으로 만들어진 것인 양 튼튼하고 강했다. 점프는 디콘을 보는 순간 고개를 들고 조그맣게 힝힝거리더니 빠른 걸음으로 디콘에게 다가왔다. 점프가 디콘의 어깨에 머리를 걸치자 디콘이 점프의 귀에 대고 뭔가를 말했고 점프도 이상한 소리로 힝힝거리고 푸푸거리고 콧김을 내뿜으며 대답했다. 디콘은 점프가 메리에게 조그만 앞발을 내밀게 했고 벨벳 같은 코를 메리의 뺨에 문지르게 했다.

콜린이 물었다.

"점프가 정말 디콘이 얘기하는 걸 전부 알아듣는 거야?"

"그런 것 같아. 디콘은 확실하게 친구가 되기만 하면 어떤 동물이든 말을 알아들을 거래. 하지만 먼저 확실히 친구가 되어야 한대."

콜린은 잠시 조용히 누워 있었고 그 이상한 회색 눈으로는 벽을 응시하는 듯 보였다. 하지만 메리는 콜린이 생각에 잠겨 있다는 것을 알 수 있었다. 마침내 콜린이 입을 열었다.

"나도 그런 것들과 친구가 되고 싶어. 하지만 아니지. 나한텐 친구가 될 만한 게 아무것도 없었어. 사람들은 참을 수가 없고."

메리가 물었다.

"나도 참을 수가 없니?"

"아니야. 넌 아니야. 웃기는 얘기지만 네가 좋기까지 한걸."

"벤 할아버지는 내가 자기랑 비슷하대. 자기나 나나 똑같이 사나운 심보를 가진 게 확실하다나. 내 생각엔 너도 할아버지랑 비슷한 거 같아. 우리 셋 다 똑같은 거야. 너랑 나랑 벤 할아버지. 할아버지 말은 우리 둘 다 별로 볼 게 없고 생긴 것만큼이나 심술궂다는 거야. 하지만 지금의 난 내가 울새랑 디콘을 알기 전에 그랬던 것만큼 심술궂지는 않은 것 같아."

"사람들이 싫다고 느끼기도 했어?"

콜린의 물음에 메리는 솔직하게 대답했다.

"응. 울새랑 디콘을 알기 전에 너를 만났다면 분명히 싫어했을 거야."

콜린이 야윈 손을 뻗어 메리를 잡았다.

"디콘을 쫓아 보내겠다는 얘기는 하는 게 아니었는데. 네가 디콘이 천사 같다고 말했을 땐 네가 미웠고 너를 비웃었어. 하지만…… 하지만 그 앤 천사가 맞을 거야."

메리가 솔직하게 인정했다.

"그런 말을 하다니 좀 우습기는 했어. 디콘은 코도 들창코인 데다가 입도 커다랗고 온통 기운 자국인 옷을 입고 있고 심한 요크셔 사투리를 쓰니까. 하지만…… 만약 천사가 요크셔에 와서 황무지에 산다면…… 만약 요크셔 천사가 있다면…… 그 천사도 디콘처럼 초록 식물들에 대해 잘 알고 있어서 잘 자라게 하는 방법도 알 거고, 들짐승들과 말하는 방법도 알 거라고 믿어. 들짐승들도 그 천사가 자기 친구란 걸 확실히 알 테고 말이야."

콜린이 말했다.

"디콘이 날 쳐다봐도 싫어하지 않을 거야. 디콘을 만나고 싶어."

"네가 그렇게 말하니까 기쁘다. 왜냐하면…… 왜냐하면……."

메리는 불현듯 바로 지금이 콜린에게 털어놓아야 할 순간이라는 생각이 들었다. 콜린도 뭔가 새로운 사실이 드러날 것임을 직감하고는 열을 올렸다.

"왜냐하면, 뭐?"

메리는 안절부절못하며 스툴에서 일어나 콜린에게 다가갔다. 그리고 콜린의 두 손을 꼭 잡고는 애원하듯 말했다.

"널 믿어도 될까? 새들이 디콘을 믿으니까 나도 그 애를 믿거

233

든. 내가 널 믿어도 될까? 정말…… 정말로?"

메리의 얼굴이 너무 진지해서 콜린은 거의 기어들어가는 목소리로 대답했다.

"응…… 그래!"

"어, 디콘이 내일 아침에 널 보러 올 거야. 자기 동물들도 데려올 거고."

콜린은 기쁜 마음에 소리를 질렀다.

"이야!"

메리는 심하게 흥분해서 창백해진 얼굴로 말을 이었다.

"하지만 그게 다가 아니야. 나머지가 더 좋아. 정원으로 들어가는 문이 있어. 내가 찾았어. 담을 덮은 담쟁이덩굴 아래에 있어."

콜린이 튼튼하고 건강한 아이였다면 아마 "만세! 만세! 만세!" 하고 소리쳤을 것이다. 하지만 콜린은 몸이 약했고 신경질적인 아이였다. 콜린은 눈이 점점 더 커지더니 가쁜 숨을 몰아쉬었다. 콜린이 흐느끼다시피 하며 소리쳤다.

"아, 메리! 내가 그곳을 볼 수 있을까? 그곳에 들어갈 수 있을까? 내가 살아서 그곳에 들어갈 수 있을까?"

그러면서 메리의 두 손을 꼭 잡고는 자기 쪽으로 끌어당겼다.

메리는 성난 목소리로 냅다 소리쳤다.

"당연히 볼 수 있고말고! 당연히 살아서 들어가게 될 거야! 멍청한 소리 마."

메리가 너무도 태연하고 자연스럽고 천진난만해서 콜린도 정신을 차리고 스스로도 자신의 행동이 우스운지 웃음을 터뜨렸다. 그리고 몇 분이 지난 뒤 메리는 다시 스툴에 앉아 자신이 상상한 비밀의 화원이 아니라 진짜 화원의 모습을 콜린에게 말해 주었다. 콜린은 아프고 지친 것도 잊고 황홀한 표정으로 귀를 기울였다. 마침내 콜린이 말했다.

"네가 생각했던 모습 그대로구나. 마치 진짜로 그곳을 봤던 것처럼 말이지. 처음 네가 화원 얘기를 들려주었을 때도 내가 그런 말을 했잖아."

메리는 잠시 망설이다가 용기를 내어 진실을 털어놓았다.

"사실 보고 난 뒤였어. 직접 들어가 봤거든. 몇 주일 전에 열쇠를 찾아내서 들어갔었어. 하지만 용기가 없어서 말 못했어. 널 확실히 믿어도 되는 건지 걱정이 되었거든."

19. "봄이 왔어!"

콜린이 성깔을 부린 다음날 아침에는 으레 크레이븐 박사가 불려 왔다. 박사가 도착해 보면 항상 하얗게 질린 얼굴로 벌벌 떠는 사내애가 침대에 누워 있었다. 샐쭉하고 여전히 아주 신경질적인 모습이었고 무슨 말을 듣더라도 당장 울음을 터뜨릴 것처럼 보였다. 사실 크레이븐 박사는 이런 방문으로 겪는 고충이 두렵고 끔찍하게 싫었다. 이번에 박사는 오후가 되어서야 미셀스웨이트 장원에 도착했다.

크레이븐 박사는 도착하자마자 짜증 섞인 목소리로 메들록 부인에게 물었다.

"아이는 어때요? 그렇게 발작을 일으키다간 언젠가 혈관이 터지고 말지. 히스테리를 부리고 제멋대로 구는 게 반미치광이라니까."

메들록 부인이 대답했다.

"저, 직접 보시면 두 눈을 의심하시게 될 거예요. 못생기고 뚱한 얼굴에 도련님만큼이나 못된 계집애가 도련님을 홀려 놓았어요. 어떻게 홀렸는지는 아무도 모르죠. 볼품없는 건 말할 것도 없고 박사님도 그 애가 말하는 걸 거의 못 들으셨겠지만, 우리들 중 누구도 감히 못할 일을 그 애가 해냈어요. 어젯밤 그 애가 새끼 고양이처럼 도련님한테 달려들더니 발을 구르며 소리치지 말라고 명령했어요. 도련님이 깜짝 놀라서 정말 소리를 딱 그쳤다니까요. 그리고 오늘 오후에는…… 직접 올라오셔서 보세요, 박사님. 도무지 믿을 수 없는 일이에요."

환자의 방에 들어간 순간 크레이븐 박사가 본 광경은 그에게 정말 놀라운 것이었다. 메들록 부인이 문을 열자 안에서 웃고 떠드는 소리가 들렸다. 콜린은 가운을 입고 소파에 앉아 있었는데 아주 곧은 자세로 앉아 원예 책 한 권에 나온 그림을 바라보며 못생긴 여자 애에게 이야기를 하고 있었다. 사실 그 순간의 여자 애 얼굴은 즐거운 표정으로 환하게 빛나고 있어서 못생겼다고 말하기가 힘들었다.

콜린이 단언하듯 말하고 있었다.

"저기 파란 꽃들이 달리고 기다란 거…… 우린 저 꽃을 굉장히 많이 피우게 될 거야. 저 꽃 이름이 델, 피, 니, 움이야.

메리 아가씨가 외쳤다.

"디콘은 그걸 크고 화려하게 자란 참제비꼬깔이라고 하던데. 벌써 거기에 많이 있어."

바로 그때 두 아이가 크레이븐 박사를 보고는 입을 다물었다. 메리는 아주 조용해졌고 콜린은 짜증이 난 듯했다.

크레이븐 박사가 조금 신경질적으로 말했다. 사실 박사는 아주 신경질적인 사람이었다.

"어젯밤 아팠다니 정말 안됐구나, 얘야."

콜린이 라자 같은 말투로 대답했다.

"이제 괜찮아졌어요. 아주 많이요. 하루나 이틀 후에 날씨가 좋으면 휠체어를 타고 밖에 나갈 거예요. 신선한 공기가 마시고 싶어요."

박사가 콜린 옆에 앉아 맥을 짚더니 신기한 듯이 콜린을 바라보았다.

"아주 좋은 날씨여야 해. 그리고 너무 지치지 않게 조심해야 하고."

어린 라자가 대답했다.

"신선한 공기를 마신다고 지치지는 않을 거예요."

바로 이 어린 신사가 얼마 전까지 화가 나서 시끄럽게 소리를 질러 대며 신선한 공기를 마시면 감기에 걸려 죽을지도 모른다고 고집을 부리던 것을 생각하면, 박사가 어느 정도 놀라는 것도 당연했다. 박사가 말했다.

"신선한 공기를 싫어하는 줄 알았는데."

라자가 대답했다.

"나 혼자라면 싫겠지만 내 사촌이 함께 나갈 거예요."

"물론 간호사도 함께 가겠지?"

"아니오, 간호사는 데려가지 않을 거예요."

그 모습이 어찌나 당당한지 메리는 저절로 인도의 어린 왕자가 떠올랐다. 다이아몬드며 에메랄드, 진주를 온몸에 휘감고 루비 반지를 낀 작고 까만 손을 흔들면서 하인들이 살람 인사를 하며 다가와 지시를 받으라고 명령하던 모습 말이다.

"내 사촌이 날 돌보는 방법을 알아요. 메리가 함께 있으면 언제나 좋아져요. 어젯밤에도 메리가 날 낫게 해 줬어요. 내가 아는 아주 튼튼한 아이가 내 휠체어를 밀 거예요."

크레이븐 박사는 조금 당황했다. 이 짜증스럽고 신경질적인 아이가 좋아지기라도 한다면 자신이 미셀스웨이트를 물려받을 가능성은 전혀 없었다. 하지만 박사는 심약하기는 해도 사악한 사람은 아니었고, 콜린이 정말로 위험한 상태가 되는 것을 바라지도 않았다.

"아주 튼튼하고 믿을 만한 아이여야 해. 그 애에 관해 내가 좀 알아야겠다. 그 애가 누구지? 이름이 뭐니?"

메리가 불쑥 끼어들었다.

"디콘이에요."

메리는 왠지 황무지를 아는 사람이라면 누구든 디콘을 알 거라는 생각이 들었다. 그리고 메리의 생각은 옳은 것이기도 했다. 메리는 그 순간 심각한 표정의 크레이븐 박사가 안도의 미소를 짓는 것을 보았다.

"아, 디콘. 디콘이라면 안심할 수 있어. 디콘은 황무지 조랑말처럼 튼튼한 아이니까."

메리가 덧붙였다.

"그리고 믿을 만하지예. 요크셔에서 젤루 믿음직스런 아이라예."

메리는 콜린에게 요크셔 사투리로 이야기를 하고 있었고 그래서 저도 모르게 사투리를 썼다.

크레이븐 박사가 껄껄 웃었다.

"디콘이 가르쳐 줬니?"

메리가 아주 차갑게 대꾸했다.

"프랑스 어를 배우듯이 사투리를 배우고 있어요. 꼭 인도의 원주민 사투리 같아요. 아주 똑똑한 사람들만 배우려고 하니까. 난 요크셔 사투리가 좋고 콜린도 그래요."

"그래, 그래. 그게 그렇게 재미있다면 배워서 나쁠 건 없지. 콜린, 어젯밤 진정제는 먹었니?"

콜린이 대답했다.

"아니오. 처음에는 먹기 싫었고 메리가 날 진정시킨 뒤에는 나지막한 목소리로 이야기를 들려주며 날 재웠어요. 봄이 정원으로 살며시 다가오는 얘기였어요."

"그거 참 안심이구나."

크레이븐 박사는 더욱 당황해서 스툴에 앉아 말없이 카펫만 내려다보고 있는 메리 아가씨를 곁눈으로 힐끔힐끔 보았다.

"확실히 좋아지긴 했다만, 꼭 기억해야 할 건……."

콜린이 다시 라자 같은 모습으로 말을 가로챘다.

"기억하고 싶지 않아요. 혼자 누워서 그런 생각을 하면 온몸이 다 아프기 시작하고 안 좋은 생각이 떠올라서 그런 생각이 싫은 나머지 비명을 지르게 돼요. 내가 아프다는 사실을 기억하는 대신 잊게 만드는 의사가 있다면 그가 어디에 있든 이리로 데려올 거예요."

정말로 왕실 도장이 찍힌 루비 반지들이 끼워져 있어야 할 것만 같은 가느다란 손을 흔들며 말을 이었다.

"내가 사촌과 함께 있을 때 내 몸 상태가 좋아지는 이유는 그때만큼은 내가 아프다는 걸 잊어버리기 때문이에요."

콜린이 '성깔'을 부린 뒤 크레이븐 박사가 찾아와 이렇게 짧게 머물기는 처음이었다. 여느 때 같았으면 아주 오랜 시간 머물면서 여러 가지 일들을 해야 했다. 하지만 오늘 오후에는 약도 주지 않았고 특별히 새로운 처방을 내리지도 않았으며 불쾌한 장면을 볼 필요도 없었다. 아래층으로 내려가는 박사는 깊은 생각에 잠긴 얼굴이었다. 그리고 서재에서 메들록 부인과 이야기를 나눌 때, 메들록 부인은 박사가 꽤나 당황하고 있다고 느꼈다. 부인이 조심스럽게 물었다.

"저, 박사님. 이게 믿어지세요?"

"새로운 상황인 건 틀림없어요. 예전보다 더 좋아진 것도 부인할 수 없고요."

"확실히 수잔 소어비가 옳았던 거예요. 정말이요. 어제 스웨이트로 가는 길에 수잔의 오두막집에 들러서 얘기를 나누었죠. 수잔이 저한테 그러더군요. '그래, 사라 앤, 그 애가 좋은 아이도 아니고 예쁜 아이도 아닐지 몰라. 하지만 그 앤 어리고 아이 곁에는 아이가 필요한 법이야.' 수잔 소어비와 전 함께 학교를 다녔어요."

"그 부인은 내가 아는 최고의 간호사예요. 내가 방문한 집에 부인이 도착해 있으면 환자를 살릴 수 있겠다는 생각이 들어요."

메들록 부인이 미소지었다. 부인은 수잔 소어비를 좋아했다. 부인은 수다스럽게 말을 늘어놓기 시작했다.

"수잔은 뚜렷한 주관이 있어요. 어제 수잔이 말했던 내용이 아침 내내 생각나더라고요. 수잔이 그러더군요. '한 번은 애들이 싸우고 난 뒤에 모두 모아 놓고 훈계를 좀 했지. "어매가 학교 다닐 적에 우리 지리 선생님은 시상이 오렌지처럼 생겼다 캤다. 그리고 내는 열 살이 되기 전에 오렌지를 통째로 가질 수 있는 사람은 아무도 없다는 사실을 깨달았던 기다. 누구든 지 몫으로 일부분만 가질 수 있고 가끔 지 몫이 충분하지 않아 보일 때도 있는 기지. 하지만 너거들은 오렌지를 통째로 가질 생각은 하지 말그라. 그랬다가는 그 생각이 잘못된 걸 알게 될 기다. 그것도 지독시리 혼이 난 뒤에 말이다." 아이들이 아이들에게서 배우는 것은 오렌지를 통째로 손에 넣고 껍질을 벗기고 해 봤자 아무 소용이 없다는 거야. 그렇게 해도 씨도 못 얻어먹고, 먹는다 해도 너무 쓸 테니까.'라고요."

크레이븐 박사가 외투를 입으며 말했다.

"정말 현명한 부인이에요."

메들록 부인이 아주 기쁜 마음으로 말을 맺었다.

"말할 때도 자기 나름의 방식이 있다니까요. 가끔 제가 수잔에게 말한답니다. '아! 수잔, 만약 네가 요크셔 사투리를 그렇게 심하게 쓰지 않는 딴 사람 같았으면 난 네게 똑똑하단 칭찬을 수도 없이 했을 거야.'라고요."

그날 밤 콜린은 한 번도 깨지 않고 잠을 잤으며 아침에 눈을 떴을 때는 가만히 누워 저도 모르게 미소를 지었다. 사실 이상하리만치 편안한 기분에 미소를 지었던 것이다. 잠에서 깨어난 게 정말로 좋았다. 콜린은 몸을 뒤집고는 팔다리를 아주 편안하게 쭉 뻗었다. 마치 몸을 꽁꽁 묶고 있던 줄이 스스로 풀리며 자신을 놓아

준 듯한 느낌이었다. 콜린은 모르고 있었지만, 크레이븐 박사가 있었다면 콜린의 신경이 풀리고 편안해졌다고 말했을 것이다. 콜린의 머릿속은 가만히 누워서 벽만 바라보며 깨어나지 않는 게 좋았을 거라는 생각 대신, 자신과 메리가 어젯밤 세웠던 계획들과 정원과 디콘과 그의 들짐승들에 대한 생각으로 가득했다. 생각할 거리가 있다는 것은 정말로 좋았다. 콜린이 깨어난 지 10분도 지나지 않아서 복도를 달려오는 발소리가 들려왔고 메리가 문 앞에 도착해 있었다. 메리는 방 안으로 들어와 콜린이 누운 침대로 달려왔다. 아침 향기를 가득 머금은 신선한 공기도 함께였다. 콜린이 외쳤다.

"밖에 나갔구나! 밖에 나갔다 왔어! 너한테서 향긋한 풀잎 냄새가 나!"

달려온 탓에 메리는 머리칼이 느슨하게 풀려 헝클어진 상태였고, 봄기운에 환하게 빛나고 있었으며 뺨은 분홍빛으로 물들어 있었다. 하지만 콜린은 그런 것을 알아채지 못했다. 메리는 급하게 오느라 숨이 차는지 조금 헐떡이며 말했다.

"정말 아름다워! 그렇게 예쁜 건 본 적이 없어! 봄이 온 거야. 지난번 아침에도 봄이 왔다고 생각했는데 그건 그냥 오고 있는 중이었던 거야. 이번에는 진짜야! 드디어 봄이 온 거야, 봄 말이야! 디콘이 그렇다고 했어!"

"정말 온 거야?"

콜린이 외쳤다.

콜린은 비록 봄에 대해 아는 건 없었지만 가슴이 뛰는 걸 느꼈다. 콜린은 침대에서 벌떡 일어나 앉았다. 반쯤은 기쁨에 찬 흥분으로, 반쯤은 자신만의 생각에 빠져서 웃으며 덧붙였다.

"창문을 열어 봐! 어쩌면 황금 트럼펫 소리가 들릴지도 모르잖아!"

그러고는 콜린은 웃음을 터뜨렸고 메리는 곧장 창문으로 다가가 단숨에 활짝 열었다. 그러자 상쾌하고 향긋한 냄새와 새들의 노랫소리가 밀려 들어왔다.

"이게 바로 신선한 공기야. 똑바로 누워서 숨을 깊이 들이마셔 봐. 디콘도 황무지에 누워 있을 때 그렇게 해. 그러면 디콘은 핏줄 속에서도 신선한 공기가 느껴지고 그 덕에 몸이 튼튼해져서 영원히, 영원히 살 수 있을 것 같은 기분이 든대. 신선한 공기를 계속, 계속 들이마셔 봐."

메리는 디콘이 자신에게 해 준 말을 반복한 것뿐이었지만, 콜린의 맘에는 꼭 든 모양이었다.

"'영원히, 영원히'란 말이지. 신선한 공기를 마시면 정말 그런 느낌이 든대?"

콜린은 메리가 말한 대로 숨을 깊이 들이마시고 또 들이마셨다. 마침내 콜린은 자신에게 뭔가 새롭고 기쁜 일이 일어나는 것 같은 느낌이 들었다.

메리는 다시 침대 곁으로 오더니 빠르게 재잘거리기 시작했다.

"땅 밖으로 온갖 것들이 앞다투어 올라오고 있어. 꽃들이 꽃잎을 펼치고 온갖 것들에 봉오리가 맺혀 있고 초록색 장막이 회색을 거의 다 뒤덮었어. 새들은 너무 늦을까 봐 걱정하면서 허둥지둥 둥지를 틀고, 개중에는 비밀의 화원에 둥지를 틀려고 다투는 새들도 있어. 장미 덤불들은 아주 생기 넘쳐 보이고, 샛길과 숲 속에는 앵초가 피어 있어. 우리가 심은 꽃씨에서도 싹이 트고, 디콘이 여우랑 까마귀랑 다람쥐랑 갓 태어난 새끼 양을 데려왔어."

메리는 잠시 말을 멈추고 숨을 돌렸다. 갓 태어난 새끼 양은 사흘 전 디콘이 황무지 가시금작화 덤불 속에서 죽은 어미 옆에 누워 있던 것을 발견한 것이었다. 디콘은 엄마 잃은 양을 찾아낸 것이 이번이 처음은 아니었기에 어떻게 해야 하는지 잘 알고 있었다. 디콘은 자신의 재킷으로 새끼 양을 감싸 오두막집으로 데려갔다. 그러고는 벽난로 옆에 누이고 따뜻한 우유를 먹였다. 사랑스럽고 순진한 아기 얼굴을 하고 몸에 비해 긴 다리를 가진 보들보들한 새끼 양이었다. 디콘은 새끼 양을 팔에 안고 젖병과 다람쥐 한 마리를 주머니에 넣어서 황무지를 건너왔다. 메리는 나무 밑에 앉아 따뜻하고 흐느적거리는 새끼 양을 무릎에 올려놓는 순간, 말로 표현할 수 없는 이상한 기쁨이 가득 차오르는 것을 느꼈다. 새끼 양…… 새끼 양이라니! 살아 있는 새끼 양이 무릎 위에 아기처럼 누워 있다니!

메리는 신이 나서 그 장면을 묘사했고 콜린은 깊이 숨을 들이마시며 열심히 귀를 기울였다. 그때 간호사가 들어왔다. 간호사는 활짝 열린 창문을 보고 조금 놀란 듯했다. 간호사는 그동안 창문을 열어 두면 감기에 걸린다고 확신하는 자신의 환자 때문에, 따뜻한 날에도 숨이 막힐 듯한 방 안에 앉아 있었던 것이다. 간호사가 물었다.

"정말 춥지 않으세요, 콜린 도련님?"

"안 추워. 지금 신선한 공기를 깊이 들이마시는 중이야. 신선한 공기를 마시면 몸이 튼튼해져. 난 일어나서 소파에서 아침을 먹을 거야. 내 사촌도 나와 함께 아침을 먹을 거고."

간호사는 웃음을 참으며 두 아이의 아침 준비를 지시하러 밖으로 나갔다. 간호사에게는 환자의 침실보다는 하인들의 숙소가 훨씬 더 재미있는 곳이었고, 요즘 다들 위층 소식을 듣고 싶어 했다. 하인들 사이에서는 인기 없는 젊은 은둔자에 대해 수많은 농담이 오고 갔다. 요리사는 "임자를 제대로 만났어. 본인에게는 좋은 일이지."라고 말하기도 했다. 하인 숙소에서는 콜린이 성깔을 부리는 것에 지칠 대로 지쳤다는 말이 오갔고, 자기 가족과 함께 살고 있는 집사는 환자가 '꼭꼭 숨어 지내는' 편이 오히려 더 나을 것이라는 의견을 몇 번인가 털어놓았다.

콜린이 소파에 앉고 두 아이를 위한 아침이 탁자 위에 준비되었을 때, 콜린이 최대한 라자다운 태도로 간호사에게 지시를 내렸다.

"사내아이, 여우, 까마귀, 다람쥐 두 마리, 그리고 갓 태어난 새끼 양이 오늘 아침에 나를 만나러 올 거야. 도착하는 대로 위층으로 데려왔으면 좋겠어. 하인들 숙소에서 동물들을 데리고 노느라 거기 잡아 둬선 안 돼. 난 모두 여기로 데려오길 바라니까."

간호사는 헉 소리가 나는 걸 숨기려고 작게 재채기를 했다.

"네, 도련님."

콜린이 손을 내저으며 덧붙였다.

"그럴 것 없이 간호사가 할 수 있는 일을 일러줄게. 마사한테 그들을 이리로 데려오라고 전해. 사내아이가 마사의 동생이거든. 그 애 이름은 디콘이고 동물을 부릴 줄 알아."

"동물들이 물지 않았으면 좋겠네요, 콜린 도련님."

콜린이 근엄한 목소리로 말했다.

"그 애는 동물을 부릴 줄 안다고 했잖아. 그런 사람이 부리는 동물은 절대 물지 않아."

옆에서 메리도 거들었다.

"인도에는 뱀을 부리는 사람들이 있는데 그 사람들은 뱀 머리를 자기들 입속에 넣을 수도 있어."

간호사가 몸서리를 치며 외쳤다.

"맙소사!"

둘은 자신들에게로 불어오는 아침 바람을 맞으며 식사를 했다. 콜린의 아침은 아주 근사한 것이었고 메리는 큰 관심을 갖고 콜린을 바라보았다.

"너도 나처럼 살이 찌기 시작할 거야. 인도에 있을 때는 아침을 먹고 싶은 적이 없었는데 지금은 늘 아침이 먹고 싶어."

"나도 오늘은 아침이 먹고 싶었어. 신선한 공기 때문인가 봐. 그런데 디콘은 언제 올 것 같아?"

디콘은 얼마 지나지 않아 도착했다. 10분쯤 지났을 때 메리가 손을 들어올렸다.

"들어 봐! 까악 소리가 들리니?"

콜린 역시 귀를 기울였고 그 소리를 들었다. 이 세상에서 들리는 소리치고 거칠게 '깍깍' 우는 소리만큼 이상한 소리도 없었다.

콜린이 대답했다.

"응."

"저건 '검댕이'야. 다시 들어 봐. 아주 작게 '매애' 하는 소리 들려?"

콜린이 빨갛게 상기된 얼굴로 외쳤다.

"아, 그래!"

"저건 갓 태어난 새끼 양이야. 디콘이 오는 거야."

디콘이 황무지에서 신는 장화는 두껍고 투박해서 조용히 걸으려고 애썼지만 긴 복도를 걷는 동안 쿵쿵 소리가 났다. 메리와 콜린은 디콘이 힘차게 걸어오는 소리를 들었다. 마침내 그 소리는 벽걸이 융단이 걸린 문을 지나 콜린의 방으로 이어지는 복도에 깔린 부드러운 양탄자 위로 이어졌다.

곧이어 마사가 문을 열며 말했다.

"죄송하지만, 도련님. 디콘과 동물들이 도착했어요."

디콘은 다른 때보다 훨씬 더 멋진 미소를 얼굴 가득 지으며 안으로 들어왔다. 갓 태어난 양은 디콘의 팔에 안겨 있었고 작고 붉은 여우는 디콘 옆에서 총총거리며 걸어왔다. 열매가 디콘의 왼쪽 어깨에 앉아 있었고 검댕이가 오른쪽 어깨에 앉아 있었다. 껍질이 디콘의 코트 주머니 밖으로 머리와 발을 내밀고 있었다.

콜린은 천천히 일어나 앉더니 디콘 쪽을 바라보고 또 바라보았다. 메리를 처음 보았을 때처럼 말이다. 하지만 이번에는 놀라움과 기쁨이 가득한 시선이었다.

사실 콜린은 많은 얘기를 듣기는 했지만 이 소년이 어떤 모습일지 전혀 짐작도 하지 못했다. 그리고 소년의 여우와 까마귀, 다람쥐들과 양이 그렇게 다정하게 꼭 붙어 있어서 마치 소년과 한 몸처럼 보이리란 것도 알지 못했다. 콜린은 여태껏 남자 아이와 말해 본 적도 없는 데다가 기쁨과 호기심에 압도되어 입을 열 생각조차 하지 못했다.

하지만 디콘은 조금도 부끄럽거나 어색하지 않았다. 까마귀와 처음 만났던 때에도 까마귀가 디콘의 말을 알아듣지 못하고 아무

말 없이 바라만 보았다고 해서 당황하지 않았다. 동물들이란 게 원래 상대방에 대해 알 때까지는 늘 그런 법이니까. 디콘은 콜린이 앉아 있는 소파로 걸어가서 갓 태어난 양을 콜린의 무릎 위에 얌전히 놓았다. 곧 그 조그만 짐승은 따뜻한 벨벳 가운 쪽으로 몸을 돌려 주름진 부분에 주둥이를 밀어 넣더니 털이 곱슬곱슬한 머리로 안달이 난 것처럼 콜린의 옆구리를 들이받았다. 물론 그렇게 되면 어떤 소년도 입을 열지 않을 수 없었다.

"얘가 지금 뭘 하는 거야? 뭘 원하는 거지?"

디콘이 더욱더 환하게 웃으며 대답했다.

"지 어미를 찾는 깁니더. 쪼끔 배가 고플 때 도련님한테 데려온 기라예. 도련님이 젖 먹이는 기 보고 싶을 것 같아서예."

디콘은 소파 옆에 무릎을 꿇고 앉아 주머니에서 젖병을 꺼냈다. 그리고 살짝 그을린 손으로 하얀 털로 덮인 조그만 머리를 잡아 돌리며 말했다.

"아나, 아가. 이게 니가 찾는 기다. 벨벳 옷보다는 여서 나오는 게 더 많을 기다. 여 있다."

디콘이 계속 들이미는 양의 주둥이 속으로 고무젖꼭지를 밀어 넣자 새끼 양이 맹렬한 기세로 빨아 대기 시작했다. 그 뒤로는 무슨 말을 할지 고민할 필요가 없었다. 새끼 양이 잠이 드는 순간 온갖 질문들이 쏟아져 나왔고 디콘은 그 질문에 일일이 대답해 주었다. 디콘은 사흘 전 아침 해가 떠오르는 순간 새끼 양을 찾았던 얘기도 해 주었다. 디콘은 황무지에 서서 종달새 소리를 들으면서 종달새가 하늘 높이 올라가 파란 하늘 한가운데 찍힌 작은 점처럼 보일 때까지 지켜보았다.

"종달새는 눈에 뵈지도 않는데 노랫소리는 들리는 깁니더. 종달새는 순식간에 세상 밖으로 사라진 것 같은데 그 노랫소리는 우째 들리는지 궁금하다 아입니꺼. 그런데 바로 그때 멀리 가시금작화 덤불에서 다른 소리가 들려오대예. 힘없이 매애 하는 기 배고픈 새끼 양이 내는 소리란 걸 단박에 알겠대예. 그리고 새끼 양이 엄마를 잃어버리지 않았으믄 배고플 일이 없다 아입니꺼. 그래서 새끼 양을 찾아 나선 기라예. 아! 정말 샅샅이 찾았십니더. 가시금작화 덤불을 들락날락하고 그 주위를 돌고 돌았는데 매번 길을 잘못 든 거 같았지요. 하지만 마침내 황무지 꼭대기에 있는 바위 옆에서 희끄무레한 기 보였고 지는 그곳으로 기어 올라갔지예. 거서 추위와 굶주림으로 다 죽어 가는 어린것을 찾아냈십니더."

디콘이 말하는 동안 검댕이는 열린 창문으로 열심히 들락날락하며 보고 온 경치에 대해 깍깍 소리를 내며 보고했다. 열매와 껍질은 바깥의 커다란 나무로 소풍을 나가서는 나무 둥치를 오르락내리락하고 가지들 속을 탐험했다. 캡틴은 벽난로 앞 양탄자에 가서 앉은 디콘 옆에 웅크리고 앉아 있었다.

셋은 원예 책에 있는 그림들을 보았다. 디콘은 책에 실린 모든 꽃을 요크셔 지역에서 불리는 이름으로 알고 있었고 비밀의 화원에서 이미 자라고 있는 꽃들도 정확히 알고 있었다.

디콘이 '아퀼레지아'라는 이름이 적힌 꽃을 가리키며 말했다.

"지는 거기 있는 이름은 모르지만, 우리는 이걸 매발톱꽃이라고 부르지예. 그리고 저기 있는 건 금어초라고 하고요. 둘 다 산울타리에서 지대로 자랍니더. 하지만 이것들은 재배한 것들이라서 더 크고 근사하네예. 비밀의 화원에 가믄 매발톱꽃들이 크게 무리를 지어 피어 있어예. 활짝 피고 나면은 파랗고 하얀 나비들이 팔랑대는 꽃밭처럼 보일 깁니더."

콜린이 소리쳤다.

"보러 갈 거야. 꼭 보러 갈 거야."

메리가 진지하게 대답했다.

"맞다, 그래야제. 이렇게 우물쭈물할 시간이 없다."

20. "영원히 살 거야, 영원히!"

　하지만 세 아이는 일주일 넘게 기다려야 했다. 며칠 동안 바람이 세차게 불어온 데다 그 바람에 콜린이 감기에 걸릴 뻔했기 때문이었다. 예전의 콜린이었다면 이런 일이 연달아 일어났을 때 틀림없이 성깔을 부렸을 테다. 하지만 아이들에게는 아주 조심스럽고 비밀스럽게 앞으로 할 일에 대하여 세워야 할 계획이 많았고 디콘도 거의 매일 찾아왔던 것이다. 디콘은 단 몇 분이라도 곁에 머물면서 황무지와 샛길, 산울타리와 개울가에서 일어나는 일들을 얘기해 주었다. 디콘은 새 둥지와 들쥐와 들쥐 굴은 물론이고 수달, 오소리, 물쥐가 사는 집에 관해 얘기해 주었다. 동물을 부릴 줄 아는 아이로부터 하나하나 자세한 얘기를 듣다 보면 잔뜩 흥분해서 몸이 떨릴 정도였고, 땅속 세상 역시 흥분에 휩싸여 얼마나 열심히 분주하게 돌아가는지 깨닫게 되었다.

　"걔들도 우리랑 똑같지예. 해마다 집을 지어야 하는 것만 빼면 말입니더. 그래 집을 짓는다꼬 허둥지둥 돌아 댕긴다 아입니꺼."

그러나 가장 흥미진진한 일은 콜린을 비밀의 화원까지 아주 은 밀하게 데려갈 계획을 세우는 것이었다. 관목 숲이 있는 길모퉁이를 돌아 담쟁이덩굴 담 바깥에 있는 산책로로 접어든 뒤에는 그 누구도 휠체어와 디콘과 메리를 보아서는 안 되었다. 콜린은 하루하루 지날수록 화원을 둘러싼 비밀이 화원이 가진 가장 큰 매력 가운데 하나라고 더욱더 확신하게 되었다. 어느 것도 그걸 망칠 수는 없었다. 그 누구도 세 아이에게 비밀이 있다는 사실을 눈치채서는 안 되었다. 사람들이, 그저 콜린이 메리와 디콘을 좋아하고 두 사람이 자신을 바라보는 것이 싫지 않기 때문에 두 사람과 함께 나가는 것이라고 생각하도록 만들어야 했다. 세 사람은 오랫동안 자신들이 지날 길에 관해 즐겁게 이야기를 나누었다. 이 길을 따라 올라가고 저 길을 따라 내려오고 다시 길을 가로질러, 마치 수석 정원사인 로치 씨가 가꾸는 꽃밭의 화초를 구경하는 것처럼 분수대가 있는 화단 사이를 돌아나갈 계획이었다. 누가 봐도 지극히 정상적인 행동으로 보여서 누구도 이상하게 생각하지 않을 것이었다. 세 사람이 관목 숲이 있는 길로 들어가면 긴 담이 있는 곳으로 나올 때까지는 그 누구의 눈에도 띄지 않을 것이다. 아이들은 전시에 위대한 장군들이 진군 계획을 세우듯이 진지하게 공들여서 계획을 세웠다.

환자의 방에서 일어나는 새롭고 신기한 일들에 관한 소문은 당연히 하인들의 숙소를 거쳐 마구간 일꾼들과 정원사들에게까지 퍼져 나갔다. 하지만 로치 씨는 이런 소문을 들었음에도 불구하고, 어느 날 환자가 직접 전하고 싶은 말이 있으니 도련님의 방으로 찾아오라는 지시를 전달받았을 때 깜짝 놀라고 말았다. 바깥에서 일하는 사람들은 한 번도 본 적 없는 방이었던 것이다.

로치 씨는 허둥지둥 옷을 갈아입으며 혼잣말로 중얼거렸다.

"이런, 이런. 이제 어떻게 되는 거지? 남들이 자신을 쳐다보지도 못하게 하는 왕자 전하가 눈길 한 번 주지 않던 사람을 부르다니."

로치 씨도 호기심이 없는 건 아니었다. 물론 그 아이를 언뜻 본적도 없었지만, 그 기괴한 모습과 태도와 미친 듯한 성질머리에 대해 잔뜩 부풀린 이야기들은 수없이 들어 봤던 것이다. 가장 자주들었던 이야기는 아이가 언제 죽을지 모른다는 내용이었고, 아이의 곱사등과 무기력한 팔다리에 관한 비현실적인 묘사들도 수없이 많았다. 모두가 콜린을 본 적도 없는 사람들이 퍼뜨린 것이었다.

"이 저택에서는 지금 많은 게 변하고 있어요. 로치 씨."

메들록 부인이 뒤쪽 계단으로 로치 씨를 안내하며 말했다. 계단을 오르자 신비에 쌓여 있는 방으로 난 복도가 나왔다. 로치 씨가 대답했다.

"좋은 방향으로 바뀌고 있기를 바랄 뿐이죠, 메들록 부인."

"더 나쁜 방향으로 변하려고 해도 변할 수가 없어요. 무엇보다 이상한 건 하인들이 일하기가 훨씬 수월해졌다는 거예요. 로치씨, 떼로 몰려 있는 동물들과 마사 소어비의 동생 디콘이 로치 씨나 저보다 훨씬 편안한 모습으로 앉아 있는 걸 보게 되더라도 놀라지 마세요."

메리가 남몰래 항상 믿고 있듯이 디콘에게는 정말 마법 같은 면이 있었다. 로치 씨도 디콘의 이름을 듣는 순간 온화한 미소를 지었다.

"그 애야 버킹엄 궁전에 있든 탄광 바닥에 있든 편안할 수 있는 아이지요. 그러면서도 전혀 건방지지 않고요. 정말 좋은 아이예요."

메들록 부인이 미리 주의를 준 것은 잘한 일이었다. 안 그랬으면 로치 씨는 화들짝 놀라고 말았을 것이다. 방문이 열리자 조각된 의자의 높은 등받이 위에 느긋하게 앉아 있던 커다란 까마귀가 큰 소리로 '깍깍' 울어 대며 손님의 등장을 알렸다.

메들록 부인이 미리 경고를 했음에도 불구하고 로치 씨는 채신없이 뒤로 넘어지며 망신을 당할 뻔한 것을 간신히 모면했다.

어린 라자는 침대도 소파도 아닌 안락의자에 앉아 있었다. 새끼 양이 그 옆에 서서 양이 젖을 빨 때 늘 그러듯이 꼬리를 흔들고 있었고, 디콘은 무릎을 꿇고 앉아 양에게 젖병에 담긴 우유를 먹이고 있었다. 구부린 디콘의 등 위에는 다람쥐 한 마리가 앉아서 열매를 갉아 먹는 데 정신이 팔려 있었다. 인도에서 온 여자 애는 커다란 스툴에 앉아서 그 모습을 바라보고 있었다.

메들록 부인이 말했다.

"콜린 도련님. 로치 씨가 왔습니다."

어린 라자는 고개를 돌려 자신의 종을 훑어보았다. 적어도 수석 정원사가 느끼기에는 그랬다.

라자가 말했다.

"아, 당신이 로치로군. 아주 중요한 지시를 내릴 게 있어서 당신을 데려오라고 했어."

"네, 도련님."

로치 씨는 혹시 정원에 있는 참나무를 모두 베어 버리라거나 과수원을 수상 정원으로 바꿔 놓으라는 지시를 받는 건 아닌지 걱정하며 대답했다.

콜린이 말했다.

"난 오늘 오후에 휠체어를 타고 밖으로 나갈 거야. 신선한 공기가 나한테 맞으면 매일 나갈지도 몰라. 내가 나갈 때 정원 담 옆으로 난 기다란 산책로 근처에는 정원사들이 얼씬도 하지 않았으면 해. 그 누구도 있어선 안 돼. 난 두 시쯤 밖에 나갈 거니까 하던 일로 돌아가도 좋다는 말이 떨어질 때까지 모두 멀리 떨어져 있도록 해."

"잘 알겠습니다, 도련님."

로치 씨는 참나무도 과수원도 안전할 거라는 말을 듣고는 마음이 한결 가벼워져서 대답했다.

콜린이 메리 쪽으로 고개를 돌리며 말했다.

"메리, 인도에서 할 말을 마치고 사람들이 돌아가길 바랄 때 한다는 말이 뭐지?"

메리가 대답했다.

"'이제 물러가도 좋다.'라고 하는 거야."

그 말을 듣고 라자가 손을 내저으며 말했다.

"로치, 이제 물러가도 좋다. 하지만 내가 내린 지시는 중요하니까 꼭 기억해."

까마귀가 거칠지만 무례하지 않게 한 마디 했다.

"깍깍!"

"알겠습니다, 도련님. 감사합니다, 도련님."

로치 씨가 대답하자 메들록 부인이 그를 데리고 방에서 나갔다.

복도로 나가자 사람 좋은 로치 씨는 미소를 짓다가 결국 웃음을 터뜨렸다.

"세상에! 도련님은 정말 위풍당당하네요, 그렇죠? 왕실 전체를 하나로 합쳐 놓은 것 같네요. 여왕의 부군까지 전부요."

메들록 부인이 반박하듯 말했다.

"아, 우리가 도련님이 걷기 시작할 때부터 우리 모두를 깔고 뭉개게 내버려 둬서 그래요. 도련님은 사람들이 전부 그런 역할을 하려고 태어났다고 생각하는 거예요."

"아마 자라면 달라지겠지요. 계속 살 수 있다면 말이지요."

"한 가지는 분명해요. 도련님이 살아남고 인도에서 온 여자 애가 여기에 계속 머문다면 수잔 소비어가 말한 것처럼 틀림없이 그 여자 애가 도련님에게 가르쳐 줄 거예요. 오렌지 전부가 도련님 게 아니란 사실을요. 그러면 도련님도 자기 몫이 얼마만 한지 알게 되겠죠."

방 안에서는 콜린이 쿠션에 등을 기대며 말했다.

"이제 모든 게 안전해. 그리고 오늘 오후면 보게 되는 거야…… 오늘 오후면 그 안에 들어가는 거야!"

디콘은 동물들을 데리고 화원으로 돌아갔고 메리는 콜린 옆에 남았다. 메리가 보기에 콜린은 피곤해 보이지는 않았지만, 점심을 먹기 전에도 조용했고 점심을 먹는 동안에도 조용했다. 이유가 궁금해진 메리가 콜린에게 물었다.

"콜린, 넌 참 눈이 커. 네가 뭔가 생각하고 있을 땐 접시만 하게 커진다니까. 지금은 무슨 생각을 하고 있는 거야?"

콜린이 대답했다.

"그게 어떤 모습일지 자꾸 상상하게 돼."

"화원 말이니?"

"봄 말이야. 지금까지는 봄을 제대로 본 적이 없다는 생각을 했어. 좀처럼 밖에 나가지도 않았고 밖에 나갔을 때도 보질 않았으니까. 생각을 한 적도 없어."

"나도 인도에 있을 때는 봄을 본 적이 없어. 인도에는 봄이란 게 없으니까."

지금까지 방 안에만 틀어박혀서 암울하게 지낸 탓인지 콜린은 메리보다 상상력이 더 풍부했다. 적어도 그 많은 시간을 멋진 책과 그림들을 보며 보냈던 것이다.

"네가 달려들어오면서 '봄이 왔어! 봄이 왔어!'라고 말했던 그날 아침, 난 아주 이상한 기분이 들었어. 커다란 행렬과 둥둥 울려 퍼지는 음악과 함께 뭔가가 다가온다는 말처럼 들렸거든. 내 책 중에 그런 그림이 있는 책이 있어. 화환과 꽃가지로 몸을 장식한 수없이 많은 아름다운 사람들과 아이들이 전부 웃고 춤추고 몰려들고 피리를 부는 거지. 내가 '황금 트럼펫 소리가 들릴지도 모르잖아!'라고 말하며 창문을 활짝 열라고 한 것도 그 때문이야."

"정말 재미있다! 봄이 딱 그런 느낌이야. 만약 꽃들과 나뭇잎들과 초록 식물들과 새와 들짐승들이 전부 춤을 추며 한꺼번에 지나간다면 굉장히 북적거리겠지. 분명 그것들도 춤추고 노래하고 피리를 불 거고 그러면 그것도 음악이 될 거야."

둘 다 웃음을 터뜨렸는데 그 생각이 웃겨서가 아니라 아주 맘에 들었기 때문이었다.

잠시 후 간호사가 콜린이 나갈 채비를 해 주었다. 간호사가 옷을 입혀 줄 때, 콜린이 통나무처럼 누워 있는 대신 일어나 앉아서 조금이나마 스스로 해 보려고 노력한다는 사실을 알아차렸다. 그리고 옷을 입는 동안 내내 메리와 이야기를 나누며 웃음을 터뜨렸다.

크레이븐 박사가 콜린을 검사하려고 들렀을 때 간호사가 말했다.

"오늘도 도련님이 아주 좋으세요, 박사님. 기분이 좋으니까 몸도 더 튼튼해진 것 같아요."

"오후에 콜린이 방으로 돌아온 다음에 다시 들르지. 밖에 나가는 게 몸에 괜찮은지 봐야 하니까."

그러더니 목소리를 잔뜩 낮춰서 말했다.

"콜린이 당신을 데려가면 좋겠는데 말이야."

간호사가 갑자기 단호한 태도로 말했다.

"박사님이 그런 말을 하는 걸 듣고 있으니 차라리 지금 당장 제 일을 그만두겠습니다."

박사는 조금 신경질적으로 대답했다.

"꼭 그렇게 하기로 결정한 건 아니오. 실험 삼아 한 번 지켜봅시다. 디콘은 갓난아기를 맡겨도 될 만큼 믿을 수 있는 아이니까."

그 집에서 가장 힘이 센 하인이 콜린을 안고 아래층으로 내려와서 바깥에 놓인 휠체어에 앉혔다. 휠체어 옆에는 디콘이 기다리고 서 있었다. 남자 하인이 무릎 덮개와 쿠션을 놓아 주자, 라자가 하인과 간호사에게 손을 내저으며 말했다.

"이제 물러가도 좋다."

두 사람은 재빨리 사라졌고 안으로 들어가 거리낄 게 없어지면 동료 하인들에게 낄낄대며 자신이 겪었던 이야기를 털어놓을 것이다.

디콘은 일정한 속도로 천천히 휠체어를 밀기 시작했다. 메리 아가씨가 그 옆에서 걸었고 콜린은 등을 기대고는 얼굴을 들어 하늘을 보았다. 아치 모양의 하늘은 매우 높아 보였고, 작고 새하얀 구름들은 마치 하얀 새들이 날개를 펼치고 수정처럼 맑은 파란 하늘 아래서 둥둥 떠다니는 것처럼 보였다.

황무지로부터 불어온 바람이 부드럽게 휙 스치고 지나갔는데, 향긋한 냄새가 물씬 배어 있는 이상하리만치 맑은 바람이었다. 콜린은 여윈 가슴을 계속 부풀리며 그 바람을 들이마셨고 커다란 눈으로는 마치 소리를 듣고 있는 것 같았다. 귀가 아닌 눈으로 말이다.

콜린이 말했다.

"사방에 노래하고 흥얼거리고 외치는 소리가 가득해. 바람에 실려 오는 이 향기는 대체 뭐야?"

디콘이 대답했다.

"지금 황무지에 활짝 피어 있는 가시금작화 냄새라예. 야! 오늘 가시금작화에 매달려 있는 벌들은 억수로 신이 났겠십니더."

아이들이 가는 길에 사람은 눈 씻고 찾아봐도 없었다. 정원사들도, 그들의 조수들도 모두 마법처럼 사라지고 없었다. 하지만 세 아이는 순전히 비밀스러운 즐거움을 위해 자신들이 신중하게 계획한 경로를 따라 관목 숲 속을 굽이굽이 돌고 또 돌았고 밖으로 나와서는 분수 옆 화단을 또 돌았다. 하지만 마침내 셋은 담쟁이덩굴이 덮인 담 옆 기다란 산책로에 접어들었다. 그 순간 아이들은 뭐라 설명할 수 없는 몇 가지 이상한 이유로 짜릿한 흥분이 점점 밀려드는 것을 느끼며 나지막하게 속삭이기 시작했다.

메리가 속삭이듯 말했다

"여기야. 내가 왔다 갔다 하면서 계속 이상하게 여겼던 곳이 여기야."

"그래?"

콜린은 강렬한 호기심이 가득 담긴 눈으로 담쟁이덩굴을 샅샅이 훑기 시작했다. 그러고는 속삭였다.

"하지만 아무것도 안 보이는데. 문이 없어."

메리가 대답했다.

"나도 처음엔 그렇게 생각했어."

숨소리조차 들리지 않는 침묵이 흘렀고 휠체어는 계속 굴러갔다.

"저기가 벤 웨더스태프 할아버지가 일하는 정원이야."

"그래?"

몇 미터를 더 가서 메리가 다시 속삭였다.

"울새가 담을 넘어 날아간 곳이 바로 여기야."

"그래? 아! 울새가 다시 나타나면 좋을 텐데!"

메리가 아주 기쁜 표정으로 커다란 라일락 덤불 아래를 가리키며 말했다.

"그리고 저긴 울새가 조그만 흙더미 위에 앉아서 열쇠가 묻혀 있는 장소를 가르쳐 준 곳이야."

그러자 콜린이 허리를 세우고 앉았다.

"어디? 어디? 저기?"

콜린의 두 눈은 『빨간 모자』에 등장하는 빨간 모자가 늑대의 눈에 대해 한마디 해야겠다고 느꼈을 때 늑대의 눈만큼 둥그렇게 커졌다. 디콘이 그 자리에 멈춰 섰고 휠체어도 멈췄다.

메리가 담쟁이덩굴 근처 화단에 올라서며 말했다.

"그리고 여긴 울새가 담 꼭대기에서 나를 향해 짹짹거리기에 내가 말을 걸려고 다가갔던 곳이야. 그리고 여긴 바람이 불어서 담쟁이덩굴을 들춘 곳이고."

그러면서 메리는 축 늘어진 초록색 커튼을 붙잡았다.

콜린이 숨을 헐떡이며 말했다.

"아! 그게…… 그게!"

"이게 손잡이고 이게 문이야. 디콘, 어서 밀고 들어가. 빨리 밀어!"

그리고 디콘은 강하고, 안정감 있고, 훌륭하게 휠체어를 밀어 단번에 안으로 들어갔다.

콜린은 기쁨에 숨이 턱 막히면서도 쿠션에 등을 기대고는 아무것도 보이지 않게 두 손으로 눈을 가렸다. 세 사람이 안으로 들어가자 마법처럼 휠체어가 멈추고 다시 문이 닫혔다. 콜린은 그제야 가렸던 손을 떼고 디콘과 메리가 그랬던 것처럼 주위를 둘러보고 또 둘러보았다. 담이며 땅이며 나무와 흔들리는 가지와 덩굴손까지 조그맣고 연약한 잎들이 녹색 막을 드리우며 퍼져 나간 모습을 바라보았다. 나무 아래 풀밭과 구석진 곳에 있는 회색 항아리, 여기저기 사방에 황금빛과 보랏빛과 하얀빛이 언뜻언뜻 반짝였다. 콜린의 머리 위로 나무들이 분홍빛과 눈처럼 하얀빛으로 빛났고,

날개를 퍼덕이는 소리와 희미하게 들려오는 달콤한 피리 소리와 흥얼거리는 소리, 그리고 향기가 사방을 가득 채우고 있었다. 손으로 다정하게 어루만지듯 콜린의 얼굴 위로 따뜻한 햇살이 느껴졌다. 그리고 메리와 디콘은 놀란 표정으로 서서 콜린을 바라보았다. 붉은 빛깔이 콜린의 상앗빛 얼굴이고 목이고 손이고 할 것 없이 온몸을 휘감자 너무도 이상하고 다르게 보였다. 콜린이 소리쳤다.

"난 좋아질 거야! 좋아질 거라고! 메리! 디콘! 난 좋아질 거야! 그래서 영원히 살 거야, 영원히!"

21. 벤 웨더스태프

세상을 살다 보면 겪게 되는 이상한 일들 가운데 하나는, 가끔이지만 자신이 영원히 살 거라는 확신이 들 때가 있다는 것이다. 때때로 은은하고 장엄한 새벽녘에 잠에서 깨면 밖으로 나가 홀로 서서 고개를 한껏 젖히고 하늘을 올려다본다. 옅은 빛의 하늘이 천천히 바뀌며 붉게 빛나고 알 수 없는 미지의 일들이 일어나고 마침내 동쪽 하늘을 바라보는 순간 이상하리만큼 변함없이 떠오르는 태양의 웅장함에 비명이 터져 나오고 심장이 탁 멈춘다. 수십, 수백만 년 동안 매일 아침 떠올랐던 그 태양을 보며 영원히 살 거라고 믿게 된다. 그 순간 아주 잠깐이지만 그렇게 믿게 된다. 그리고 가끔 해질 무렵에 숲 속에 홀로 서 있을 때에도 그렇게 믿게 된다. 신비롭고 진한 황금빛의 정적이 나뭇가지 사이로, 아래로 비스듬히 쏟아져 들어오며 아무리 애써 봐도 들리지 않는 뭔가를 계속 이야기하고 있는 듯한 느낌을 받게 될 때에 말이다. 그리고 가끔은 짙푸른 밤하늘에 끝없이 펼쳐진 고요함 속에서 수백만 개의 별이 가만히 자신을 바라볼 때 그런 확신이 든다. 또 가끔은 멀리서 들려오는 음악 소리가, 그리고 누군가의 눈빛이 그런 확신이 들게 한다.

사방이 높은 담으로 둘러싸인 비밀스런 화원에서 처음으로 봄날을 보고 듣고 느꼈을 때 콜린이 꼭 그런 심정이었다. 그날 오후에는 온 세상이 한 소년에게 완벽하고 환하게 아름다우며 친절한 모습을 보여 주기 위해 온 힘을 쏟는 것 같았다. 봄은 지극히 순수하고 선량한 마음으로 찾아와 자신이 모을 수 있는 모든 것을 그 한곳에 모아 놓았는지도 몰랐다. 디콘은 몇 번이고 하던 일을 멈추고는 가만히 서서 경이로운 눈빛으로 가볍게 고개를 흔들며 말했다.

"와! 진짜 멋집니더. 지는 곧 열세 살이 되니까 십삼 년 동안 수많은 오후를 봐 왔지만, 이리 멋진 오후는 첨 보는 것 같네예."

메리가 기쁨에 겨워 탄식하듯 말했다.

"맞다, 정말 멋진 오후인 기라. 세상에 이렇게 멋진 오후는 없을 기다."

콜린이 조심스럽게 꿈꾸듯 말했다.

"그리 생각하나? 느그들도 이게 전부 나를 위해 일어난 기라고 생각하나?"

그러자 메리가 감탄하며 소리쳤다.

"세상에! 요크셔 사투리를 꽤 쓰는데. 아주 솜씨가 좋아. 정말이야."

온통 기쁨이 가득했다.

셋은 휠체어를 끌고 눈처럼 하얀 꽃송이가 달려 있고 벌들이 내는 소리가 음악처럼 들리는 자두나무 아래로 향했다. 마치 요정의 왕을 위한 차양처럼 나무가 우거져 있었다. 근처에는 꽃이 활짝 핀 벚나무, 분홍색과 하얀색의 꽃봉오리가 달린 사과나무도 있었는데 여기저기 활짝 꽃을 피운 것들도 있었다. 차양을 이룬 꽃가지들 사이로 파란 하늘 조각이 아름다운 눈처럼 아이들을 내려다보았다.

메리와 디콘은 이리저리 옮겨 다니며 일을 했고 콜린은 그런 모습을 바라보았다. 둘은 콜린에게 활짝 핀 꽃송이, 입을 꼭 다문 꽃송이, 잎들이 이제 막 초록빛을 띠기 시작한 잔가지, 풀밭에 떨어진 딱따구리 깃털, 일찌감치 새가 알을 깨고 나온 빈 껍질을 가져다 보여 주었다. 디콘은 천천히 휠체어를 밀며 화원을 돌아다니다가 땅 위로 솟아 나오거나 나무에서 뻗어 나온 경이로운 것들을 콜린이 볼 수 있도록 잠깐씩 멈춰 섰다. 마치 마법의 나라의 왕과 왕비에게 정식으로 초대받아 나라 이곳저곳을 돌며 온갖 신기한 보물들을 구경하는 것 같았다.

콜린이 물었다.

"우리가 울새를 볼 수 있을까?"

디콘이 대답했다.

"쪼끔 있으믄 억수로 자주 보게 될 깁니다. 새끼가 알을 깨고 나오마 머리가 어질어질할 정도로 아주 바쁠 기니까. 녀석이 지 몸집만 한 벌레를 물고 이리저리 날아댕기는 모습도 보게 될 기고, 녀석이 도착할 때마다 둥지가 얼마나 시끄럽게 변하는지도 보게 될 깁니다. 녀석은 쩍쩍 벌리는 입들 중에 첫 먹이를 어느 입에 넣어 줄지 몰라 갖고 쩔쩔매제, 새끼들은 부리를 쩍 벌리고 사방에서 꽥꽥 울어 대제 정신이 없지예. 어매는 쩍 벌린 새끼들 부리에 먹이를 채워 준다고 바쁜 울새를 보마, 자기는 할 기 하나도 없는 사람 같다 카대예. 사람들 눈에는 안 보인다 캐도 어매가 본께, 그 쪼매난 것들이 정말로 땀을 뚝뚝 흘리는 것 같드라 안 합니까."

그 말에 아이들은 즐거워서 킬킬대다가 소리가 밖으로 새어 나가서는 안 된다는 사실을 떠올리고는 손으로 입을 막아야 했다. 콜린은 며칠 전에 속삭이거나 나지막한 목소리로 말해야 한다는 규칙을 배웠다. 콜린은 그런 비밀스러움이 마음에 들어서 최선을 다하기는 했지만 한참 신 나고 즐거울 때 속삭이는 소리 이상으로 웃지 않는다는 것이 너무 힘들었다.

그날 오후의 매 순간이 새로운 것들로 가득했고 매 시간 햇살은 점점 더 진한 황금빛으로 변했다. 휠체어를 우거진 차양 밑으로 옮겨 놓은 다음, 디콘은 풀밭에 앉아 피리를 꺼냈다. 그때 콜린이 전에는 미처 알아채지 못했던 뭔가를 발견하고는 말했다.

"저기 있는 건 굉장히 늙은 나무 같아, 그렇지?"

디콘이 풀밭 너머의 나무를 보았고 메리도 그쪽을 보았다. 그리고 짧은 순간 침묵이 흘렀다.

얼마 후 디콘이 대답했다.

"야."

나지막한 목소리가 아주 부드러웠다. 메리는 나무를 뚫어져라 바라보며 생각에 잠겼다.

콜린이 다시 입을 열었다.

"나뭇가지가 죄다 회색인 데다 잎사귀가 하나도 달려 있지 않

아. 완전히 죽은 거지?"

디콘이 말했다.

"야, 하지만 장미 덩굴이 나무를 다 덮었으니까 잎이랑 꽃들이 가득 달리믄 죽은 나무는 하나도 보이지 않을 깁니다. 그땐 죽은 나무처럼 보이지 않겠지예. 가장 예쁜 나무가 될 기라예."

메리는 여전히 나무를 바라보며 생각에 잠겨 있었다.

콜린이 말했다.

"커다란 가지 하나가 부러진 것처럼 보여. 왜 저렇게 된 건지 모르겠네."

"오래전에 그렇게 되었지예."

디콘은 그렇게 대답하더니 갑자기 눈에 띄게 놀란 표정으로 콜린을 붙잡았다.

"저기 울새 좀 보소! 저기! 제 짝한테 준다꼬 먹이를 찾아다녔네예."

콜린은 하마터면 못 볼 뻔하다가 부리에 뭔가를 물고 휙 날아가는 가슴이 빨간 울새를 발견했다. 울새는 초록 풀밭 위를 가로질러 나무들이 빽빽이 자란 구석으로 들어가더니 이내 눈앞에서 사라졌다. 콜린은 다시 쿠션에 등을 기대고는 가볍게 웃었다.

"제 짝한테 간식을 가져다주나 봐. 다섯 시쯤 됐겠다. 나도 간식을 먹었으면 좋겠는데."

그렇게 두 아이는 그 순간을 무사히 넘겼다.

나중에 메리는 슬쩍 디콘에게만 말했다.

"울새를 보낸 건 마법이었어. 그건 분명 마법이었어."

메리와 디콘 둘 다 콜린이 10년 전 가지가 부러진 나무에 대해 뭔가 물을까 봐 걱정이 되었고 그래서 둘은 그에 관해 미리 이야기를 나누었다. 그때 디콘은 멀뚱히 서서 난처한 표정으로 머리를 문지르며 말했다.

"그 나무도 다른 나무들과 다를 기 없는 것처럼 굴어야 합니더. 우리는 그 불쌍한 머시마한테 가지가 우찌 부러졌는지 절대 말할 수 없는 기라예. 도련님이 쪼매라도 나무 얘기를 하믄 우리는…… 우리는 명랑한 척 보일라고 애써야 합니더."

"기래, 기래야제."

메리는 그렇게 대답했다.

하지만 메리는 나무를 보았을 때 명랑한 척할 수 있을 것 같지가 않더니, 그 짧은 순간에 디콘이 뒤이어 꺼냈던 또 다른 얘기가 진짜일까만 생각하고 또 생각했다. 디콘은 당황한 표정으로 붉은 녹빛 머리를 계속 문지르고 있었지만 디콘의 파란 눈은 점차 아주 편안하게 변해 갔고, 좀 머뭇거리다가 이렇게 말했던 것이다.

"크레이븐 마님은 진짜 젊고 사랑스러운 부인이었십니더. 그리고 우리 어매는 시상을 떠난 딴 어매들이 그러듯이 마님도 콜린 도련님을 지켜보느라고 몇 번이고 미셀스웨이트 장원을 맴돌고 있는지도 모른다 카대예. 돌아와야 했을 깁니더. 어쩌면 마님이 화원에 계시다가 우리를 여 들어와 일하게 하고 이리로 도련님을 데려오라고 했는지도 모릅니더."

메리는 디콘이 뭔가 마법 얘기를 하는 것이라고 생각했다. 메리는 마법을 굳게 믿었다. 메리는 남몰래 디콘이 자기 주변의 모든 것에 마법을, 당연히 좋은 마법을 부린다고 믿었다. 그래서 사람들이 디콘을 그렇게 좋아하고 들짐승들도 디콘이 자신들의 친구라는 사실을 알게 하는 거라고 말이다. 메리는 콜린이 위험한 질문을 한 바로 그 순간에 디콘이 가진 재능으로 울새를 불러들인 게 아니었을까 하는 생각이 들었다. 그날 오후 내내 디콘의 마법이 힘을 발휘해서 콜린을 전혀 다른 아이로 보이게 만들었다는 느낌도 들었다. 비명을 지르고 물어뜯고 베개를 때리던 그 미친 사람과 같은 아이일 리가 없었다. 상앗빛의 하얀 얼굴도 변하는 듯했다. 콜린이 처음 화원으로 들어왔을 때 약하게나마 달아올랐던 얼굴과 목과 손은 상기된 채 그대로였다. 콜린은 이제 상아나 밀랍이 아니라 진짜 살로 만들어진 것처럼 보였다.

셋은 두세 번 울새가 제 짝에게 먹이를 날라다 주는 모습을 보았다. 그 모습을 보고 있자니 간식 생각이 간절해져서 콜린은 자신들도 간식을 먹어야겠다고 생각했다.

"가서 남자 하인 하나에게 철쭉이 핀 산책로까지 간식 바구니를 가져오라고 해. 그럼 너랑 디콘이랑 바구니를 이리 가져오면 되니까."

꽤 괜찮은 생각이었고 행동에 옮기는 것도 어렵지 않았다. 하얀 천이 풀밭에 깔리고 뜨거운 차와 버터 바른 토스트와 핫케이크가 놓이자, 바라던 간식을 즐겁게 먹었다. 화원에서 살림을 꾸리느라 바삐 오가던 새 몇 마리가 무슨 일인지 알아보려고 날던 것을 멈추더니 부산하게 움직이며 떨어진 부스러기가 없는지 샅샅이 살폈다. 열매와 껍질은 케이크 조각을 들고 나무로 쪼르르 올라갔다. 검댕이는 버터 바른 핫케이크 반쪽을 통째로 가지고 구석으로 가서는 콕콕 찍고 이리저리 굴리며 살펴보고 거칠게 소리를 내뱉더니 결국 핫케이크를 한 입에 꿀꺽 삼켜 버렸다.

오후는 점점 무르익어 갔다. 햇살의 황금빛은 점점 더 깊어 갔고, 벌들도 집으로 돌아가고 새들도 뜸하게 날아다녔다. 디콘과 메리는 풀밭에 앉아 있었고 간식 바구니는 저택으로 다시 가져갈 수 있게 챙겨 놓았다. 콜린은 이마 위로 무겁게 흘러내려와 있던 머리채를 뒤로 쓸어 넘긴 채 쿠션에 몸을 기대고 누워 있었다. 얼굴색이 훨씬 자연스러워 보였다. 콜린이 말했다.

"오후가 가는 게 싫어. 하지만 내일도 모레도 그 다음날도, 또 그 다음날도 올 거니까."

메리가 말했다.

"그럼 신선한 공기를 잔뜩 마시게 되겠구나, 그렇지?"

콜린이 대답했다.

"다른 건 하나도 마시지 않을 거야. 이제 봄은 봤으니까 여름도 볼 거야. 여기서 자라는 건 뭐든 다 볼 거야. 그리고 나도 여기에서 어른이 될 때까지 자랄 거야."

디콘이 말했다.

"그렇게 될 깁니더. 우리가 머지않아 다른 사람들처럼 도련님이 여길 걷고 땅을 파게 맹글 깁니더."

콜린이 빨갛게 상기된 얼굴로 외쳤다.

"걷는다고! 땅을 파! 내가?"

콜린을 바라보는 디콘의 눈빛이 매우 조심스러웠다. 디콘도 메리도 콜린의 다리에 무슨 문제가 있는지 묻지 못했던 것이다. 하지만 디콘은 단호하게 대답했다.

"그리 되고말고요. 도련님도…… 도련님도 넘들이랑 똑같이 다리가 있다 아입니꺼!"

메리는 콜린의 대답을 듣기 전까지 두려움에 떨었다.

"딱히 다리에 문제가 있는 건 아니야. 하지만 너무 가늘고 약해. 너무 후들거려서 두 다리로 서 보기가 두려워."

메리와 디콘은 안도의 한숨을 내쉬었다.

디콘이 다시 생기를 되찾고 말했다.

"도련님이 두려움을 떨쳐 버리든 두 다리로 서게 될 깁니더. 그리고 조만간 두려움을 떨쳐 버리게 될 기라예."

"그럴까?"

콜린은 이것저것 곰곰이 생각하는지 가만히 누워 있었다.

세 아이는 잠시 동안 아무 말 없이 조용히 있었다. 해는 점점 기울고 있었다. 모든 게 잠잠해질 시간이었고 아이들은 정말 바쁘고 신 나는 오후를 보낸 뒤였다. 콜린은 아주 기분 좋게 쉬고 있는 듯 보였다. 동물들까지도 돌아다니던 것을 멈추고 아이들 옆에 한데 모여 쉬고 있었다. 검댕이는 다리 하나를 접고 낮은 가지에 앉아 졸린 듯이 회색 눈꺼풀(*새들은 대부분 눈꺼풀이 두 겹으로 안쪽에 '순막'이라는 불투명한 막으로 된 속눈꺼풀이 있다.)을 내리깔고 있었다. 메리의 개인적인 생각으로는 곧 코를 골며 잠이 들 것 같았다.

한참을 고요한 상태로 있다 보니, 콜린이 반쯤 고개를 들고 갑자기 놀란 듯 목소리를 낮춰 외쳤을 때 아이들은 깜짝 놀라고 말았다.

"저 사람은 누구야?"

디콘과 메리는 허둥지둥 몸을 일으키고는 낮은 목소리로 재빨리 외쳤다.

"사람?"

콜린이 높은 담을 가리키며 흥분한 목소리로 속삭였다.

"봐! 저기 봐!"

메리와 디콘이 휙 몸을 돌려 그쪽을 보았다. 벤 웨더스태프 노인이 담 너머에 있는 사다리 꼭대기에서 성난 얼굴로 아이들을 노려보고 있었다. 노인은 메리를 향해 주먹을 흔들며 소리를 질렀다.

"내가 결혼만 했어도, 그리고 아가씨가 내 딸년만 됐어도 실컷 패 줬을 기다!"

노인은 기세 좋게 담 아래로 뛰어내려서 메리를 혼내 주기라도 할 것처럼, 위협하듯 사다리 한 칸을 더 올라왔다. 하지만 메리가 그쪽으로 다가가자 그 편이 더 마음에 들었는지 사다리 꼭대기에 그대로 서서 아래에 있는 메리를 향해 주먹을 흔들었다. 벤 노인이 길게 열변을 토했다.

"내는 아가씨를 좋게 생각한 적이 없었다! 아가씨를 첨 보는 순간부터 아주 참을 수가 없었제. 얼굴은 누리끼리하고 삐쩍 마른 기대빗자루 같은 가시나가 꼬치꼬치 뭘 물어 쌌고 반기지도 않는데 여개저개 껴들기나 하고 말이다. 아가씨가 우째 나랑 친해진 건지 모리겠다. 울새만 아니었어도…… 이 망할 놈의 울새가……."

메리가 겨우 숨을 고르고는 약간 헐떡거리는 목소리로 담 밑에서 소리쳤다.

"벤 할아버지. 벤 할아버지. 울새가 내게 길을 가르쳐 준 거예요!"

그러자 벤 노인은 정말 당장이라도 담을 넘어 메리가 있는 쪽으로 뛰어내릴 듯 보였다. 노인은 머리끝까지 화가 났다. 노인이 메리를 내려다보며 소리쳤다.

"이런 못된 가시나 같으니! 지 잘못을 울새한테 다 떠넘기나? 녀석이 정말 뻔뻔스럽기는 하지만 녀석이 길을 갈쳐 줬다니! 녀석이! 시상에, 이 몹쓸 가시나."

메리는 노인이 호기심에 사로잡혀 있었으므로 다음으로 무슨 말이 나올지 알고 있었다.

"그런데 거는 우뜩게 들어간 기가?"

메리가 완강하게 우겨 댔다.

"울새가 길을 가르쳐 주었다니까요. 울새는 자기가 뭘 하는지도 몰랐지만 분명히 그랬어요. 그리고 나한테 그렇게 주먹을 흔들어 대고 있으면 난 말해 줄 수가 없어요."

바로 그 순간 노인은 갑자기 주먹을 흔들던 것을 멈추었고, 메리 뒤편으로 풀밭을 지나 자신에게로 다가오는 뭔가를 보고는 입이 떡 벌어졌다.

처음에 콜린은 노인이 마구 퍼붓는 말에 너무 놀라서 주문에라도 걸린 것처럼 앉아서 듣고만 있었다. 하지만 도중에 정신을 차렸고 거만한 손짓으로 디콘을 불렀다. 콜린이 명령했다.

"저쪽으로 휠체어를 밀어 줘! 가까이 가서 저 사람 바로 앞에 세워!"

그리고 세상에, 벤 웨더스태프 노인은 이 모습을 보고는 입이 떡 벌어졌던 것이었다.

노인에게 다가오는 화려한 쿠션과 무릎 덮개가 놓인 휠체어는 마치 국왕이 탄 마차처럼 보였다. 새까만 속눈썹이 빽빽이 난 커다란 눈으로 가늘고 하얀 손을 노인을 향해 거만하게 뻗은 채 왕명이라도 내리는 듯한 젊은 라자가 그 안에 등을 기대고 앉아 있었던 것이다. 그리고 그 마차는 벤 웨더스태프 노인의 코밑에 멈춰섰다. 노인의 입이 떡 벌어진 것도 지극히 당연했다. 라자가 물었다.

"내가 누군지 알아?"

그 모습을 바라보는 노인의 표정이라니! 붉게 충혈된 늙은 두 눈은 마치 유령이라도 보고 있는 것처럼 자기 앞에 못 박혀 있었다. 노인은 그 모습을 바라보기만 하면서 침을 꼴깍 삼키고 아무 말도 하지 못했다.

콜린이 더욱 거만하게 물었다.

"내가 누군지 알아? 대답해!"

벤 노인은 마디진 손을 들어 눈을 훔치고 이마를 훔치더니 묘하게 떨리는 목소리로 대답했다.

"도련님이 누구냐꼬요? 야, 알죠. 도련님의 모친과 똑같은 눈으로 내를 바라보고 있는데요. 도련님이 어떻게 여까지 오셨는지 모르겠네예. 도련님은 불쌍한 불구자인데."

콜린은 아픈 등이 있었는지조차 깡그리 잊고는 빨갛게 달아오른 얼굴로 꼿꼿이 허리를 펴고 앉았다.

콜린이 분노 어린 목소리로 소리쳤다.

"난 불구가 아니야! 아니라고!"

메리도 몹시 격분해서 소리 높여 외쳤다.

"불구가 아니에요! 콜린한테는 핀만 한 혹도 없어요. 내가 다 살펴봤는데 없었어요. 하나도요!"

벤 노인은 다시 손으로 이마를 훔치고는 아무리 봐도 부족하다는 듯 콜린을 보고 또 보았다. 노인의 손도 입도 목소리도 떨렸다.

무지하고 눈치 없는 노인은 자신이 들은 말을 곧이곧대로 믿었던 것이다. 노인이 쉰 목소리로 말했다.

"도련님은…… 도련님은 등이 굽지 않았십니꺼?"

"아니야!"

노인의 쉰 목소리는 더욱더 심하게 떨렸다.

"도련님은…… 도련님은 다리가 휘지 않았십니꺼?"

너무 심한 말이었다. 평소에 콜린이 성깔을 부리는 데 썼던 힘은 이제 전혀 새로운 방식으로 콜린의 온몸을 타고 흘렀다. 아직까지 다리가 굽었다는 얘기는 속삭이는 소리로라도 들어 본 적이 없었다. 벤 노인의 말로 인해 실체가 밝혀진 너무나 어리석은 믿음은 라자의 살과 피가 감당하기에는 너무도 벅찬 것이었다. 분노와 뭉개진 자존심은 콜린으로 하여금 바로 이 순간 외에는 모든 걸 잊게 했고, 전에는 알지 못했던 힘이 솟구치게 만들었다. 비정상적이라고 할 만한 힘이었다.

콜린이 디콘에게 소리쳤다.

"이리 와! 이리 와! 이리 와! 당장!"

콜린은 다리를 덮은 덮개를 걷어 내더니 휠체어에서 몸을 빼기 시작했다. 디콘은 곧장 그 옆으로 갔고 메리는 가쁜 숨을 내쉬며 자신의 얼굴이 창백해지는 것을 느꼈다. 그리고 숨죽인 목소리로 최대한 빠르게 중얼거렸다.

"콜린은 할 수 있어! 할 수 있어! 할 수 있어! 할 수 있어!"

짧은 순간 격렬한 사투가 벌어졌고 무릎 덮개가 바닥으로 떨어졌다. 디콘이 콜린의 팔을 잡자 가는 두 다리가 휠체어 밖으로 나왔고 여윈 두 발이 풀밭을 밟았다. 콜린은 똑바로 서 있었다. 똑바로…… 화살처럼 몸을 쭉 펴니 이상할 만큼 커 보였다. 콜린은 머리를 뒤로 젖혔고 묘한 눈에서는 불이 번쩍였다. 그리고 노인에게 거칠게 말을 내뱉었다.

"나를 봐! 나를 보라고! 당신! 나를 보란 말이야!"

디콘이 소리쳤다.

"도련님은 지만큼이나 꼿꼿합니더! 어느 요크셔 아보다 곧십니더!"

그 순간 벤 노인의 행동은 메리가 보기에 이상하기 짝이 없었다. 노인은 목이 메어 침을 꿀떡 삼키는가 싶더니 풍파에 시달려 주름진 두 뺨 위로 갑자기 눈물을 흘렸다. 노인은 늙은 두 손을 모으고는 갑자기 말문을 열었다.

"아이고! 사람들이 거짓말을 했네예! 말라빠지고 유령처럼 하얗기는 해도 혹 같은 건 없네예. 도련님도 어엿한 사나가 되겠십니더. 하느님의 축복이 있기를!"

디콘이 팔을 강하게 잡아 주고는 있었지만 다행히 콜린은 불안하게 비틀거리지 않았다. 더욱더 몸을 꼿꼿이 세우고는 벤 노인의 얼굴을 똑바로 응시했다.

"아버지가 없을 때는 내가 주인이야! 그러니 내 말에 복종해. 이곳은 내 화원이야. 이곳에 대해서는 한 마디도 해서는 안 돼! 그 사다리에서 내려가서 긴 산책로로 가도록 해. 그러면 메리 아가씨가 마중을 나가서 할아범을 이리로 데려올 거야. 할아범에게 얘기를 해야겠어. 할아범을 끼어 줄 생각은 없었지만 이제 할아범도 우리와 비밀을 함께해야 할 거야. 서둘러!"

벤 노인의 늙고 심술궂은 얼굴은 이상하기 짝이 없는 눈물로 여전히 젖어 있었다. 노인은 고개를 젖힌 채 두 발로 마른 몸을 지탱하며 꼿꼿이 서 있는 콜린에게서 눈을 뗄 수 없는 듯 보였다.

노인이 속삭이듯 말했다.

"아! 도련님, 우리 도련님!"

그리고는 정신을 차린 듯 갑자기 정원사들이 인사하는 식으로 모자를 만지며 말했다.

"야, 주인님! 야, 주인님!"

그리고 순순히 계단을 내려가더니 이내 눈앞에서 사라졌다.

22. 해가 질 때

노인의 머리가 시야에서 사라지자 콜린이 메리를 돌아보며 말했다.

"마중 나가 봐."

메리는 나는 듯 풀밭을 가로질러서 담쟁이덩굴 아래 문으로 향했다.

디콘은 날카로운 눈으로 콜린을 바라보고 있었다. 두 뺨은 홍조를 띠었고 놀라운 모습을 하고 있었지만 넘어질 것 같은 기미는 보이지 않았다.

"난 설 수 있어."

콜린은 여전히 고개를 똑바로 쳐든 채 아주 당당한 말투로 그렇게 말했다.

디콘이 대답했다.

"두려움만 없으마 설 수 있을 기라 했다 아입니꺼. 이제 두렵지 않은가 봅니더."

"그래, 이제 두렵지 않아."

그 순간 콜린은 메리가 했던 말이 불쑥 떠올라 날카로운 목소리로 디콘에게 물었다.

"네가 마법을 부리는 거야?"

입가가 올라간 디콘의 입이 활짝 기분 좋은 미소를 지었다.

"마법은 도련님이 부리고 있네예. 여기 땅에서 이것들이 자라게 하는 마법과 같은 기라예."

그러고는 두툼한 장화로 풀밭 속에 무리지어 핀 크로커스를 건드렸다.

콜린이 크로커스를 내려다보며 천천히 말했다.

"그래, 그것보다 더 대단한 마법은 없을 거야. 없고말고."

콜린은 몸을 한층 더 곧게 펴더니, 몇 발짝 떨어진 곳에 있는 나무를 가리키며 말했다.

"저 나무까지 걸어갈 거야. 웨더스태프가 왔을 때는 서 있을 거야. 힘들면 나무에 기대어 쉴 수 있겠지. 내가 앉고 싶을 땐 앉을 거지만 그전까지는 안 돼. 휠체어에서 무릎 덮개를 가져와."

콜린은 나무까지 걸어갔다. 디콘이 팔을 잡아 주기는 했지만 놀랍도록 흔들림이 없었다. 나무 둥치에 기대어 서 있을 때도 완전히 둥치에 기대 몸을 지탱하고 있다고 보기는 어려웠다. 콜린은 여전히 몸을 똑바로 펴고 있었고, 그래서 키가 커 보였다.

담에 난 문으로 들어온 벤 웨더스태프 노인은 콜린이 거기 서 있는 것을 보았고 메리가 숨죽여 중얼거리는 소리를 들었다.

"뭐라고 지껄여 쌌노?"

노인이 짜증 섞인 말투로 물었다. 노인은 크고 마른 소년이 곧게 선 모습과 그 자신만만한 얼굴을 방해받지 않고 마음껏 바라보고 싶었기 때문이었다.

하지만 메리는 아무 대답도 하지 않고 계속 이렇게 중얼거렸다.

"넌 할 수 있어! 넌 할 수 있어! 내가 할 수 있다고 했잖아! 할 수 있어! 할 수 있다고!"

메리는 콜린을 향해 이 말을 하고 있었다. 마법이라도 부려서 콜린이 계속 이렇게 두 발로 선 모습으로 있게 만들고 싶었던 것이다. 메리는 콜린이 벤 노인 앞에서 포기하고 주저앉는 것을 견딜 수 없었다. 콜린은 주저앉지 않았다. 메리는 갑자기 콜린이 비쩍 마르기는 했어도 아주 아름답게 보인다는 생각에 마음이 흡족했다. 콜린은 그 괴상하고 거만한 태도로 벤 노인에게서 눈을 떼지 않았다. 콜린이 명령하듯 말했다.

"날 봐! 날 자세히 보란 말이야! 내가 곱사등이야? 내 다리가 굽었어?"

벤 노인은 감정을 완전히 추스르지는 못했지만 조금 진정이 되었는지 거의 평소와 같은 말투로 대답했다.

"어데예. 하나도 안 그렇십니더. 도대체 뭘 하고 있었던 깁니꺼? 안 보이게 숨어서 사람들이 도련님을 불구자에 모자라다고 생각하게 내뻐려 둔 깁니꺼?"

콜린이 성난 목소리로 말했다.

"모자라다고? 누가 그런 생각을 해?"

"멍청한 것들이 그러지예. 세상에는 시끄럽게 떠들어 대는 멍청이들이 넘쳐 나고 그 멍청이들이 떠들어 댄다는 기 죄다 거짓말이니까예. 그렇게 꼭꼭 틀어박혀 있었던 이유가 뭡니꺼?"

콜린이 퉁명스럽게 대답했다.

"모두들 내가 죽을 거라고 생각했으니까. 난 안 죽어!"

콜린이 하도 단호하게 말해서 벤 웨더스태프 노인은 콜린을 위아래로, 다시 아래위로 살펴보았다.

눈물이 다 마른 노인이 기쁨의 환성을 질렀다.

"죽는다꼬요! 택도 없는 소리! 도련님 같이 배짱 두둑한 사람이 우째 죽십니꺼? 도련님이 그리 급하게 땅에 다리를 딛는 걸 보고 도련님이 괜찮다는 걸 알았다 아입니꺼. 도련님, 잠깐 저기 덮개에 앉아서 지한테 분부만 내리소."

노인의 태도에는 괴팍한 다정함과 다 꿰뚫는 듯한 이해력이 묘하게 섞여 있었다. 메리는 이미 노인과 함께 긴 산책로를 내려올 때 최대한 빠르게 할 말을 쏟아냈었다. 메리는 노인이 가장 명심해야 할 것은 콜린이 점점…… 점점 나아지고 있다는 사실이라고 했다. 화원이 그렇게 만들고 있다고, 그 누구도 콜린이 곱사등이나 죽음에 관해 기억하게 만들어서는 안 된다고 했다.

라자는 고집을 꺾고 나무 아래에 덮개를 깔고 앉았다. 콜린이 물었다.

"정원에서 무슨 일을 하지, 웨더스태프?"

"시키는 일은 뭐든 하지예. 어떤 분의 호의로 계속 일하고 있십니더. 그분이 절 좋아하셨지예."

"그분이라니?"

"도련님의 어머니 말입니더."

"우리 엄마? 여기가 엄마의 정원이었지?"

콜린은 그렇게 묻고는 노인을 조용히 살폈다.

"야, 그랬지예. 마님은 여길 가장 좋아하셨십니더."

벤 노인 역시 콜린을 살피며 대답했다.

"이제는 내 정원이야. 난 여기가 좋아. 매일 여기에 올 거야. 하지만 비밀로 해야 해. 내가 지시 내릴 건 우리가 여기 오는 걸 아무도 몰라야 한다는 거야. 디콘과 내 사촌이 일해서 이곳을 다시 살아나게 했어. 가끔 사람을 보내서 당신에게 도와달라고 할 거야. 하지만 아무도 안 볼 때 와야 해."

벤 웨더스태프 노인은 메마르고 늙은 얼굴을 일그러뜨려서 미소를 지었다.

"전에도 아무도 안 볼 때 왔다 아입니꺼."

콜린이 소리쳤다.

"뭐? 언제?"

노인이 턱을 문지르며 주위를 둘러보았다.

"마지막으로 온 기 아마 재작년쯤이었지예."

"하지만 여기에는 10년 동안 아무도 들어오지 않았어. 문도 없잖아!"

벤 노인이 무덤덤하게 대답했다.

"제가 그 아무도지예. 그리고 문으로 들어오지도 않았꼬요. 담을 넘었지예. 류머티즘 때문에 지난 2년 동안은 들어올 수 없었십니더."

디콘이 외쳤다.

"할아버지가 들어와서 가지를 쳤네예! 어떻게 된 긴지 도통 알수가 없었는데."

벤 노인이 천천히 말했다.

"마님이 여를 많이 좋아하셨지예. 진짜로! 젊고 아름다운 분이셨는데. 언젠가 부인이 그러셨지예. '벤, 내가 만약 병이 들거나 세상을 떠나면 내 장미들을 돌봐 줘야 해요.'라꼬요. 하지만 마님이 돌아가시니깐 아무도 여 가까이 오지 말라는 지시가 있었지예."

그러더니 심술궂고 고집스런 말투로 말했다.

"하지만 지는 왔십니더. 담삐락을 넘어서 말입니더. 류머티즘 때문에 들어갈 수 없게 되기까지 매년 와서 쪼매씩 손질을 해 줬지예. 지한테 분부를 내린 건 마님이 먼저니까예."

디콘이 말했다.

"할배가 손질해 주지 않았으면 저렇게 생생하지 못했을 김니더. 어찌 된 건지 진짜 궁금했십니더."

콜린이 말했다.

"그렇게 해 주었다니 기쁘군, 웨더스태프. 어떻게 비밀을 지켜야 하는지도 알겠군."

벤 노인이 대답했다.

"하모요, 알고말고요. 지 같이 류머티즘이 있는 노인은 문으로 들어오는 편이 훨씬 쉬울 김니더."

나무 근처 풀밭에는 메리가 놓아둔 모종삽이 있었다. 콜린이 손을 뻗어 그걸 집어 들었다. 콜린의 얼굴에 묘한 표정이 떠오르더니 땅을 긁어내기 시작했다. 콜린의 여윈 손은 너무나 약해 보였다. 하지만 모두가 자신을 지켜보는 앞에서, 특히 메리가 숨을 죽이고 지켜보는 가운데 콜린은 이내 삽 끝을 흙 속에 찔러 넣고 흙을 파 엎었다. 메리가 혼잣말로 중얼거렸다.

"넌 할 수 있어! 넌 할 수 있어! 정말이야, 할 수 있어!"

디콘의 눈에는 강렬한 호기심이 가득했지만 한 마디도 하지 않았다. 벤 노인도 흥미로운 얼굴로 지켜보았다.

콜린은 끈기 있게 땅을 팠다. 삽으로 몇 번 흙을 파 엎은 다음, 자신이 할 수 있는 가장 그럴듯한 요크셔 사투리로 디콘에게 의기양양하게 말했다.

"니가 딴 사람들이랑 똑같이 여서 걸어다니게 해 준다꼬 했제? 땅을 파게 해 준다꼬도 했고. 난 니가 내 기분을 맞춰 준다꼬 거짓말을 한다 생각했다. 오늘이 여기 온 첫날인데 난 걸었고…… 봐라, 땅도 파고 있다 아이가."

그 말을 들은 벤 노인이 또다시 입을 떡 벌렸지만 이내 껄껄 웃으며 말했다.

"도련님은 총기가 어지간하게 있으셨네예. 그러니까 확실히 요크셔 아이 같네예. 땅도 파고 있고. 뭘 쫌 심어 보는 건 어떻겠십니꺼? 화분에 담긴 장미를 가져다 드릴 수도 있는데."

콜린이 신 나게 땅을 파며 말했다.

"어서 가서 가져와! 어서! 어서!"

모든 일이 아주 재빨리 이루어졌다. 벤 웨더스태프 노인은 류머티즘도 잊은 채 금세 자리를 떴다. 디콘도 자기 삽을 가져와 신출내기가 가늘고 하얀 손으로 팔 수 있는 것보다 더 깊고 넓게 구덩이를 팠다. 메리도 슬그머니 뛰어가서 물뿌리개를 가져왔다. 디콘이 더 깊이 구덩이를 파자 콜린이 부드러운 흙을 뒤집고 또 뒤집었다. 콜린은 하늘을 올려다보았다. 조금이나마 처음 해 보는 이상한 운동 덕에 얼굴은 발갛게 달아올라 있었다.

"해가 완전히…… 완전히 떨어지기 전에 끝내고 싶은데."

메리는 태양도 일부러 몇 분간 기다려 줄지 모른다는 생각이 들었다. 벤 노인이 온실에서 화분에 담긴 장미를 가져왔다. 노인은 절뚝거리며 잰걸음으로 풀밭을 지나왔다. 노인도 잔뜩 흥분이 되기 시작한 모양이었다. 구덩이 옆에 무릎을 꿇고 앉아 화분을 깨뜨리더니 콜린에게 장미를 건네며 말했다.

"왕도 어디를 처음 가모 이렇게 한다는데 도련님도 직접 이걸 땅에 심으소."

장미를 구덩이에 넣고 벤 노인이 흙을 다지는 동안 장미를 잡고 있던 콜린의 가늘고 하얀 손이 바르르 떨렸고 얼굴은 더 빨갛게 달아올랐다. 구덩이가 다 채워지고 흙이 단단히 다져졌다. 메리는 두 손과 무릎을 땅에 댄 채 앞으로 몸을 기울이고 있었다. 검댕이가 날아와 무슨 일인지 보려고 앞으로 다가왔다. 열매와 껍질은 벚나무에서 그에 관해 재잘거렸다.

마침내 콜린이 말했다.

"다 심었다! 해가 이제 넘어가려나 봐. 디콘, 나 좀 일으켜 줘. 일어서서 해가 지는 걸 보고 싶어. 그것도 마법의 일부야."

디콘이 콜린을 일으켜 세웠다. 그게 마법이었건 다른 무엇이었건 간에 콜린에게 힘을 주었다. 그리고 해가 넘어가며 아이들을 위한 낯설고도 유쾌한 오후가 끝났을 때 콜린은 자신의 두 발로 서 있었다. 웃으면서 말이다.

23. 마법

세 아이가 저택으로 돌아왔을 때 크레이븐 박사가 한참을 기다리고 있었다. 박사는 사람을 보내 정원을 뒤져 보게 하는 편이 낫지 않을까 고민하기 시작하던 참이었다. 콜린이 자신의 방으로 돌아오자 그 가여운 남자는 콜린을 심각한 표정으로 살펴보았다.

"그렇게 밖에 오래 있으면 안 되는 거였는데. 넌 너무 무리를 하면 안 돼."

콜린이 말했다.

"하나도 피곤하지 않아요. 몸이 더 나아졌어요. 내일은 오후뿐만 아니라 오전에도 나갈 거예요."

박사가 대답했다.

"그걸 허락해도 좋을지 모르겠구나. 현명한 생각이 아닌 것 같아."

콜린이 아주 심각한 목소리로 말했다.

"날 막으려고 하는 게 더 현명하지 못해요. 난 나갈 거예요."

콜린의 가장 특이한 점 가운데 하나는, 사람들을 마구 부리는 자신의 태도가 얼마나 무례하고 막돼먹었는지 본인 스스로 전혀 모른다는 것이었고, 메리조차도 그 사실은 이미 알고 있었다. 콜린은 여태껏 무인도 같은 곳에서 살았고 그 무인도에서는 자신이 왕이었으므로 제멋대로 행동했다. 그리고 콜린에게는 자신과 비교할 대상이 아무도 없었다. 메리도 예전에는 콜린과 다를 바가 없었지만 미셀스웨이트에서 지내면서 자신의 태도가 평범하거나 남들에게 인기를 얻을 만한 것은 못 된다는 사실을 점차 깨닫게 된 것이다. 이런 깨달음을 얻은 뒤, 메리는 자연스럽게 꽤 흥미를 느끼며 콜린에게 이야기해 볼 마음을 먹게 되었다.

그래서 메리는 크레이븐 박사가 떠난 뒤 몇 분 동안 앉아서 호기심 어린 눈으로 콜린을 바라보았다. 메리는 자신이 왜 그러고 있는지 콜린이 물어보게 만들고 싶었고, 당연히 그렇게 되었다.

"왜 날 그렇게 쳐다보는 거야?"

"난 크레이븐 박사가 안됐다는 생각이 들어서."

"나도 그래. 내가 죽지 않을 테니 이제 미셀스웨이트를 하나도 물려받을 수 없게 된 거잖아."

콜린은 아주 태연하게 말하긴 했지만, 만족해하는 듯한 느낌은 없었다. 메리가 말했다.

"물론 그것 때문에 안됐다는 것도 있지만 늘 버릇없는 남자 아이에게 10년 동안이나 친절하게 구는 것도 지긋지긋했을 거라는 생각을 했어. 나라면 그렇게 못했을 거야."

콜린이 무덤덤한 목소리로 물었다.

"내가 버릇이 없어?"

"만일 네가 박사의 아들이고 박사가 아이를 때리는 사람이었다면 박사가 널 패 줬을 거야."

"하지만 감히 그렇게 못하지."

메리는 그 문제를 곰곰이, 그리고 아무런 편견 없이 생각하며 대답했다.

"그래, 감히 못 그러지. 네가 싫어하는 건 누구도 감히 하지 못했을 거야. 뭐, 넌 곧 죽을 테니까. 넌 아주 불쌍한 아이였으니까."

콜린이 고집스럽게 말했다.

"하지만 난 이제 불쌍한 아이 따위는 되지 않을 거야. 사람들이 그렇게 생각하도록 내버려 두지도 않겠어. 난 오늘 오후에 내 발로 섰다고."

메리는 생각에 잠긴 채 조그맣게 중얼거렸다.

"항상 제멋대로 행동하다 보니까 그렇게 별난 아이가 된 거라고."

콜린이 얼굴을 찡그리며 고개를 돌렸다.

"내가 별나다고?"

"그래. 아주 많이. 하지만 언짢아할 필요 없어."

메리가 공평하게 덧붙였다.

"나도 별나니까. 벤 할아버지도 그렇고. 하지만 난 사람들을 좋아하게 되었고 정원을 찾은 뒤에는 예전만큼 별나지는 않아."

콜린이 말했다.

"난 별나기 싫어. 그렇게는 안 될 거야."

그리고 단단히 결심한 듯 다시 얼굴을 찡그렸다.

콜린은 자존심이 아주 강한 아이였다. 한동안 누워서 생각에 잠겨 있던 콜린의 얼굴에 아름다운 미소가 번지더니 얼굴 전체가 점차 변하는 게 메리 눈에 보였다.

콜린이 말했다.

"매일 화원에 간다면 더는 별나지는 일이 없을 거야. 그곳엔 마법이 있어, 좋은 마법이, 메리. 분명히 있어."

"나도 알아."

콜린이 말했다.

"진짜 마법이 아닐지도 모르지만 우리는 그렇다고 믿는 거야. 뭔가가 있긴 있어, 뭔가가!"

"마법이야. 하지만 나쁜 마법은 아니야. 눈처럼 하얀 마법이야."

둘은 언제나 그것을 마법이라고 불렀고 그 뒤로 이어진 몇 달 동안은 정말로 그런 것 같았다. 그 몇 달은 멋지고 빛나고 놀라운 것이었다. 아! 비밀의 화원에서 벌어진 그 모든 일들이라니! 정원을 가져 본 적이 없다면 결코 이해할 수 없을 것이다. 만약 정원을 가지고 있다면 그 정원에서 일어나는 모든 일들을 설명하기 위해서 책 한 권은 써야 한다는 사실을 알 것이다. 처음에는 초록 식물들이 풀밭에서, 꽃밭에서, 심지어 담의 갈라진 틈새에서까지 흙을 뚫고 끊임없이 올라오는 것처럼 보였다. 그러고는 초록 식물들에게서 꽃망울이 보이기 시작하더니 꽃망울들이 꽃잎을 펼치며 색을 보여 주기 시작했다. 온갖 빛깔의 파란색과 온갖 빛깔의 보라색, 온갖 빛깔의 진홍색을 말이다. 행복한 나날들을 맞은 꽃들은 구석구석 빠짐없이 자리를 메웠다. 벤 웨더스태프도 그 모습을 보았고 스스로 담의 벽돌들 사이에서 회반죽을 긁어낸 다음 사랑스러운 덩굴 식물들이 자랄 수 있도록 흙으로 홈을 메워 주었다. 아이리스와 흰 백합이 풀밭에서 무리를 지어 올라왔고 상록수 그늘마다 참제비고깔, 매발톱꽃, 초롱꽃 같은 긴 창 모양의 파랗고 하얀 꽃들이 멋지게 무리를 이루며 그늘을 가득 채웠다.

벤 웨더스태프 노인이 말했다.

"마님은 저것들을 제일 좋아하셨지예. 진짜로요. 저 놈들이 언제나 파란 하늘을 찌를 듯이 자라서 좋다고 말씀하시곤 했습니다. 마님은 땅만 내려다보는 그런 사람이 아니었던 기라예. 절대로. 마님은 그것도 좋아하셨지만 파란 하늘도 항상 기쁨을 주는 것 같다고 말씀하셨습니다."

디콘과 메리가 심은 씨앗들은 마치 요정들이 돌봐 주기라도 한 것처럼 무럭무럭 자랐다.

반짝반짝 빛나는 온갖 빛깔의 양귀비꽃 수십 송이가 다른 꽃들을 얕보는 듯 화려한 자태로 바람에 춤추었다. 다른 꽃들이라 함은 화원에서 오랫동안 살아왔고 어떻게 양귀비꽃들이 화원으로 오게 되었는지 궁금해하는 것처럼 보이는 꽃들 말이다. 그리고 장미…… 장미! 풀밭에서 자라 해시계에 엉켜 있었고 나무 둥치를 휘감고 있었으며 가지에 매달려 담을 타고 오르고 폭포처럼 늘어진 기다란 화환처럼 담 전체를 뒤덮고 있었다. 그것들은 매일매일 매시간 살아나고 있었다. 아주 싱싱한 잎들과 꽃봉오리들…… 그 꽃봉오리들은 처음에는 아주 작았지만 부풀어 오르며 마법을 부리더니, 활짝 봉오리를 열며 그 속에 담긴 꽃향기를 넘칠 듯 말 듯 흘려보내며 화원을 꽃향기로 가득 채웠다.

콜린은 변화가 일어나는 것을 놓치지 않고 모두 지켜보았다. 비만 오지 않으면 아침마다 휠체어를 타고 밖으로 나가 온종일 화원에서 시간을 보냈다. 흐린 날조차도 마음에 들었다. 그런 날에 콜린은 풀밭에 누워 '식물들이 자라는 것을 지켜본다'고 했다. 오랫동안 지켜보고 있으면 꽃망울이 터지는 모습까지도 볼 수 있다고 했다. 뭔지 모르지만 분명 중요한 일을 하느라 이리저리 바쁘게 돌아다니는 이상한 곤충과도 친하게 지낼 수 있다고 했다. 녀석들은 가끔 조그만 지푸라기나 깃털, 음식 부스러기를 운반하기도 하고, 마치 그게 꼭대기에 올라가면 그 주변을 살필 수 있는 나무라도 되는 양 풀잎을 기어오르기도 했다. 두더지 한 마리가 아침 나절 내내 콜린의 마음을 빼앗아 가기도 했다. 두더지는 굴 밖으로 흙더미를 던지며 마침내 꼬마 요정의 손처럼 생긴, 긴 발톱이 난 앞발을 쏙 내밀며 밖으로 나왔던 것이다. 개미, 딱정벌레, 벌, 개구리, 새, 식물들이 사는 모습이 전부 콜린에게는 탐험해 보고 싶은 신세계였다. 디콘이 그 모든 것을 찾아 보여 주었을 뿐 아니라 여우, 수달, 흰족제비, 다람쥐, 송어, 물쥐, 오소리가 사는 모습 또한 보여 주었으므로 이야기하고 생각할 거리는 무궁무진했다.

그런데 이건 마법의 절반도 되지 않았다. 자신이 두 발로 섰다는 사실은 콜린으로 하여금 많은 생각을 하도록 만들었다. 메리가 그때 자신이 걸었다는 주문 얘기를 하자 콜린은 신이 나서 맞장구를 쳤다. 그리고 틈만 나면 그 이야기를 했다.

어느 날 콜린이 지혜롭게 말했다.

"물론 세상에는 많은 마법이 있어. 하지만 사람들은 그게 어떤 건지, 어떻게 부리는지 모르지. 어쩌면 마법의 시작은 좋은 일이 생길 거라고 이야기하는 게 전부인지도 몰라. 그 일이 실제로 일어날 때까지 말이지. 내가 직접 실험해 볼 생각이야."

다음날 아침 세 아이가 비밀의 화원에 도착했을 때, 콜린은 곧장 벤 노인을 데려오라고 했다. 노인이 부리나케 달려와 보니 라자는 나무 아래 서서 아주 당당해 보였고 얼굴에는 아름다운 미소까지 짓고 있었다. 콜린이 말했다.

"안녕, 벤 웨더스태프. 내가 아주 중요한 얘기를 하려고 하니까 당신도 디콘이랑 메리 아가씨와 함께 나란히 서서 내 이야기를 들어줬으면 좋겠어."

"옛, 나리!"

노인은 대답하면서 이마를 살짝 건드렸다(벤 노인이 오랫동안 숨겨 왔던 매력 가운데 하나는 노인이 어린 시절 바다로 도망쳐서 항해를 한 적이 있었고, 그런 까닭에 선원처럼 대답할 수 있다는 것이었다.).

라자가 설명하기 시작했다.

"난 과학 실험을 해 볼 생각이야. 난 어른이 되면 위대한 과학적 발견들을 할 거고 지금 이 실험으로 시작해 보려고 해."

"옛, 나리!"

노인은 위대한 과학적 발견이란 소리는 생전 처음 들어보는 것이었지만 곧바로 대답했다.

메리도 그런 소리를 듣는 건 처음이었다. 하지만 요즘 들어 메리는 콜린이 괴팍한 만큼 책에서 이상한 것들을 많이 읽었고, 그래선지 꽤 그럴듯하게 이야기할 줄도 아는 아이라는 사실을 깨달았다. 곧 열한 살이 되는 아이에 불과하지만 콜린이 고개를 들고 그 이상한 두 눈으로 뚫어져라 바라보면, 자신도 모르게 그 애의 말을 믿게 되는 것 같았다. 바로 이 순간 콜린은 갑자기 자신도 어른처럼 연설 같은 걸 하고 있다는 생각에 푹 빠져 있었으므로, 콜린의 말은 그 어느 때보다 더 설득력이 있었다.

"내가 하려고 하는 위대한 과학적 발견은 마법에 대한 거야. 마법은 위대한 것인데 그에 관해 아는 사람은 거의 없어. 오래된 책속에 나오는 몇몇 사람들을 빼면 말이야. 메리도 수행자들이 있는인도에서 태어났기 때문에 마법을 조금은 알아. 내 생각엔 디콘도마법을 좀 아는데, 정작 본인은 그 사실을 모르는 것 같아. 디콘은 동물과 사람의 마음을 빼앗을 수 있으니까. 만약 디콘이 동물을 부리는 마법사가 아니었다면 나를 만나러 오게도 하지 않았을거야. 디콘은 소년을 부리는 마법사이기도 하거든. 소년도 동물이니까 말이야. 난 모든 것에 마법이 있다고 믿어. 단지 우리가 그 존재를 느끼고 찾아내서 전기나 말이나 증기처럼 유용하게 사용하지못할 뿐이지."

콜린의 말이 너무나 감동적이었는지, 벤 노인은 잔뜩 흥분해서가만히 있을 수가 없었다.

"옛, 나리!"

노인은 그렇게 대답하고는 자세를 바로잡고 똑바로 섰다. 연설자가 연설을 계속 이어갔다.

"메리가 발견했을 때만 해도 이곳은 완전히 죽은 듯 보였어. 그러다가 어떤 힘이 흙 밖으로 식물들을 밀어내면서 아무것도 없는곳에서 뭔가 만들어지기 시작한 거야. 어느 날에는 아무것도 없더니 다시 가 보니 뭔가 생겨 있더란 말이지. 나는 한 번도 이런 걸본 적이 없어서 부쩍 호기심이 생겼어. 과학자들은 늘 호기심이 많은 편이고, 난 과학자가 될 거니까. 난 계속 마음속으로 생각했어. '그게 뭘까? 그게 뭘까?'라고 말이야. 그건 정말 대단한 거야. 아무것도 아닐 리가 없어. 난 이름을 몰라서 결국 그걸 마법이라고 부르지. 난 해가 떠오르는 걸 본 적이 없지만 메리와 디콘은 그 모습을 보았지. 그리고 두 사람이 내게 들려준 얘기를 통해 난 그것 역시 마법이라고 확신해. 어떤 힘이 해를 밑에서 밀고 위에서 잡아당기는 거야. 화원에 나와 있게 된 후부터는 가끔 나무들 사이로 하늘을 올려다봐. 그럼 이상하게도 행복한 기분이 들어. 마치 뭔가가 내 가슴속에서 밀고 잡아당기면서 가쁜 숨을 몰아쉬게 만드는 것처럼 말이야. 마법은 늘 밀고 잡아당기고 아무것도 없는 곳에서 새로운 걸 만들어 내. 모든 게, 잎사귀와 나무, 꽃과 새, 오소리와 여우와 다람쥐와 사람까지도 마법으로 생겨난 거야. 그러니 우리 주변은 온통 마법인 게 틀림없어. 이 화원에도…… 세상 모든 곳에도. 이 화원의 마법이 나를 일어서게 했고 난 이제 내가 살아서 어른이 될 거라는 사실을 알아. 난 과학적 실험을 해서 그 마법을 찾아 내 안에 집어넣고는 나를 밀고 잡아당기고 튼튼하게 만들도록 해 볼 거야. 어떻게 하는지 방법은 모르지만 계속 그 생각을 하고 부르다 보면 언젠가 올지도 모른다는 생각이 들어. 어쩌면 그게 마법을 손에 넣는 가장 첫 단계일지도 몰라. 내가 처음 일어서려고 할 때 메리가 계속 빠르게 중얼거렸어. '넌 할 수 있어! 넌 할 수 있어!'라고 말이야. 그리고 난 정말로 일어섰지. 물론 그때 나 스스로도 노력해야 했지만, 메리의 마법이 날 도왔던 거야. 디콘의 마법도 그렇고. 매일 아침과 저녁, 그리고 하루에도 몇 번씩 기억날 때마다 말할 거야. '마법은 내 안에 있어! 마법이 날 좋아지게 하고 있어! 난 디콘만큼, 디콘만큼 튼튼해질 거야.'라고. 그러니 여러분도 그렇게 해야 해. 그게 내 실험이야. 나를 도와주겠어, 벤 웨더스태프?"

"옛, 나리! 그리고말고요."

"만약 군인들이 훈련을 받듯이 규칙적으로 매일 그렇게 하다 보면 우리는 무슨 일이 벌어지는지 알게 될 거고 실험이 성공했는지도 알게 되겠지. 어떤 걸 머릿속에 영원히 남을 때까지 계속해서 말하고 생각하다 보면 그걸 기억하게 돼. 난 마법도 똑같을 거라고 생각해. 계속해서 찾아와서 도와달라고 마법을 부르면 마법은 몸의 일부가 되고 남아서 여러 가지 일들을 하게 될 거야."

메리가 말했다.

"예전에 인도에서 어떤 장교가 같은 말을 수천 번 반복해서 말하는 수행자들이 있다고 엄마한테 이야기하는 걸 들었어."

벤 노인이 무뚝뚝하게 말했다.

"지도 젬 페틀워스의 마누라가 같은 말을 수천 번 반복한다는 얘길 들었십니더. 맨날 젬을 지겨운 주정뱅이 놈이라고 불렀지예. 그런데 진짜로 늘 뭔가가 일어났십니더. 젬이 지 마누라를 실컷 패고는 블루 라이온 술집에 가서 술을 진탕 마셨으니까예."

콜린은 이맛살을 찌푸리며 잠시 생각에 잠기더니 이내 환한 얼굴로 말했다.

"뭔가 일어났다는 건 알 수 있잖아. 그 여자는 잘못된 마법을 사용해서 결국 남편이 자길 때리게 만든 거야. 만약 그 여자가 옳은 마법을 써서 뭔가 좋은 말을 했다면 그 남편이 그렇게 술을 많이 마시지 않았을지도 모르고 어쩌면…… 어쩌면 부인한테 새 보닛 모자를 사 줬을지도 모른지."

벤 노인은 껄껄 웃었고 그의 조그만 눈에는 감탄의 빛이 번득였다.

"도련님은 다리만 쭉 뻗은 기 아니라 머리도 똑똑하네예. 다음 번에 베스 페틀워스를 만나모 어떤 마법이 도움이 되는지 넌지시 알려 줘야겠십니다. 그 과학적인 실험이란 기 효과가 있으마 베스가 엄청시리 기뻐할 깁니다. 젬도 그렇고요."

디콘은 가만히 서서 기쁨과 호기심으로 동그란 두 눈을 빛내며 강의를 들었다. 열매와 껍질이 디콘의 양 어깨에 앉아 있었고 팔에는 귀가 긴 하얀 토끼가 안겨 있었다. 디콘이 다정하게 쓰다듬고 또 쓰다듬자 귀를 뒤로 젖히고 디콘의 손길을 한껏 즐겼다.

"네가 보기에 실험이 성공할 것 같니?"

콜린은 디콘이 어떻게 생각하는지 궁금해하며 그렇게 물었다. 콜린은 디콘이 행복해 보이는 환한 미소를 지으며 자신이나 '짐승들'을 바라보고 있는 걸 발견할 때마다 디콘이 무슨 생각을 하고 있는지 궁금할 때가 많았다.

디콘은 이번에도 미소를 짓고 있었는데 평소보다 더 환한 미소였다.

"하모요. 햇살을 받은 씨앗들이랑 똑같이 성공할 깁니더. 성공하고말고요. 인자 시작할까요?"

콜린은 매우 기뻐했으며 메리도 마찬가지였다.

책 속 그림에서 본 수행자들과 신자들의 모습을 떠올리며 한껏 열의에 찬 콜린이 모두에게 차양을 이룬 나무 아래서 책상다리로 앉자고 했다. 콜린이 말했다.

"사원 같은 곳에서는 이렇게 앉을 거야. 난 너무 피곤해서 좀 앉고 싶어."

디콘이 말했다.

"어! 피곤하다는 말로 시작해서는 안 됩니더. 마법을 망칠지도 모른다 아입니꺼."

콜린은 고개를 돌려 디콘을 바라보았다. 디콘의 순수하고 둥근 눈을 말이다. 콜린이 느릿느릿 말했다.

"그 말이 맞아. 난 오로지 마법만 생각해야 해."

모두가 둥글게 둘러앉자 그 모습이 장엄하고 신비롭기 그지없었다. 벤 웨더스태프 노인은 어쩐지 기도 모임에 끌려 나온 기분이었다. 평소에 자신이 '늙은이들의 기도 모임'이라고 부르는 데 앉아 있으면 몸이 뻣뻣하게 굳어지곤 했는데, 이 라자가 만든 모임에 끼어 있자니 싫기는커녕 오히려 참석하라고 불러 준 게 고마울 지경이었다. 메리 아가씨는 이 분위기에 정말로 도취되는 느낌이었다. 디콘은 토끼를 품에 안고 있었는데 아무도 몰래 신호를 보냈는지 디콘이 다른 사람들과 똑같이 책상다리를 하고 자리에 앉는 순간 까마귀, 여우, 다람쥐, 양이 천천히 다가왔다. 동물들은 정말로 바라던 것인 양 각자 설 자리를 찾아 앉으며 원의 한 부분을 차지했다.

콜린이 엄숙하게 말했다.

"동물들도 왔어. 우리를 도와주고 싶은 거야."

메리는 콜린이 정말로 아름다워 보인다고 생각했다. 콜린은 마치 사제라도 된 듯한 기분이 드는지 고개를 높이 치켜들었고, 그 묘한 두 눈은 아주 멋진 눈빛을 보내고 있었다. 차양처럼 드리워진 나뭇가지들 사이로 들어온 빛이 콜린을 비췄다.

"이제 시작하자. 메리, 데르비시(*이슬람교의 신비주의 종파인 수피교의 수도승.)처럼 우리도 앞뒤로 몸을 흔들까?"

벤 노인이 말했다.

"지는 앞뒤로 몸을 흔들 수 없는데예. 류머티즘이 있다 아입니꺼."

콜린이 대사제 같은 말투로 말했다.

"마법이 류머티즘을 가져가 버릴 거야. 하지만 그렇게 될 때까지는 흔들지 않기로 하지. 찬송가만 부르겠어."

다시 벤 노인이 다소 짜증 섞인 목소리로 말했다.

"지는 찬송가도 부를 수 없십니더. 지가 딱 한 번 찬송가를 부르려고 했을 때 사람들이 교회 성가대에서 쫓아냈다 아입니꺼."

아무도 웃지 않았다. 그러기에는 모두가 너무 진지했던 것이다. 콜린의 얼굴에는 조금도 화난 기색이 없었다. 오로지 마법만을 생각하고 있었던 것이다.

"그럼 내가 찬송가를 부를게."

그러고는 콜린이 찬송가를 읊조리기 시작했고, 그는 마치 이상한 소년의 정령처럼 보였다.

"태양이 비추네. 태양이 비추네. 그것은 마법이지. 꽃들이 자라네. 뿌리들이 움직인다. 그건 마법이지. 살아 있는 건 마법이야. 튼튼해지는 건 마법이야. 마법이 내 안에 있네. 마법이 내 안에 있네. 마법이 내 안에, 내 안에 있네. 마법은 우리 모두에게 있네. 벤 웨더스태프의 등에도 마법이 있네. 마법! 마법! 와서 도와줘!"

콜린은 그 찬송가를 아주 여러 번 반복했다. 천 번까지는 아니어도 아주 여러 번이었다. 메리는 그 찬송가에 푹 빠져서 듣고 있었다. 메리는 그것이 별나지만 동시에 아름답다고 느꼈고 콜린이 계속해 주기를 바랐다. 벤 노인은 편안한 느낌이 들면서 기분 좋은 잠에 빠져드는 것 같았다. 꽃송이에서 윙윙대는 벌들의 소리가 찬송가를 부르는 목소리와 섞여서 꾸벅꾸벅 잠으로 빠져들게 했다. 디콘은 토끼를 품에 안은 채 책상다리를 하고 앉아 한 손은 새끼 양의 등에 올려놓고 있었다. 검댕이는 다람쥐를 밀어내고 디콘의 어깨에 앉아 몸을 잔뜩 웅크리고 있었는데 눈에는 회색 눈꺼풀이 내려와 있었다. 마침내 콜린이 찬송가를 멈추고는 말했다.

"이제 화원을 한 바퀴 돌 거야."

그 소리에 벤 노인이 막 앞으로 고꾸라졌던 머리를 홱 치켜들었다.

콜린이 말했다.

"자고 있었군."

벤 노인이 중얼거렸다.

"당치도 않십니더. 설교는 정말 좋았지만 지는 헌금을 걷기 전에 나가야겠는데예."

노인은 아직 잠이 다 깬 게 아니었다. 콜린이 말했다.

"여긴 교회가 아니야."

벤 노인이 자세를 바로하며 말했다.

"아니지예. 누가 그렇다 했십니꺼? 지는 죄다 들었는데예. 도련님이 지 등에 마법이 있다 카신 말씀도요. 의사는 그걸 류머티즘이라고 하던데."

라자가 손을 내저으며 말했다.

"그건 틀린 마법이야. 할아범은 좋아질 거야. 이제 일터로 물러 가도 좋아. 하지만 내일 다시 오도록 해."

벤 노인이 툴툴거렸다.

"도련님이 화원을 도는 모습을 보고 싶습니다."

악의가 있어 툴툴거린 것은 아니었지만 그래도 툴툴거린 것은 사실이었다. 사실 벤 웨더스태프는 고집 센 늙은이였고 마법을 완전히 믿지도 않았다. 그래서 만약 밖으로 쫓겨나면, 혹시라도 도련님이 비틀거릴 때 절뚝거리면서라도 다시 돌아와 도울 수 있도록 사다리에 올라가 담 너머를 지켜보기로 마음먹었다.

그러나 라자는 벤 노인이 남는 걸 반대하지 않았고 그렇게 행렬이 만들어졌다. 정말로 행렬처럼 보였다. 콜린이 맨 앞에 서고 디콘과 메리가 양 옆에 섰다. 벤 노인은 뒤에서 걸었고 동물들이 그들 뒤를 따랐다. 새끼 양과 새끼 여우는 디콘과 바짝 붙어서 따라왔고 하얀 토끼는 펄쩍펄쩍 뛰다가 멈춰 서서 풀을 뜯기도 했다. 검댕이는 막중한 책임을 느끼는 사람처럼 엄숙하게 행렬을 따랐다.

천천히, 그러나 위엄 있게 움직이는 행렬이었다. 행렬은 몇 미터마다 멈춰서 휴식을 취했다. 콜린은 디콘의 팔에 기대어 있었고 남몰래 벤 노인도 콜린을 빈틈없이 살피고 있었다. 하지만 콜린은 이따금씩 기대고 있던 손을 풀고 혼자서 몇 발자국을 걸어가기도 했다. 콜린은 정원을 도는 동안 내내 고개를 치켜들고 있었고 매우 당당해 보였다. 콜린은 계속해서 말했다.

"마법이 내 안에 있네! 마법이 나를 튼튼하게 하네! 느낄 수 있어! 느낄 수 있어!"

분명 뭔가가 콜린을 받쳐 주고 들어올려 주는 것 같았다. 콜린은 움푹 들어간 나무 그늘에 앉았고 한두 번 풀밭에 앉기도 했다. 그리고 여러 번 길에서 멈춰 서서 디콘에게 의지하기도 했다. 하지만 화원을 다 돌 때까지 포기하지 않았다. 차양 나무로 돌아왔을 때 콜린의 두 뺨은 빨갛게 달아올라 있었고 얼굴은 의기양양한 표정을 짓고 있었다. 콜린이 소리쳤다.

"해냈어! 마법이 이루어졌어. 이게 바로 내 첫 번째 과학적 발견이야."

메리가 불쑥 내뱉었다.

"크레이븐 박사님이 뭐라고 하실까?"

콜린이 대답했다.

"아무 말도 안 할 거야. 아무 얘기도 해 주지 않을 거니까. 이건 무엇보다도 중요한 비밀이 되어야 해. 내가 아주 튼튼해져서 다른 아이들처럼 걷고 달릴 수 있을 때까지 그 누구도 이 사실을 알아선 안 돼. 난 매일 휠체어를 타고 이곳에 와서 휠체어를 타고 돌아갈 거야. 난 사람들이 속닥거리고 질문을 해 대지 못하게 할 거고 실험이 완전히 성공할 때까지는 아빠 귀에도 들어가지 않게 할 거야. 그러다가 언젠가 아빠가 미셀스웨이트에 돌아오면 내가 아빠의 서재로 걸어 들어가서 말할 거야. '저예요. 전 다른 아이들이랑 똑같아요. 전 아주 건강하고 어른이 될 때까지 살 거예요. 과학적인 실험 덕에 이렇게 된 거예요.'라고."

메리가 소리쳤다.

"고모부는 자기가 꿈을 꾼다고 생각하실 거야. 자기 눈을 의심하겠지."

302

콜린은 승리를 얻은 기쁨에 얼굴이 빨갛게 달아올랐다. 콜린은 스스로 좋아질 거라는 믿음을 가졌고, 콜린이 알고 있었는지 모르지만 그것만으로도 이미 반 이상 성공한 것이나 다름없었다. 그리고 자신의 아들이 다른 아버지들의 아들들처럼 곧고 튼튼하다는 것을 확인했을 때, 아버지가 어떤 모습을 보일지 상상했던 게 콜린에게는 무엇보다 큰 자극이 되었다. 건강하지 못하고 음울하기만 했던 지난날의 콜린이 가장 참기 힘들었던 고통 가운데 하나는, 아버지조차 만나 보기 두려워할 정도로 자신이 병약하고 등이 약한 아이였다는 사실이다. 콜린은 이런 사실이 너무 싫었던 것이다.

콜린이 말했다.

"아빠도 당신 눈을 믿어야 할 거야. 마법이 이루어진 후, 과학적 발견을 시작하기 전에 내가 하고 싶은 것 가운데 하나는 운동선수가 되는 거야."

벤 노인이 말했다.

"한두 주일 후에 도련님을 권투 경기장에 데려가야겠네예. 도련님은 나중에 프로 권투 영국 챔피언 벨트를 따게 될 깁니더."

콜린이 엄한 눈빛으로 노인을 노려보았다.

"웨더스태프, 그런 말은 실례야. 당신도 비밀을 알고 있으니까 그렇게 제멋대로 굴면 안 돼. 마법이 아무리 많이 이루어진대도 난 프로 권투 선수가 될 마음은 없어. 난 과학자가 될 거니까."

노인은 이마에 손을 대고 깍듯하게 인사를 하며 대답했다.

"죄송합니다, 진짜 죄송합니다, 도련님. 농담할 일이 아니라는 걸 알았어야 했는데예."

하지만 노인의 두 눈은 반짝거렸고 내심 굉장히 기뻐하고 있었

다. 노인에게 이 정도 타박은 아무렇지도 않았다. 타박을 준다는
것은 콜린이 그만큼 힘과 생기를 찾고 있다는 의미였으니까.

24. "마음껏 웃게 놔둬요."

비밀의 화원 말고도 디콘이 일하는 곳은 또 있었다. 황무지의 오두막집 근처, 거친 돌들을 야트막하게 쌓아 올린 담 안에 조그만 땅뙈기가 있었다. 디콘은 이른 아침과 서서히 땅거미가 질 무렵, 그리고 콜린과 메리를 만나지 않는 날이면 어김없이 그곳에서 일했다. 엄마를 위해 감자와 양배추, 순무와 당근, 약초를 심고 가꾸었다. 디콘은 '동물들'과 함께 그곳에서 감탄할 만큼 많은 일을 해냈지만 전혀 지치지 않는 듯했다. 디콘은 흙을 파거나 잡초를 뽑는 동안 휘파람을 불기도 하고 요크셔 황무지의 노래를 부르기도 했으며 검둥이나 캡틴, 자신을 돕기 위해 일을 배우는 동생들에게 이야기를 들려주기도 했다.

소어비 부인은 말했다.

"디콘의 텃밭이 없었으믄 우리가 지금처럼 편하게 지내지 못했을 기다. 디콘을 위해서라면 뭐든 쑥쑥 잘 자라니까. 디콘이 키우는 감자랑 양배추는 딴 사람들 것보다 두 배는 크고 어디서도 맛볼 수 없는 맛이 나지."

부인은 잠깐 짬이 나면 집 밖에 나와 디콘과 대화하는 걸 좋아했다. 저녁을 먹은 뒤, 길게 땅거미가 내려앉은 시간은 아직 일할 수 있을 만큼 밝았고 이때가 부인이 좀 한가한 시간이었다. 부인은 야트막한 돌담에 걸터앉아 디콘이 일하는 모습을 지켜보며 하루 동안 있었던 이야기를 들었다. 부인은 이 시간이 좋았다. 이 텃밭에는 채소들만 있는 게 아니었다. 디콘은 종종 한 봉지에 1페니 하는 꽃씨들을 사 와서 환하고 향긋한 냄새가 나는 것들이 자라도록 구즈베리 덤불 사이는 물론이고 양배추 사이사이에도 씨를 뿌렸다. 가장자리에는 목서초와 패랭이꽃과 팬지, 그리고 매년 씨들을 구할 수 있는 꽃들과 봄마다 뿌리에서 꽃이 피어나 퍼져 나가는 꽃들이 무성했다. 야트막한 돌담은 요크셔에서 아름답기로 손꼽히는 곳이었다. 디콘이 돌담 틈새마다 황무지 디기탈리스(*유럽이 원산지인 여러해살이풀로 7~8월에 붉은빛을 띠는 자주색 꽃이 핀다.)며 이끼며 장대나물, 생울타리 꽃들을 심어 놓아서 이제는 돌담의 돌은 언뜻언뜻 보이는 게 전부였다.

디콘은 말하곤 했다.

"요것들이 잘 자라게 할라모 확실하게 친구가 되는 것밖이 없습니더. 요것들도 '짐승들'이랑 똑같다 아입니꺼. 목마르다 카모 물을 주고 배가 고프다 카모 먹을 걸 주고요. 식물들도 우리랑 똑같이 살고 싶어 한다 이거지예. 요것들이 죽기라도 하모 내가 나쁜 놈이라 녀석들한테 몹쓸 짓을 한 기분이 들 깁니다."

소어비 부인이 미셀스웨이트 장원에서 있었던 모든 일들에 관한 이야기를 듣는 것도 이 땅거미 질 무렵의 시간이었다. 처음에는 콜린 도련님이 메리 아가씨와 바깥뜰에 나가는 것을 좋아하게 돼서 도련님 건강에 도움이 되고 있다는 얘기 밖에는 들을 수 없었다. 그러나 얼마 지나지 않아 디콘과 메리는 디콘의 엄마와도 '비밀'을 나누는 게 좋겠다고 의견 일치를 보았다. 왠지 부인이 '확실히 안심할 수 있는' 사람이라는 데 의심이 들지 않았기 때문이다.

그래서 어느 아름답고 조용한 저녁에 디콘은 모든 이야기를 엄마에게 들려주었다. 묻혀 있던 열쇠며 울새, 죽은 듯 보였던 회색 안개 같은 가지들과 메리 아가씨가 애초에 드러내지 않기로 마음 먹었던 비밀까지 모든 가슴 뛰는 얘기들을 자세히 들려주었다. 그리고 디콘이 찾아가 비밀을 알게 되기까지의 일, 콜린 도련님이 의심을 품게 되고 도련님이 마침내 비밀의 영역에 들어오기까지의 드라마 같은 이야기, 거기에 벤 웨더스태프 노인이 화난 얼굴로 담을 넘겨다 본 것하며 콜린 도련님이 갑자기 불끈 힘을 낸 이야기까지. 얘기를 듣던 소어비 부인의 얼굴빛은 몇 번이고 계속해서 변했다.

소어비 부인이 말했다.

"시상에! 그 어린 아가씨가 장원에 온 게 다행이었던 기다. 아가씨한테도 잘된 일이고 도련님도 구했으니 말이다. 도련님이 자기 발로 서다니! 우린 모두 도련님이 몸 안에 곧은 뼈라고는 하나도 없는 좀 모자라고 불쌍한 아이라고 생각하고 있었는데 말이다."

소어비 부인은 아주 많은 질문들을 했고 푸른 두 눈은 뭔가를 깊이 생각하는 듯 보였다. 부인이 또다시 물었다.

"장원에 있는 사람들은 어떻게 생각하노? 도련님이 그리 좋아지고 쾌활해지고 불평하지 않는 걸 두고 말이다."

디콘이 대답했다.

"사람들도 우찌 생각해야 할지 모르지예. 날이 바뀔 때마다 얼굴이 달라 보인다 아입니꺼. 얼굴에 통통하게 살이 올라서 인자는 그렇기까지 날카로워 보이지도 않고 밀랍 같은 얼굴빛도 사라지고 있고요."

디콘이 아주 즐거운 듯 활짝 웃는 얼굴로 덧붙였다.

"아직까지도 불평은 한다 아입니꺼."

"와 그라는데?"

디콘이 낄낄 웃으며 대답했다.

"사람들이 무슨 일이 일어나는지 짐작하지 못하게 할라꼬 그라는 기지요. 만약에 의사 선상님이 도련님이 지 발로 설 수 있다는 걸 알게 되마 크레이븐 주인님한테 편지를 써서 알릴 기라예. 도련님은 그 비밀을 직접 말하겠다고 아껴 두는 깁니다. 도련님은 매일지 다리에 마법을 걸고 있다가 아부지가 돌아오면 아부지의 방에 당당히 걸어 들어갈라는 거지예. 딴 아아들맨키로 꼿꼿하다는 걸 보여 줄라꼬요. 하지만 도련님과 메리 아가씨는 사람들을 따돌리기 위해서 가끔씩 신음도 내고 짜증도 내는 기 가장 좋은 방법이라고 생각하지예."

소어비 부인은 디콘이 말을 다 끝내기 훨씬 전부터 소리를 낮춰 기분 좋게 웃고 있었다.

"아! 둘 다 아주 재미있어 죽을 지경인 기라. 그 핑계로 연극 놀이를 실컷 하겠고만. 애들이 연극 놀이만큼 좋아하는 기 없긴 하제. 디콘, 둘이 우찌 하는지 말 좀 해 봐라."

디콘은 잡초를 뽑다 말고 쪼그리고 앉아서 이야기를 시작했다.

신이 난 디콘이 두 눈을 반짝였다.

"콜린 도련님이 밖에 나갈 때마다 안아다 휠체어에 태워야 하는데, 조심허지 않는다꼬 하인 존한티 막 소리를 친다 아입니꺼. 그라고는 될 수 있는 대로 힘이 쫙 빠진 것 같은 표정을 하고서는 저택에서 멀리 떨어질 때까지 고개를 드는 법이 없는 기지요. 휠체어에 앉힐 때는 음청 툴툴거리고 짜증을 냈으면서요. 도련님도 메리 아가씨도 억수로 재미있어 한다 아입니꺼. 도련님이 끙끙거리면서 짜증을 내면 아가씨가 그러는 기라예. '불쌍한 콜린! 그렇게 많이 아파? 불쌍한 콜린, 그렇게 몸이 약한 거야?'라고 말입니더. 그런데 가끔 웃음이 터져 나오는 걸 참을 수가 없다는 기 문젠 기라예. 우리가 안전하게 화원에 들어가게 되믄 두 사람은 웃느라 숨이 넘어간다 아입니꺼. 혹시라도 근처에 정원사들이 있다가 들을까 봐 도련님의 쿠션에 얼굴을 파묻고는 그라는 기라예."

소어비 부인이 계속 웃음을 참지 못하며 말했다.

"두 아이헌티는 많이 웃을수록 좋다! 일 년 열두 달 무신 약을 먹는 것보다도 건강한 아이답게 실컷 웃는 기 좋은 기다. 둘 다 포동포동 살이 찔 기다."

"벌써 통통하게 살이 찌고 있십니더. 둘 다 억수로 배가 고파서 소문나지 않게 충분히 먹을 방법이 없을까 고민한다 아입니꺼. 콜린 도련님은 계속해서 음식을 가져오라 카모 자기가 병자라는 걸 하인들이 믿지 않을 거라대예. 메리 아가씨는 도련님한테 자기 걸 주겠다고 하지만, 도련님은 아가씨가 굶으면 삐쩍 마를 거라면서 둘이 똑같이 살이 쪄야 한다 카대예."

소어비 부인은 이런 말 못할 고충 얘기를 듣고는 파란 망토를 걸친 상체가 앞뒤로 심하게 흔들릴 만큼 배꼽을 잡고 웃었다. 디콘도 엄마와 함께 웃었다. 숨을 가다듬고 말할 수 있게 된 부인이 입을 열었다.

"저기 말이다, 디콘. 내가 갸 둘을 도울 방법을 생각했는데. 아침에 니가 그리로 갈 때 금방 짠 우유 한 통을 가져가는 기다. 그리고 내가 바삭하게 구운 빵이나 건포도를 넣은 둥근 빵을 만들어 주꾸마, 너거들 같은 아아들이 좋아하는 걸로. 신선한 우유와 빵만큼 좋은 게 없제. 그라몬 갸들도 화원에 있는 동안에는 허기를 면할 수 있을 테고 집에 돌아간 담에 좋은 음식으로 마저 배를 채우면 되겠지."

디콘이 감탄 어린 목소리로 말했다.

"아! 어매! 어매는 진짜 대단합니더. 늘 문제를 해결할 방법을 아는 것 같십니더. 어제는 둘 다 난리도 아니었어예. 뱃속이 텅텅 비었는데 음식을 더 가져오라 카지 않고 배길 방법을 모른다 아입니꺼."

"두 아 다 쑥쑥 자라는 아아들이고 점점 건강도 돌아오고 있으니 와 안 그렇겠노. 그런 아아들은 새끼 늑대 같아서 먹은 기 곧바로 피가 되고 살이 되는 기다."

소어비 부인은 그렇게 말하고는 디콘처럼 입꼬리가 올라간 미소를 지어 보였다.

"뭐, 어쨌든 두 아가 재밌게 지내는 건 틀림없네."

편안함을 주는 훌륭한 어머니인 소어비 부인의 말은 옳은 것이었다. 그리고 두 아이들이 하는 '연극 놀이'가 둘에게는 큰 즐거움일 거라고 했던 부인의 말이야말로 전적으로 옳았다. 콜린과 메리는 연극 놀이가 가장 신 나는 놀이라는 사실을 알게 되었다. 두 아이가 다른 사람에게 의심받지 않도록 스스로를 보호해야 한다는 생각을 갖게 만든 것은 어리둥절해하는 간호사가 먼저였고 그 다음이 크레이븐 박사였는데, 이들은 자신도 모르게 아이들에게 이런 생각을 심어 준 것이었다.

어느 날 간호사가 말했다.

"콜린 도련님, 식욕이 점점 좋아지고 있어요. 전에는 아무것도 안 먹고 이것저것 입에 안 맞는다고만 하셨잖아요."

콜린이 대답했다.

"지금은 안 맞는 게 하나도 없어."

그러고는 간호사가 자신을 이상한 눈으로 바라보자, 자신이 아직은 너무 좋아 보여서는 안 된다는 생각이 퍼뜩 들었다.

"적어도 예전처럼 입에 안 맞는 게 그렇게 많지는 않다는 말이야. 다 신선한 공기 덕분이지."

간호사가 여전히 어리둥절한 표정으로 콜린을 바라보며 말했다.

"그럴지도 모르죠. 하지만 크레이븐 박사님한테 이 얘기를 하긴 해야겠어요."

간호사가 나가자 메리가 말했다.

"간호사가 널 보는 눈초리라니! 뭔가 분명 알아낼 게 있다고 생각하는 것 같았어."

콜린이 말했다.

"뭔가 알아내게 놔두지 않아. 아직 아무도 알아채서는 안 돼."

그날 아침 방에 들어온 크레이븐 박사 또한 간호사처럼 어리둥절한 표정이었다. 박사가 하도 많은 걸 물어봐서 콜린은 잔뜩 짜증이 날 정도였다.

박사가 넌지시 물었다.

"정원에 꽤나 오랫동안 나가 있더구나. 나가면 어딜 가니?"

콜린은 박사의 말에 관심 없는 듯 거들먹거리는 태도로 대답했다.

"내가 어딜 가는지 아무에게도 알리지 않을 거예요. 난 내가 좋아하는 곳에 가요. 모두에게 내가 지나는 길에서 떨어져 있으라고 지시를 내렸어요. 날 빤히 바라보게 하지는 않을 거예요. 잘 알잖아요!"

"하루 종일 밖에 나가 있는 것 같던데 네게 해가 되었다고는 생각하지 않아. 그렇게는 생각 안 해. 간호사 얘기로는 네가 전보다 훨씬 많이 먹는다고 하던데."

콜린이 갑자기 뭔가 떠올리고는 말했다.

"아마…… 아마 부자연스러운 식욕일 거예요."

"난 그렇게 생각하지 않아. 음식이 네 입에 잘 맞는 것 같으니 말이다. 살도 빠른 속도로 붙고 있고 얼굴빛도 더 좋아지고 있잖니."

콜린은 잔뜩 낙담하고 우울한 표정으로 말했다.

"어쩌면…… 어쩌면 붓고 열이 나서 그렇게 보이는 걸 거예요. 얼마 살지 못할 사람들은 가끔…… 다르게 보이잖아요."

크레이븐 박사가 고개를 저었다. 박사는 콜린의 손목을 잡더니 옷소매를 걷어 올린 다음 팔을 만져 보았다.

박사가 깊은 생각에 잠긴 목소리로 말했다.

"열은 없어. 그리고 이렇게 살이 붙는 건 건강한 거야. 네가 이대로만 간다면 죽는다는 얘기는 더 이상 할 필요가 없을 거다. 이렇게 놀랄 만큼 좋아진 걸 네 아빠가 알면 굉장히 좋아하실 거야."

콜린이 갑자기 날카롭게 쏘아붙였다.

"아빠한테 말하면 안 돼요! 내가 다시 나빠지기라도 하면……당장 오늘밤에 나빠질 수도 있는데 그럼 아빠를 실망시키기만 할 거예요. 열이 막 끓어오를지도 몰라요. 당장 그렇게 될 거 같다고요. 아빠에게 편지를 보내서는 안 돼요. 절대로, 절대로요! 선생님 때문에 화가 나려고 해요. 그게 나한테 안 좋다는 건 아시잖아요. 벌써 열이 오르네요. 난 누가 날 쳐다보는 것만큼이나 나에 대해 이러쿵저러쿵 편지에 쓰고 쑥덕대는 것도 싫어요!"

크레이븐 박사가 콜린을 달래기 시작했다.

"그래, 그래, 알겠어. 네 허락 없이는 어떤 편지도 쓰지 않을 거야. 지금 네가 너무 예민한 것 같구나. 이제 좀 좋아졌는데 그걸 망쳐 버리면 안 되지."

박사는 크레이븐 씨에게 편지를 쓰겠다는 얘기는 더 이상 꺼내지 않았고 나중에 간호사와 따로 만나서도 환자에게 그런 말을 하지 말라고 단단히 주의를 주었다.

"저 애는 지금 아주 좋아진 상태야. 비정상적으로 보일 만큼 아주 많이. 하지만 물론 예전에는 우리가 아무리 노력해도 하지 않던 걸 이제는 스스로 하고 있어서 그렇기도 하지. 그래도 아직은 언제든 쉽게 흥분하니까 저 애를 자극하는 말은 해서는 안 돼."

메리와 콜린은 깜짝 놀라서 걱정스러운 마음으로 이야기를 나누었다. 이때부터 아이들의 '연극 놀이' 계획이 시작된 것이다. 콜린이 후회가 되는 듯 말했다.

"성깔을 좀 부려야 하는 건지도 몰라. 그러고 싶지도 않고 이제는 그렇게 격하게 성깔을 부릴 만큼 비참하지도 않은데 말이야. 어쩌면 절대로 못할지도 모르지. 이제는 목구멍으로 치밀고 올라오던 덩어리도 없고 끔찍한 생각 대신 좋은 생각만 하고 있으니까. 하지만 아빠에게 편지를 보낸다는 얘기를 한다면, 뭔가 하긴 해야지."

콜린은 음식을 덜 먹기로 다짐했지만 불행하게도 그 멋진 계획을 실천하는 것은 불가능했다. 매일 아침 굉장한 식욕을 느끼며 잠에서 깨었고 그러면 소파 옆 테이블에 집에서 만든 빵과 신선한 버터, 하얀 달걀, 딸기 잼과 생크림으로 아침이 차려져 있었던 것이다. 메리는 언제나 콜린과 함께 아침을 먹었다. 두 아이가 테이블에 앉을 때면, 특히나 뜨거운 은 뚜껑 밑으로 맛있는 햄 조각이 유혹하는 냄새를 풍기며 지글거리고 있기라도 하면 서로를 절망적인 눈빛으로 바라보곤 하는 것이었다.

그러면 콜린은 결국 이렇게 말하곤 했다.

"오늘 아침에는 전부 다 먹어야 할 것 같아, 메리. 점심에 좀 남겨 보내고 저녁에 많이 남기면 되잖아."

하지만 남겨 보낼 음식 따위는 없었으며 반들반들 윤이 날 정도로 깨끗하게 비운 그릇들이 식기실로 돌아가면 하인들 사이에서 많은 말들이 오갔다.

콜린은 또 이렇게 말하곤 했다.

"햄이 좀 더 두꺼우면 좋을 텐데. 그리고 누구라도 머핀 하나로는 부족할 거야."

처음 이 말을 들었을 때 메리는 이렇게 대답했다.

"금방 죽을 사람한테는 충분하겠지. 하지만 계속 살 사람한테는 부족해. 황무지에서 향긋하고 상쾌한 히스 꽃이랑 가시금작화 냄새가 열린 창문으로 밀려 들어올 땐 난 가끔 세 개도 먹을 수 있을 것 같아."

비밀의 화원에서 두 시간쯤 놀고 난 뒤 디콘이 커다란 장미 덤불 뒤로 가더니 양철통 두 개를 들고 나와 뚜껑을 열어 보였다. 하나에는 크림이 둥둥 떠 있는 갓 짜낸 진한 우유가 들어 있었고 다른 하나에는 오두막에서 만든 건포도 빵이 파란색과 하얀색이 섞인 깨끗한 수건에 싸여 있었다. 어찌나 정성 들여서 쌌는지 빵이 아직도 따끈따끈했다. 아이들은 깜짝 놀라며 기쁨의 탄성을 내질렀다. 소어비 부인은 어쩌면 이렇게 멋진 생각을 했단 말인가! 정말 친절하고 지혜로운 부인이 아닌가! 빵은 어찌나 맛있던지! 신선한 우유는 또 어떻고!

콜린이 말했다.

"디콘처럼 부인에게도 마법이 있는 거야. 마법이 이렇게 멋진 생각을 하게 만드는 거야. 부인은 마법사야. 우리가 고마워하더라고 전해 줘, 디콘. 몹시 고마워한다고."

콜린은 가끔 어른들이나 쓰는 표현을 곧잘 사용했고 그걸 즐기는 것 같았다. 그렇게 좋아하다 보니 실력도 점점 늘었다.

"부인이 너무나 관대한 분이셔서 우리가 심심한 사의를 표한다고 전해 드려."

그 말이 끝나자마자 위엄 같은 건 잊고 달려들어서 빵을 입속에 밀어 넣고 양철통에 담긴 우유를 벌컥벌컥 마셔 댔다. 그 모습은 영락없이 배고픈 어린 소년이었다. 황무지에서 불어오는 바람을 마시며 평소보다 심하게 운동을 하고 아침을 먹은 지 두 시간이 넘게 지난 소년 말이다.

그 뒤로 같은 종류의 기분 좋은 일들이 계속되었다. 소어비 부인에게는 먹여야 할 식구가 열넷이나 되다 보니, 매일 두 사람의 배를 더 채워 줄 만한 형편이 못 될 거라는 사실을 두 아이도 깨닫게 되었다. 그래서 둘은 돈을 조금 보낼 테니 음식을 사는 데 써 달라고 부탁했다.

그러다 디콘이 매우 고무적인 발견을 했다. 메리가 들짐승들에게 피리를 불어 주던 디콘을 처음 발견한, 화원 바깥쪽 대정원의 숲 속에 조그맣고 깊은 구덩이가 있었던 것이다. 그곳에 돌로 조그만 화덕 같은 것을 만들어 감자와 달걀을 구워 먹을 수 있었다. 구운 달걀의 맛은 예전에는 미처 몰랐던 호사였고 소금과 신선한 버터를 곁들여 먹는 뜨끈뜨끈한 감자는 그 맛도 맛이지만, 숲 속의 왕에게 어울릴 만한 음식이었다. 감자와 달걀은 열네 명의 입으로 들어갈 음식을 빼앗는 기분을 느끼지 않고도 얼마든지 사서 먹을 수 있었다.

신비주의자들은 아름다운 아침이면 어김없이 자두나무 아래에 둥글게 앉아 마법을 부르는 의식을 치렀다. 자두나무는 꽃이 피는 짧은 순간이 지나고 초록 잎들이 무성하게 자라 차양을 드리우고 있었다.

콜린은 의식이 끝나면 늘 걷는 연습을 했는데, 하루 종일 간격을 두고 자신이 새롭게 찾아낸 능력을 시험했다. 콜린은 날이 갈수록 강해졌고 더욱 안정적으로 걸을 수 있게 되었으며 더 많은 거리를 걷게 되었다. 그리고 날마다 마법에 대한 믿음이 커져 갔다. 그럴 만도 했다. 콜린은 자신이 점점 더 강해진다는 것을 느끼면서 계속 새로운 실험을 했다. 그리고 콜린에게 가장 좋은 실험거리를 알려 준 것은 디콘이었다.

전날 화원에 오지 않았던 디콘이 다음날 와서 말했다.

"어제 어매 심부름으로 스웨이트에 갔었는데 블루 카우 여인숙 근처에서 밥 하워드 아저씨를 만난 기라예. 밥 아저씨는 황무지에서 가장 힘이 센 사람이지예. 아저씨는 레슬링 챔피언이고 누구보다 높이 뛸 수 있고 해머도 가장 멀리 던집니더. 몇 년 동안 운동을 하느라고 스코틀랜드에 가 있었다대예. 지가 어렸을 때부터 알던 아저씨고 친절한 사람이기도 해서 몇 가지를 물어봤지예. 신사 양반들이 아저씨를 운동선수라고 부르는 걸 듣고 도련님 생각이 나서 물은 기라예. '밥 아저씨, 우짜면 근육들이 그렇게 튀어나옵니꺼? 몸을 튼튼하게 만드는 특별한 방법이라도 있습니꺼?' 그러니까 아저씨가 말하대예. '그럼, 있지. 스웨이트에도 한 번 공연을 왔던 쇼인데, 그 쇼에 나온 힘 센 남자가 팔과 다리, 그리고 몸에 있는 모든 근육들을 단련시키는 방법을 알려 주었지.' 그래서 지가 말했지예. '아주 허약한 사람도 그래 하모 튼튼해질 수 있십니꺼, 아저씨?' 아저씨가 웃으며 말했어예. '니가 그 허약한 사람이냐?' 지가 말했지예. '어데예, 하지만 오랫동안 아프다가 요즘 좋아지고 있는 젊은 신사 양반을 알고 있지예. 그 방법을 좀 알아 가서 그분한테 말해 주고 싶어 안 그럽니꺼.' 이름은 말하지 않았고 아저씨도 묻지 않았십니더. 지가 말한 것처럼 아저씨는 친절한 사람이라서 벌떡 일어나 마음씨 좋게 갈쳐 줬고, 지는 다 외울 때까지 아저씨가 하는 걸 따라 했십니더."

흥분해서 듣고 있던 콜린이 소리쳤다.

"가르쳐 줄 수 있어? 그래?"

디콘이 자리에서 일어나며 대답했다.

"야, 당연하지예. 하지만 아저씨 말로는 처음에는 가볍게 하고 지치지 않게 조심해야 한다 카대예. 짬짬이 쉬고 깊게 심호흡을 하고 무리하지 말라고요."

"조심할게. 가르쳐 줘! 가르쳐 줘! 디콘, 넌 세상에서 가장 대단한 마법사야!"

디콘은 풀밭에 서서 효과적이면서도 아주 간단한 근육 운동법 몇 가지를 천천히 조심스럽게 해 나갔다. 콜린은 휘둥그레진 눈으로 그 모습을 바라보았다. 앉아 있는 동안에도 몇 가지는 따라 할 수 있었다. 그러고는 이내 더 이상 비틀거리지 않는 두 다리로 버티고 서서 가볍게 몇 가지를 따라 했다. 메리도 따라 하기 시작했다. 그 모습을 지켜보고 있던 검댕이는 자신도 따라 하지 못해서 조바심이 났는지 앉아 있던 가지에서 내려와 이리저리 정신없이 뛰어다녔다.

그때부터 운동은 마법만큼 중요한 하루 일과가 되었다. 콜린과 메리는 매번 할 때마다 운동 시간을 늘릴 수 있었고 그만큼 식욕도 늘었다. 디콘이 매일 아침 도착해서 덤불 뒤에 놓아두는 바구니가 없었더라면 중간에 그만두었을지도 몰랐다. 하지만 구덩이에 만들어 놓은 조그만 화덕과 소어비 부인이 준비해 주는 것들이 워낙에 만족스러웠던 터라 메들록 부인과 간호사, 크레이븐 박사는 또다시 어리둥절해질 수밖에 없었다. 구운 달걀과 감자에 거품이

풍부한 신선한 우유와 귀리 과자, 빵과 히스 꿀과 생크림을 넘칠 만큼 먹는다면 아침 정도는 가볍게 여길 수도 있고 저녁을 외면하는 것도 가능할 것이다.

간호사가 말했다.

"둘 다 거의 아무것도 먹지 않아요. 음식을 충분히 먹도록 설득하지 못한다면 둘 다 굶어 죽을 거예요. 하지만 둘 모습이 어떤지 보세요."

메들록 부인이 화가 나서 소리쳤다.

"이봐! 아! 내가 저 둘 때문에 곤란해 죽겠어. 둘 다 꼬마 악마가 분명해. 어느 날엔가는 입고 있는 옷이 터질 정도로 먹더니 그 다음에는 요리사가 그 애들 입맛을 유혹하겠다고 한껏 솜씨를 부린 요리는 거들떠보지도 않고. 어제는 브레드 소스를 곁들인 먹음직스러운 영계에 포크만 꽂아 놓고 한 입도 먹지 않았어. 가엾은 요리사는 그 애들 준다고 새로운 푸딩까지 만들어 냈는데 그대로 돌려보냈더라고. 요리사가 거의 울 뻔했다니까. 두 애가 굶어 죽기라도 해서 그 비난을 자기가 받을까 봐 걱정이 되는 거지."

크레이븐 박사가 찾아와서 오랫동안 꼼꼼하게 콜린을 살폈다. 박사는 간호사와 이야기를 나누고 간호사가 자신에게 보여 주려고 치워 둔, 거의 손도 대지 않은 아침 쟁반을 보는 순간 매우 걱정스러운 표정을 지었다. 하지만 콜린의 소파 옆에 앉아서 진찰할 때는 훨씬 더 걱정이 되었다.

업무 차 런던을 방문했던 박사는 거의 2주 동안 환자를 보지 못했다. 어린아이들이 건강을 회복할 때면 그 속도가 굉장히 빨랐다. 창백한 기운이 사라진 콜린의 피부에서는 따뜻한 장밋빛이 올라오고 있었다. 아름다운 두 눈은 맑았고 눈 밑과 뺨과 관자놀이에 움푹 들어갔던 부분은 통통하게 살이 올라와 있었다. 한때는 이마 위로 무겁게 축 늘어져 있던 칙칙한 머리채가 건강하게 살아나며 부드럽고 따뜻한 생기가 넘치는 듯 보였다. 입술은 더 도톰해지고 정상적인 색을 되찾았다. 사실 오랜 병을 앓던 소년의 모습을 흉내만 냈을 뿐, 환자라고 하기가 민망할 정도였다. 크레이븐 박사는 턱을 괴고 생각에 잠겼다.

"딱하게도 네가 아무것도 먹지 않는다고 들었다. 그러면 안 되지. 살이 찐 게 도로 빠지고 말 거야. 그렇게 놀랄 만큼 살이 붙었는데. 얼마 전까진 잘 먹었잖니."

콜린이 대답했다.

"부자연스러운 식욕이라고 말했잖아요."

근처 스툴에 앉아 있던 메리가 불쑥 아주 이상한 소리를 냈다. 억지로 웃음을 참고 있다가 결국 거의 숨이 막힐 정도가 되어 내뱉은 소리였다. 크레이븐 박사가 고개를 돌려 메리를 보며 물었다.

"왜 그러니?"

메리는 아주 엄숙한 태도로 돌아가 있었다. 그리고 점잔을 빼며 책망하듯 대답했다.

"재채기와 기침 중간쯤 되는 게 목구멍에 걸렸어요."

나중에 콜린에게는 이렇게 말했다.

"하지만 도저히 참을 수가 없었어. 그냥 터져 나오더라고. 네가 마지막으로 먹은 커다란 감자도 생각나고 네가 입을 쫙 벌리고 잼이랑 생크림을 바른 두툼하고 맛있는 빵을 덥석 물었던 모습도 생각나서 참을 수가 있어야지."

크레이븐 박사는 메들록 부인에게 물었다.

"저 아이들이 몰래 음식을 구할 수 있는 방법이 있소?"

메들록 부인이 대답했다.

"땅에서 파내거나 나무에서 따지 않는 한 방법이 없지요. 자기들끼리 하루 종일 밖에 나가 있으면서 아무도 만나지 않으니까요. 보내 주는 음식 말고 다른 게 먹고 싶으면 그냥 달라고만 하면 되는데."

"뭐, 음식을 먹지 않아도 괜찮다면 우리가 굳이 걱정할 필요는 없을 거요. 콜린은 전혀 다른 아이가 되었으니까."

"여자 애도 마찬가지예요. 살이 오르고 뚱하고 못생긴 표정이 사라지고 나니까 정말 예뻐지기 시작했다니까요. 머리칼도 풍성하게 자라서 건강해 보이고 혈색도 밝아졌어요. 전에는 지독히도 무뚝뚝하고 심술궂은 아이였는데 지금은 콜린 도련님이랑 둘이 제정신이 아닌 아이들처럼 웃어요. 그래서 살이 찌는지도 모르죠."

크레이븐 박사가 말했다.

"그럴지도 모르지요. 마음껏 웃게 놔둬요."

25. 커튼

　비밀의 화원은 계속해서 꽃을 피웠고 매일 아침 새로운 기적이
일어났다. 울새 둥지에 알이 생겨났고 울새 부부는 그 위에 앉아서
깃털로 덮인 조그만 가슴과 조심스럽게 올려놓은 양 날개로 따뜻
하게 알을 품었다. 처음에는 울새의 짝이 몹시 불안해했고 울새도
성난 것처럼 경계를 풀지 않았다. 그 기간 동안에는 디콘도 나무
가 무성하게 자란 구석에는 가까이 가지 않았다. 대신 조용히 신
비로운 주문을 걸며 계속 기다리는 듯했다. 울새 부부의 영혼에게
이 화원에는 그들과 비슷하지 않은 게 하나도 없으며, 그들에게 일
어나고 있는 놀라운 일과, 굉장하고 섬세하고 대단하고 숭고하고
가슴이 터질 듯하게 아름다운 알이 있음을 모르는 존재가 없다는
뜻이 전해지길 바라면서 말이다. 그 화원에 울새 부부의 알을 하
나라도 가져가거나 해치면 온 세상이 빙빙 돌다 우주 공간으로 뚫
고 올라가서 결국 종말을 맞게 될 것이라는 사실을 가슴속 깊이

알지 못한 사람이 있다면, 그것을 느끼지 못하고 제대로 행동하지 않는 사람이 단 한 사람이라도 있다면 찬란하게 빛나는 봄기운 속에서도 행복은 있을 수 없었다. 그러나 세 아이 모두가 그 사실을 알고 있었고 느끼고 있었으며 울새와 그 짝도 그들이 알고 있다는 사실을 알았다. 처음에 울새는 극심한 불안감을 가지고 메리와 콜린을 주시했다. 하지만 울새는 몇 가지 설명하기 힘든 이유로 디콘만은 주시할 필요가 없다는 사실을 알았다.

울새는 이슬처럼 빛나는 검은 눈으로 디콘을 처음 본 순간 디콘이 낯선 존재가 아니라는 걸, 부리나 깃털이 없을 뿐이지 울새나 다름없다는 걸 알았다. 디콘은 울새 말을 할 줄 알았다(울새 말은 다른 언어와는 분명히 구별되는 독특한 것이다.). 울새에게 울새 말을 하는 것은 프랑스 사람에게 프랑스 어로 말하는 것과 같았다. 울새에게 말을 걸 때에는 언제나 울새 말을 했기 때문에, 디콘이 사람들한테 말을 할 때 이상하게 횡설수설하는 말투는 전혀 문제가 되지 않았다. 울새는 그 두 아이가 새들의 말을 알아들을 만큼 똑똑하지 못해서 디콘이 그 아이들에게는 횡설수설하는 듯한 말투로 말하는 것이라고 생각했다. 디콘은 움직이는 것도 울새 같았다. 위험하거나 위협적으로 보일 만큼 갑자기 움직여서 놀라게 하는 법이 없었다. 어떤 울새라도 디콘을 이해할 수 있었으니 디콘이 있다고 성가실 일은 전혀 없었다.

하지만 처음에는 다른 두 아이는 경계할 필요가 있어 보였다. 우선 사내아이는 제 발로 걸어서 화원에 들어오지 않았다. 바퀴 달린 것에 앉아 있는 아이를 다른 아이가 밀어서 들어왔으며 무릎에는 들짐승의 가죽을 덮고 있었다. 그것만으로도 의심스러웠다.

그러고는 그 아이가 서서 움직이기 시작했을 때는 그 모습이 아주 이상하고 서툴러 보였고 다른 아이들의 도움을 받아야 할 것 같았다. 울새는 덤불 속에 몸을 숨기고는 고개를 이쪽저쪽 차례로 갸웃거리며 이 모습을 불안하게 지켜보곤 했다. 울새는 아이가 천천히 움직이는 게 고양이들처럼 갑자기 달려들 준비를 하는 건지도 모른다고 생각했다. 고양이들이 갑자기 달려들 준비를 할 때는 땅바닥을 아주 천천히 기어가는 것이다. 울새는 며칠 동안은 제 짝에게 이 이야기를 수도 없이 했지만 나중에는 얘기를 꺼내지 않기로 결심했다. 제 짝이 너무 무서워해서 알에게 해가 되지 않을까 걱정스러웠던 것이다.

남자 아이가 혼자 걷고 더 빨리 움직이기까지 하는 걸 보고 울새는 크게 안심이 되었다. 그러나 그 후로도 아주 오랫동안, 울새에게만 길게 느껴졌는지는 모르지만, 아이는 불안감을 주는 존재였다. 그 애는 다른 사람들처럼 행동하지 않았다. 걷는 걸 아주 좋아하는 것처럼 보였지만 아이는 한참을 앉아 있거나 누워 있다가 쩔쩔매며 일어나 다시 걷기 시작했다.

그러던 어느 날 울새는 자신도 부모님에게 나는 법을 배울 때 아주 비슷한 행동을 했었다는 사실을 떠올렸다. 몇 미터를 짧게 날아간 다음 쉬기를 반복했던 것이다. 그래서 이 아이도 나는 법을, 아니 그보다는 걷는 법을 배우고 있는 건지도 모른다는 생각이 들었다. 울새가 이 이야기를 제 짝에게도 하면서 자신들의 새끼들도 깃털이 다 나고 하늘을 날 때가 되면 같은 식으로 행동할지도 모른다고 말해 줬다. 그제야 울새의 짝도 크게 안심하며 열심히 관심을 가지기 시작하더니 둥지 너머로 아이를 지켜보는 일에 큰 재미를 느끼게 되었다. 물론 자기 새끼들이 훨씬 더 영리해서 더 빨리 배울 것이라고 생각했지만 말이다. 그러더니 인간은 새끼들에 비해 언제나 더 서툴고 느리며 대부분은 나는 법조차 배우지 않는 것 같다고 너그럽게 말했다. 공중이나 나무 꼭대기에서 인간과 마주친 적은 없으니까 말이다.

얼마 후에 사내아이는 다른 아이들처럼 돌아다니기 시작했는데, 세 아이는 가끔씩 이상한 행동을 했다. 세 아이는 나무 밑에서서 걷는 것도 뛰는 것도 그렇다고 앉는 것도 아닌 이상한 방법으로 팔과 다리와 머리를 움직였다. 아이들은 매일 참참이 이런 동작을 반복했고, 울새는 이들이 뭘 하는 건지 혹은 뭘 하려는 건지제 짝에게 설명할 수 없었다. 다만 울새가 말할 수 있는 건 자신의새끼들은 절대 그런 식으로 퍼덕거리지 않을 거란 사실이었다. 그래도 아주 유창하게 울새 말을 할 줄 아는 아이도 같은 행동을 하는 걸 보고, 울새들은 그 행동이 전혀 위험하지 않다는 것만은 확신할 수 있었다. 물론 울새도, 울새의 짝도 레슬링 챔피언 밥 하워드의 이야기며 근육이 툭툭 튀어나오게 하는 운동법 이야기를 들어 본 적이 없었다. 울새는 사람과는 다르다. 울새의 근육은 처음부터 늘 단련이 되어서 자연스럽게 발달이 되었다. 끼니때마다 먹을 걸 찾아 날아다녀야 한다면 근육이 줄어들 일은 없을 것이다.

사내아이가 다른 아이들처럼 이리저리 걷고 뛰어다니고 땅을 파고 잡초를 뽑게 되었을 때 커다란 평화와 만족이 화원 한구석에있는 둥지를 뒤덮었다. 알을 염려하던 순간은 지나간 일이 되었다. 알들이 은행 금고에 넣어 둔 것처럼 안전하다는 사실과 갖가지 별난 일들이 벌어지는 것을 볼 수 있다는 사실을 알게 되자 둥지에 앉아 있는 것이 무엇보다 즐거운 일이 되었다. 비가 와서 아이들이 화원에 나타나지 않을 때면 어미 새는 따분함마저 느꼈다.

하지만 비가 오는 날이라고 메리와 콜린도 따분하게 보내는 건 아니었다. 비가 쉬지 않고 쏟아지던 어느 날 아침이었다. 일어나 돌아다니는 건 좀 위험하다는 생각에 소파에 꼼짝없이 붙어 있어야 했던 콜린은 지루해서 엉덩이가 들썩거리기 시작했다. 그때 메리에게 좋은 생각이 떠올랐다.

콜린이 말했다.

"이제 난 진짜 사내아이야. 다리며 팔이며 온몸이 마법으로 가득해서 가만히 둘 수가 없어. 계속해서 뭘 하고 싶단 말이지. 메리, 그거 아니? 아침에 깨어나면 아주 이른 아침이고 바깥에서 새들이 막 지저귀기 시작하고 모든 게, 나무처럼 실제로는 들을 수 없는 것들까지 기뻐서 환호성을 지르는 것 같을 때면 나도 침대에서 뛰어나와 소리를 질러야 할 것 같단 말이야. 내가 만약 그랬다간 무슨 일이 일어날지 생각해 봐!"

메리가 배꼽을 잡고 웃어 댔다.

"간호사와 메들록 부인이 달려올 테고, 네가 미쳤다고 확신하고 사람을 보내 의사를 불러오겠지."

콜린도 낄낄거렸다. 그 사람들이 전부 어떤 표정을 지을지, 자신이 지른 소리에 얼마나 충격을 받을지, 똑바로 서 있는 모습을 보고 얼마나 놀라워할지 눈에 보이는 듯했다.

콜린이 말했다.

"아빠가 집에 돌아오셨으면 좋겠어. 아빠한테 직접 말씀드리고 싶어. 요즘은 항상 그 생각을 해. 이런 식으로는 오래 못 버틸 것 같아. 가만히 누워서 아픈 척하는 것도 더 이상 못하겠어. 게다가 내 모습도 예전이랑은 아주 달라 보이잖아. 오늘 비가 오지 않았으면 좋았을 텐데."

메리가 좋은 생각을 떠올린 건 바로 그 순간이었다. 메리는 알쏭달쏭한 말로 입을 열었다.

"콜린, 이 저택에 방이 몇 개나 되는지 알아?"

"한 천 개쯤 되나?"

"아무도 들어가지 않는 방이 100개쯤 있어. 그리고 언젠가 비 오는 날에, 난 돌아다니며 그 방들을 들여다본 적이 있어. 메들록 부인에게 들킬 뻔했지만 아무도 그 사실을 몰라. 돌아오는 길에 길을 잃고 네 방이 있는 복도 끝까지 왔지. 그때 네가 우는 소리를 두 번째로 들었어."

콜린이 소파에서 벌떡 일어나 앉았다.

"아무도 들어가지 않는 100개의 방이라. 비밀의 화원 얘기 같은데. 가서 구경해 보는 게 어떨까? 네가 휠체어를 밀어 주면 되고 아무도 우리가 어디 가는지 모를 거야."

"나도 그 생각을 하고 있었어. 누구도 감히 우릴 따라오지 못할 거야. 네가 뛰어다닐 수 있는 복도도 많아. 함께 운동도 할 수 있을 거야. 인도풍으로 꾸민 조그만 방도 있는데 상아로 만든 코끼리들이 가득한 장식장도 있어. 온갖 방들이 다 있어."

콜린이 말했다.

"종을 울려."

간호사가 들어오자 콜린이 지시를 내렸다.

"휠체어를 가져다줘. 메리 아가씨와 난 이 저택에서 사용하지 않는 방을 살피러 갈 거야. 초상화가 걸린 회랑이 있는 곳까지는 계단이 있으니까 존이 밀어 주면 돼. 그 다음에는 다시 부를 때까지 우리만 놔두고 멀리 가 있으면 되는 거야."

그날 아침에 비 오는 날의 공포가 사라졌다. 존이 지시에 따라서 초상화 회랑까지 휠체어를 밀어 준 뒤 둘만을 남겨 두고 사라지자 콜린과 메리는 기쁜 얼굴로 서로를 바라보았다. 메리가 존이 아래층 자기 숙소로 돌아가는 것을 확인하자마자, 콜린이 휠체어에서 내렸다.

"회랑의 이쪽 끝에서 저쪽 끝까지 달릴 거야. 그런 다음엔 펄쩍 뛸 거고 밥 하워드 운동을 하는 거야."

두 아이는 이 모든 걸 해치웠고 다른 많은 일도 실행에 옮겼다. 둘은 초상화를 구경하다가, 수를 놓은 녹색의 비단 옷을 입고 손가락에는 앵무새가 앉아 있는 못생긴 여자 아이 초상화도 발견했다.

콜린이 말했다.

"이 사람들 전부 내 친척일 거야. 아주 오래전에 살았던 사람들이겠지. 내 생각에 저 앵무새를 든 아이는 우리 할머니의 할머니, 그 할머니의 할머니쯤 되는 것 같아. 메리, 꼭 너처럼 생겼어. 지금 모습이 아니라 네가 처음 여기 왔을 때 모습 말이야. 넌 지금 아주 통통하고 보기도 좋으니까."

"너도 마찬가지야."

메리가 말했고 둘은 함께 웃음을 터뜨렸다.

둘은 인도풍으로 꾸민 방으로 가서 상아 코끼리를 가지고 놀았다. 둘은 장밋빛 비단 벽걸이로 꾸며진 내실과 생쥐가 남긴 쿠션

속 구멍도 발견했지만, 생쥐들은 모두 자라서 떠나 버리고 구멍은 비어 있었다. 둘은 메리가 처음 순례에 나섰을 때보다 더 많은 방을 보고 더 많은 것을 발견했다. 새로운 복도와 모퉁이와 계단, 맘에 드는 낡은 그림들과 그 용도를 알 수 없는 이상하고 오래된 물건들을 찾아냈다. 이상하리만치 재미있는 아침이었고, 다른 사람들과 한 집에 있으면서도 동시에 그들과 수 킬로미터는 떨어져 있는 듯한 기분으로 돌아다녔는데 그야말로 환상적이었다.

"여기 오니까 정말 좋다! 내가 이렇게 크고 별나고 오래된 곳에서 사는 줄 몰랐어. 맘에 들어. 비 오는 날마다 와서 돌아다니면 되겠다. 이상한 모퉁이와 물건들은 앞으로도 계속 찾을 수 있을 거야."

그날 아침 두 아이는 그 어느 때보다 입맛이 당겨서 콜린의 방으로 돌아왔을 때 점심을 건드리지 않고 돌려보내는 것은 도저히 불가능했다.

간호사가 음식 쟁반을 들고 아래층으로 내려가 주방 선반에 쾅하고 내려놓자 요리사인 루미스 부인은 반들반들 윤이 날만큼 깨끗이 비운 접시며 그릇들을 볼 수 있었다.

"저것 봐! 이 집도 수수께끼 같은 집이지만 그 두 아이는 정말 수수께끼 중의 수수께끼야."

젊고 건강한 하인 존이 말했다.

"매일 저렇게 먹어 대면 도련님이 한 달 전보다 몸무게가 두 배로 나간다고 해도 별로 이상할 게 없겠어요. 내 근육들이 상할 수도 있으니 조만간 일을 그만둬야 할지도 모르겠네요."

그날 오후 메리는 콜린의 방에서 뭔가 새로운 변화가 일어난 것을 눈치챘다. 사실 그 변화는 전날 알아챘지만 메리는 아무 말도 하지 않았다. 그 변화가 우연히 일어난 것일지도 모른다는 생각 때문이었다. 메리는 오늘도 아무 말 않고 가만히 앉아 벽난로 선반 위에 걸린 그림을 뚫어져라 바라보고만 있었다. 그림을 가렸던 커튼이 옆으로 젖혀져 있어서 그림을 볼 수 있었던 것이다. 메리가 알아챈 변화란 게 바로 그것이었다.

메리가 한동안 그림을 바라보자 콜린이 말했다.

"네가 무슨 말을 듣고 싶은지 알고 있어. 네가 나한테서 무슨 말을 듣고 싶어 할 때마다 절로 알겠더라고. 넌 왜 커튼을 젖혀 놓았는지 궁금한 거잖아. 난 계속 저렇게 둘 생각이야."

메리가 물었다.

"왜?"

"엄마의 웃는 모습을 봐도 이제는 화가 나지 않으니까. 그저께 달빛이 아주 밝을 때 잠에서 깼는데 마법이 방 안을 가득 채우고 모든 게 눈부시게 빛나는 것 같아서 가만히 누워 있을 수가 없더라고. 난 자리에서 일어나 창밖을 내다봤어. 방 안은 꽤 밝았고 달빛 한 조각이 커튼을 비추고 있는데 왠지 다가가서 줄을 당기고 싶었지. 줄을 당기고 엄마가 나를 내려다보는데 마치 내가 거기 서 있는 게 기뻐서 웃고 있는 것 같았어. 그래서 엄마를 보는 게 좋아졌어. 난 엄마가 늘 저렇게 웃고 있는 걸 보고 싶어. 어쩌면 우리 엄마도 마법사였을 거라는 생각이 들어."

메리가 말했다.

"넌 이제 너희 엄마랑 똑 닮아서 가끔 너희 엄마 유령이 사내아이로 변해서 네 모습을 하고 있는 게 아닐까 하는 생각이 들 정도야."

콜린은 그 말에 깊은 감동을 받은 듯했다. 콜린은 깊은 생각에 잠겼다가 천천히 대답했다.

"내가 만약 엄마의 유령이라면…… 아빠가 나를 좋아하실 테지."

"고모부가 너를 좋아했으면 좋겠어?"

"아빠가 나를 좋아하지 않았기 때문에 그림이 싫었던 거야. 만약 아빠가 나를 좋아하게 된다면 아빠한테 마법 얘기를 해 드릴 생각이야. 아빠도 그 얘기를 들으면 훨씬 밝아지실 거야."

26. "엄마야!"

마법을 향한 세 아이의 믿음은 변함이 없었다. 아침에 주문을 외는 의식이 끝나면 콜린은 때때로 마법 강의를 했다.

"나는 강의하는 게 좋아. 나중에 어른이 돼서 과학적으로 위대한 발견을 하게 되면 그에 관해 강의를 해야 할 테니까. 이건 연습인 셈이지. 아직은 나이도 어리고 벤 웨더스태프가 교회에 있는 줄로 착각하고 졸기까지 하니까 강의를 짧게 할 수밖에 없지만 말이야."

벤 노인이 말했다.

"강의에서 좋은 점이 있다믄 한 사람이 일나서 지 좋을 대로 지껄이도 다른 사람들은 대답할 수 없다 그거지예. 지는 아무리 나이를 묵어도 절대 강의 같은 거는 못할 깁니다."

하지만 콜린이 나무 밑에서 이야기를 늘어놓을 때면 벤 노인은 두 눈을 콜린에게 딱 고정시킨 채 절대 떼지 않았다. 애정 어린 시선으로 하나하나 따지듯 콜린을 살펴보았다. 노인의 관심을 끈 것은 강의라기보다는 하루가 다르게 곧게 펴지고 튼튼해지는 다리였고, 똑바로 치켜든 소년다운 머리였으며, 한때 뾰족한 턱과 움푹 꺼진 두 뺨에서 통통하게 살이 올라 동그래진 모습이었고, 노인이 다른 이의 눈에서 보았던 눈빛을 그대로 머금기 시작한 두 눈이었다. 가끔 콜린은 벤 노인이 깊은 감동을 받았다는 듯 진지한 눈빛을 보내는 게 느껴지면 노인이 무슨 생각을 하고 있는지 궁금해졌다. 그래서 한 번은 넋을 잃은 듯 보이는 노인에게 물었다.

"벤 웨더스태프, 지금 무슨 생각을 하고 있어?"

벤 노인이 대답했다.

"요번 주에 도련님 몸무게가 일이 킬로그램은 불었을 기라고 생각했십니더. 도련님 종아리랑 어깨를 보고 있었지예. 도련님을 저울에 달아 보고 싶구만요."

콜린이 대답했다.

"마법 때문이야. 소어비 부인의 빵이랑 우유랑 그런 것들 덕분이기도 하고. 보다시피 과학 실험이 성공한 거야."

그날 아침 디콘은 너무 늦어서 강의를 듣지 못했다. 달려오느라 벌겋게 된 디콘의 괴상한 얼굴은 평소보다 더 반짝거리는 것 같았다. 비가 내린 뒤라 뽑아내야 할 잡초가 아주 많았으므로 아이들은 곧바로 일을 시작했다. 따뜻한 비가 땅속 깊숙이 스며든 뒤에는 늘 할 일이 많은 법이었다. 꽃들에게 유익한 습기는 잡초에게도 좋기 마련이었다. 조그만 싹과 잎들이 뚫고 올라오는 잡초들을 확실히 뿌리가 내리기 전에 뽑아 주어야 했다. 콜린은 이제 누구 못지않게 잡초를 잘 뽑았고 잡초를 뽑으면서 강의도 할 수 있었다.

그날 아침 콜린이 말했다.

"마법은 열심히 일할 때 가장 잘 이루어져. 뼈와 근육에서 마법을 느낄 수 있지. 난 뼈와 근육에 관한 책은 읽기만 할 거지만 마법에 관한 책은 직접 쓸 거야. 지금 막 그렇게 하기로 마음먹었어. 계속 여러 가지 것들을 알아내야지."

그 말을 하고 얼마 지나지 않아 콜린이 모종삽을 내려놓고 벌떡 일어섰다. 콜린은 몇 분 간 조용히 서 있었고 종종 그런 일이 있었으므로, 메리와 디콘은 콜린이 강의할 내용을 생각하고 있다는 사실을 알고 있었다. 메리와 디콘의 눈에는 콜린이 모종삽을 떨어뜨리고 벌떡 일어섰을 때 문득 강렬한 생각이 떠올라 그렇게 하는 것처럼 보였던 것이다. 콜린은 몸을 한껏 펴고 환희에 차서 두 팔을 벌렸다. 얼굴은 붉게 달아올랐고 이상한 눈은 기쁨에 더욱 커졌다. 콜린은 갑자기 뭔가를 완전히 깨달았던 것이다.

"메리! 디콘! 나를 봐!"

두 아이는 잡초 뽑던 손을 멈추고 콜린을 쳐다보았다. 콜린이 물었다.

"나를 여기에 데려온 첫날 아침이 기억나?"

디콘은 열심히 콜린을 쳐다보았다. 동물 마법사인 디콘은 대부분의 사람들보다 더 많을 걸 볼 수 있었고 그 가운데는 얘기하지 않은 것들이 더 많았다. 디콘은 지금도 콜린에게서 그런 게 보였다.

"예, 당연하지예!"

메리도 열심히 쳐다보았지만 아무 말도 하지 않았다.

"지금 막 갑자기 그때가 떠오른 거야. 모종삽을 들고 땅을 파는 내 손을 보고 있는데…… 두 발로 일어서서 이게 현실인지 확인해야 했던 거야. 그런데 정말 현실이었어. 난 건강해! 건강하다고!"

"예, 당연하지예!"

"난 건강해! 난 건강해!"

다시 그렇게 말하는 콜린의 얼굴은 온통 빨갛게 달아올라 있었다.

콜린은 어떤 의미에서는 전부터 그 사실을 알고 있었으며 건강해지기를 바라고 느끼고 생각하기도 했다. 하지만 바로 이 순간에 뭔가가 온몸을 훑고 지나갔던 것이다. 그것은 환희로 가득한 믿음과 깨달음 같은 것이었고 그 느낌이 너무나 강해서 소리 높여 외칠수밖에 없었다. 콜린이 당당하게 외쳤다.

"난 영원히, 영원히 살 거야! 영원히! 수천수만 가지 것들을 찾아낼 거야. 사람들과 동물들과 자라는 모든 것들을 찾아낼 거야. 디콘처럼. 그리고 마법도 절대로 멈추지 않을 거야. 난 건강해! 난 건강해! 뭔가…… 감사하고 즐거운 뭔가를 맘껏 외치고 싶은 심정이야!"

장미 덤불 근처에서 일하던 벤 노인이 흘깃 콜린을 바라보더니 특유의 딱딱하고 툴툴거리는 말투로 제안했다.

"그라모 영광송(*하느님을 찬미하는 노래. 기도 따위를 이르는 말.)이라도 부르소."

벤 노인은 영광송을 별로 탐탁지 않게 여겼으므로 특별히 경건한 마음으로 제안했던 건 아니었다.

하지만 콜린은 탐구심이 강한 데다가 영광송에 대해 아는 게 없었다.

"그게 뭐야?"

벤 노인이 대답했다.

"디콘이 불러 드릴 수 있을 깁니더."

디콘이 다 알겠다는 듯 동물 마법사 특유의 미소를 지으며 대답했다.

"교회에서 부르는 긴데 울 어매는 종달새도 아침에 일어나모 이 노래를 한다고 안 합니까."

콜린이 말했다.

"너희 어머니가 그렇게 말씀하셨다면 틀림없이 근사한 노래일 거야. 난 교회에 가 본 적이 없어. 늘 심하게 아팠으니까. 불러 봐, 디콘. 듣고 싶어."

디콘은 아주 순박하고 꾸밈이 없었다. 콜린의 기분을, 콜린 스스로가 느끼는 것보다 더 잘 이해했다. 본능적으로 자연스럽게 이해했기 때문에 자신이 이해하고 있다는 사실조차 몰랐다. 디콘은 모자를 벗고 여전히 웃는 얼굴로 주변을 돌아보았다.

"도련님, 모자를 벗어야 할 낀데. 벤 할어버지도요. 일나야 하는 것도 아시지예?"

콜린이 모자를 벗었다. 디콘을 열심히 바라보는 동안 햇볕이 콜린의 숱 많은 머리 위로 따뜻하게 내리쬐었다. 벤 노인은 쪼그리고 앉아 있다가 허둥지둥 일어나 모자를 벗었다. 얼굴에는 자신이 왜 이렇게 이상한 짓을 하고 있는지 잘 모르겠다는 듯 얼떨떨하고 반쯤 억울해하는 표정을 짓고 있었다.

디콘은 나무들과 장미 덤불에 둘러싸인 채 오롯이 서서 멋지고 강한 소년의 목소리로 단순하고 담백하게 영광송을 부르기 시작했다.

만복의 근원 하느님
온 백성 찬송드리고
저 천사여, 찬송하세
찬송 성부 성자 성령 아멘

디콘의 노래가 끝나자 벤 웨더스태프 노인은 입을 꼭 다문 채 조금도 움직이지 않고 서 있었다. 그러나 흔들리는 눈동자로 콜린을 바라보고 있었다. 콜린의 얼굴은 깊은 감상에 잠겨 있는 듯했다.

"정말 멋진 노래야. 맘에 들어. 아까 내가 마법에게 고맙다고 외치고 싶었을 때 꼭 그런 마음이었던 같아."

콜린이 말을 멈추고는 난처한 표정으로 생각에 잠기더니 다시 입을 열었다.

"어쩌면 둘 다 같은 건지도 모르지. 우리가 어떻게 세상 모든 것의 이름을 정확히 알 수 있겠어? 다시 한 번 불러 봐, 디콘. 메리, 우리도 불러 보자. 나도 부르고 싶어. 딱 내 노래야. 어떻게 시작하지? 만복의 근원 하느님?"

그리고 그들은 다시 한 번 노래를 불렀다. 메리와 콜린은 최대한 듣기 좋게 목청을 높였고 디콘도 아주 크고 아름답게 목소리를 높였다.

두 번째 소절에서는 벤 노인이 귀에 거슬리게 목청을 가다듬었고 세 번째 소절부터는 어찌나 힘차게 따라 부르는지 사납게 들릴 정도였다. 그리고 마침내 "아멘"이 끝나자 메리는 콜린이 불구가 아니란 걸 알았을 때 벤 노인에게 일어났던 일이 또다시 노인에게 벌어졌다는 걸 확인할 수 있었다. 벤 노인은 턱을 씰룩거렸고 계속 콜린을 응시하며 두 눈을 껌뻑였으며 가죽 같은 늙은 뺨은 젖어 있었다. 벤 노인이 쉰 목소리로 말했다.

"전에는 영광송이 뭐가 좋은지 모르겠드만 인자 맴을 바꿔야겠십니다. 콜린 도련님, 이번 주에 몸무게가 이 킬로그램은 늘었겠소. 이 킬로그램이요."

콜린이 화원 건너편에서 눈길을 끄는 것을 발견하고 바라보고 있었다. 얼굴에 깜짝 놀란 표정을 짓고 있었다. 콜린이 재빨리 물었다.

"여기 누가 들어온 거야? 저 사람은 누구야?"

담쟁이덩굴 담에 있는 문을 살며시 밀며 부인 한 명이 들어왔다. 부인은 노래의 마지막 소절 부분에서 들어와 귀를 기울이고 아이들을 바라보며 가만히 서 있었다. 부인의 뒤로는 담쟁이덩굴이 나 있고, 나무들 사이로 밀려든 햇살이 부인이 입은 길고 파란 망토 위에 얼룩덜룩한 얼룩을 만들고 있었다. 파릇파릇한 잎들 너머 다정하고 생기 넘치는 얼굴로 미소를 짓고 있는 부인을 보니 콜린의 그림책에 나오는 부드럽게 채색된 그림 같았다. 무척이나 다정해 보이는 부인의 눈은 모든 걸, 그들 모두를, 심지어 벤 노인과 '동물들'과 활짝 핀 꽃들까지도 다 받아들일 것처럼 보였다. 난데없이 부인이 나타났음에도 불구하고 그녀를 불청객이라고 느끼는 사람은 아무도 없었다. 디콘의 눈이 램프처럼 밝게 빛났다.

"어맵니더! 울 어매요!"

디콘은 그렇게 외치며 풀밭을 달려갔다.

콜린도 부인을 향해 다가가기 시작했고 메리도 뒤를 따랐다. 두 아이 모두 맥박이 빨라지는 걸 느꼈다. 중간쯤에서 세 아이가 서로를 만났을 때 디콘이 다시 말했다.

"어맵니더! 도련님이랑 아가씨가 울 어매를 보고 싶어 하는 것 같아서 지가 문 있는 데를 갈쳐 드렸다 아입니꺼."

콜린은 몹시 수줍어서 빨갛게 된 얼굴로 손을 내밀었다. 하지만 두 눈만은 부인의 얼굴에서 떼지 않았다.

"아팠을 때도 부인이 보고 싶었어요. 부인과 디콘과 비밀의 화원이요. 전에는 누구도, 어떤 것도 보고 싶어 한 적이 없는데 말이에요."

위를 향한 콜린의 얼굴을 보는 순간 부인의 얼굴에 갑자기 변화가 일어났다. 얼굴이 확 붉어지더니 입가가 씰룩거렸고 안개가 낀 듯 두 눈이 흐려지는 것 같았다. 부인이 떨리는 목소리로 불쑥 내뱉었다.

"아, 아가! 아, 아가!"

부인 스스로도 그런 말을 하게 될 줄은 몰랐던 것 같았다. 입에서 '콜린 도련님'이라는 말 대신 갑자기 '아가'라는 말이 튀어나왔던 것이다. 부인은 디콘의 얼굴에서 자신의 마음을 움직이는 뭔가를 보았다면 디콘에게도 똑같은 말을 했을 것이다. 콜린은 그 말이 마음에 들었다. 콜린이 물었다.

"제가 건강해서 놀라셨어요?"

부인은 콜린의 어깨에 손을 올려놓고는 흐려진 두 눈으로 미소를 지어 보였다.

"하모, 놀랐제. 어매를 꼭 닮아서 내 심장이 쿵쿵 뛰는 기라."

콜린이 조금은 어색한 목소리로 물었다.

"제가 엄마를 닮아서 우리 아빠도 저를 좋아하시게 될까요?"

"하모, 당연하제. 아가."

부인은 그렇게 대답하고는 콜린의 어깨를 부드럽고 빠르게 토닥였다.

"아부지께서 집에 오실 기다. 오시고말고."

부인 가까이 다가온 벤 노인이 말했다.

"수잔 소어비. 저 다리 좀 보소. 두 달 전만 해도 북채에 양말을 신겨 놓은 것 같드만…… 사람덜이 안짱다리네, 밭장다리네 해 쌌드만. 지금 어떤가 보소."

수잔 소어비가 편안하게 웃으며 대답했다.

"쪼매 있으모 아주 튼튼한 머시마 다리가 될 깁니더. 화원에서 놀고 일도 하고 푸짐하게 묵고 맛나고 좋은 우유를 실컷 마시모 요크서에서 젤로 좋은 다리가 될 깁니더. 하느님께 감사할 일이지예."

부인이 메리 아가씨의 양 어깨에 손을 올려놓고 그 조그만 얼굴을 엄마 같은 태도로 찬찬히 살펴보았다.

"니도 그렇데이. 우리 엘리자베스 엘렌맨키로 튼튼해졌구만. 니도 나중에 니 어매처럼 될 기다. 우리 마사 말이, 메들록 부인이 니 어매가 아주 예쁜 사람이었다는 야그를 들었다 카대. 니도 다 자라모 빨간 장미꽃맨키로 예쁘게 될 기다."

부인은 마사가 '쉬는 날' 집에 와서 못생기고 누르스름한 여자 애를 묘사했던 말은 입 밖에 내지 않았다. 그때 마사는 메들록 부인이 들었다는 이야기는 도저히 믿지 못하겠다고 하면서 "예쁜 여자가 그렇게 못생긴 아의 어매가 될 수 있다는 기 말이 안 되제."라고 완강하게 덧붙였던 것이다.

메리는 점점 변하는 자신의 얼굴에 특별히 관심을 가질 시간이 없었다. 메리가 아는 전부는 자신이 '다르게' 보인다는 것과 머리숱이 많아진 데다 아주 빨리 자라는 것 같다는 것뿐이었다. 하지만 예전에 멤사힙을 볼 때마다 느꼈던 즐거움이 떠오르자 언젠가 자신도 엄마처럼 될 거라는 말이 기분 좋았다.

수잔 소어비는 아이들과 함께 화원을 한 바퀴 돌면서 화원에 관한 모든 이야기를 듣고 다시 살아난 덤불이며 나무를 모두 둘러보았다. 콜린이 부인의 한쪽 옆에서 걸었고 메리가 다른 쪽에서 걸었다. 두 아이 모두 부인의 포근한 장밋빛 얼굴을 계속 올려다보면서 부인에게서 뿜어지는 기분 좋은 느낌이 뭘까 마음속으로 궁금해했다. 뭔가 따뜻하고 든든한 느낌이었다. 부인은 디콘이 자신의 '동물들'을 이해하는 것처럼 두 아이를 이해하는 듯 보였다. 부인은 꽃들 위로 허리를 굽히고는 그 꽃들이 아이들이라도 되는 것처럼 말을 붙였다. 검댕이가 부인을 따라오다가 한두 번 깍깍 소리를 내더니 디콘의 어깨인 것처럼 부인의 어깨에 날아올랐다. 아이들이 울새와 어린 울새들의 첫 비행에 대해 이야기하자 부인은 엄마 같은 온화한 웃음을 터뜨렸다.

"새들한테 나는 법을 갈치는 것하고 아이들한테 걷는 법을 갈치는 기 같을 기다. 하지만 내 자슥들한테 다리 대신에 날개가 있으마 걱정이 돼서 한시도 가만있지 못했을 기구면."

그녀는 멋진 황무지의 오두막 분위기가 물씬 나는 훌륭한 부인으로 보였다. 그래서 부인은 마침내 마법에 관해 이야기를 들을 수 있게 되었다.

콜린은 먼저 인도의 고행자 이야기를 꺼낸 다음 물었다.

"부인은 마법을 믿으세요? 믿으신다면 좋겠는데."

"아가, 믿고말고. 그런 이름으로 알고 있는 건 아니었다만 이름 같은 기 뭐가 중요하겠노? 프랑스에서 부르는 이름이 다르고 독일에서 부르는 이름이 다를 기구먼. 씨앗을 솟아오르게 하고 햇빛을 비추게 하는 분이 똑같이 니도 튼튼하게 만드는 기고 그분은 선한 분이제. 그분은 우리 같은 불쌍한 바보들과는 달라서 우리가 마음대로 부른다고 우리맨키로 신경 쓰고 하지 않는 기라. 아주 선한 그분은 걱정을 하느라 중단하는 법이 없지. 계속해서 우리 같은 세상을 수백만 개 맹글고 있는 기지. 아주 선한 분을 계속해서 믿고 온 세상이 그분으로 가득하다는 것을 잊지 않는 기다. 부르는 건 너거들 마음이다. 내가 화원으로 들어올 적에 그분한테 노래를 불러 드리고 있드만."

콜린이 아름답고 이상한 눈을 동그랗게 뜨고 부인을 바라보며 대답했다.

"그때는 너무나 기뻤어요. 갑자기 제가 얼마나 변했는지…… 팔과 다리가 얼마나 튼튼해졌는지, 땅을 팔 수도 있고 두 다리로 설 수도 있고요. 그리고 펄쩍 뛰어올라서 들어 줄 누군가에게 소리치고 싶어요."

"너거들이 영광송을 불렀을 때 마법이 들었을 기다. 너그가 뭘 부르든 들을 기구먼. 중요한 건 기쁨이제. 아, 아가, 아가. 네가 그 기쁨을 맹그는 이를 뭐라고 부르든 말이다."

그리고 부인은 다시 콜린의 어깨를 빠르게 살짝 토닥여 주었다.

부인은 오늘 아침에도 여느 때와 같이 진수성찬이 든 바구니를 꾸려 두었다. 그리고 배고픈 시간이 찾아오고 디콘이 숨겨 둔 곳에서 바구니를 가지고 나오자, 부인은 아이들과 함께 나무 아래에 앉았다. 그리고 음식을 집어삼킬 듯 먹는 아이들의 모습을 지켜보면서 아이들의 식욕에 흡족해하며 웃었다. 부인은 장난기 많은 사람이어서 온갖 희한한 것들로 아이들을 웃겼다. 심한 요크셔 사투리로 이야기도 해 주고 새로운 단어들도 가르쳐 주었다. 아이들이 콜린이 신경질적인 병자인 척하는 걸 점점 더 어려워한다는 얘기를 했을 때는 부인도 도저히 참을 수 없다는 듯 웃음을 터뜨렸다.

콜린이 설명했다.

"우리가 함께 있을 때면 거의 매번 웃음을 참기가 힘들어요. 그러면 전혀 아픈 것 같지 않잖아요. 우리는 억지로 웃음을 참아 보려고 하지만 결국 더 요란한 소리를 내면서 터져 나오는 거예요."

메리가 말했다.

"툭하면 떠오르는 생각이 하나 있는데요. 갑자기 그 생각만 하면 웃음을 참기가 힘들어져요. 콜린의 얼굴이 보름달처럼 보이면 어떨까 계속 생각하고 있거든요. 아직 그 정도는 아니지만 매일 조금씩 살이 찌고 있으니까. 어느 날 아침에 보니 콜린의 얼굴이 그렇게 변한다면…… 그러면 우린 어쩌죠?"

소어비 부인이 말했다.

"시상에, 해야 할 연극 놀이가 상당히 많겠구나. 하지만 그래 오래하지 않아도 될 기다. 크레이븐 씨가 돌아오실 끼니까."

콜린이 물었다.

"아버지가 돌아오실 거라고 생각하세요? 왜요?"

수잔 소어비 부인이 조그맣게 낄낄거렸다.

"니가 직접 말씀드리기 전에 아부지가 먼저 알게 되믄 가슴이 찢어지겠다. 그 계획을 세운다꼬 밤새 잠도 못 자겠구먼."

콜린이 말했다.

"딴 사람이 먼저 아빠한테 말한다면 참을 수가 없을 거예요. 매일 딴 방법을 생각하는데 지금은 그냥 아빠 방으로 뛰어들어가는 게 좋겠다 싶어요."

"그라모 아버지가 깜짝 놀라실 기다. 그분 얼굴이 보고 싶구먼. 진짜로! 그분이 퍼뜩 돌아오셔야 할 낀데. 퍼뜩!"

그들은 디콘네 오두막을 방문할 이야기도 나누었다. 계획도 다 짜 두었다. 마차를 타고 황무지를 지나다가 마차에서 내린 뒤 히스 꽃밭에 들어가 점심을 먹는 것이었다. 열두 명의 아이들을 만나고 디콘의 정원도 둘러본 다음 피곤해지면 돌아오는 것이었다.

마침내 수잔 소어비가 메들록 부인을 만나러 저택으로 가기 위해 자리에서 일어났다. 콜린도 휠체어를 타고 돌아가야 할 시간이었다. 하지만 휠체어에 앉기 전, 부인에게 가까이 다가가 쩔쩔매며 동경의 눈빛으로 뚫어져라 바라보았다. 그러더니 갑자기 부인의 파란 망토 자락을 꼭 붙들고 놓지 않았다.

"부인은 제가 바라던…… 제가 바라던 그런 사람이에요. 부인이 제 엄마면 좋겠어요. 디콘의 엄마인 것처럼!"

갑자기 수잔 소어비가 허리를 숙이고는 따뜻한 두 팔로 콜린이 디콘과 형제라도 되는 것처럼, 파란 망토 아래 가슴 쪽으로 콜린을 바짝 끌어당겼다. 두 눈에 다시 안개가 서렸다.

"아! 아가! 니 어매도 여기, 바로 이 정원에 계실 끼다. 확실히 그럴 끼다. 니 어매도 여기를 떠날 수 없는 기지. 니 아부지도 니한 테 돌아오실 끼다. 오시고말고."

27. 화원에서

　세상이 생겨난 이래 매 세기마다 위대한 것들이 발견되었다. 지난 세기에는 이전의 어떤 세기보다도 더욱 놀라운 것들이 발견되었다. 그리고 이제 막 시작된 세기에도 더욱 믿기 어려운 것들이 수없이 많이 나타나 빛을 보게 될 것이다.

　처음에 사람들은 낯설고 새로운 일이 이루어질 수 있다는 것을 믿지 않으려고 한다. 그러다가 이루어질 수 있으리라는 기대를 갖기 시작하고 이루어질 수 있다는 것을 깨닫게 된다. 결국 그 일은 이루어지고 온 세상은 그 일이 왜 몇 세기 전에 이루어지지 않았는지 의아해한다. 지난 세기의 사람들이 깨닫기 시작한 새로운 일들 가운데 하나는 생각이, 단지 생각에 지나지 않더라도, 전기 배터리만큼 강해서 햇살만큼 좋기도 하고 독약만큼 나쁘기도 하다는 것이다. 슬픈 생각이나 나쁜 생각이 자신의 마음속으로 들어오게 놔두는 것은 성홍열(*급성 전염병의 하나로 고열, 구토, 두통, 오한과 함께 피부에 발진을 일으킨다.) 균이 몸속으로 들어오게 놔두는 것만큼이나 위험하다. 마음속에 들어온 그런 생각을 그대로 내버려 둔다면 살아 있는 동안에는 절대 회복될 수 없을지도 모른다.

자신이 싫어하는 것들과 사람들에 대한 비뚤어진 의견, 어떤 일에도 즐거워하지 않거나 흥미를 갖지 않겠다는 결심 같은 유쾌하지 못한 생각들이 마음속에 가득 들어차 있는 동안, 메리는 누르스름한 얼굴을 한 채 허약하고 따분하고 비참한 아이였다. 그러나 메리 자신이 미처 깨닫지 못하고 있었지만, 메리 주변의 환경은 그녀에게 매우 친절했다. 환경은 메리를 좋은 쪽으로 밀어 대기 시작했다. 메리의 마음속에 차츰 울새, 아이들이 우글거리는 황무지의 오두막, 괴팍하고 심술궂은 늙은 정원사와 평범하고 어린 요크셔 하녀, 봄날과 매일 새롭게 살아나는 비밀의 화원, 거기에 황무지 소년과 그의 '동물들'이 들어차게 되었다. 그러자 메리의 간과 소화에 영향을 미쳤고 메리를 누렇게 뜨고 지치게 만들던 못마땅한 생각들이 들어갈 틈을 남기지 않았다.

자신의 방에 틀어박혀서 두려움과 병약함, 자신을 바라보는 사람들에 대한 증오만을 생각하고 매시간 혹과 이른 죽음을 떠올리는 동안, 콜린은 햇살과 봄에 대해서는 아무것도 모르며 반쯤 미쳐서 신경질을 부리는 꼬마 건강 염려증 환자일 뿐이었다. 자신이 노력만 하면 건강해질 수 있고 자기 발로 일어설 수도 있다는 사실 또한 몰랐다. 그런데 새롭고 아름다운 생각들이 예전의 끔찍한 생각들을 몰아내기 시작하자 삶이 새롭게 콜린에게 돌아왔으며, 피가 혈관 속을 건강하게 흐르면서 기운이 홍수처럼 몸 안으로 밀려 들어왔다. 콜린의 과학 실험은 무척이나 효과적이고 단순했으며 이상한 점이라고는 하나도 없었다. 못마땅하거나 실망스러운 생각이 마음속으로 들어올 때 잊지 않고 제때 확실한 용기를 얻고 기분 좋은 생각들을 떠올려서 부정적인 생각을 몰아낼 수만 있다면, 누구에게든 훨씬 더 놀라운 일이 생길 수 있다. 한곳에 두 가지 다른 생각이 존재할 수는 없으니까.

애야, 네가 장미를 가꾸는 곳에
엉겅퀴가 자랄 수는 없단다.

비밀의 화원이 살아나고 두 아이가 화원과 함께 되살아나는 동안, 한 사내가 머나먼 노르웨이 피오르 해안과 스위스 산악 지대의 아름다운 곳들을 헤매고 다녔다. 사내는 지난 10년간 마음속에 어둡고 비통한 생각들만 가득 품고 살았다. 그 사내는 용기를 내지 못했다. 어두운 생각들이 자리한 곳에 다른 생각들을 집어넣으려고 노력한 적이 없었다. 사내는 푸른 호숫가를 거닐며 어두운 생각에 잠겨 있었다. 그는 짙푸른 용담 꽃이 사방에 펼쳐져 있고 꽃향기가 대기를 가득 채우고 있는 산기슭에 누워서도 어두운 생각만 했다. 사내가 행복한 나날을 보내고 있을 때 끔찍한 슬픔이 그를 덮쳤고, 그는 자신의 영혼에 깜깜한 암흑만이 들어차도록 내버려 두었으며 그 어떤 빛이 새어드는 것도 완강하게 거부했다. 자신의 집과 의무는 까맣게 잊고 외면해 버렸다. 사내가 여행을 할 때면 짙은 어둠이 그를 뒤덮고 있어서 다른 사람들은 사내를 보는 것만으로도 우울한 기분이 들었다. 마치 그가 주변 공기를 우울하게 오염시키는 것 같았던 것이다. 그를 모르는 대부분의 사람들은 사내가 반쯤 미쳤거나 영혼 속에 죄악을 숨기고 있는 사람이라고 생각했다. 사내는 커다란 키에 핼쑥한 얼굴, 굽은 어깨를 하고 있었고 호텔 숙박계에 늘 '영국, 요크셔, 미셀스웨이트 장원, 아치볼드 크레이븐'이라고 적어 넣었다.

크레이븐 씨는 서재에서 메리 아가씨를 만나 '땅을 조금' 가져도 좋다고 말한 날 이후로 아주 멀리 여행을 다녔다. 유럽에서 가장 아름다운 지역을 돌아다니면서도 그 어디에서도 며칠 이상 머무는 법이 없었다. 그는 가장 조용하고 외진 곳을 골라 다녔다. 구름에 둘러싸인 산꼭대기에 올라 다른 산들을 내려다보기도 했다. 막 해가 떠오르고 햇살이 산들을 비추자 온 세상이 이제 막 태어나는 듯 보였다.

하지만 그런 햇살도 크레이븐 씨를 비추지 못하는 것 같던 어느 날, 그는 10년 만에 처음으로 이상한 일이 일어났다는 것을 느꼈다. 크레이븐 씨가 오스트리아 티롤(*오스트리아 서부와 이탈리아에 걸쳐 있는 산악 지대.)의 어느 멋진 계곡에 있을 때였다. 그는 어떤 사람의 영혼이라도 어둠속에서 끌어낼 것만 같은 아름다운 풍경 속을 홀로 거닐고 있었다. 그러나 오랫동안 걸었지만 풍경은 그의 영혼을 끌어낼 수 있을 것 같지 않았다. 그러다 마침내 피곤함을 느끼고 이끼가 푹신하게 깔린 개울가에 주저앉아 쉬었다. 축축하고 은은한 초록빛 사이로 난 좁은 길로 흥겹게 흐르는 깨끗하고 조그만 개울이었다. 개울물이 바닥에 깔린 돌멩이들을 넘거나 돌며 거품을 만들어 낼 때면 가끔 나지막한 웃음 같은 소리를 내었다. 그는 새들이 날아와 머리를 박고 물을 마신 다음 날개를 퍼덕이며 날아가는 모습도 보았다. 뭔가 살아나는 듯 보였지만 너무 작은 소리라 고요함만 더 깊어지는 듯했다. 계곡은 아주, 아주 고요했다.

아치볼드 크레이븐 씨는 맑게 흐르는 물을 들여다보며 앉아 있는 동안 마음과 몸이 점차 계곡만큼이나 고요해지는 걸 느꼈다. 그는 자신이 잠이 들려나 보다 생각했지만 그런 것은 아니었다. 그는 햇살이 비치는 물을 가만히 바라보았고, 그의 시선에 물가에서 자라는 것들이 들어오기 시작했다. 개울 가까이에 피어 있어 잎사귀가 촉촉이 젖은 새파란 물망초가 무리지어 아름답게 피어 있었다. 그는 오래전 그런 것들을 바라보던 때를 기억하며 꽃들을 바라보았다. 사실 그는 그 꽃이 얼마나 사랑스러운지, 수백 송이 조그만 꽃들이 만드는 파란빛이 얼마나 놀라운지 생각하고 있었다. 그는 단순한 생각이 천천히 자신의 마음속을 채우고 있다는 사실을 몰랐다. 채우고 채워서 결국 다른 생각들을 부드럽게 밀어냈다는 사실을 말이다. 마치 썩은 웅덩이에서 맑고 깨끗한 샘물이 솟아오르기 시작해서, 솟고 또 솟아올라 결국 더러운 물을 모두 밀어내는 것과 같았다. 하지만 크레이븐 씨 자신은 그렇게 여기지 않았다. 그는 다만 밝고 귀여운 파란 꽃들을 보고 있는 사이에 계곡이 점점 더 고요해지는 것처럼만 느껴졌다. 그는 자신이 그곳에 얼마나 앉아 있었는지, 무슨 일이 일어났는지 알지 못했다. 하지만 마침내 잠에서 깨어난 것처럼 몸을 움직이고는 천천히 자리에서 일어나 푹신한 이끼를 딛고 섰다. 길고 깊고 부드럽게 숨을 내쉬며 스스로에게 놀라움을 금치 못했다. 자신의 몸 안에서 뭔가가 아주 조용히 풀리며 빠져나간 듯했다.

"이게 뭐지? 내가 꼭…… 다시 살아난 느낌이야!"

그는 속삭이듯 말하고 손으로 이마를 만졌다.

나는 크레이븐 씨에게 어떻게 이런 일이 일어났는지 설명해 줄 수 있을 만큼, 아직 발견되지 않은 경이로운 것들에 대해 많이 알지 못한다. 아직까지는 다른 사람들도 마찬가지일 것이다. 크레이븐 씨 자신도 전혀 알지 못했다. 하지만 그가 몇 달 뒤 다시 미셀스웨이트 장원으로 돌아갔을 때 이 이상한 시간을 기억해 냈고 그리고 아주 우연히, 바로 그날 콜린이 비밀의 화원에 들어가서 이렇게 외쳤다는 사실을 알게 되었다.

"나는 영원히, 영원히 살 거야!"

그 이례적인 평온함은 그날 저녁 내내 크레이븐 씨에게 남았고 그는 오랜만이라 낯설게까지 느껴지는 편한 잠을 잤다. 하지만 그것은 그리 오래가지 못했다. 그는 그런 평온함이 지속될 수 있다는 사실을 몰랐던 것이다. 바로 다음날 저녁에 그는 어두운 생각들을 향해 마음의 문을 활짝 열었고, 어두운 생각들은 떼를 지어 다시 밀려 들어왔다. 그는 계곡을 떠나서 방랑을 계속했다. 하지만 이상하게도 몇 분씩…… 가끔은 30분 동안…… 그 이유는 모르지만, 어두운 짐이 다시 저절로 줄어드는 느낌이 들며 자신이 죽은 사람이 아니라 살아 있는 사람이라는 사실을 깨닫게 되었다. 천천히, 천천히 그가 알지 못하는 이유로 그는 화원과 함께 '다시 살아나고' 있었다.

황금빛 여름이 지나고 더욱 깊어진 황금빛의 가을로 바뀌자 크레이븐 씨는 코모 호수로 향했다. 크레이븐 씨는 그곳에서 꿈이 아름답다는 사실을 알게 되었다. 그는 지쳐서 잠이 들 수 있을 때까지, 수정처럼 맑은 파란 호수에서 하루를 보내거나 부드럽고 푸른 풀들이 무성한 언덕을 터벅터벅 걸었다. 하지만 그즈음 크레이븐 씨는 잠을 더 잘 자기 시작했고 더는 꿈을 꾸는 게 두렵지 않았다. 크레이븐 씨는 생각했다.

"내 몸이 건강해지고 있는 건지도 몰라."

몸도 건강해지고 있었지만 생각이 바뀌고 매우 평화로운 시간들이 찾아들면서 크레이븐 씨의 영혼 또한 천천히 건강해지고 있었다. 그는 미셀스웨이트 장원을 떠올리며 이제는 집으로 돌아가야 하는 게 아닐까 고민하기 시작했다. 가끔 막연하게나마 아들 소식이 궁금해지면 그는 스스로에게 물었다. 다시 집으로 돌아가, 네 기둥을 깎아 만든 침대 옆에 서서 아들이 자는 동안 끌로 판 것처럼 날카로운 상앗빛 얼굴과 꼭 감은 눈에 놀랄 만큼 빽빽하게 난 까만 속눈썹을 본다면 과연 어떤 기분일까 하고 말이다. 그는 그 생각에 몸이 움츠러들었다.

어느 화창한 날 그는 아주 멀리까지 걸었다. 그래서 돌아올 때는 둥근 달이 높이 떠 있었고 온 세상에 보랏빛과 은빛 그림자가 드리워진 것 같았다. 호수와 호숫가, 그리고 숲의 고요함이 너무나 멋져서 그는 자신이 묵는 별장으로 바로 들어가지 않았다. 그는 물가에 나뭇잎이 우거져 있는 조그만 테라스까지 걸어갔다. 그리고 의자에 앉아 상쾌한 밤의 향기를 전부 들이마셨다. 그는 낯선 고요함이 자신에게 스며들더니 점점 더 깊이 스며드는 것을 느끼며 마침내 잠이 들었다.

크레이븐 씨는 자신이 언제 잠이 들었는지, 언제 꿈을 꾸기 시작했는지 몰랐다. 꿈이 너무나 생생해서 꿈을 꾸고 있다는 느낌도 들지 않았다. 나중에 그는 자신이 깨어 있는 것이고 말짱하다는 생각이 얼마나 강렬하게 들었는지 떠올렸다. 크레이븐 씨가 자리에 앉아 철 늦은 장미 향기를 마시며 발치에서 물이 철썩철썩 부딪는 소리를 듣고 있다고 생각했을 때였다. 누군가 자신을 부르는 소리가 들렸다. 다정하고 맑고 행복한 목소리가 멀리서 들려왔다. 아주 멀리서 들려오는 것 같았지만 그에게는 바로 옆에서 들려오는 것처럼 분명하게 들렸다.

"아치! 아치! 아치!"

그러더니 목소리가 전보다 더 다정하고 맑게 들려왔다.

"아치! 아치!"

크레이븐 씨는 자신이 놀라지도 않고 벌떡 일어섰다고 생각했다. 목소리가 너무도 생생해서 자신이 들을 수 있는 게 아주 당연하게 여겨졌다. 크레이븐 씨가 대답했다.

"릴리아스! 릴리아스! 릴리아스! 어디 있소?"

마치 황금 피리에서 나는 소리처럼 대답이 돌아왔다.

"정원에요, 정원에요."

그렇게 꿈은 끝났다. 하지만 크레이븐 씨는 깨어나지 않았다. 그 아름다운 밤 내내 푹 단잠을 잤다. 마침내 그가 깨어났을 때는 눈부신 아침이었고 하인 하나가 그를 바라보며 서 있었다. 하인은 이탈리아 사람이었으며 별장의 모든 하인들과 마찬가지로 외국인 주인이 하는 어떤 이상한 행동도 무조건 받아들이는 데 익숙했다. 아무도 그가 언제 밖에 나가고 들어오는지, 어디서 자는지, 정원을 헤매고 다니는지, 아니면 밤새 호수에 띄워 놓은 보트에 누워 있는지 몰랐다. 하인은 편지 몇 통이 놓인 쟁반을 들고 있었고 크레이븐 씨가 편지를 집을 때까지 말없이 기다렸다. 하인이 가고 난 뒤 크레이븐 씨는 손에 편지를 들고 호수를 바라보며 몇 분간 그대로 앉아 있었다. 그에게 찾아든 이상한 평온함은 여전히 남아 있었고 뭔가가 더 있었다. 마치 잔인한 일이 있었다는 생각이 들지만 자신이 생각하는 것만큼은 아닌, 뭔가가 바뀐 것 같은 가뿐함이었다. 그는 너무도 생생했던 꿈을 떠올리고 있었다.

크레이븐 씨가 놀라서 외쳤다.

"정원이라니! 정원이라니! 하지만 문은 잠갔고 열쇠는 땅속 깊이 파묻었는데."

몇 분 뒤 힐끗 편지들을 쳐다본 크레이븐 씨는 맨 위에 놓인 편지가 영국 요크셔에서 온 걸 알게 되었다. 여자가 쓴 단순한 글씨체였는데 그가 아는 글씨체는 아니었다. 누가 썼는지 짐작도 못하고 편지를 뜯었지만 첫 몇 글자가 단번에 그의 관심을 끌었다.

크레이븐 씨께

저는 일전에 황무지에서 무례하게 말을 건넸던 수잔 소어비입니다. 메리 아가씨에 대한 얘기였지요. 다시 실례를 무릅쓰고 말씀드리겠습니다. 크레이븐 씨, 제가 크레이븐 씨라면 집으로 돌아오겠습니다. 제 생각에, 돌아오시면 기뻐하실 겁니다. 그리고 이런 말씀을 드려 죄송하지만…… 마님께서 여기 계셨다면 크레이븐 씨께 돌아오시라고 하셨을 겁니다.

수잔 소어비 삼가 올림

크레이븐 씨는 편지를 다시 봉투에 집어넣기 전에 거듭 읽었다. 그는 계속 꿈에 대해 생각했다.

"미셀스웨이트에 돌아가야겠어. 그래, 당장 출발해야겠어."

그는 정원을 가로질러 별장으로 들어가 피처에게 영국으로 돌아갈 준비를 하라고 일렀다.

며칠 뒤, 크레이븐 씨는 요크셔로 돌아왔다. 긴긴 기차 여행을 하는 동안 그는 지난 10년 동안 한 번도 하지 않았던 아들 생각을 떠올렸다. 그 시간 동안 그는 아들을 잊으려고만 했던 것이다. 그런데 이제는 아들 생각을 하려고 한 것도 아닌데, 아들에 대한 기억이 머릿속에서 떠나지 않았다. 아기는 살고 산모는 죽었다며 미친 사람처럼 소리를 질러 대던 자신의 어두운 나날들이 떠올랐다. 그는 아기를 보는 것을 거절했다. 그러나 결국 아기를 보러 갔을 때, 아기가 며칠 안에 죽을 거라고 모두가 확신할 만큼 너무나 약하고 비참한 모습이었다. 하지만 아기는 돌보던 사람들을 놀라게 하며 며칠이 지나도 살아 있었다. 그러자 이번에는 모두들 아기가 기형에 불구가 될 거라고 믿었다.

일부러 나쁜 아버지가 될 생각은 아니었지만, 그는 자신이 아버지 같다는 느낌이 전혀 들지 않았다. 의사와 간호사, 온갖 사치품들을 대 주었지만 그는 단지 아들을 떠올리는 것만으로도 몸이 움츠러들었으며 자신의 고통 속에 스스로를 가둬 버렸다. 일 년을 밖에서 떠돌다가 미셀스웨이트에 처음 돌아왔을 때 작고 비참해 보이는 어린것은 검은 속눈썹이 빽빽하게 난 커다란 잿빛 눈으로 힘없이, 그리고 무심하게 크레이븐 씨를 바라보았다. 그가 사랑했던 행복한 눈과 너무도 닮아 있으면서도 끔찍하게 달라 보였다. 그는 도저히 그 눈을 바라볼 수가 없어서 새파랗게 질린 얼굴로 외면해 버렸다. 그 뒤로 콜린이 자고 있을 때 말고는 보러 가지 않았다. 그가 아들에 대해 아는 거라곤 포악하고 신경질적이며 반쯤 머리가 돈 고질 환자라는 사실뿐이었다. 아이가 위험한 분노를 돋우지 않도록 만드는 길은 뭐든 제멋대로 하도록 내버려 두는 것이었다.

이 모든 게 유쾌한 기억은 아니었지만 그를 태운 기차가 산길을 지나고 황금빛 들녘을 지나는 동안 '다시 살아나고 있는' 남자는 새로운 방식으로 생각하기 시작했으며 오랫동안 꾸준하고도 깊게 생각했다. 그가 혼잣말을 했다.

"어쩌면 지난 10년 동안 내가 정말 잘못했는지도 몰라. 10년은 긴 시간이야. 이제 와서 뭔가 하기에는 너무 늦은 건지도 모르지. 너무 늦었어. 도대체 내가 무슨 생각을 하고 있었던 거지?"

물론 이것은 잘못된 마법이었다. '너무 늦었다'는 말로 시작하는 것이 말이다. 콜린이라도 그게 잘못되었다고 말해 줄 수 있었을 것이다. 하지만 그는 마법에 대하여 좋건 나쁘건 간에 아는 게 하나도 없었다. 마법은 그가 아직 배워야 할 것이었다. 크레이븐 씨는 아이가 훨씬 더 악화되고 돌이킬 수 없을 만큼 아프다는 사실을, 모성애가 강한 부인이 알고 용기를 내어 자신에게 편지로 알린 것이 아닌지 걱정이 되었다. 만약 크레이븐 씨를 사로잡았던, 그 이상한 차분함이라는 주문이 아니었다면 어느 때보다 더 비참했을 것이다. 하지만 차분함이 일종의 용기와 희망을 가져다주었다. 그는 최악의 생각에 빠지는 대신 더 나은 방향으로 믿으려고 애쓰는 스스로를 발견했다.

"부인은 내가 콜린에게 도움을 주고 녀석을 다룰 수 있을 거라고 알고 있는지도 모르지. 미셀스웨이트로 가는 길에 부인을 만나

봐야겠군."

하지만 황무지를 지나는 길에 오두막집 앞에 마차를 세우자, 한데 모여 놀고 있던 일고여덟 아이들이 친근하면서도 정중한 인사를 건네며 엄마는 아기를 낳는 산모를 도우러 이른 아침에 황무지 건너편으로 갔다고 알려 주었다. 아이들은 묻지도 않았는데 자진해서 '우리 디콘'은 매주 며칠씩 찾아가 일하는 장원의 정원 가운데 하나에 가 있다고 말해 주었다.

크레이븐 씨는 한데 모여 있는 아이들의 조그맣고 튼튼한 몸과 붉은 볼의 동그란 얼굴을 바라보았다. 모두들 저마다의 방식으로 씩 웃고 있었다. 모두가 건강하고 호감을 주는 아이들이라는 사실을 깨달았다. 크레이븐 씨는 아이들의 다정한 미소를 바라보며 웃음짓더니 1파운드짜리 금화 한 닢을 주머니에서 꺼내 가장 나이가 많은 '우리 엘리자베스 엘렌'에게 건네주었다. 그가 말했다.

"그걸 여덟 사람 몫으로 나누면 각자 반 크라운씩 가질 수 있을 게다."

아이들은 씩 웃기도 하고 킥킥대기도 하고 꾸벅 절을 하기도 했다. 크레이븐 씨는 신이 나서 서로 팔꿈치로 쿡쿡 찌르고 기쁨에 겨워 폴짝폴짝 뛰는 아이들을 뒤로 하고 마차를 돌려 그곳을 떠났다.

경이로움이 가득한 황무지를 달리자 마음이 진정되었다. 다시는 느낄 수 없을 것 같았던, 집으로 돌아간다는 느낌이 드는 건 왜일까? 땅과 하늘과 멀리서 피어나는 보라색 꽃들이 아름답게 보였으며, 조상들이 600년 동안 대대로 살아온 크고 낡은 저택에 가까워질수록 가슴이 따뜻해지는 느낌이 들었다. 지난번에는 굳게 닫힌 방들, 그리고 기둥 네 개가 떠받치고 있으며 수놓은 비단이 드리워진 침대에 누워 있는 아이를 생각하면서 얼마나 몸서리치며 도망쳐 나왔던가? 혹시 아들의 건강이 조금이라도 좋아진 걸 보게 된다면 아들을 보고 움츠러들지 않는 게 가능하지 않을까? 꿈은 얼마나 생생했으며, "정원에요. 정원에요."라고 대답하던 목소리는 또 얼마나 경이롭고 또렷했느냐 말이다.

"열쇠를 찾아봐야겠어. 문을 열어 봐야지. 꼭 그렇게 해야 해. 그 이유는 모르겠지만."

크레이븐 씨가 장원에 도착하자 평소 하던 대로 주인을 맞이한 하인들은 그가 더 좋아 보인다는 것을, 그리고 그가 피처의 시중을 받으며 지냈던 구석방으로 곧바로 향하지 않는다는 것을 알아챘다. 크레이븐 씨는 곧장 서재로 들어가서 메들록 부인을 불렀다. 부인은 조금 흥분하고 당황하면서도 호기심을 느끼며 서재로 들어갔다.

크레이븐 씨가 물었다.

"메들록, 콜린은 어떻소?"

메들록 부인이 대답했다.

"그게, 주인님. 도련님이…… 도련님이 달라지셨습니다. 말하자면 그렇습니다."

"나빠진 건가?"

메들록 부인은 얼굴을 붉히며 설명하려고 애를 썼다.

"저, 그게, 주인님. 크레이븐 박사님도 간호사도 저도 도련님이 정확히 어떤 상태인지 알 수가 없습니다."

"왜지?"

"사실대로 말씀드리자면 콜린 도련님은 좋아진 것일 수도 있고 나빠지고 있는 것일 수도 있습니다. 도련님의 식욕은 도무지 이해가 가지 않습니다. 그리고 행동도……."

크레이븐 씨가 눈살을 찌푸리며 근심스럽게 물었다.

"더…… 더 별나게 변한 건가?"

"그렇습니다, 주인님. 아주 특이하게 변하셨습니다. 예전의 모습과 비교해 본다면 말이지요. 전에는 아무것도 먹지 않더니 별안간 엄청난 양을 먹기 시작했습니다. 그러더니 또 갑자기 먹는 걸 멈추고 예전처럼 그대로 식사를 돌려보내는 겁니다. 주인님은 아마 모르셨겠지만, 도련님은 집 밖으로 나가려고 하지 않았습니다. 저희가 도련님을 휠체어에 태워 밖으로 데려가려 하면 온몸을 사시나무 떨듯 떨었지요. 항상 그런 상태이다 보니 크레이븐 박사님도 도련님을 억지로 데리고 나갔다간 무슨 일이 일어날지 책임질 수 없을 것 같다고 하셨지요. 그런데 주인님, 아무런 예고도 없이…… 도련님이 가장 심하게 발작을 일으키고 얼마 지나지 않아서 메리 아가씨와 수잔 소어비의 아들 디콘과 매일 밖으로 나가겠다고 고집을 부렸습니다. 디콘이 휠체어를 밀 수 있다고 하면서요. 도련님은 메리 아가씨와 디콘에게 홀딱 반했고 디콘은 자기가 길들인 동물들까지 데려왔습니다. 믿으실지 모르겠지만 도련님은 아침부터 밤까지 쭉 집 밖에 나가 있습니다."

다음 질문은 이랬다.

"보기에는 어떤가?"

"식사만 자연스럽게 한다면, 주인님도 도련님이 살이 찌고 있다고 생각하실 겁니다. 하지만 저희는 혹시 부은 건 아닌지 걱정하고 있습니다. 그리고 도련님이 메리 아가씨와 단둘이 있을 때는 가끔 아주 이상하게 웃곤 합니다. 전에는 전혀 웃지를 않았지요. 주인님이 허락하시면 크레이븐 박사님이 당장 주인님을 뵈러 올 겁니다. 박사님도 평생 이렇게 당황하긴 처음이라고 하십니다."

"콜린은 지금 어디 있지?"

"정원에요. 주인님. 도련님은 항상 정원에 있습니다. 하지만 사람들이 자신을 볼까 봐 누구도 가까이 오지 못하게 합니다."

메들록 부인의 마지막 말은 크레이븐 씨에게 거의 들리지 않았다.

"정원에."

메들록 부인을 내보내고 나서도 제자리에 서서 그 말을 몇 번이고 반복했다.

"정원에, 정원에 있어!"

크레이븐 씨는 정신을 차리기 위해 애를 써야 했다. 다시 정신이 좀 들자 돌아서서 집 밖으로 나왔다. 그리고 메리가 그랬던 것처럼 관목 숲 사이로 난 문을 지나고 월계수와 분수대 화단도 지났다. 이제 분수대에서는 물이 뿜어져 나왔고 그 주위의 화단에는 화사한 가을꽃들이 피어 있었다. 그는 잔디밭을 가로질러 담쟁이 덩굴 담 옆, 긴 산책로로 접어들었다. 그는 빠르지 않게, 천천히 걸으면서 두 눈은 길에 고정했다. 그는 자신이 오랫동안 버려둔 곳으로 이끌려 가는 듯한 느낌이 들었고 그 이유는 알 수 없었다. 그곳으로 점점 다가갈수록 걸음은 더욱더 느려졌다. 담쟁이덩굴로 무성하게 덮여 있었지만 그는 문이 어디 있는지 알고 있었다. 하지만 파묻은 열쇠, 그 열쇠가 어디 있는지는 정확히 알 수 없었다.

그래서 걸음을 멈추고 가만히 서서 주위를 둘러보았다. 그리고 멈춰 선 바로 그때, 그는 깜짝 놀라 귀를 기울였다. 자신이 꿈속을 걷고 있는 건 아닌지 스스로에게 물었다.

담쟁이덩굴이 무성하게 문을 덮고 있는 데다가 열쇠는 덤불 아래 묻혀 있었다. 외로운 10년 동안 그 문을 지난 사람은 아무도 없었다. 그런데 화원 안에서 소리가 났던 것이다.

나무 아래를 바삐 오가는 듯 휙휙 달려가는 발소리가 들렸고 목소리를 잔뜩 낮춰 조그맣게 이야기하는 이상한 말소리도, 탄성과 숨을 죽이며 내지르는 환호성도 들렸다.

어린아이들의 웃음소리 같았다. 남이 듣지 못하도록 참다가 한순간 흥분이 고조되면 터져 나오는 걷잡을 수 없는 아이들의 웃음소리 말이다. 도대체 자신이 무슨 꿈을 꾸고 있단 말인가? 도대체 저게 무슨 소리란 말인가? 지금 자신이 미쳐서 다른 사람들 귀에는 들리지 않는 것을 들었다고 생각하는 것일까? 멀리서 뚜렷하게 들려오던 목소리가 말한 게 저거란 말인가?

바로 그때 걷잡을 수 없는 순간이, 소리를 조그맣게 내야 한다는 사실을 잊은 순간이 왔다. 발소리가 점점 더 빨라지더니 화원문에 가까워지고 있었다. 건강한 아이의 가쁜 숨소리와 도저히 참지 못하고 터져 나온 커다란 웃음소리가 들렸다. 담에 있는 문이 활짝 열리고 담쟁이덩굴이 휙 젖혀졌다. 그리고 그 문으로 사내아이가 전속력으로 튀어나와 바깥에 있는 사람을 보지 못한 채 곧장 품으로 달려들었다.

크레이븐 씨는 자신을 보지 못하고 달려든 아이가 부딪혀 넘어질까 봐 재빨리 두 팔을 벌려 아이를 붙잡았다. 그리고 정원에 아이가 있다는 사실에 놀라며 아이가 누구인지 확인하려고 팔을 뻗어 아이를 떼어 낸 순간, 그는 정말로 숨이 멎는 듯했다.

키가 크고 잘생긴 남자 아이였다. 아이는 생기가 넘쳤고 달려오느라 얼굴에는 한껏 상기된 빛이 떠올라 있었다. 아이가 숱 많은 머리칼을 이마에서 쓸어 올리고 이상한 회색 눈동자를 들어 그를 보았다. 아이다운 웃음이 가득한 눈이었고 검은 속눈썹이 술 장식처럼 테두리를 만들고 있었다. 크레이븐 씨의 숨을 멎게 한 것은 바로 그 눈이었다.

크레이븐 씨가 더듬거리며 말했다.

"누구…… 어떻게? 누구!"

이것은 콜린이 예상한 게 아니었다. 콜린의 계획과도 달랐다. 콜린은 그런 만남을 한 번도 생각해 본 적이 없었다. 하지만 달리기 시합에 이겨서 뛰어나온 것이 어쩌면 더 좋은 결과였는지도 몰랐다. 콜린은 키가 더욱 커 보이도록 몸을 쭉 폈다. 콜린과 함께 달리기 시합을 하다가 역시 문으로 달려 나온 메리는 콜린이 그 어느 때보다 키가 커 보이려고, 몇 센티미터라도 커 보이려고 한다고 생각했다.

"아빠, 콜린이에요. 믿어지지 않으실 거예요. 저도 믿기 힘드니까요. 하지만 전 콜린이에요."

메들록 부인과 마찬가지로 콜린 역시 아빠가 빠르게 내뱉는 소리가 무슨 의미인지 알 수가 없었다.

"정원, 정원에."

콜린이 서둘러서 대답했다.

"네, 절 이렇게 만든 게 정원이에요. 메리와 디콘과 동물들……

362

그리고 마법도 있고요. 아무도 몰라요. 아빠가 오시면 말씀드리려고 비밀로 했어요. 전 건강해요. 달리기 시합을 해서 메리를 이길 수도 있어요. 전 운동선수가 될 거예요."

콜린의 얼굴은 빨갛게 달아오르고 너무 열심히 설명하느라 말들이 뒤죽박죽 튀어나왔다. 아주 건강한 아이처럼 그 모든 이야기를 쏟아 내는 콜린을 보며 크레이븐 씨의 영혼은 믿을 수 없는 기쁨으로 떨렸다.

콜린이 손을 내밀어 아빠의 팔을 잡았다.

"아빠, 기쁘지 않으세요? 기쁘지 않으세요? 전 영원히, 영원히 살 거예요."

크레이븐 씨는 두 손을 아들의 어깨에 올려놓고 꽉 붙잡았다. 한동안 자신이 이야기를 꺼낼 엄두도 내지 못했다는 사실을 깨달았다. 그가 마침내 입을 열었다.

"나를 화원에 데려다 주렴. 그리고 전부 얘기해 다오."

그래서 아이들이 앞장서서 크레이븐 씨를 안내했다.

화원에는 가을의 황금빛과 자줏빛과 보랏빛, 그리고 불타는 진홍빛이 사방에 흩어져 있었고, 곳곳에 철늦은 하얀 백합 다발과 하얀 백합과 빨간 백합이 섞인 다발이 서 있었다. 크레이븐 씨는 처음 백합을 심었던 때를 기억하고 있었고 바로 이맘때쯤이 그들의 뒤늦은 영광이 드러날 때라는 사실을 알고 있었다. 느지막하게 핀 장미들이 기어오르고 매달리고 무리지어 피어 있었고, 햇살이 노랗게 변하는 나무들의 빛깔을 한층 더 깊게 만들어 마치 나무로 둘러싸인 황금 사원에 들어와 있는 듯한 느낌을 주었다. 아이들이 회색빛 화원에 들어왔을 때 그랬던 것처럼 이제 막 화원에 들어선 크레이븐 씨는 말없이 서 있었다. 그리고 주위를 둘러보고 또 둘러보았다.

"죽은 줄 알았는데."

콜린이 말했다.

"메리도 처음에 그렇게 생각했어요. 하지만 다시 살아났어요."

그리고 그들은 나무 아래에 앉았다. 서서 이야기를 하고 싶었던 콜린만 빼고 말이다.

남자 아이들이 흔히 그렇듯, 콜린이 마구잡이로 이야기를 쏟아 내는 동안 아치볼드 크레이븐은 그렇게 이상한 이야기는 처음 듣는다고 생각했다. 신비며 마법이며 동물들, 한밤중의 기묘한 만남…… 다가오는 봄…… 자존심이 상한 어린 라자가 벤 노인 앞에서 항의하느라 제 발로 서며 보인 열정, 이상한 우정, 연극 놀이, 조심스럽게 지켜진 중요한 비밀. 크레이븐 씨는 눈에서 눈물이 흐르도록 웃었으며 가끔 웃지 않을 때에도 눈물이 나왔다. 운동선수이자 강사이며 과학자인 콜린은 잘 웃고 사랑스럽고 건강한 어린 아이가 분명했다.

콜린은 이야기 끝에 이렇게 말했다.

"이제 더는 비밀로 할 필요가 없어요. 사람들이 나를 보면 깜짝 놀라서 기절하고 말 거예요. 하지만 다시는 휠체어에 앉지 않을 거예요. 아빠, 아빠랑 함께 걸어갈래요. 우리 집으로요."

벤 웨더스태프의 주된 업무는 정원에서 벗어날 일이 거의 없는 것들이었지만, 이번에는 채소를 운반한다는 핑계를 대고 주방으로 들어갔다. 그리고 메들록 부인이 맥주나 한잔 하라고 하인들 숙소로 초대를 해 줘서, 노인은 그가 바라던 대로 미셀스웨이트 장원에서 벌어지는 금세기 최고의 극적인 사건의 현장에 있을 수 있었다.

마당이 내다보이는 창문 가운데 하나로 언뜻 잔디밭이 보였다. 벤 노인이 정원에서 왔다는 사실을 알고 있는 메들록 부인은 그가 주인님을 슬쩍 보았을지도 모른다는, 그래서 주인님이 콜린 도련님을 만나는 모습도 우연히 보았을지 모른다는 기대감으로 물었다.

"웨더스태프, 두 분 가운데 한 분이라도 보았나요?"

벤 노인은 입에서 맥주잔을 떼어 내고 손등으로 입술을 닦았다.

"야, 봤지예."

노인은 의미심장한 분위기를 풍기며 재빨리 대답했다.

"두 분 다요?"

"두 분 다 봤십니더. 고맙십니더, 부인. 한 잔 더 마실 수 있을 것 같네예."

흥분한 메들록 부인이 서둘러 그의 맥주잔을 가득 채우며 물었다.

"함께요?"

"함께요, 부인."

벤 노인은 새로 따른 맥주를 단숨에 반이나 들이켰다.

"콜린 도련님은 어디에 계셨어요? 언제 보이던가요? 서로 무슨 말을 하던가요?"

"듣지는 못했십니더. 사다리 우에서 담삐락 너머로 보기만 했다 아입니꺼. 하지만 이건 확실합니더. 집 안에서 일하는 사람들이 모르는 일이 오래전부터 집 바깥에서 일어나고 있었지예. 인자 곧 알게 될 깁니더."

그리고 채 2분도 지나지 않아 벤 노인은 남은 맥주를 모두 들이켜고 관목 사이로 난 잔디밭 일부가 보이는 창문을 향해 경건하게 잔을 흔들었다.

"궁금하모 저길 보소. 풀밭으로 누가 오는지 보소."

메들록 부인이 그쪽을 보는 순간 두 손을 치켜들고 외마디 비명을 질렀다. 그 소리를 들은 주변의 남녀 하인들 모두가 하인 숙소로 쏜살같이 달려와 눈알이 튀어나올 듯이 창밖을 내다보았다.

잔디밭에서 걸어오는 미셀스웨이트의 주인의 모습은 하인들 대부분이 생전 처음 보는 것이었다. 그리고 그 옆으로 고개를 치켜들고 두 눈에 웃음을 가득 머금은, 요크셔의 어떤 아이보다 건강하고 꼿꼿하게 걸어오는 아이가 있었으니…… 바로 콜린 도련님이었다!

출간 100주년을 맞이한 『비밀의 화원』

　　프랜시스 호지슨 버넷의 『비밀의 화원』이 출간되고 100년이 흘렀습니다. 1911년에 처음 출간되었으니 올해가 100주년이 되는 해인 것이지요. 출간이 되자마자 크게 인기를 끌었던 작가의 다른 작품 『소공자』, 『소공녀』에 비해 『비밀의 화원』은 출간 직후 독자들에게 호응을 얻지 못했고 작가가 죽을 때까지도 빛을 보지 못했다고 합니다. 그 뒤로 수십 년간 잊히는 듯하다가 독자들과 사서들의 힘으로 세상에 존재를 알렸고 1960년대에 명성을 얻기 시작했지요. 이제 『비밀의 화원』은 작가의 대표작인 것은 물론이고 전 세계 어린이, 청소년들에게 가장 많이 읽히는 고전 가운데 하나가 되었습니다. 현재까지 전 세계 거의 모든 언어로 번역되어 출간되었을 정도니까요. 그리고 여러 차례 영화와 텔레비전 드라마로 만들어지기도 했고요. 1919년과 1949년, 1993년에 영화로 만들어졌으며 여러 차례 텔레비전 드라마로도 제작되었어요. 일본에서는 만화로 만들어졌고 미국 브로드웨이에서는 뮤지컬로 각색되어 여러 차례 공연되었으며, 가장 뛰어난 작품에게 주는 토니 상을 거머쥐기도 했답니다. 이처럼 오래도록 많은 사람들의 사랑을 받고 또 다양한 형태로 재생산되는 『비밀의 화원』이 가진 매력은 뭘까요?

먼저 『비밀의 화원』의 줄거리는 이렇습니다. 인도에서 살던 영국인 소녀 메리 레녹스는 영국 정부의 고위 관리로 항상 바빴던 아버지, 사교계의 여왕인 어머니의 무관심 속에 인도인 유모의 손에 자랍니다. 언제나 복종만 하는 인도 하인들의 시중을 받으며 자란 메리는 어느새 무뚝뚝하고 버릇없고 고집 센 아이가 되어 있었지요. 사실 메리의 이런 면들은 자신이 느끼는 외로움으로부터 스스로를 보호하기 위한 방패였을 겁니다. 그러던 어느 날 인도에 콜레라가 퍼져 메리의 부모가 모두 세상을 떠나고 맙니다. 혼자가 된 메리에게 친척이라곤 영국 요크셔의 귀족인 고모부밖에 없었고 결국 고모부의 집에서 살기 위해 영국으로 떠나게 됩니다.

메리는 낯선 영국에서도 인도에서와 마찬가지로 외로움을 느낍니다. 요크셔 사투리를 쓰는 젊은 하녀 마사가 돌봐 주는 것 외에 자신에게 신경 쓰는 사람이 아무도 없었으니까요. 메리는 집 밖에 나가 시간을 보내기 시작했고 그러면서 점차 건강한 아이로 변해 갑니다. 그리고 10년 동안 잠긴 채 신비에 싸여 있던 '비밀의 화원'을 발견하게 되면서 메리에게 큰 변화가 찾아오지요. 생애 처음으로 울새, 정원사 벤 노인, 그리고 매력적인 요크셔 소년 디콘 같은 친구를 사귀기도 하고요. 이 책의 제목이기도 한 '비밀의 화원'은 부인이 화원에서 사고로 목숨을 잃자 크레이븐 고모부가 폐쇄해 버린 곳이었지요. 메리는 디콘의 도움을 받아 이곳을 아름다운 화원으로 가꿔 갑니다.

황무지에서 거센 바람이 불어오던 어느 날 밤, 메리는 울부짖는 소리를 듣게 되고 그 울음소리가 나는 방을 찾아 나섭니다. 그리고 사촌인 콜린을 만나게 되지요. 콜린은 메리가 그랬던 것만큼 버릇없고 괴팍한 아이였어요. 자신이 곧 죽을 것이고 산다 해도 곱사등이가 될 거라고 생각하며 날마다 누워서 하인들에게 신경질을 부렸지요. 메리는 곧 콜린과도 친구가 되고 디콘의 도움을 받아 콜린을 '비밀의 화원'으로 데려갑니다. 화원의 아름다움은 곧 콜린도 변화시키기 시작하지요.

사랑하는 부인을 잃고 세계를 떠돌아다니던 크레이븐 고모부는 어느 날 이상한 꿈을 꾸게 되고 디콘의 어머니인 소어비 부인에게 장원으로 돌아오라는 편지를 한 통 받습니다. 그리고 장원으로 돌아온 그는 다시 살아난 비밀의 화원과 그 화원을 건강한 모습으로 걸어다니는 아들과 만나게 되지요.

타고난 이야기꾼 프랜시스 호지슨 버넷은 1849년 영국 맨체스터에서 태어났습니다. 그녀가 다섯 살 때 아버지가 돌아가시고, 홀로 아이들을 키워야 했던 그녀의 어머니는 1865년에 아이들을 데리고 미국 테네시 주로 이주합니다. 1867년에 어머니마저 세상을 떠나자, 버넷은 생계를 위해 여성 잡지에 글을 발표하기 시작합니다. 그리고 1886년 여섯 번째 작품인 『소공자』가 나올 무렵에는 유명 작가가 되었지요. 사실 『소공자』와 『소공녀』가 엄청난 성공을 거두기는 했지만 버넷이 쓴 수많은 소설들 대부분은 성인을 위한 것이었습니다. 하지만 이제 사람들은 『소공자』, 『소공녀』, 『비밀의 화원』 등을 쓴 동화 작가로 버넷을 기억합니다.

버넷의 개인적인 삶은 그리 행복하지만은 않았습니다. 스물네 살에 스완 버넷과, 쉰한 살에 스티븐 타운센드와 각각 결혼을 했지만 모두

이혼했고 아들 라이오넬이 일찍 죽고 말았으니까요. 라이오넬의 죽음은 버넷에게 치유될 수 없는 큰 상처를 안겨 주었지요. 버넷은 1924년 일흔다섯 살의 나이로 뉴욕에서 눈을 감았고 아들 옆에 묻혔습니다.

그녀의 인생에서 두 가지 큰 사건이 『비밀의 화원』이 탄생하는 밑거름이 되었다고 합니다. 하나는 아들 라이오넬이 열여섯 살이 되던 해에 폐결핵으로 숨을 거둔 것이었지요. 버넷은 작품 속 아치볼드 크레이븐이 그랬던 것처럼 아들을 잃고 유럽 전역을 방황했다고 합니다. 또 하나는 그녀가 10년 동안 임대 계약을 맺었던 영국 남부 켄트 지역의 저택을 잃게 된 것이었지요. 1908년 임대인이 저택을 팔기로 결정하면서 버넷은 폭력적인 두 번째 남편과 헤어지고, 매년 몇 달씩 지내며 가장 행복한 시간을 보냈던 곳을 떠나게 된 것입니다. 버넷은 그 저택에서 정원을 가꾸고 파티를 열고 울새를 길들이고 글을 썼지요. 하지만 버넷은 『비밀의 화원』이라는 작품을 통해 두 가지 큰 슬픔에서 조금이나마 회복될 수 있었을 겁니다. 자신의 아들 라이오넬과 달리 작품 속 콜린 크레이븐은 건강을 회복했고, 자신의 저택과는 달리 미셀스웨이트 장원의 정원들은 계속 꽃을 피울 수 있었으니까요.

『비밀의 화원』은 명실공히 가장 사랑받는 고전 가운데 하나일 겁니다. 자연의 아름다움과 생명력이 가진 힘을 보여 주는 고전 중의 고전이지요. 아름다운 자연과 요크셔 사람들의 순수함에 대한 작가의 묘사는 탁월합니다. 작가는 시종일관 따뜻한 시선으로 상처 입은 두 아이들이 그 자연 속에서 치유되는 모습을 보여 주지요.

  그리고 두 주인공 메리와 콜린은 동시대 작품들의 주인공들과는 남
다른 면이 있습니다. 다른 주인공들처럼 마음씨가 좋다거나 예쁜 것도
아니고 그렇다고 남에게 이용만 당하며 동정심을 자아내지도 않습니
다. 오히려 버릇없고 심술궂고 때때로 난폭하기까지 하죠. 작가는 두
아이들의 성격적 결함이나 신체의 장애가 심리적인 것이며 사랑이 없
는 어린 시절에 그 원인이 있음을 보여 줍니다. 그러나 상처받고 매력
적이지 않은 두 아이들을 치유한 것은 친절한 어른들의 도덕적인 가르
침 같은 게 아니었어요. 바로 자연과 스스로의 의지였지요. 아이들은
자리를 떨치고 일어나 자연과 함께하는 생활 방식을 받아들이며, 스스
로의 힘으로 실천하는 법을 배울 때 자신들이 더욱더 행복해지고 건강
해진다는 것을 깨닫습니다. 아이들을 치유하는 데 있어 자신들의 의지
가 가장 먼저였고 여기에 비밀의 화원이 기폭제 역할을 한 것이지요.

  저는 이 작품을 사춘기 시절에 읽었어요. 청소년기에 읽었던 이 작
품에서 제가 느꼈던 매력은 또 다른 것이었습니다. 막연히 혼자만의 공
간으로 숨고 싶다고 느끼는 청소년기에, 아무도 모르는 나만의 '비밀의
화원'이라는 설정은 매우 매력적으로 느껴졌어요. 그리고 작품에 직접
적으로 언급되거나 묘사된 것은 아니지만 막 사춘기를 앞둔 메리와 디
콘, 메리와 콜린 간의 미묘한 감정을 느꼈던 것 같고요. 세 사람의 관계
가 앞으로 어떻게 될까 기대와 흥분을 느꼈지요. 어른이 된 지금도 메
리가 디콘이 천사 같다거나 들창코인데도 멋지다며 무한한 애정을 표
시하는 모습, 메리와 디콘 둘이서만 시간을 보낸 것을 두고 화를 내는
콜린의 모습에서 살짝 미소가 지어진답니다. 1993년에 제작된 영화에

서는 어린 시절에서 끝난 원작과 다르게 어른이 된 주인공들의 모습도 볼 수 있어요. 여러분도 메리가 누구와 맺어졌는지 궁금하다면 직접 영화로 확인해 보세요.

버넷의 작품들은 '동화'로 분류되고 있지만 소설에 담긴 숨은 의미나 갈등 구조를 생각할 때 순전히 아동만을 대상으로 한다고는 볼 수 없는, '어른들을 위한 동화' 같은 면이 있어요. 사실 이 작품에서 변화를 맞이한 것은 두 아이뿐만이 아니지요. 아이들은 스스로의 삶은 물론이고 어른들의 삶까지도 변화시킵니다. 그 대표적인 인물이 바로 콜린의 아버지 아치볼드 크레이븐입니다. 높은 담벼락이 쳐져 있고 문이 잠긴 채 열쇠는 오래전에 잃어버린 '비밀의 화원'에 대하여 어른들이 느끼는 감정은 좀 다를 겁니다. 한때는 아름다웠지만, 등을 돌려 버린 지금은 그곳을 다시 방문하기가 두렵지요. 기뻤던 기억보다는 불행했던 기억이 먼저 떠올라 그곳을 외면하고 말지요. 그리고 황폐해진 그곳을 다시 찾아가 아름답게 만드는 일을 주저합니다. 아치볼드 크레이븐이 그랬지요. 그에게 비밀의 화원은 가장 행복한 순간을 보냈던 곳이지만 가장 불행한 일을 겪은 곳이기도 하니까요. 그리고 우리 모두에게는 그런 비밀의 화원 같은 공간이 있을 겁니다. 실질적인 장소가 아니더라도 마음 깊은 곳에 넣어 두고 꺼내 보기를 두려워하는 기억 하나쯤은 있을 거예요. 하지만 용기를 내 잠긴 문을 열고 들어가면 잃어버렸던 것들보다 더 많은 것을 찾게 될 거라고 작가는 말합니다. 새로운 희망, 평화를 찾게 될 거라고요.

마지막으로 이 작품을 통해 산업화와 도시화가 진행되면서 점차 사라져 가는 자연에 대한 향수 또한 느낄 수 있을 겁니다. 마사, 디콘, 소어비 부인, 벤 웨더스태프 노인 같은 인물들에게서 시골 사람들의 정 같은 걸 느낄 수도 있을 테고요. 아, 여기서 이들이 사용하는 요크셔 사투리 얘기를 안 할 수 없겠네요. 요크셔 사투리는 이 작품에서 귀족 신분의 사람들과 다르게 자연과 함께하는 삶을 사는, 가난하지만 건강하고 긍정적인 요크셔 사람들을 특징짓는 요소라고 할 수 있지요. 어디까지나 제 생각이지만 저는 요크셔 사투리가 툭툭 내뱉는 듯하고 무뚝뚝하고 투박한 느낌이지만 정이 느껴지는 그런 말투라고 생각했어요. 벤 웨더스태프 노인의 말투에서 그런 느낌을 가장 많이 받았지요. 메리가 무뚝뚝한 말투에도 불구하고 벤 노인을 좋아하는 걸 보면 알 수 있지요. 그래서 최대한 그런 느낌을 살릴 수 있도록 번역하게 되었습니다. 무뚝뚝하게 들리면서도 정이 느껴지는 그런 말투 말이지요. 독자 여러분은 어떻게 느낄지 모르겠네요.

『비밀의 화원』이 출간된 지 100년이 지난 지금, 이 작품은 그 어느 때보다 큰 인기를 누리고 있습니다. 어린이들에게는 자연과 긍정의 힘을, 청소년에게는 설렘을, 어른들에게는 용기와 향수를 느끼게 하는 작품이지요. 앞으로 100년이 지난 후에도 『비밀의 화원』은 여전히 사랑받고 있지 않을까요?

—옮긴이 원지인

〈올 에이지 클래식〉으로 만나는 '세계의 고전', 함께 읽어 보세요!

프랜시스 호즈슨 버넷 (Frances Hodgson Burnett)

1849년 영국 맨체스터에서 태어났으며, 1854년에 아버지를 여의고 1865년에 온 가족이 미국 테네시 주로 이주했다. 어려운 집안 형편에 도움이 되기 위해 글을 쓰기 시작했는데, 1867년에 어머니마저 세상을 떠나면서 본격적으로 글쓰기에 전념했다. 여성 잡지를 통해 첫 작품을 발표한 이후 풍부한 감성과 낭만을 바탕으로 한 내용과 묘사로 성인과 아동 독자 모두에게 큰 인기를 얻게 되었고, 1924년에 세상을 떠날 때까지 30여 편의 동화와 20여 편의 소설, 3편의 희곡을 발표했다. 대표작으로 『소공자』, 『소공녀』, 『비밀의 화원』 등이 있으며 자신의 작품들을 연극으로 각색하여 영국과 미국에서 공연하여 크게 흥행하기도 했다.

원지인

홍익대학교에서 영어영문학을 공부한 뒤, 오랫동안 어린이책을 기획하고 편집하는 일을 했다. 현재 아동청소년문학 전문 번역문학가로 활동하고 있으며, 옮긴 책으로 『몰입 천재 클레멘타인』, 『북적북적 우리 동네가 좋아』, 『구스베리 공원의 친구들』, 『홀리스 우즈의 그림들』, 『인형의 집 살인 사건』, 『키티, 나의 키티』, 『비밀의 화원』 등이 있다.